COLLECTION FOLIO

Pietro Citati

Portraits de femmes

Traduit de l'italien
par Brigitte Pérol

Gallimard

Pietro Citati est né à Florence en 1930. Il vit aujourd'hui à Rome et dans la campagne toscane.

Il est l'auteur de livres consacrés à Tolstoï, à Katherine Mansfield, à Kafka (*Kafka*, Folio n° 2303), à Goethe et à Proust (*La colombe poignardée*, Folio n° 3131). Son roman *Histoire qui fut heureuse, puis douloureuse et funeste* (Folio n° 2519) a obtenu le prix Médicis étranger en 1991.

DOUZE PORTRAITS

Mystiques italiennes

Au cours des derniers siècles, la société et la culture italiennes ont presque entièrement ignoré la part féminine de leur âme, qu'elles cherchaient à réduire au silence. Tandis que l'histoire de la littérature se déroulait à la lumière de Pétrarque, de l'Arioste et de Manzoni, souterrainement, dans l'obscurité des couvents, se dessinaient des événements mystérieux et grandioses. Au milieu des joies et des misères de la vie conventuelle, des obsessions diaboliques, des angoisses de la conscience, des tortures des confesseurs, des procès de l'Inquisition, quelques grands écrivains femmes témoignaient de leur désir de Dieu. J'insiste sur *grands* : Angela da Foligno, Camilla Battista Varano, Caterina Fieschi, Marie-Madeleine de' Pazzi, Veronica Giuliani possèdent l'éclatante spiritualité et la hauteur intellectuelle de sainte Catherine de Sienne. Le visage de la religion italienne, c'est elles seules ou presque — humbles moniales, pénitentes désespérées, étranges abbesses, chasseresses impavides dans leur quête de Dieu.

La qualité première de toute mystique, c'est un don que possèdent beaucoup d'entre nous : la capacité d'adhésion, de métamorphose et d'identification ; l'art de faire surgir au fond de nous, au plus intime de l'âme, l'*autre*, identique à lui-même. Mais si l'acteur devient Macbeth ou Hamlet, c'est le souffle de Dieu, le geste du Christ sur la croix, l'expérience de la Trinité que la mystique perçoit et recrée en elle. L'on comprend qu'une telle expérience soit apparue à tous, laïcs et dévots, comme une folie et un scandale. Tous les mystiques savent que leurs expériences ont peu de chose à voir avec les lois, les rites, les morales et les institutions du monde. Les théologiens ne les aiment pas, les laïcs les détestent, les moralistes les exècrent. Les mystiques baissent la tête et se laissent torturer, mais continuent à écouter et à parler, à voir et à être vus, parce qu'ils ne peuvent interrompre le flux douloureux de leur expérience.

Quelque jugement que l'on veuille porter sur elle, l'expérience mystique est la seule expérience humaine dans laquelle on dépasse les limites. Nos humbles religieuses le savent. Elles vont au-delà, franchissent les bornes, brisent les portes, entrent dans les prisons, pénètrent au ciel, connaissent l'abîme, incapables désormais de revenir en arrière, sur la terre commode et réconfortante sur laquelle nous vivons. *Là-haut* ou *là-bas*, qu'y a-t-il ? Sans doute des suavités et des joies surhumaines. Mais, surtout, quelque chose de terrible : le vide, l'angoisse, la désolation, l'aridité, l'infini, la terreur, l'impuissance des mots. Rien n'est sûr : il n'y a ni lois, ni prescriptions, ni ordres ; pas même de distinction entre licite et illicite. Comment s'étonner si certaines s'égarent ou deviennent folles ? Nos pénitentes ont emporté, dans ce voyage au cœur de la solitude — là où jamais ne passent « nuages, soleil, lune et étoiles », où l'on ne voit rien « dans les lointains éternellement vides » —, toutes les plus hautes qualités humaines. Elles possèdent un don psychologique et sensoriel à l'égal des grands poètes ; elles voient, entendent, savourent, là où nous avons, nous, des idées abstraites. Elles ont plus d'ardeur et de courage que n'importe quel explorateur antique : une très vive lucidité intellectuelle, une clairvoyance impressionnante, comme celle des plus grands théologiens ; une précision aiguë dans le maniement du langage. Mais là où elles vont, la sensibilité ne sert à rien, pas plus que le courage, l'intelligence ou la précision des mots. Aussi assistons-nous toujours de nouveau à cet événement. L'esprit et les sens se tendent jusqu'à l'extrême de la compréhension, jusqu'à devenir lumière et feu, et, au moment de la compréhension suprême, quand l'ineffable se fait parole, l'esprit et les sens s'embrasent et brûlent, s'anéantissent, renonçant à eux-mêmes.

Je me demande s'il existe une différence entre mystique féminine et mystique masculine. Sans doute les femmes prennent-elles davantage au pied de la lettre l'image de l'époux et de l'épouse, venue du *Cantique des cantiques* ; il y a en elles, peut-être, une onde plus suave et plus mélodieuse de douceur passive ; la culture des couvents féminins est moins riche que celles des couvents d'hommes. Je ne crois pas qu'il y ait d'autres différences. Le premier paradoxe de l'expérience mystique, la plus personnelle pourtant de toutes les expériences, réside dans le fait qu'elle est fondamentalement la même pour les hommes et les femmes, grecs ou chrétiens, musulmans, chrétiens ou juifs, en France, en Espagne, en Allemagne comme en Arabie, en Perse ou en Italie. Partout nous retrouvons les mêmes conditions, les mêmes phases, les mêmes limites, les mêmes images, comme si Dieu nous imposait de suivre le même parcours obligé, jusqu'à la dernière goutte de notre sang.

*

Pour les religieuses italiennes également, l'expérience mystique est quelque chose de physique : une voix qui monte du corps. Le Christ étreint l'âme avec une infinie tendresse, mieux qu'une mère, un enfant, un époux ; et il la dévore avec une égale fureur. Le Christ est une source d'eaux toujours vives qui ruissellent sur le monde : un océan insondable, un jaillissement de liquides, gouttes de lait, de sang, de larmes, qui s'écoulent, s'évaporent et coulent à nouveau ; mais il est aussi un feu doux et ardent, qui à son tour devient eau, et pour l'imiter, la religieuse s'embrase comme du feu, se liquéfie comme de la cire. La relation entre l'âme et le Christ est elle aussi physique : l'âme effleure d'un baiser sa poitrine et sa joue, s'étend sur lui, le mange, le boit, se rassasie de lui, respire son haleine, s'unit à lui, se laisse féconder, attend d'engendrer, boit son lait. Rien de plus érotique que les pages d'Osanna Andreasi, dans lesquelles l'expérience sensuelle a un goût, une saveur, un parfum d'une intensité rarement connue et, en même temps, s'élève à un degré supérieur, se mue en un Éros céleste. Mais le vrai sens mystique, c'est l'odorat : le parfum, qui est la plus profonde et la plus concentrée des révélations sensibles, dépasse le monde des corps, pour se perdre dans l'air comme une essence céleste. Le Christ et ses souffrances sont le plus suave des baumes, le plus exquis des sachets de myrrhe, et l'âme énamourée embaume comme son seigneur.

Enfermée dans la prison du corps, la mystique répète les souffrances de la passion du Christ, en une bouleversante identification qu'aucun acteur n'a jamais réalisée. Dans ses gestes, dans l'expression de son visage, elle mime ce qui s'est passé à Jérusalem et sur le Golgotha ; et aujourd'hui encore, il nous semble en la lisant que Stefana Quinzani est liée, flagellée, qu'elle reçoit la couronne d'épines, est mise en croix, étend le bras droit puis le gauche, boit le fiel et le vinaigre, incline la tête sur sa poitrine et meurt à la neuvième heure... Parfois Dieu torture l'âme et la blesse d'une flèche enflammée. Il y a dans la douleur une étrange beauté, qu'Angela da Foligno décrit avec ivresse, au point qu'elle renoncerait au paradis plutôt qu'à la souffrance. Toutes les mystiques aiment la douleur, ont pour elle une prédilection, comme si elles voulaient fouler au pied toute joie — qui pourtant vient aussi de Dieu. Est-ce parce que la douleur consume les vestiges humains de l'homme ? Parce qu'elle imite la Passion et que le cœur blessé se reflète dans le cœur blessé du Christ ? Ou parce que, comme le disaient les soufis, si le bonheur vient de Dieu comme du ciel un souffle de vent, la souffrance *est* Dieu ? Le Seigneur fait irruption en elles avec des chocs fulgurants, des élancements insupportables, d'exquises blessures, qui les invitent à aller plus loin, pour atteindre le lieu où Il les attend. Et pourtant, la souffrance n'est pas toujours Dieu. Pour Camilla Varano, elle peut devenir atroce au point de sembler une mer infernale ; et pour Veronica Giuliani, au lieu de faire descendre l'amour, elle le dissimule et l'éloigne.

Chez beaucoup de mystiques, l'expérience de la douleur devient celle du sang. Sainte Catherine de Sienne et Marie-Madeleine de' Pazzi ne voient plus dans l'univers que sang et odeur de sang : le sang du Christ, celui des condamnés à mort, la sève qui court dans leurs veines et dans celles de toutes les créatures. « L'âme, dit Marie-Madeleine de' Pazzi, se change en sang, au point qu'elle n'entend plus que sang, ne voit que sang, ne respire que sang, ne goûte que sang, ne pense que sang, ne peut parler, penser que sang. » Elle s'y plonge, le boit, s'en enivre, jusqu'à ne sentir dans sa bouche et dans son esprit que le liquide de la vie et de la mort, qui résonne comme une musique. Elle se perd et se noie en lui, puisqu'elle ne peut encore se perdre dans l'océan de l'amour divin. « Chaque goutte de sang est une langue qui crie : Union, union, union avec Celui qui t'a sauvé ! »

*

Nul ne pourrait soutenir que les religieuses italiennes vivaient dans l'illusion quant à la facilité de leur rapport avec Dieu. Il n'y a jamais ou presque jamais rien, dans leurs écrits, de sentimental ou de superficiellement dévot, comme dans la religion des images saintes et des Madones qui pourtant occupe apparemment leurs vies de recluses et de pénitentes. Toute la mystique naît d'un paradoxe tragique : l'homme est un néant ; l'homme est Dieu. D'un côté, elles savent qu'une différence radicale sépare Dieu et les hommes. Il ne peut se mêler aux hommes, ni les hommes à lui. La seule relation qui nous lie à lui, c'est l'absence de toute relation. Mais, d'autre part, les deux opposés se rapprochent jusqu'à s'unir. Le Christ dit à Angela da Foligno : « J'ai plus d'intimité avec ton âme que ton âme avec elle-même. » Comme al-Hallaj, les mystiques italiennes ne redoutent nullement le scandale des mots : « Nous devenons avec lui une même chose, pour ainsi dire un autre Dieu, j'entends par la participation et l'union. » De cette conscience d'être divinisées naîtront mille signes pieux, exquis et ingénus : les signes de la croix dans le cœur de Claire, le Christ échangeant son cœur contre celui de Catherine, Maria Galluzzi qui s'imagine contemplant le soleil et les nuages avec les yeux du Créateur.

Par un immense effort de volonté, l'âme se plie à la force douce et terrible venue d'en haut, elle abolit toute la richesse de sensations et de sentiments qui l'habitaient jusque-là : elle ne voit plus, n'entend plus, perd le goût, l'odorat, la jouissance. Elle n'a plus de volonté, de connaissances, de souvenirs quels qu'ils soient : tout, pour elle, est perdu, même la conscience de l'avoir perdu. Elle ne sait plus rien. Elle ne connaît plus ni bien ni mal. Et, lorsqu'elle descend plus profondément en son centre, il lui semble qu'elle a perdu aussi son cœur. L'unique effort qui lui reste à accomplir, c'est de rendre le néant absolu : sans vestiges, sans masques, sans limites, sans formes, sans ombres — un rien vertigineux, à l'état pur. Comme le dit Veronica Giuliani, courant, enivrée, dans le jardin du monastère : « Sus, sus, mon âme : tu cours après le néant ; arrête-toi dans ce néant ; car du néant, tu vas à Dieu. » À ce moment-là, la mystique se croit enfermée dans la prison du néant. Mais c'est alors que le Christ, gardien de cette prison, lui entrouvre la porte et lui tend une faible lumière, sans se montrer. Il n'y a rien d'autre que Dieu, cette eau suave qui emplit l'âme jusqu'au bord : il l'identifie à lui, la comble de lui, l'absorbe en lui ; et l'âme « n'entend et ne goûte que

Dieu, ne parle que de Dieu, ne pense qu'à Dieu, n'œuvre qu'avec Dieu, par Dieu et en Dieu ».

Les sens figés, hébétés, mais cependant toujours vivants, la moniale poursuit sa vie quotidienne. Quand quelqu'un pénètre dans sa cellule, il croit voir une statue de carton ; si on lui parle, elle répond, mais aucune des questions ou des réponses ne pénètre en elle ; si elle mange ou boit, elle ne perçoit aucun goût. Elle vit sur terre comme si elle vivait ailleurs. Parfois, Dieu lui communique un éclair fugitif, dans lequel elle croit entrevoir un instant son mystère essentiel. D'ordinaire, elle demeure « immobile, imperturbable, de sorte qu'il lui semble que dans l'humanité comme dans son esprit, dedans et dehors, elle ne sent que paix ». Elle se laisse entièrement pénétrer par cette douce quiétude, que Marie-Madeleine de' Pazzi appelle « amour mort ». Elle ne s'aperçoit même pas des grâces divines, et les révélations qu'elle reçoit passent devant elle et en elle comme un brouillard lumineux. « Elle ne désire, ne veut, ne convoite, ne recherche nulle chose. » Si cet état se prolonge, elle acquiert des facultés supérieures. Elle voit sans yeux, comprend sans entendement, parle sans paroles, ressent sans sentiments, savoure sans goût ; et ces sens surnaturels lui font apercevoir ce que Dieu contemple, parler ce qu'il parle, agir comme il agit.

Souvent, l'âme ne se contente pas de cette quiétude. Elle veut connaître autre chose. Elle veut savoir qui est *Celui* que pour l'instant elle ne voit qu'environné d'ombre. Comme Angela da Foligno, elle comprend qu'il existe une figure supérieure au Sage, au Créateur, au Christ incarné que les hommes adorent. Ce Dieu est ténèbres, « totalement impénétrable ». « Ce que je vois dans les ténèbres est tout...

L'âme ne voit rien et distingue tout; le corps est comme assoupi, la langue sans vie», et l'âme ne se souvient d'aucune chose qui ait une forme. Mais Angela ne se contente pas non plus de ce Dieu-ténèbres : elle va plus loin encore, à la recherche d'un autre visage; peut-être l'expérience mystique n'est-elle rien d'autre que ce mouvement infini à la recherche d'une figure qui ne cesse de fuir. Plus haut, au-dessus des ténèbres, il y a la clarté, la lumière — mais une clarté insondable comme l'abîme, et devant laquelle les regards et les mots s'arrêtent à jamais.

Que de choses la mystique laisse derrière elle, dans cet envol vertigineux! Que de choses elle a perdues! Là-haut, dans ces ténèbres qui se changent en lumière, l'âme perd la douleur, l'espérance et l'amour. «Ô Seigneur, quelle souffrance c'est de ne pas avoir l'amour pour vous aimer. Que votre volonté soit faite. Je vis en mourant de ne pas mourir d'amour; je meurs en vivant de ne pas trouver l'amour; j'aime, et je ne connais pas l'amour; l'amour parle d'une façon que je ne comprends pas.» L'âme perd jusqu'à Dieu, qui a disparu de son cœur et de l'horizon. «Je me consume et ne trouve pas qui me consume. Il est en moi, et je ne sais ce qu'il est... Je ne cherche pas Dieu, et je ne voudrais pas le voir, ni le connaître, ni rien savoir de lui.» En lisant Veronica Giuliani, l'on comprend le tragique de toute quête mystique. L'âme a accompli son terrible voyage pour trouver la lumière, et elle découvre les ténèbres, ou une lumière plus inquiétante que les ténèbres; elle a cherché la plénitude de Dieu et rencontre son absence; elle a désiré la souffrance et ne peut plus souffrir; elle a désiré l'amour et connaît l'aridité. Autour d'elle il y a le néant, qu'elle avait pensé remplir avec Dieu ; et pourtant elle sait, ou espère, ou rêve que ce néant, ces ténèbres, ce non-amour constituent l'expérience suprême de sa présence.

Dans les écrits des mystiques, un doute ou un soupçon s'insinuent parfois. Dieu n'aime pas l'homme. Comment est-il possible que lui, le Très-Haut, l'Incompréhensible, l'Abîme, chérisse quelque chose d'aussi insignifiant que nous ? Quel sens aurait cet « amour dévorant » ? Dans les âmes humaines, dans le ciel, sur la terre et dans les astres, Dieu n'aime que lui-même : les projections qu'il a laissées de son ombre. Comme le dit Camilla Varano : « Il n'a d'amour et ne se délecte qu'en lui-même et de lui-même au ciel et sur la terre, c'est-à-dire en tout ce qu'il met de lui dans les autres, et rien de plus, car nulle chose hors de lui et sans lui n'est délectable, ni au ciel ni sur terre. » Mais si Dieu n'aime pas l'homme, qu'a donc été l'expérience de ces religieuses et de ces pénitentes ? Du début à la fin, de la douleur au sang, aux ténèbres, à la clarté, il a joué avec lui-même et ses mille formes : il s'est reflété, transformé, incarné, puis s'est retiré en lui-même, pour reprendre son jeu à l'infini. Tout a été apparition divine, terrible et enchanteresse : jeux de lumières, jeux d'ombres, dans lesquels la créature est dépassée, exaltée comme si elle était Dieu, puis annihilée comme si elle ne possédait même pas de nom.

Portrait de sainte Thérèse

Nous connaissons fort peu la vie de sainte Thérèse avant son entrée au couvent, laquelle devait la mener, d'un pas toujours plus net et plus rapide, à la dernière des demeures, au cœur de l'âme — là où le Christ habite. Elle aimait la littérature chevaleresque. Elle aimait plaire, séduire une personne par le charme des paroles, des récits, de l'effusion verbale, du don total ou apparent d'elle-même, à travers lequel elle liait l'autre pour toujours à son propre destin. Quelque chose de ce charme nous est parvenu. Lorsque nous lisons la *Vie*, nous croyons entendre une sublime *causerie* * spirituelle : devant nous, sainte Thérèse est là, qui parle, agit, lève la tête, l'incline, commente, perd le fil de son propos, le retrouve, divague, oublie, nous attire, nous repousse, enregistrant sur le vif — pour nous qui l'écoutons — la richesse de son existence intérieure. Elle avait des mains « petites et belles », et aimait les choses parfaites. Lorsque le Christ lui apparut pour la première fois, il se révéla peu à peu, avec une délicatesse toute féminine. Un jour, il lui montra ses mains — « d'une

* Les mots en italique suivis d'un astérisque sont en français dans l'original.

beauté extraordinaire » — qui l'éblouirent ; mais il la laissa dans la curiosité amoureuse de connaître la couleur de ses yeux. Le monde céleste, vers lequel elle voulait se tourner et qui la visitait dans ses songes diurnes, le seul monde qu'elle pût accepter, était un lieu de beauté et de perfection esthétique, dont rien ou presque ne transparaissait dans les apparences terrestres.

Puis tout se consuma — conversations élégantes, blanches mains, beauté du monde — dans l'ardeur de sa vie. Elle était dominée par des élans, des fureurs de passion et de dévouement, qui auraient pu faire d'elle une reine ou une esclave. Étaient-ce des feux célestes ? Le feu du Sinaï, le feu du buisson ardent, le feu du Phénix ? Non, c'étaient des passions entièrement humaines. Toutes les passions terrestres la brûlaient à la fois — amour, orgueil, ambition, hystérie, soif de pouvoir : chaque passion suscitait la sensation physique correspondante, le corps alimentait ce bûcher ; et à la fin, de cette immense flamme s'échappait un pur filet de parfum céleste. Si elle voulait arriver jusqu'à Dieu, elle savait qu'il lui faudrait être résolue, tenace, obstinée, inflexible, inexorable envers elle-même comme envers les autres. Le sentimentalisme, les langueurs, les larmes, les petites inventions des âmes dévotes ne servaient à rien. Seule et sans ménagements, sans compromis, elle allait son chemin vers le ciel, attisant son feu nourri avec un courage intellectuel et psychologique qui semble laisser dans l'ombre un Pascal même ou un saint Jean de la Croix. « Quant à moi, disait-elle, non seulement je ne suis pas tendre de cœur, mais j'ai un cœur si dur que parfois il me fait mal. » À la fin, cette ardeur et cette tension se libéraient avec naturel. Rien de tendu dans les lignes de sainte Thérèse, elle ne crie pas, ne proclame pas. Son feu a l'humidité et la tranquillité de l'eau : la tension inexorable nous parle avec une douceur suave et fraternelle.

Peu d'êtres ont aimé comme elle la beauté du monde créé : les moindres merveilles de Dieu — les arbres, les feuilles, les oiseaux, le ver à soie — et pourtant, personne ou presque n'a été dominé comme elle par le désir d'abolir totalement cette réalité qu'elle adorait. Ne plus demeurer avec les gens, converser, écouter, voir, manger, dormir, mais « commencer à vivre comme dans un rêve ». Elle voulait passer sa vie en oraisons; immergée dans ses propres profondeurs, dans ce centre inaccessible, elle voulait passer son temps concentrée en Dieu, retirée en Dieu, tandis que ses lèvres silencieuses exhalaient le léger chuchotis de la prière. Pourquoi attendre la mort et la montée au ciel ? Ici déjà, sur terre, entre les murs paisibles des couvents, à travers sa folle concentration dans l'Aimé, elle devait construire « un petit coin de ciel » et anticiper sur l'existence paradisiaque. Jamais rêve ou utopie ne furent poursuivis avec des suites plus cruelles et plus suaves que dans les cellules où sainte Thérèse se retira, tandis que Dieu lui parlait continuellement — car l'amour divin seul, et non l'amour terrestre, exige la présence continuelle. Souvent c'était un rêve impossible. À peine le « petit coin de ciel » s'était-il incarné entre les murs du couvent que Thérèse n'était plus satisfaite. Elle voulait autre chose. Elle voulait plus. Elle voulait mourir, se dissoudre, brûler ses ailes et son cœur à la flamme de la bougie — et voir finalement ce Dieu qu'elle n'avait aperçu que dans l'ombre.

Toute sa vie elle se demanda pourquoi Dieu l'avait choisie — pourquoi elle justement, avec son sang juif — aux côtés de Marie-Madeleine et de Catherine de Sienne. Il n'était rien qu'elle redoutât davantage : soit parce que, parfois, c'est la main cachée du diable qui vous choisit, soit surtout parce que l'élection divine peut être un acte terrifiant, qui vous cloue plus qu'une condamnation. Aussi fit-elle tout pour se dissimuler, devenant une créature commune, l'une des nombreuses brebis du troupeau. Si la grâce divine descend plus communément sur ceux que les hommes rejettent, les pécheurs et les malades, eh bien elle deviendrait une pécheresse et une malade. Il n'était pas d'être plus droit qu'elle : pure comme un diamant, elle était incapable de bassesse, de vulgarité, d'ombre même ; elle connaissait parfaitement sa pureté et la redoutait comme un indice d'exception ; et elle tenta d'imaginer le péché en elle, s'accusa de fautes imaginaires, pour être digne de la grâce quotidienne de Dieu. Quant à ses maladies, elle avait lu que Dieu aimait guérir les paralytiques et les lépreux, et elle inventa dans son corps les maladies les plus terribles, pour être fidèle au modèle évangélique. Que nous importe qu'elle ait été hystérique ? Ce qui compte, c'est l'intensité symbolique à laquelle elle sut élever sa névrose.

Elle n'avait pas de véritable culture théologique : la « théologie mystique » lui était inconnue ; la mystique était simplement pour elle le territoire d'une expérience vertigineuse, obscure et indéchiffrable. Comment transcrire dans le langage des paroles sans parole, des visions invisibles ? Comment faire entrer dans une architecture, dans une hiérarchie, des sensations qui lui venaient hors du temps, hors de tout ordre et de toute logique ? Entre le milieu du XVIe siècle et le milieu du XVIIe, époque où apparurent dans la culture européenne les grands organisateurs de la pensée humaine, il n'y eut pas d'intelligence plus limpide, d'architecte spirituel plus robuste et plus délicat que sainte Thérèse. À la lecture de la *Vie* et du *Château intérieur*, l'on est séduit par cette prodigieuse aptitude à distinguer les sensations, les sentiments, les inclinations, les causes, les différentes régions et les diverses profondeurs de l'esprit, et à construire l'édifice systématique de la pensée. Comme nous nous sentons grossiers, avec notre « Ça », nos « complexes », nos « refoulements », devant la puissance de cette intelligence !

*

L'ascension de sainte Thérèse vers le cœur de l'âme traverse trois demeures. Pour parvenir à la première, que nous pourrions dédier à la Quiétude, il n'est besoin d'accomplir aucun effort : ni de la volonté, ni de l'imagination, ni de l'intelligence. Inutile même d'abolir notre effort, car alors nous deviendrions arides et froids ; passifs, ténus, nous attendons que Dieu descende en nous à l'improviste — parfois doucement, parfois avec une force insoutenable — et suspende toutes nos activités intérieures. Alors la volonté s'anéantit dans l'amour, la mémoire cesse de démêler l'écheveau de nos fautes, l'intelligence de chercher fébrilement ses mots pour remercier Dieu. Nous ne parvenons plus à parler, nos yeux se ferment malgré eux, et si nous les gardons ouverts nous ne voyons plus rien, nous ne savons plus lire, nous ne comprenons pas ce que nous entendons, la chaleur naturelle nous abandonne et nos mains deviennent glacées et raides comme des bâtons.

À ce moment-là, Dieu descend dans l'esprit tout à fait passif et abandonné, et nous apporte le don souverain du repos : l'esprit n'ose se distraire ; il lui semble qu'au moindre mouvement ce bien lui échappera ; parfois, il ne sait même plus respirer. Toute la fureur, toute l'agressivité, la tension, l'énergie de Thérèse s'anéantissent en une bienheureuse suavité. L'âme se sent comme un bassin construit sur une source abondante : l'eau ruisselle en profondeur avec profusion, calme et douceur, sans que l'on sache d'où elle jaillit, ni comment. Il lui semble que ses parois se dilatent, se distendent, s'emplissant de biens obscurs, et nous sommes incapables de comprendre ce que nous recevons. Nous sentons une sorte de parfum, comme s'il y avait en nous un brasier dans lequel sont jetées d'exquises essences odorantes. Le feu ne se voit pas ; mais sa chaleur et sa fumée embaumée pénètrent l'âme, et viennent envelopper le corps.

Dans ce jaillissement d'eaux, incessant et parfumé, nous entendons les premières paroles. Certaines retentissent clairement dans notre esprit, prononçant vérités et consolations, et peuvent être transcrites sur des feuilles de papier ; d'autres appartiennent à une langue intraduisible, voix sans mots, langue sans sonorités, et sont peut-être la révélation suprême du Seigneur. Quelle que soit leur forme, le fidèle reconnaît toujours les paroles divines. Alors que celles qui naissent de l'imagination ont « un bruit sourd et fantastique » et, à demi rêvées, sont imprécises ou inexactes, les voix que Dieu laisse descendre dans le bassin de nos eaux sont souverainement limpides, robustement synthétiques, mémorables, et nous ne pouvons nous empêcher de les écouter, nous ne pouvons leur échapper — parce que c'est l'Inéluctable qui nous parle. Au lieu de laisser l'âme dans l'inquiétude, elles l'illuminent, l'attendrissent, l'inondent de joie et dissipent tous nos maux. C'est ce qui se produit dans la *Vie*, quand la main du Seigneur grave dans l'aimable conversation de Thérèse ses fulgurantes épigraphes. Nous connaissons tous les objections des sceptiques : Thérèse était la proie d'une illusion; sur le théâtre de son esprit, toutes ces voix étaient les siennes, c'était elle qui parlait et qui se répondait. Mais peu importe qui parlait. Thérèse entendit des voix qui montaient des profondeurs de son âme; elle comprit qu'elles n'avaient rien de commun avec la voix des sentiments, de l'intelligence et de l'imagination; elle les écouta avec attention, les ramena à la conscience, les fit parler, et leur découvrit la même sublimité lumineuse, archétypale, qu'aux paroles de l'Évangile ou à celles des sibylles.

*

La seconde demeure de l'ascèse est celle de la Vision. Celle-ci commence de la façon la plus imperceptible : sans les yeux du corps ni la vue intérieure, sans paroles entendues ou imaginées, sans rien de ces signes invisibles auxquels nous pouvons connaître qu'une personne nous est proche — l'âme est absolument certaine que le Christ habite en elle, telle une présence muette dans l'obscurité. Puis elle croit être transportée à l'improviste dans la partie supérieure d'elle-même, ou être ravie sur les ailes puissantes de l'Aigle divin, tandis que son corps reste en bas, vide comme une dépouille spectrale. Elle n'est pas encore dans le ciel et n'est plus sur terre : elle ressent une douceur infinie — mais également la solitude, l'éloignement de tous les êtres humains et de Dieu, l'angoisse du désert, le désir de mourir; il lui semble qu'elle est crucifiée entre la terre et le ciel. C'est à ce moment que surviennent les visions : la Madone entourée d'anges, le Christ et ses plaies, le Christ en gloire, l'enfer, la Trinité. Malgré l'extraordinaire richesse de l'esprit de Thérèse, ce langage visionnaire est très pauvre : il n'a jamais l'audace, dans l'imagination et les images, de la mystique islamique ; Thérèse ne nous révèle que ce qu'elle savait déjà, ce qu'elle avait appris de la culture et de l'*imagerie* de son temps. Il me semble, à de nombreux signes, que Thérèse n'a pas voulu nous communiquer ce qu'elle avait contemplé. Les grandes visions secrètes, qui pouvaient heurter l'esprit des personnes pieuses, devaient rester enfermées dans le trésor de son esprit.

Dans cette seconde demeure de l'ascèse mystique, l'âme est blessée. Le Dieu inconnu, ou l'un de ses anges, transperce le cœur de Thérèse, ses entrailles et parfois tout son corps d'une flèche acérée et brûlante : l'âme tendre, passive et extatique est incapable de voler ou de faire quoi que ce soit ; elle est saisie par l'instinct de dissolution et de mort ; et tandis que la flèche est extraite de ses entrailles, qu'elle déchire presque, elle éprouve la douleur la plus délicieuse, l'agonie la plus exquise, un spasme interminable. Sainte Thérèse connaît alors le second visage de Dieu : le feu total, qui dans la Quiétude avait été absorbé par l'eau surabondante de la grâce. « Ne serait-ce pas qu'une étincelle s'est détachée du feu de l'ardent brasier qu'est mon Dieu, pour venir toucher mon âme, et lui faire sentir l'embrasement de cet incendie ? » Ce feu n'est autre qu'Éros sublimé. Certains diront que le désir déçu demeure incomplet. Avec sa sagesse mondaine, Thérèse aurait pu répondre que seul le désir de l'Aimé rend possible la perfection de l'amour : l'union est parfaite comme jamais entre des êtres humains ; l'âme adhère totalement à celui qui la comble ; elle vit en une succession de moments, d'*ici* délicieux, de brèves éternités ; tandis que le désir fatalement incomplet (comment est-il possible d'accueillir l'Aimé tout entier ?) renvoie à une autre éternité, refermée sur lui comme une sphère.

Vers la fin de son existence, sainte Thérèse fut certaine que les paroles, les visions, les ravissements et les blessures de son âme lui venaient des mains de Dieu. « Mais quelle certitude peut-on avoir d'une chose qu'on ne voit pas ? Je ne le sais pas. Ce sont les œuvres de Dieu. Je sais que je dis la vérité. » Auparavant, elle avait souvent été torturée de doutes et de terreurs. Elle craignait que la lumière même, l'extase, la douleur délicieuse, les visions ineffables qui la rendaient heureuse ne fussent une expérience diabolique ; et que son Éros céleste ne fût plus coupable qu'un amour terrestre — parce que le diable était un connaisseur suprême de la voie mystique, qu'il suivait l'âme pas à pas et s'insinuait dans toutes ses demeures. Il avait renoncé à ses vieilles tentations vulgaires ; il n'offrait plus à l'esprit les biens, les plaisirs et les royaumes de la terre ; il agissait presque uniquement comme un mime ou un peintre des actions célestes, comme un imitateur des anges de lumière, envoyant à l'âme tantôt des plaisirs divins, tantôt des paroles mémorables semblables aux paroles divines, ou suscitant dans l'esprit l'image du Christ souffrant ou en gloire. Pourquoi cela ? La réponse est incertaine : peut-être, séduit par la grâce, trouvait-il lui aussi son bien dans l'imitation du Seigneur ? À moins qu'il ne poussât l'âme à l'extase pour la précipiter dans l'inquiétude et le désespoir ? Très vite, sainte Thérèse apprit à ne pas redouter le diable. Elle ne craignait plus les contrefaçons des plaisirs célestes ou des images du Christ : elle adorait ces plaisirs, vénérait ces images, les prenant à la lettre, les acceptant pour ce qu'elles paraissaient être et transformant complètement leur nature. Ainsi, dans le monde de sainte Thérèse, chaque geste qui imite Dieu, même le plus pervers, se perd dans l'ombre du divin. Comme le dit le poète, le diable « est celui qui veut toujours le mal et fait toujours le bien ».

*

Dans sa jeunesse, Thérèse avait connu Dieu comme un océan de lumière et de gloire, qui occupait les régions supérieure de l'espace. Lui, l'« Autre », lui disait : « Ne cherche pas à m'enfermer en toi, mais à t'enfermer en moi » ; et alors son esprit devait s'étendre, se dilater, se perdre dans une immensité infinie. Plus tard, elle eut une vision. « Mon âme se sentit tout à coup recueillie, et il me sembla qu'elle se changeait en une sorte de miroir parfaitement poli, sans envers ni côtés, ni haut ni bas, mais resplendissant de toutes parts. Au centre, je vis Notre Seigneur Jésus-Christ, sous la forme où j'ai l'habitude de le contempler, et il me semblait que je le voyais partout dans mon âme, presque par reflet. En même temps, ce miroir se reflétait tout entier, je ne sais comment, dans le Seigneur, en une communication amoureuse que je ne saurais décrire. » Ce fut la vision définitive de sainte Thérèse. Si elle voulait connaître Dieu, elle ne devait plus s'enfler, sortir d'elle-même, s'envoler dans un ravissement mystique, mais se concentrer en elle-même, descendre dans la dernière, la plus profonde de ses demeures, pareille à l'empyrée, au centre de l'âme, là où Lui habitait, comme un Seigneur dans son château.

Tandis qu'elle agissait, parlait, discutait, traversait les routes tourmentées d'Espagne sur son chariot d'aventurière du Christ, personne ne savait que sainte Thérèse accomplissait son voyage, de plus en plus rapide et triomphal, vers le centre de l'âme. D'abord elle perdit toute vision et la parole : son âme ne voyait plus, n'entendait plus, était aveugle et muette, comme saint Paul au moment de sa conversion. Puis l'obscurité se dissipa. Avec les yeux de l'esprit, elle vit les trois personnes de la Trinité, au milieu d'un embrasement pareil à un nuage resplendissant, descendre dans son esprit. Elles ne l'abandonnèrent plus : elles résidaient en elle, la pénétraient et s'insinuaient de plus en plus profondément dans son abîme. Alors elle fut certaine que Dieu avait noué avec elle des noces mystiques. Son âme ne faisait plus qu'un avec le Christ — comme deux bougies de cire si parfaitement unies qu'elles ne forment qu'une seule flamme; comme la pluie du ciel qui tombe dans un fleuve auquel elle se mêle, au point qu'on ne distingue plus les eaux du fleuve de celles du ciel; ou une vive lumière qui pénètre dans une pièce par deux fenêtres. Elle y entre divisée et n'est plus qu'une sitôt entrée.

Ainsi concentrée en elle-même, l'âme de Thérèse devint stable et inerte. Elle était tranquille et en paix : elle jouissait dans le plus haut silence de l'union avec Dieu, si calme qu'elle faisait penser à la construction du temple de Salomon, durant laquelle on n'entendit pas le moindre bruit. Son intelligence restait sans mouvement, sans rien chercher; sa volonté était éteinte; ses pouvoirs et ses facultés étaient immobiles et dépouillés de toute force. Tout ce feu qui avait brûlé Thérèse durant tant d'années, ce feu terrestre changé en feu céleste, s'apaisa comme une petite flamme invisible. Puis, sans douleur, il lui sembla qu'elle se détachait de Dieu et de ses apparences. Elle n'avait plus de visions imaginaires, ni de paroles ni d'extases, comme si toutes ces félicités d'autrefois n'avaient été que l'anticipation de cette suave torpeur. Elle ne pensait plus au ciel qui l'attendait : si jadis elle avait désiré consumer son corps et son âme dans un bûcher définitif, maintenant elle ne voulait plus mourir, pas même contre l'assurance qu'elle irait définitivement au ciel, et accepter la vie était l'offrande la plus précieuse qu'elle pût faire au Christ. Dépouillant toute trace de son moi propre, elle agissait pour la gloire de Dieu et voulait vivre de longues années, dans les labeurs les plus lourds, pour obtenir qu'il fût loué même pour une toute petite chose. Maintenant qu'elle habitait finalement en son Centre, unie avec Dieu, elle avait trouvé son absolu, ici, parmi les choses limitées sur lesquelles Dieu ne laisse descendre qu'une pâle ombre de sa lumière.

Bonheur de la prison

Je ne voudrais pas que les *Mémoires* de Mme de Staal-Delaunay soient lus seulement par des passionnés de l'histoire du XVIIIe siècle, qui peuvent y trouver des documents sur les dernières années de Louis XIV et sur la Régence. Ces *Mémoires* sont un très beau livre. On n'y respire nullement l'atmosphère du XVIIIe siècle débutant, celui de Watteau, de Marivaux, avec son atmosphère de fête légère, frivole et enivrée. Dès la première page, lorsque Mme de Staal-Delaunay rassemble les souvenirs amers d'une vie manquée, le ton est tragique, sombre, funeste. L'ombre la plus épaisse occupe l'horizon. Il n'y a presque pas de lumière. L'on a d'abord l'impression de lire une sublime tragédie du XVIIe siècle, avec des intrigues politiques, de grandes passions amoureuses, une ségrégation, et des gestes d'une noblesse inaccessible. Mais ce Corneille posthume est extraordinairement moderne. L'histoire de Mme de Staal-Delaunay est l'histoire d'une âme, de sa désolation, de son désespoir et d'un moment de bonheur sans égal — telle qu'aurait pu l'écrire un élève de Dostoïevski.

Née en 1684 dans une famille modeste, Marguerite Jeanne Cordier (Delaunay était le nom de sa mère) passa sa jeunesse et son enfance dans un couvent — l'un de ces couvents de la fin du règne de Louis XIV, écoles tout à la fois de piété et de vanité, de mondanité réprimée et de machinations. Elle fut très précoce : elle avait le don de parler et d'écrire, et l'amour de la conversation subtile et de la saillie, des livres et des arts, qui trouvaient une source éblouissante à Versailles et dans les salons. Elle lisait aussi bien des textes religieux que Descartes et Malebranche, avec une exaltation et une frénésie qui ne l'abandonnèrent jamais. Le couvent devint un petit État, sur lequel elle régnait souverainement. Elle conversait avec des hommes cultivés et âgés ; et Dieu sait quels rêves immenses et dorés — une vie d'étude ou une splendide existence mondaine — commencèrent à se former dans son âme passionnée.

Quand elle sortit du couvent et vint à Paris, son caractère était déjà formé : ce que j'appellerai son *timbre*, si intense qu'il nous fascine et nous possède à des siècles de distance. Son œil était étonnamment lucide même (ou surtout) en un siècle qui dressait des autels à la lucidité : elle ne se trompait pas sur les sentiments, sur les personnes ou les conditions sociales ; et elle avait un esprit piquant, un sens de l'épigramme, qui auraient pu faire d'elle une reine de la société française. Mais, au fond, peu lui importait ce regard désenchanté. Ce qui vivait par-dessus tout en elle, c'était une ardeur et un désir de passion qui s'appliquait à toutes les causes — et en même temps la haine de cette ardeur capable de la rendre prisonnière des hommes et des causes : au point qu'ardeur et haine, toutes deux unies, formaient dans son âme une sorte d'obsession dont elle, si amoureuse de sa liberté, ne parvenait pas à se libérer. Elle était dure, violente, orgueilleuse, intransigeante, jamais indulgente avec elle-même ou avec les autres; fidèle à ses amis et à son propre caractère; et, parfois, courageuse jusqu'à l'héroïsme. Je n'aurais pas tout dit si je n'ajoutais que cette femme extraordinaire ne s'aimait pas : elle était saisie de violentes et profondes aversions pour elle-même, et vivait constamment avec le sentiment terrible d'être née sous une mauvaise étoile.

Seule, pauvre, pleine d'orgueil, Marguerite Delaunay fut jetée dans cette jungle qu'était le Paris de la Régence. C'est une histoire que nous avons lue bien des fois, dans des textes historiques et romanesques de l'époque et, un siècle plus tard, dans les romans de Balzac : celle du pauvre qui tente de conquérir Paris, les « illusions perdues ». L'ascension de Marguerite Delaunay fut extrêmement rapide. La voici admise aux dîners du roi, ou écrivant à Fontenelle une lettre brillante et spirituelle qui lui acquit une sorte de gloire. Mais cette femme, qui discutait avec le plus célèbre écrivain de son temps, demeura une domestique : une modeste femme de chambre, un « captif vaincu ». Elle dormait dans un entresol sans air, étouffant et glacé, — « si bas et si sombre que j'y marchais pliée et à tâtons ». Elle était gauche, inexpérimentée. Elle ne savait pas bâtir des chemises, ni verser à boire à table, elle ne savait pas tenir une boîte de poudre, un sachet de pierreries ou une bourse; et elle connut à fond la désolation et l'humiliation de la condition servile. Aucun livre ou presque ne rend avec tant de sombre grandeur la fin du Grand Siècle, vue d'en bas, à travers le regard véridique et halluciné d'une domestique : un temps trouble et mystérieux, où se croisaient charlatans et aventuriers, escrocs et mythomanes, où le palais royal côtoyait les égouts.

*

Après quelque temps, Marguerite Delaunay entra au service de Mme du Maine, fille du Grand Condé et femme d'un fils bâtard de Louis XIV. Le château du Maine était l'un des cœurs du luxe et du pouvoir. Des fêtes nocturnes s'y déroulaient : bals, comédies, allégories, spectacles mythologiques, auxquels Marguerite Delaunay prêta la finesse de son imagination et de sa plume. Quand il n'y avait pas de fêtes, la duchesse jouait toute la journée au biribi, ou se faisait lire des romans et des livres à la mode. Très vite, une profonde complicité naquit entre les deux femmes. Marguerite Delaunay consacra à la duchesse son besoin de se dévouer : « Je me suis donnée à vous, lui dit-elle, et je ne demanderai jamais rien en échange. Votre Altesse peut disposer de moi à son gré. » Et la duchesse trouvait en elle sa conseillère préférée, tout en continuant à la traiter comme une domestique. Sous la Régence, tout le monde intriguait, conspirait, échafaudait des plans : les complots se déroulaient presque en plein jour, dans la connivence ou les contre-manœuvres du gouvernement, au point que la société entière, des aristocrates à la plèbe, ne semblait plus former qu'un seul ballet sinistre. De l'un de ces ballets, *La conjuration des bâtards*, Mme du Maine devait être l'âme, et Marguerite Delaunay, l'humble exécutrice.

Le 29 septembre 1718, elle fut réveillée dans la nuit par un officier de la garde et deux mousquetaires. Mme du Maine avait déjà été enfermée dans la citadelle de Dijon, tandis que Marguerite Delaunay fut emmenée à la Bastille avec d'autres fidèles. Elle gravit plusieurs ponts, d'où s'élevaient des bruits de chaînes. On la conduisit dans une grande salle nue, avec des murs sales que ses prédécesseurs, pour tromper le temps, avaient barbouillés d'inscriptions. Il n'y avait pas un seul meuble. Elle sentit que se refermaient sur elle cinq ou six serrures, et un nombre deux fois plus élevé de verrous. Elle comprit aussitôt ce qu'était la prison : le royaume de l'impénétrable, où l'on ne donne jamais de raisons ni d'explications, où l'on épie à travers les fenêtres et les murs, sans jamais rien voir. Mais peu de temps après, elle eut une révélation. La prison n'était pas l'horreur, mais le bonheur, comme elle l'écrivit dans une page extraordinaire, qui rend un son étonnamment moderne. « Ma vie était douce et tranquille : j'y trouvais même plus de liberté que je n'en avais perdu. Il est vrai qu'en prison, l'on ne fait pas sa volonté, mais aussi l'on n'y fait point celle d'autrui ; c'est au moins la moitié de gagné. L'éloignement de toute sorte d'objet y écarte les désirs, ou l'impossibilité d'en satisfaire aucun les étouffe dès leur naissance. Il n'en est pas de même dans la servitude : tout s'y offre et se refuse en même temps à nos souhaits. Là encore, on est exempt des assujettissements, des devoirs, des égards de la société, et, à tout prendre, c'est peut-être le lieu où l'on est le plus libre. » En prison, la domestique, la captive vaincue, l'occupante des entresols fétides trouva la paix de son âme. Tous les tumultes des intrigues politiques, toutes les dissipations de la vie mondaines, et les passions qui les accompagnent, semblaient finis à jamais.

Elle commença à connaître les petits plaisirs que la prison lui accordait. Rapidement, elle prit goût aux plaisirs féminins. Elle s'occupa d'une chatte enceinte, puis de ses chatons. En outre, la Bastille n'avait rien d'une prison à la Piranèse : grâce à la tolérance du gouvernement, à ses amitiés extérieures et à la complicité de ses gardiens, l'endroit devint bientôt pour elle une sorte d'élégant salon moderne, où les prisonniers se fréquentaient, s'écrivaient, dînaient ensemble, organisaient des fêtes, avaient des relations galantes. Un geôlier, M. de Maison-rouge, se prit pour elle d'une passion profonde, pure et presque héroïque. « Ce fut le plus grand attachement que jamais personne ait eu pour moi. C'est le seul homme dont j'aie cru être véritablement aimée. » Il s'occupait toujours d'elle, avec une bonté sans limites : il ne songeait qu'à son bien-être à elle, oubliant le sien propre —, « plus désireux de me contenter que de me plaire, et tellement à moi qu'il semblait n'être plus à lui ». Bien que peut-être elle l'eût souhaité, elle ne put répondre à sa passion.

Pour Marguerite Delaunay aussi, dans cette prison qui était devenue le siège de son âme, s'alluma enfin « *ce rouge soleil qu'on nomme l'amour* * ». Un autre prisonnier, le chevalier de Menil, s'éprit d'elle, ou s'imagina qu'il était amoureux, ou feignit de l'être; et il lui révéla sa passion. D'abord, Marguerite Delaunay fut confuse et troublée; puis son imagination réveilla en elle cette prédisposition de son désir que son âme dissimulait : elle vit en lui le libérateur qui venait briser les chaînes de la vie mondaine; et entre les murs de la prison, où « l'on se dit en une heure ce que hors de là on n'eût pas dit peut-être dans le cours des années », la passion s'embrasa. Elle était heureuse : doublement heureuse, parce qu'elle vivait dans la double prison de la Bastille et de l'amour; elle avait enfin trouvé « ce bien par excellence que nos désirs poursuivent sans cesse et n'attrapent jamais ». « La convenance entre nous semblait si parfaite qu'elle me rappela l'idée de ces âmes créées doubles, qui se cherchent toujours et se retrouvent rarement, et dont l'heureuse rencontre fait la suprême félicité. » Il est peu de livres en ce siècle, en tous les siècles, où parle aussi nue, brûlante et absolue, la voix du cœur. Les murs de la Bastille la protégeaient ; M. de Maisonrouge, bien qu'en proie aux souffrances les plus tenaces de la jalousie, protégeait noblement leur lien, se sacrifiant pour son bonheur à elle ; et elle aurait voulu voir la prison se prolonger indéfiniment autour de son cœur, sans qu'aucune nouvelle du monde ne lui parvînt jamais plus.

Mais les prisons de l'âme ne durent jamais longtemps : la vie s'en arrache toujours, elle nous entraîne et nous perd. Le chevalier de Menil fut libéré de la Bastille : la joie d'abandonner sa geôle fut plus forte pour lui que le regret de quitter son amie. Celle-ci dut rester, presque seule, le cœur assombri par la tristesse. Puis, à son tour, elle fut libérée. Le chevalier de Maisonrouge vint lui apporter la nouvelle, le visage partagé entre la joie et la douleur. Tel un héros cornélien, il lui dit : « Vous voilà libre, et je vous perds. J'ai souhaité ardemment ce moment-ci : j'aurais donné ma vie pour l'avancer. Mais je vais cesser de vous voir : que deviendrai-je ? » Loin de la prison, l'amour du chevalier de Menil ne survécut pas. Tout était fini : la mémoire de Marguerite Delaunay ne retenait plus rien, sinon cette atroce douleur qui avait desséché toute autre sensation. Elle sombra dans une sorte « d'anéantissement, pire que l'entière cessation de la vie ». « Je la pris en dégoût, et le monde en horreur. » Elle connut d'autres amours, qui toutes répétèrent l'obsession et la désolation du premier amour : jusqu'au moment où, déjà vieillissante, elle accepta un mariage de convenances, qui confirma à jamais sa condition d'esclave.

Je ne sais ce qui a poussé Marguerite Delaunay à écrire ses *Mémoires* : certainement pas l'idée de « tirer du plaisir des choses qui l'avaient intéressée ». La voix qui écrit, et qui parfois se souvient d'avoir parlé, est amère, déçue, opaque, défaite, pleine de funèbres échos, et c'est en cela que réside sa grandeur. Elle ne s'aime jamais, ne se pardonne jamais. Elle fouille dans le passé; il ne reste que fêtes absurdes, ridicules intrigues, aristocrates arrogantes et vulgaires ; même les reparties autrefois spirituelles ont perdu toute saveur. Il ne reste que cette lumière unique : quelques mois de prison, une merveilleuse abnégation, un grand amour. « Aurais-je cru que le bonheur m'attendait là, et que partout ailleurs je ne le trouverais jamais ? » Il ne lui restait qu'à raconter — et accompagner chaque souvenir d'aphorismes éblouissants, d'une beauté digne de La Rochefoucauld, grâce auxquels toutes choses, malgré le désespoir, sont illuminées par une intelligence sans tache.

Les lettres de Jane Austen

Le lecteur qui feuillette les lettres de Jane Austen a l'impression de surprendre une conversation, une conversation qui se serait tenue voici deux siècles, dans de petits villages du sud de l'Angleterre, mais aussi claire et nette que si elle avait lieu à l'instant même, dans la pièce voisine, entre deux jeunes filles qui viennent de se quitter. Jamais on ne sent cette vitre imperceptible sous laquelle le papier éloigne et glace le cours des mots. Toute leur vie, Jane et sa sœur Cassandra (à laquelle elle écrivit la plupart de ses lettres) ont partagé la même chambre ; et elles ont passé leurs journées dans la même salle de séjour. D'après leurs proches, elles étaient très différentes : « Cassandra avait *le mérite* de garder son comportement sous contrôle, tandis que Jane avait *le bonheur* de posséder un tempérament qui n'avait jamais besoin d'être contrôlé. » Elles se confièrent presque tout — se communiquant chaque pensée à mesure qu'elle naissait, commentant entre elles le moindre événement survenu dans le village ou dans ses environs. À peine la calèche emmenait-elle Cassandra à Kintbury, Godmersham ou Manydown que Jane se mettait à sa table de travail, avec sa plume facile, et sa calligraphie aussi limpide que son esprit bien ordonné. Elle écrivait comme elle parlait : avec la même rapidité, la même intonation, de petits rires, de petits caprices, de petites fantaisies, et les marques d'une sagesse précoce.

Jane Austen ne décrivait pas à sa sœur ses pensées ou ses sentiments; elle ne parlait pas des livres qu'elle avait empruntés à la bibliothèque ambulante, ne faisait pas de ses lettres une sorte d'interminable journal, comme beaucoup de jeunes filles de cette époque. Lorsqu'elle écrivait, Jane n'était jamais seule. Avec elle s'exprime un monde compact et dense, solidaire, comme nous n'en connaissons plus désormais. Il y a toute une famille : le père et la mère, les huit frères et sœurs, et aussi les conjoints, les tantes, les grand-tantes, les fils et filles de ces frères et sœurs, et les parents proches ou lointains, qui vivent dans des châteaux ou de petites maisons de campagne, ou sont aux Indes occidentales ou orientales, ou parcourent l'Angleterre en voitures à chevaux, et les amis et cousins de ces parents, qui à la fin se marient tous entre eux, au point qu'il nous faut une carte de géographie pour nous aventurer dans l'écheveau sans fin de ces parentés. Sur le fond, il y a un village, qui vit, dort, bavarde, mange, va à l'église, se marie, meurt, fait la cuisine, se promène — et nous qui entendons toutes ces voix, comme celles d'une ruche bourdonnante et colorée. Ne croyez pas que Jane se contentait de rapporter les « grands événements » du village : un veuf se remarie, un enfant naît, quelqu'un meurt. Dans sa jeunesse surtout, elle racontait *tout, tout* ce qui s'était passé à Steventon et même à Bath, y compris ce qui aurait pu se produire, ou peut-être ne se serait jamais produit.

Au centre de la ruche se tient, pour nous du moins,

la famille Austen : une famille de la *gentry*, dans laquelle beaucoup d'Anglais et de non-Anglais ont vu comme le symbole de l'Angleterre moderne. Ils n'étaient pas riches, mais ils avaient derrière eux de grandes familles aristocratiques, avec de grandes villas et de grands parcs — et jamais, jamais un Austen (comme l'assure le meilleur biographe de Jane, Lord David Cecil, dernier fils du quatrième marquis de Salisbury) n'aurait fréquenté une personne issue des déplorables familles bourgeoises de Charles Dickens ou de George Eliot. Le père administrait avec les mêmes compétences les âmes de Steventon, les brebis et les cochons qui peuplaient les deux cents acres de Cheesedown, et les petits élèves auxquels il donnait des leçons de culture et de savoir-vivre. Ses fils quittèrent rapidement la maison; et à travers les lettres, nous devinons encore aujourd'hui, comme dans *Anna Karenine*, la présence féminine, vigilante et exclusive, qui réglait l'espace et le temps, agençait les pièces, commandait aux domestiques, faisait les emplettes, préparait le dîner, tenait les comptes, soignait gestes et sentiments, veillant à ce que l'ombre même du désordre demeurât éloignée de ces murs harmonieux. Si Cassandra supervisait tout, Jane s'occupait spécialement du thé, de la cave et des provisions de sucre.

Jane Austen était une « brunette » lumineuse, aux couleurs vives et aux vifs yeux bruns. Une fois peut-être, par jeu, elle dit que son vrai nom était Diane : chaste et froide et piquante comme Diane, et comme elle amoureuse de la limpide lumière lunaire. Le matin tôt, quand tous étaient encore enfermés dans leurs chambres, elle faisait ses exercices au piano : elle n'avait, semble-t-il, ni goût ni talent musical, et ne savait pas que très loin, en Autriche, un vieux musicien composait des quatuors et des concertos qui ressemblaient à ses romans. Après le petit déjeuner, elle commençait à écrire. Elle restait assise devant un petit secrétaire d'acajou, dans une pièce où l'on passait ; et chaque fois que la porte grinçait, annonçant l'arrivée d'une domestique, de sa sœur ou d'un neveu, elle dissimulait la feuille couverte d'une écriture nette dans un tiroir ou sous le buvard. Il me semble qu'elle aurait pu avoir « une pièce bien à elle » ; mais peut-être voulait-elle, comme beaucoup d'écrivains que j'ai connus, écrire dans un lieu de passage, justement parce que la porte grinçait, que la domestique entrait, ou un neveu, que l'on percevait les bruits et les odeurs, et qu'elle ne se sentait pas exclue du cœur de l'existence.

Quand venait l'heure de sortir, les dames allaient faire leurs achats au village voisin — l'on manquait de thé ou de sucre, ou il fallait songer à des cadeaux pour un mariage — ou bien elles se promenaient sur les sentiers et dans les bois. Le dîner avait lieu très tôt, entre trois et quatre heures. Et commençait enfin la longue soirée, au cours de laquelle chacun lisait un livre à voix haute (quelquefois un livre de Jane). Ou bien on jouait aux cartes, au mikado, aux devinettes, aux énigmes ; et l'on conversait longuement, interrompant la lecture ou le jeu.

Il n'y avait pas grand-chose d'autre. Certes, il y avait les vêtements : « Je me suis fait faire un vêtement nouveau, une tunique blanche, façon surplis, vraiment superbe », « une robe en cloche, avec une petite veste croisée sur le devant et fendue sur le côté, une dentelle assortie, et des manches toutes simples ». Et il y avait surtout les chapeaux, pour lesquels Jane Austen avait une passion irrésistible : petits chapeaux de velours noir, rubans couleur d'argent, aigrettes rouge coquelicot (bien plus élégantes que les plumes noires des militaires) ; petits chapeaux de paille, de mousseline de Cambrai, étroites bandes de velours noir autour de la tête ; chapeaux « de satin et de dentelle blanche, avec une petite fleur, blanche elle aussi, qui pointe derrière l'oreille droite ». Et puis il y avait les fleurs, qui réjouissaient le cœur de la jeune Diane : pivoines, œillets, ancolies, lilas. Il y avait les tartes aux pommes — « qui ont une grande part à notre bonheur domestique ». Il y avait un jeune amoureux, à la veste trop claire, qui imitait celle du jeune et ardent Tom Jones ; et il se déclara probablement, un matin de janvier 1796, alors que Jane avait vingt et un ans. Il y avait, enfin, toutes sortes de bals. Toute la petite société de Steventon ou celle, plus vaste, de Bath s'y réunissait ; peut-être les propos galants et les paroles enivrées avaient-ils moins d'importance que le fait que toute cette société se retrouvait, pour une fois, sous le regard si net qui la fixait et la contemplait.

*

Une fois achevée la lecture de ces lettres, nous nous demandons : « Mais Jane Austen, cette Diane XVIIIe siècle, était-elle vraiment un écrivain ? », ou bien : « Comment cette petite brune lumineuse a-t-elle pu écrire un chef-d'œuvre d'architecture musicale comme *Emma*, ou *Persuasion*, si intense et si douloureux ? » L'on trouve dans les lettres une acceptation de la réalité absolue, compacte et sans faille, comme si Jane Austen était une pierre de Chawton ou de Bath, ou un simple élément de sa famille (entre la servante et le chien), ou encore une tranche de tarte aux pommes pleine de saveur, qu'on a tôt fait de manger. Or, je n'entends pas nier qu'un écrivain a d'abord besoin d'accepter l'existence, d'y adhérer, d'être lumière, arbre ou passant ; que la totale acceptation porte souvent en elle une absolue liberté intellectuelle ; et que le conflit ou la révolte peuvent au contraire altérer la grâce du regard. Mais il est frappant que ces lettres ne révèlent jamais la trace, l'ombre ou le signe d'une *blessure*. Alors que la littérature moderne, dont Jane Austen est l'une des divinités protectrices, n'a jamais su fleurir sans que, dans les membres d'un livre, on devine la propagation souterraine d'une déchirure qui avait marqué l'esprit de son auteur.

Si l'on ne perçoit aucune blessure, l'on observe en revanche quantité de légères corrections, de transformations ou de déformations par lesquelles Jane Austen, jusque dans ses lettres, retouche le réel : comme l'un de ces artistes qui s'expriment à travers une série de glacis successifs. La première de ces retouches est la discrétion. Je ne crois pas qu'il faille songer seulement à l'habitude anglaise de l'*understatement* ; ou au fait que Cassandra brûla la partie des lettres qui contenait (ou du moins nous le supposons) des secrets ou des vérités personnelles. Il y a chez Jane Austen bien plus que de l'*understatement* : une sorte d'héroïque, d'ascétique effacement du moi. Dans les lettres, elle n'existe pas, ou n'existe presque jamais. Il n'y a jamais de confession ou de changement de ton ; au point que malgré sa simplicité et sa douceur, elle nous semble plus impénétrable que les grands artistes murés dans le silence.

La seconde correction est plus décisive. Le regard de Jane Austen révèle une tranquillité constante et systématique — dont personne ne pourra dire avec certitude si elle était naturelle, ou gorgée de souffrances, de renoncements et de ressaisissements. Pas de protestation, de rancœur ou de mauvaise humeur. Tout ce que Jane Austen regarde prend le même relief : tout est infiniment important, et tout est sans importance. Il n'existe pas d'échelles ou de hiérarchies ; de sorte que tout se perd dans la même monotonie, surprenante et terrible. Mais, sauf en de rares moments d'ennui, il n'y a pas la moindre trace d'indifférence. Tandis que Jane Austen regarde, une sorte d'excitation légère et continuelle, une douce euphorie, s'échappe de son cœur et de ses yeux, courtise les choses et les enveloppe, emplit le monde de sons, de couleurs et de significations. Imprégnées de sa lumière intérieure, toutes choses l'enchantent et lui plaisent, même si, qui sait, elles n'étaient qu'un long mur blanc, où se refléterait simplement la tranquille satisfaction de son âme. Je n'ai pas besoin d'ajouter que ce bonheur est peut-être la plus profonde des blessures — capable de s'abîmer au-delà de toute douleur, de toute extase : comme cela n'arrive jamais à Jane Austen.

La troisième correction concerne le mouvement. Jane Austen ne mena pas une vie immobile, toujours enfermée dans sa maison, comme le fit Manzoni, dans l'obsession névrotique qui immobilisa sa maturité. Les Austen étaient toujours en mouvement ; et une calèche, tantôt à quatre places, tantôt à six, les menait de Steventon à Rowling, à Deane, à Kintbury, ou Adlestrop, Harpsden, Godmersham, Bath, Ibthorpe, Dawlish, Manydown, Lyme Regis, Stoneleigh Abbey, Southampton, Chawton et Londres : à travers les maisons et les appartements de frères, d'amis et de parents. Dans la transcription que Jane Austen donne de ces voyages, il se passe certes *quelque chose*. Le terrain n'est pas toujours battu comme il faut, les chevaux ne sont pas toujours bons. Quelquefois, la route est boueuse, une malle glisse de la diligence et menace de tomber, l'un des neveux doit s'asseoir sur le siège du cocher, et la mère est prise de fatigue. Mais qu'importe ? Le mouvement ne suscite jamais d'angoisse car, quoi qu'il arrive, dans les lettres de Jane, l'ordre et l'harmonie sont toujours rétablis. Il suffit de très peu de chose. On s'arrête une demi-heure dans une auberge, on boit une tasse de *consommé* * ou tout au plus quelques gouttes de laudanum, on goûte une tarte au fromage blanc, on s'étend sur un lit ; et le rythme égal et implacable de la vie reprend le dessus, on arrive à l'heure dite — et « à huit heures du soir, nous étions assis devant un superbe poulet rôti ».

Jane Austen excelle dans ces jeux de retouches et de corrections, menés avec des pinceaux de plus en plus invisibles sur ces « petits morceaux d'ivoire (pas plus larges que deux pouces) » que sont aussi ses lettres. Elle construit ainsi peu à peu, en vivant à Steventon et à Chawton, la forme mentale qui sous-tend ses romans. Qui pourrait nier qu'elle regarde *hors* d'elle-même, avec un amusement qui ne se dément presque jamais ? En suivant ses regards, nous visitons nous aussi les maisons de campagne d'Angleterre, grandes ou petites ; nous saisissons des gestes, observons des vêtements, écoutons des conversations, découvrons les modes qui passent, les couleurs de l'été et de l'automne, les rivages de Bath, de Sanditon et d'Eastbourne, les coutumes des villages de l'intérieur et celles des cités balnéaires. Rarement la réalité nous a autant comblés de joie. Mais, en même temps, nous avons accompli un voyage beaucoup plus profond. Alors que nous croyions vivre au-dehors, nous ne sommes jamais sortis de l'esprit de Jane Austen. Ces formes que nous venons de visiter sont les belles formes de son monde intérieur : demeures, jardins, gestes et vêtements sont en elle, comme si elle n'avait jamais levé les yeux de sa table d'acajou ; et nous contemplons, joyeux, les reflets, les correspondances, les ironies avec lesquels Jane Austen aime à se divertir, comme la lune joue avec ses couleurs. Quand nous regardons des tableaux de Raphaël, nous oublions que tel personnage est Baldassarc Castiglione, tel autre une paysanne d'Ombrie, ou que telle église, au fond, a vraiment existé. Nous ne voyons que la lumière de l'esprit, qui joue avec ses formes, se reflète en elles et s'identifie à elles.

*

Jusqu'ici, j'ai laissé de côté la plus grande des corrections que, dans ses lettres, Jane Austen apporte à l'existence : l'omission systématique, l'effacement de la mort. Quel que soit le disparu, même son père bien-aimé, cette mort est anesthésiée, d'une main aussi douce qu'inflexible, aussi tendre qu'impitoyable ; elle est l'ombre, le *tabou*, que les vivants doivent éloigner de leur vie pour pouvoir séjourner au milieu des musiques, des pivoines et des arbres, qui rendent la vie si agréable. Le mort n'a presque pas souffert (« relativement parlant »), il a évité une longue maladie, s'en est allé presque en dormant ; et puis il a mené une vie heureuse et vertueuse, et un lieu l'attend sûrement là-haut, dans l'Autre Monde, un lieu dont tout donne à penser qu'il lui réservera du thé et des tartes aux pommes, des accords de clavecin et des conversations encore plus exquises que sur terre. Dans ces lettres, il n'y a qu'une vraie tragédie : la mort des arbres. Le 9 novembre 1800, alors que Cassandra était à Godmersham, une terrible tempête de vent s'abattit sur le jardin de Steventon. Tout à coup, dans un étrange fracas, un orme s'effondra dans l'allée. Un autre, près de l'étang, s'écroula au milieu d'une rangée de châtaigniers et de bouleaux rouges, déracinant un sapin, fauchant la cime d'un autre, et dépouillant deux châtaigniers d'une partie de leurs branches. Et puis, plus loin, d'autres ormes furent abattus ou irréparablement endommagés. La tragédie appartient au monde végétal, pas au nôtre.

Avec un art encore plus élégant et subtil, Jane Austen s'efforça d'escamoter sa propre mort. Rien n'est plus discret, et plus touchant, que la représentation qu'elle donna d'elle-même dans les deux dernières années de sa vie. La représentation échoua, il ne fut pas possible de tout éluder : même si, je le crains, aucun d'entre nous, fût-il doté d'un courage plus grand (chose extrêmement rare) que celui de Jane Austen, ne parviendra jamais à mourir comme si de rien n'était. D'abord légères, les douleurs commencèrent au début de 1816 : douleurs dans le dos, faiblesse, perte de poids, troubles gastro-intestinaux, taches sur la peau, tension nerveuse — ce qui, pour les médecins modernes, suggère l'hypothèse d'une maladie d'Addison. Quand Jane alla retrouver de vieux amis, et les lieux qu'elle avait aimés, ses amis la trouvèrent abattue. Elle visitait ces lieux, et parlait de ses souvenirs, de façon fort singulière « comme si elle ne s'attendait pas à les revoir jamais ».

Il y eut un moment de pause. À la fin de 1816 et au début de 1817, dans certaines lettres à ses neveux, le ton change. Une joie, une euphorie, une excitation vitale s'emparèrent brusquement d'elle, juste au moment où elle commençait à s'éteindre : il lui sembla qu'elle n'était plus une vieille fille de quarante et un ans, mais la jeune fille qui bien longtemps auparavant avait dansé avec esprit, les membres légers, en marivaudant avec un jeune homme à la veste toute blanche comme celle de Tom Jones. « Maintenant, écrivait-elle à son neveu, tout se saura — tes crimes et tes misères, toutes les fois où tu es allé à Londres avec la malle-poste pour gaspiller cinquante guinées dans une taverne. » « Toi, écrivait-elle à sa nièce, tu es un modèle de fatuité et de sagesse, de banalité et d'excentricité, de tristesse et de joie... Qui peut suivre le rythme des variations continuelles de ta fantaisie, des caprices de ton goût, des contradictions de tes sentiments ?... Ah, quelle perte ce sera quand tu te marieras ! Tu es trop sympathique en jeune fille à marier, trop sympathique comme nièce. Je te détesterai, quand tu abandonneras tes délicieuses élucubrations, pour te prélasser dans les sentiments conjugaux et maternels. » C'est en ces mois-là justement qu'elle commença à écrire *Sanditon*, son hymne le plus enchanteur à la superficie de l'existence.

La rémission fut brève. Avant la fin mars, elle abandonna *Sanditon*. Elle se sentait trop faible, trop épuisée pour marcher : elle prenait l'air dans une carriole traînée par un âne ; puis elle renonça également à un exercice aussi léger. Elle restait au lit, ou dans le salon, en robe de chambre, étendue sur un sofa improvisé formé de trois chaises placées l'une à côté de l'autre. Quand ses nièces Anne et Caroline vinrent lui rendre visite, elle les fit asseoir autour du feu. Elle était très pâle, la voix extrêmement faible, presque un murmure, et dut rapidement prendre congé d'elles. Elle avait compris qu'il n'y avait plus devant elle de livres à lire et à écrire, ni de thés ni de provisions de vin ou de sucre. Mais elle cherchait à rester elle-même, ou du moins à le paraître. Dès qu'elle le pouvait, elle se levait et se promenait d'une pièce à l'autre ; elle plaisantait, « distrayait les autres même dans leur tristesse », tâchant de s'éloigner et de disparaître peu à peu derrière les légers rideaux de scène de l'existence, sans que la mort pût la remarquer, ou sans être marquée par la mort. Elle était reconnaissante envers les siens, et surtout envers Cassandra, pour sa « tendre, vigilante, infatigable » activité d'infirmière. Le 27 mai, écrivant de nouveau à son neveu, elle manifesta un étrange sentiment de culpabilité. « Si jamais tu tombes malade, je te souhaite de recevoir tous les soins qui m'ont été prodigués, je te souhaite de pouvoir jouir de ce don précieux, des amis dévoués et compréhensifs qui allègent tes souffrances, et je te souhaite de posséder — comme certainement tu la posséderas — la plus importante de toutes les bénédictions, la conscience de n'être pas indigne de leur amour. Pour ma part, je ne l'ai pas ressentie. » Elle se sentait donc indigne de la vie qu'elle avait vécue, de la tendresse qui l'avait entourée et qu'elle n'avait pas méritée. Peut-être se sentait-elle indigne également d'une mort qui ressemblait trop à celle de tous les autres humains ?

Dans la troisième semaine de mai, son état empira, et ses frères lui dirent qu'elle n'avait plus longtemps à vivre. Le dernier jour, le 18 juillet 1817, elle se sentit mieux et écrivit des vers. Puis elle défaillit. Cassandra lui demanda si elle désirait quelque chose : « Seulement la mort », souffla-t-elle ; puis : « Mon Dieu, donne-moi la patience. Prie pour moi. Oh, prie pour moi. » Et elle cacha sa tête dans l'épaule de sa sœur. Elle avait rectifié et éludé, retouché et omis bien des choses de la vie, mais elle n'avait pu éluder les douleurs et les prières trop humaines d'un être qui meurt.

Jane Austen romancière

À quinze ans, Jane Austen était déjà un grand écrivain : elle avait presque tous les talents qu'un romancier acquiert au début ou à la fin de sa carrière. Ne nous laissons pas tromper par *Amour et amitié, Lesley Castle* ou *Catharine or The Bower*. Ce ne sont pas là des facéties familiales, celle qui écrit n'est pas une jeune fille de quinze ans qui rit dans son coin et s'amuse des modes du temps. Le jeu de Jane Austen est beaucoup plus inquiétant. La jeune fille de quinze ans qui certainement, dans sa vie quotidienne, respectait le foyer, la famille et l'Église, est une parfaite nihiliste. Elle n'a de respect pour rien. De tout ce qui existe — la famille, la maison, la conversation, les habitudes les plus innocentes, cet édifice compact et immortel que nous vénérons tous et que nous appelons *réalité* —, pas la moindre apparence ne réchappe à ses yeux. Il suffit qu'elle en parle dans ses cahiers d'écolière, et tout est porté à l'absurde, tout se dissout dans un nuage de déraison.

Sans que nous sachions quand, le regard de Jane changea. La terrifiante petite nihiliste accepta sans réserves les formes apparentes et la construction de la réalité. Cet accord fut-il naturel et spontané ? Ou fit-elle un effort sur elle-même ? Dans ses grands romans, Jane Austen aime les lieux communs, les idées fixes, les institutions, et tout ce qui se répète dans la vie quotidienne, même la sottise, la stupidité, les interminables bavardages de Mrs. Jennings ou de Miss Bates, lui inspire de petits chefs-d'œuvre. Qu'importe qu'elle ait parfois été un juge impitoyable et cruel ? Dès qu'elle regardait autour d'elle, Jane trouvait le monde tout à fait amusant ; et elle le racontait avec une gaieté étincelante, un plaisir de vivre et d'écrire toujours renouvelé, une joie qui dépassait les choses racontées. L'*ici* lui suffisait, elle n'éprouvait aucune nostalgie de mondes autres.

Il y a un passage, dans *Emma*, où Jane Austen se livra pour toujours. Emma attend dans une boutique qu'une amie fasse ses achats ; le temps passe, elle s'ennuie et s'approche de la porte : Mr. Perry marche à pas pressés, Mr. William Cox entre dans son bureau, un facteur passe de temps en temps sur sa mule, et puis il y a un boucher avec sa planche à découper, une petite vieille et son panier plein, deux chiens qui se disputent un os répugnant... Ce sont de pauvres choses : il n'y a presque rien à voir, de même qu'il y a peu de chose à voir dans le village où habite une autre Emma, Mme Bovary. Mais quelle différence ! La monotonie de la vie provinciale n'éveille chez Mme Bovary qu'irritation et ennui. Avec son esprit lumineux, Emma (comme Jane Austen) est heureuse de ce spectacle quotidien : elle ne désire rien d'autre ; elle accepte totalement, avec amour et ironie, ce que la vie lui offre ; et chaque objet est, pour elle (le vocabulaire cher à Joyce n'est pas ici hors de propos), une *épiphanie*. « Un esprit vif et serein [...] ne voit rien qui ne lui plaise. »

Tout romancier qui accepte aussi hardiment le monde que le font Jane Austen, Dickens, Balzac ou

Proust finit par se salir à la réalité ; celle-ci pénètre en lui et le contamine, même si cette contamination accroît son génie. Dans le cas de Jane Austen, en revanche, rien de tel ne s'est produit. Son esprit est resté merveilleusement pur : comme le dit un passage de la scène que j'ai rappelée, elle n'avait rien besoin de voir ; et elle pouvait se consacrer à la pure contemplation d'elle-même. « Un esprit vif et serein peut être satisfait *même sans rien voir...* » Il y avait en elle, sous le dur réalisme et sous l'ironie, une zone de quiétude, un fond légèrement extatique. Elle avait l'esprit parfaitement formé et harmonieux — comme seul peut-être celui de Raphaël ; une lumière juste, claire et limpide émanait d'elle, enveloppait les choses, imprégnait les personnes, effleurait les atmosphères et les surfaces, jugeait du bien et du mal, sans qu'aucun préjugé ne vînt obscurcir, même un instant, esprit et représentation. Comme il n'arrive qu'aux génies, elle connaissait tous les secrets de la réalité, même sans en avoir l'expérience. Et la précision avec laquelle elle les représentait n'était jamais victime du démon moderne de la précision.

*

En Italie au moins, mais pas seulement en Italie, nous ne reconnaissons pas encore sa grandeur. Tous se souviennent d'une très belle phrase, certainement auto-ironique : « le petit morceau d'ivoire (long de deux pouces) sur lequel je travaille avec un pinceau si fin qu'après bien des efforts l'effet est minime » ; et nous admirons la touche du miniaturiste, les couleurs, les ombres, les bigarrures de l'ivoire, les prodigieux effets indirects, les ironies de la conversation, les petites moralités. Mais nous oublions qu'à l'arrière-plan de ces peintures si fines, il y avait un esprit d'une vaste ampleur, qui conçut un monde immense. Mario Praz, dans un très bel essai, a comparé ses livres aux *conversation pieces*, les portraits de famille du début du XIXe siècle. Jane Austen n'a rien à voir avec les *conversation pieces* : ses proches, ce sont Balzac, Tolstoï, Proust, les créateurs de mondes universels. Comme eux, avant la rédaction définitive de *Raison et sentiments*, elle eut une révélation ; et elle conçut un projet narratif unitaire dont *Raison et sentiments*, *Orgueil et préjugés*, *Le parc de Mansfield*, *Emma* et *Persuasion* sont l'application consciente.

Jane Austen connaissait parfaitement l'histoire du grand monde, les espaces et le travail humain ; et la pensée de Dieu habitait son âme religieuse. Mais l'art n'est pas un pur reflet des expériences de celui qui écrit : il peut être fondé sur de grandioses omissions. Ainsi procédèrent Flaubert, James, Kafka et Proust, et personne ne peut les accuser d'avoir négligé des pans de l'existence. Ainsi procéda également Jane Austen. Dans ces grandes constructions formelles qu'étaient ses livres, ne devaient pénétrer ni Dieu, ni la mort, ni la guerre et les soubresauts de l'Histoire, ni (ou très rarement) les espaces lointains. En outre, Jane Austen savait que le monde est aussi douleur, désastres, chaos, incohérence, contradictions. Mais elle écrivait des livres — lesquels devaient tous avoir une « fin heureuse » : un mariage. C'était une forme mentale, un schéma mathématico-musical, qui mettait en relation les extrêmes de la vie. Il n'est pas facile de dire si cette fin heureuse signifiait simplement que l'art est le lieu de l'ordre et de l'harmonie, ou que, malgré tout, Jane Austen pensait que cet ordre, cette harmonie, régnaient invisibles dans le monde aussi.

En plus de ce schéma général, Jane Austen appliqua à chaque livre un schéma particulier. Malgré les apparentes ressemblances de contenu (le village de campagne, les quelques familles, les rencontres, les thés, les bals, les promenades), chaque roman de Jane Austen est radicalement différent des autres. Chaque fois, elle eut une illumination : un personnage féminin s'emparait d'elle autoritairement ; Jane adoptait son point de vue et son regard, et de ce regard, de ce point de vue (comme de sa couleur, de sa musique), elle imprégnait le roman. Chaque fois, l'atmosphère est différente, et il nous semble que nous marchons dans un cosmos inventé par un autre créateur. Jane Austen redoutait la monotonie. N'y avait-il pas un risque que *Raison et sentiments* fût trop semblable à Elinor ? Et *Orgueil et préjugés* à Elizabeth ? Ou *Le parc de Mansfield* à Fanny ? Aussi plaça-t-elle à côté du personnage principal une figure mineure, féminine elle aussi — Marianne auprès d'Elinor, Jane d'Elizabeth, Mary de Fanny, Jane Fairfax auprès d'Emma — et qui lui était opposée par la nature, le tempérament, le destin. Elle conquit une double optique ; elle orchestra une double partition, avec de merveilleux effets musicaux et pittoresques de contrastes et de reflets, alliant sa science exquise des sons à son art délicat de la miniature.

L'abbaye de Northanger est un jeu enchanteur. Mais *Raison et sentiments* est déjà un chef-d'œuvre. Ce n'est plus l'allure rapide et frivole de *L'abbaye de Northanger*. Le rythme est d'une lenteur inexorable ; tout ce qui se produit survient fatalement ; tout ce qui advient doit advenir. Les architectures du roman gothique ne sont plus des objets de parodie : Jane

Austen comprend qu'un narrateur doit raconter un mystère, ou une série de mystères ; et elle applique cette technique ténébreuse non à des histoires gothiques, mais à la vie moderne de tous les jours, anticipant sur les grandes constructions noires d'Emily Brontë et de Dickens. Avec *Orgueil et préjugés*, les mystères se défont ; il reste certains doutes, que la narratrice s'amuse à dissiper ; partout domine le rayon clair de la raison, qui orchestre et mène à leur terme, comme en un jeu mathématique, deux comédies amoureuses. Jane Austen, qui aimait beaucoup ce livre, écrivait : « *Orgueil et préjugés* est trop léger, brillant et pétillant. Il y faudrait un peu d'ombres. » Ce n'était pas *Orgueil et préjugés* qui manquait d'ombres, c'était Jane Austen qui en avait besoin. Ainsi naquit *Le parc de Mansfield*, le plus tragique, le plus ténébreux et peut-être le plus beau de ses livres. Quelle construction massive, grave et sévère ! Presque tout ce qui brille a disparu, ainsi que les traits ironiques, du moins dans la partie centrale : de vastes palais aristocratiques emplissent l'espace ; l'action s'étend sur plusieurs années, une immense quantité de temps peuple les pages ; et le rythme est lent, pesant et laborieux. Quelque chose, dans la construction et dans certaines scènes ou figures, nous rappelle un chef-d'œuvre de la même époque : *Les affinités électives* de Goethe.

Comme en un rythme de systole et de diastole, *Emma* est l'inverse du *Parc de Mansfield*. Tout y est léger, lumineux, aéré. Il n'y a pas de secrets entre « ces trois ou quatre familles », tout n'est que transparence ; et si surgit quelque petite énigme, comme celle du piano de Jane Fairfax, elle revêt des aspects d'opéra-bouffe. Nous n'avions jamais pénétré aussi profondément dans la félicité des petites choses.

L'on parle presque uniquement d'elles : « Le fromage de Stilton, celui du Nord Wiltshire, le beurre, le céleri, la betterave, et tout ce que l'on sert à la fin du repas » ; et le livre s'achève ironiquement, *sur le mode mineur*, par un vol de dindons qui permet un mariage providentiel. *Persuasion* est un « conte d'automne » : fin d'une famille aristocratique, qui sombre dans le snobisme le plus odieux ; automne d'une jeune femme, qui fleurit et se fane précocement. Le livre est dépouillé, sec et presque sévère comme si, à l'approche de la fin, Jane Austen disait adieu à ses grâces inoubliables.

*

Tout propos concernant Jane Austen butte inévitablement contre une question et un mystère : nous avons lu quantité de lettres et de romans ; nous avons admiré l'infinie délicatesse de la main, la puissance du regard, l'habileté de la construction, l'irruption du divertissement ; mais qui a écrit ces livres ? De la personne qui a vécu, une « brunette » lumineuse aux vifs yeux sombres, nous ne savons presque rien. Les lettres sont un monument de discrétion et d'effacement de soi. En chaque écrivain, il y a une autre personne, profonde et dissimulée : celle qui compose les livres ; elle se révèle à certaines images, certains thèmes récurrents, à des personnages favoris, à une sorte de *double* qui vit dans les livres, comme une présence dominante. Ce *double* aussi — la vraie Jane Austen — nous échappe-t-il ? Derrière ses méthodes d'écrivain, qui semblent si évidentes, n'y a-t-il pas d'âme, ou cette âme est-elle inaccessible ? L'on peut explorer une voie. Imaginer qu'Elinor et Marianne, Elizabeth et Jane, Fanny et Mary,

Emma, Jane Fairfax et Anne ne sont pas de pures créatures romanesques, créées par un génie du récit Peut-être sont-elles des *projections*. Peut-être que, chaque fois, Jane Austen s'immergeait en elle-même ; elle contemplait une partie de son être, qui se révélait alors à elle, et en façonnait un personnage qui ensuite se détachait d'elle et s'éloignait d'un pas léger, pour devenir une figure.

Raison et sentiments est l'un des plus grands essais narratifs sur le monde romantique. Telle une habile mathématicienne disputant une partie d'échecs, Jane Austen oppose les personnages et les valeurs. D'un côté, Marianne : la passion, l'ardeur juvénile, la vivacité intellectuelle, la religion de l'amitié et de la douleur, la solitude, la nostalgie, la joie du présent, la sensibilité la plus flexible. De l'autre, Elinor : la décence, la modération, la réserve, les convenances, les valeurs sociales, la discrétion, l'*understatement*, l'observation réaliste. Si Marianne a le charme et la séduction du jeune Werther, jamais la musique de la raison et de la discrétion — celle en laquelle croyait apparemment Jane Austen — n'ont eu le charme qu'elles prennent chez Elinor. Et puis, à mesure que l'intrigue se déroule, l'ardeur de la douleur et de la passion brûle Elinor, tandis que Marianne est enveloppée de la lumière automnale du bon sens et de l'estime. Où donc Jane Austen résidait-elle ? Elle se trouvait sur ce point d'Archimède où la sensibilité devient discrétion, l'ardeur sérénité, et où les sentiments de l'âme se fondent dans le même feu. Tel est le premier message qu'à petites touches de pinceau, Jane Austen adresse à ses lecteurs.

La seconde projection de Jane Austen, dans *Orgueil et préjugés*, est plus simple. Tout donne à penser qu'elle est du côté d'Elizabeth Bennett.

Comme elle, Jane Austen narratrice était spirituelle, intelligente, brillante ; comme elle, elle était dure, courageuse et obstinée ; comme elle, elle ne se faisait aucune illusion sur la réalité ; elle savait que le monde est chaotique et incohérent, que les hommes sont stupides (« et pourtant, les êtres stupides sont les seuls qu'il vaille la peine de connaître »), que le bonheur absolu est impossible, que toute éducation est inutile, qu'il nous faut retenir du passé « seulement ce qui nous plaît ». En raison peut-être de ces ressemblances, elle aimait beaucoup son personnage. Ou peut-être l'aimait-elle pour une raison plus profonde : c'est que tous les dons, et les défauts mêmes, d'Elizabeth deviennent en elle une joie vitale. Quant à Jane, affectueuse et tendre, compatissante et débonnaire, elle n'avait certainement pas le brillant intellectuel de sa sœur. Mais comment exclure que Jane Austen ait senti en elle-même une simple lueur de cette tendre douceur ?

Mary Crawford, le personnage secondaire du *Parc de Mansfield*, est l'incarnation de la séduction. Quel charme, quelle grâce quand elle joue de la harpe, monte à cheval ou bavarde, frivole et légère ; et comme son esprit est effervescent, comme est irrésistible sa discrète coquetterie ! Jane Austen aimait la séduction ; mais elle sentait aussi le risque de corruption qu'il y avait en elle ; peut-être le percevait-elle en elle-même et, profondément, en Mary. Le cœur grandiose du livre est le portrait de Fanny Price, le plus déchirant que Jane Austen ait jamais consacré à l'ombre féminine : à la tendresse amoureuse, la douleur, la défaite, le silence de la femme. Fanny, la parente pauvre adoptée par ses riches cousins Bertram, est une enfant blessée, exclue, tremblante, terrifiée. Dans cette société de bavardages mondains, elle est la voix de l'âme, comme Mignon dans *Wilhelm Meister*. Tous parlent, et elle s'enferme dans le silence ; ils vivent en société, tandis qu'elle contemple la nature ; ils jouent, et elle déteste les apparences théâtrales, car celles-ci changent, se modifient et elle — la fidèle — veut que le temps reste immobile ; ils agissent, et elle accepte passivement la vie. Dans son immense besoin d'amour, elle a pour son cousin Edmund un dévouement de fille et d'esclave, jalouse de la moindre attention qu'il accorde aux autres, et surtout de son amour pour Mary.

Avec une sorte d'obsession, Fanny aime la grande demeure patricienne dans laquelle elle a été élevée : l'harmonie, la quiétude, la gravité du parc de Mansfield. Elle défend l'ordre et les convenances du monde aristocratique, alors que presque tous ses nobles cousins pèchent contre ses lois. C'est ainsi qu'elle, la rejetée, l'exclue, devient la prêtresse qui sauve le monde de la ruine dans laquelle Jane Austen le voyait sombrer. Tout doit rester ainsi, comme un temple consacré, pour l'éternité. Jane Austen ne partageait pas la dévotion angoissée de Fanny pour l'aristocratie et les convenances. Mais elle ressentit assurément en elle-même, dans un recoin de son immense profondeur de créatrice, cette souffrance, cette tristesse, cette passivité, ce terrible silence, et le désir que rien, jamais, ne change dans l'univers.

*

Beaucoup de lecteurs n'aiment pas Emma, que Jane Austen adorait. Comme il est facile de lui adresser des reproches ! Elle ne fait que projeter, dresser des plans, arranger des mariages insensés, comme une capricieuse jeune fille de province : elle ne comprend jamais ce qui se passe ; si elle enquête, elle suit de fausses pistes. Nous pourrions ajouter qu'elle est vaniteuse, cruelle, gâtée, snob ; qu'elle veut occuper la première place ; qu'elle incarne l'esprit classique de la société campagnarde ; et quoiqu'elle soit spirituelle, elle parle trop. Mais ce sont des fautes vénielles. Comment ne pas adorer Emma, quand nous la voyons traverser Hartfield et Highbury, avec ses yeux noisette qui scintillent, son visage ouvert, ses proportions gracieuses, lumineuse comme la clarté du matin ! Elle a un don fort rare : elle est heureuse ; heureuse à chaque instant, heureuse de vivre et d'être au monde ; c'est l'un des rares personnages qui sache recueillir la « goutte » lumineuse descendue du ciel, dont parlait Virginia Woolf. Peu importe qu'elle n'ait pas l'intelligence d'Elizabeth ; ni que son cœur, qui cependant exalte la tendresse, soit froid ; car Jane Austen aime en elle la vie amoureuse d'elle-même, de sa tranquillité et de son rythme propre, comme dans ce mot fameux : « Un esprit vif et tranquille peut être satisfait même sans rien voir, et ne voit rien qui ne lui plaise. » L'élégante Jane Fairfax, avec ses yeux d'un gris sombre, est son opposé, son ombre : froide, calme, discrète ; et puis affligée, désespérée, bouleversée par son secret.

Anne Elliott aussi, dans *Persuasion*, sort de cette ombre dont Jane Austen, à une période de sa vie, s'aperçut qu'elle la portait profondément en elle. Lorsqu'elle apparaît devant nous, Anne n'a pas encore trente ans, et elle est déjà fanée. Il lui manque l'affection d'une famille, l'amour d'un homme, qu'elle n'a pas eu le courage d'épouser et qu'elle regrette : elle croit que le bonheur est perdu à jamais ; et elle est étouffée, résignée, sacrifiée par son destin de femme. Elle est rationnelle, austère, patiente ; capable de tous les renoncements. Elle est seule et silencieuse. Elle n'appartient plus à un milieu social, parce qu'elle refuse le monde aristocratique, que Fanny avait sauvé. Puis l'aimé d'autrefois resurgit, désormais capitaine dans la marine ; et le livre n'est plus que la très lente, l'épuisante préparation du nouveau bonheur, automnal mais plus intense, plus délicat et plus précieux qu'auparavant. D'abord, les deux amoureux ne se disent rien : ils ne savent pas se parler. Mais peu à peu affleure la voix du cœur : que de tendresse, de silence, de mélancolie et de soudaines incursions de la joie, tandis que les couleurs de la jeunesse viennent refleurir sur les joues d'Anne ! Le retour s'opère à travers ces effets indirects dont Jane Austen avait le secret : le capitaine découvre qu'il est à nouveau épris d'Anne en regardant dans les yeux d'un homme qui l'admire ; il révèle son amour pour elle en parlant de l'amour d'un autre ; Anne avoue ses sentiments tout en parlant, avec un troisième personnage, de la tendresse des femmes. Enfin, tous deux se rencontrent : sur leur rencontre descend une « goutte » d'éternité ; et le livre resplendit d'une ardeur passionnée, d'une émotion, d'une sublimité de ton qui ne s'étaient jamais révélées dans les livres de Jane Austen.

Sanditon fut interrompu par la mort. Si Anne Elliott n'avait pas de véritable double féminin, ici le personnage féminin n'est peut-être qu'un regard clair et lucide. Il n'y a plus de projections. Jane Austen embrasse complètement le monde extérieur et ses surfaces futiles et enchanteresses, comme si rien d'autre n'existait ou ne pouvait exister. Pas d'automne, pas de mélancolie, pas de passion. Quelle allégresse éclatante, quelle cristalline joie de vivre, quel insatiable plaisir physique de raconter ! L'on dirait que Jane Austen était revenue, au moment de mourir, à sa jeunesse nihiliste, quand le monde n'était pour elle qu'une étonnante folie, absurde et merveilleuse.

Parvenue au sommet, Jane Austen se révèle comme le premier et le plus grand maître du dialogue romanesque. Elle avait composé des dialogues soyeux et légers ; elle avait brodé des variations exquises et spirituelles ; elle avait peint la sottise, le mensonge, l'exaltation, l'exagération, l'exhibition, le vide, orchestré une orgie verbale qui annonce celle de Dickens — « de grandes gorgées de paroles comme de grandes gorgées de vin, piquantes et rafraîchissantes » — où le fil aristophanesque de la conversation se perd et se retrouve sans fin. Dans *Sanditon*, tout le monde parle : Mr. Parker parle voluptueusement, comme Lady Denham, laquelle déteste les médecins et recommande le lait d'ânesse ; Diana Parker parle elle aussi, plongée dans ses inépuisables maladies imaginaires, et Sir Edward Denham, qui veut devenir un ténébreux séducteur, et Arthur Parker, plein d'attentions pour sa névrose. Ces propos se délectent d'eux-mêmes, forment un jeu, se commentent ; mais ils ne disent presque rien — grandioses exercices de la voix, que Jane Austen orchestre avec un art implacable.

Jane Austen avait donc été toutes ces projections dont j'ai parlé ? Elinor et Marianne ? Elizabeth et Jane ? Fanny et Mary ? Emma et Jane Fairfax et Anne Elliott ? Et puis la réalité elle-même avec ses couleurs, la voix de mille voix ? Elle avait été l'ombre et la lumière, la raison et la sensibilité, l'intelligence ironique et la tendresse, le douloureux silence et la séduction, le bonheur, la tranquillité, la froideur et l'épanouissement ? Tel fut, je crois, son multiple visage. Et elle aurait pu être encore bien d'autres voix, si le 18 juillet 1817, elle n'avait caché pour toujours sa tête sur l'épaule de sa sœur, invoquant ce Dieu qu'elle avait rigoureusement aboli dans ses romans.

Lou Salomé et Nietzsche

Louise Salomé naquit à Saint-Pétersbourg, en février 1861. Sa famille, qui en Avignon avait témoigné de sa foi huguenote, avait des origines françaises, allemandes et baltes. Son père avait été inspecteur général de l'armée russe, puis conseiller secret plénipotentiaire et il habita jusqu'à sa mort dans l'immeuble de l'état-major, en face du palais d'Hiver. Lou resta toujours profondément attachée à Saint-Pétersbourg et à la Russie. Sa vie durant, elle emporta autour d'elle l'écho de ce faste impérial, de ces ors, de ces splendeurs et de ces musiques. Lorsqu'elle était adolescente, le pasteur hollandais de la communauté évangélique de Saint-Pétersbourg, Hendrik Gillot, lui enseigna l'Ancien Testament, la philosophie moderne et la littérature française : Lou dévora, avec une passion insatiable, ces premières hosties de la connaissance. Gillot s'éprit d'elle, obtint la séparation d'avec sa femme et lui demanda de l'épouser. Mais Lou Salomé le refusa. Profondément amoureuse de Gillot, elle voyait en lui un père et une réincarnation de Dieu ; et elle ne pouvait serrer dans ses bras un être qui appartenait au royaume des cieux. Dès lors, ce *tabou* érotique la domina et l'obséda pour de nombreuses années. Elle avait besoin pour aimer quelqu'un qu'il fût un écho de Dieu ; mais elle ne pouvait partager sa couche. Et puis, il y avait les autres hommes, les hommes du commun, ceux qui n'étaient pas des dieux ; mais à ceux-là, elle n'accordait que son amitié.

Cet éros retenu, nié, et qui pourtant rayonnait insensiblement de toute sa personne, fut la première source de son charme extraordinaire. Dans sa jeunesse, Lou enchantait tout le monde : Nietzsche, Paul Rée, professeurs scrupuleux et vieux théologiens suisses, jeunes étudiants qui lui écrivaient aussitôt des lettres d'amour, vieilles dames « idéalistes », les savants et les simples ; elle incarnait de diverses manières les rêves de chacun, sorte de projection de tous ceux qu'elle rencontrait. Elle attirait et repoussait. Si elle l'avait souhaité, elle aurait séduit un chat, une rose ou une pierre, qui se seraient précipités, extasiés, à ses pieds. Lorsqu'elle devint adulte, poètes, sociologues, orientalistes, psychologues, hommes politiques, dramaturges, journalistes, économistes, médecins illustres la courtisèrent désespérément : presque toujours en vain. Ferdinand Tönnies la poursuivit de ses assiduités, Gerhart Hauptmann l'invoqua, Frank Wedekind pénétra inutilement dans sa chambre d'hôtel, deux hommes se tuèrent pour elle. De 1897 à 1900, elle vécut avec Rainer Maria Rilke, auquel elle apprit le plaisir de marcher pieds nus dans l'herbe humide de rosée et l'art de nourrir les biches de la forêt. Freud eut pour elle de l'estime, de la sympathie et de la tendresse. Seul le vieux Tolstoï l'accueillit sans enthousiasme. Élisabeth, la sœur de Nietzsche, la détesta avec toute la haine, le mensonge, la vulgarité et le fanatisme dont elle était capable.

À vingt ans, l'âge où nous la rencontrons pour la

première fois, Lou emprisonnait son corps long et mince dans une robe sombre de coupe sévère, boutonnée jusqu'au cou, avec une garniture de dentelle au col et aux poignets. Ses yeux profondément enfoncés contemplaient sans crainte le spectacle des choses et des hommes. Elle était enfantine : elle se présentait à tous comme la fille rêvée ou perdue, sur laquelle chacun reportait son sentiment incestueux dissimulé. « Ma chère enfant », lui disaient-ils tous. Mais cette enfant croyait aveuglément en elle-même : elle avait une énergie inhumaine ou surhumaine, une dureté de général prussien, un courage inébranlable. Elle voulait « devenir elle-même », comme le prescrivait Nietzsche, qui citait Pindare : se dominer, dominer les autres, dominer la vie — jusqu'à ce que la vie lui offrît comme un *don* ce qu'elle désirait avec tant de force. Elle était très intelligente : elle participait aux controverses philosophiques de l'époque avec une légèreté enjouée et une grande rapidité d'intuition. Son intelligence était surtout d'ordre psychologique : elle comprenait les autres mieux qu'eux-mêmes ne se comprenaient; bien vite, elle devenait eux, prenait leurs couleurs et leurs ombres — les ombres des pensées de Rée, les ombres scintillantes des sentences de Nietzsche dans *Le gai savoir* ou dans la future extase d'*Ainsi parlait Zarathoustra*. « Je voudrais, disait-elle, avoir été dans la peau de tous les hommes. »

En janvier 1882, Lou Salomé arriva à Rome, accompagnée de sa mère, pour soigner un mal de poitrine supposé ou imaginaire. Elle fit la connaissance de Malwida von Meysenbug, une affectueuse vieille dame allemande qui vivait près du Colisée et avait dans son salon, sur fond de pourpre, un grand buste blanc de Wagner, qu'elle adorait. L'« idéaliste »

Malwida tomba amoureuse de Lou : « Cela fait longtemps, lui écrivit-elle, que je n'ai plus éprouvé une tendresse aussi vive pour une jeune femme. La première fois que je vous ai vue, j'ai eu l'impression de voir renaître ma jeunesse. » En mars, les portes accueillantes de Mme von Meysenbug s'ouvrirent à nouveau ; de Monte-Carlo arriva Paul Rée, un philosophe plus jeune que Nietzsche de quelques années. Il était délicat, scrupuleux, féminin, incertain ; il dissimulait une grande bonté d'âme sous une sorte de haine envers lui-même ; il aimait Nietzsche et le vénérait, et voulait en être aimé de retour. Très vite, Paul Rée rencontra Lou : ils commencèrent à s'entretenir dans le salon de Malwida von Meysenbug ; puis il l'emmena se promener au clair de lune, entre minuit et deux heures du matin, du Colisée jusqu'aux ruines qui bordent la voie Appienne, comme dans les livres de Chateaubriand, tout en parlant passionnément de la vie, de la philosophie, de la littérature — et de Nietzsche, le fascinant ami lointain. Rée tomba tout de suite amoureux — « et il ne tarda pas à commettre l'impardonnable erreur, devait commenter Lou par la suite, de soumettre à ma mère un projet de mariage ».

Vers la fin avril, Nietzsche arriva à Rome, désemparé et ivre de solitude. Personne, peut-être, n'avait jamais autant souffert de la solitude que lui en ces années-là. « Si je pouvais puiser ma force en moi, s'il me fallait attendre des approbations, des encouragements, un réconfort de l'extérieur, où serais-je ? Que serais-je ? Il y a eu vraiment des moments, des périodes entières, dans ma vie (par exemple en 1878) où un signe d'assentiment, une poignée de main d'encouragement auraient été pour moi comme le plus grand des réconforts, et c'est alors justement que m'ont lâché tous ceux sur lesquels je croyais pouvoir compter, et qui auraient *pu* me montrer cette sympathie. Aujourd'hui, je n'y compte plus, et je ressens seulement une triste torpeur quand je pense aux lettres que je reçois maintenant — tout est si incolore... loin, loin, loin. » « Oh, quelles années ! Que de tourments de toute sorte, que de solitude et de fatigue de vivre ! Et contre tout cela, pour ainsi dire contre la mort *et* la vie, je me suis préparé mon antidote à moi, mes pensées, avec au-dessus d'elles leur petite bande de ciel serein... » Il était presque aveugle. Il avait des migraines incessantes. Il habitait dans des chambres meublées et de modestes pensions. Mais ses haltes n'étaient jamais longues. Plus loin, une autre chambre l'attendait, une autre ville — Sorrente, puis Ragaz et Grindelwald, Saint-Moritz, Venise, Stresa et Gênes, Recoaro, Sils-Maria, puis Gênes encore, puis Messine où il était arrivé, seul passager à bord d'un voilier sicilien, avec ses cent quatre kilos de livres. Il n'y avait pas de haltes. Il ne pouvait y avoir de haltes.

Paul Rée et Malwida von Meysenbug l'avaient invité à Rome pour connaître la « personne extraordinaire ». Nietzsche avait répondu : « Saluez cette Russe de ma part [...]; je suis avide de ce type d'âmes. » Lorsqu'il arriva à Rome, il sembla tout heureux : brusquement, d'un geste, il se libéra de l'étreinte et des protections de la solitude. Sa conversation était fraîche, agréable, pétillante et pleine d'heureuses inventions, comme autrefois : un jeu avec des semelles de vent. Il alla à Saint-Pierre, où Paul Rée écrivait son dernier livre assis dans un confessionnal baigné de lumière. Il vit Lou et lui dit solennellement, en termes goethiens : « Du haut de quelles étoiles avons-nous été précipités ici l'un vers l'autre ? » Puis la comédie se répéta, comme dans une *ronde* *, pour la troisième fois. Quelques jours plus tard, Nietzsche demanda à Rée de présenter à Lou sa demande en mariage. La *ronde* * préparait, sur ces rythmes allègres et frivoles qui plaisaient tant à Nietzsche, la plus terrible tragédie de sa vie.

Lou Salomé n'avait aucune intention de se marier : ni avec Gillot, ni avec Rée, ni avec Nietzsche, ni avec aucun autre être humain, fût-il la dernière incarnation de Dieu, dont elle ne pouvait recevoir l'étreinte. Fidèle aux paroles de Pindare-Nietzsche, Lou voulait « devenir qui elle était » : suivre sa voie courageusement, inflexiblement, cruellement, pour cueillir tous les dons que la vie, secrètement, avait préparés pour elle. Elle avait une idée tout à fait différente : une idée qui flottait dans ces milieux. Rée imaginait « une Église invisible » autour de Nietzsche ; Malwida von Meysenbug, une maison pour les âmes élues ; Nietzsche voyait sa pensée comme « une pensée collective », qu'il fallait cultiver dans un « jardin d'Épicure » ou dans des cercles de type pythagorico-platonicien. Quant à Lou, elle avait eu un songe nocturne. Elle vit en rêve un bureau-bibliothèque, plein de livres et de fleurs ; près du bureau s'ouvraient trois chambres à coucher où dormaient Rée, Nietzsche et elle. C'était *le rêve de la Trinité*, contrefaçon de la Trinité chrétienne. Entre les trois amis, il ne devait pas y avoir de relations érotiques : seulement des lectures et des discussions ; mais l'éros, que Lou avait réprimé, rayonnait autour d'elle et lui enchaînait ces deux hommes qui l'aimaient. Quand elle parla de son projet à Malwida von Meysenbug, la vieille dame la mit en garde : « L'expérience d'une longue vie et la connaissance de la nature humaine me disent qu'inévitablement, dans le meilleur des cas, un cœur devra souffrir horriblement, et dans le pire des cas, un lien d'amitié en sera détruit. » Mais Nietzsche et Rée, les frères imprudents, acceptèrent avec enthousiasme le projet de la Trinité amoureuse.

*

Très peu de temps après, la Trinité amoureuse partit pour les lacs de Lombardie, accompagnée comme toujours de la mère de Lou. Dans les premiers jours de mai 1882, ils arrivèrent tous quatre au lac d'Orta. Ils visitèrent l'île San Giulio, puis remontèrent vers le Sacro Monte (le mont Sacré) — un bois, une église et des chapelles peintes par la piété populaire de la Contre-Réforme, comme dans le plus célèbre Sacro Monte de Varallo. Nietzsche et Lou demeurèrent seuls, blessant Rée et la mère de Lou. Quelques mois plus tard, à Tautenburg, il dit à Lou, à mi-voix : « Sacro Monte — le rêve le plus charmant de ma vie, c'est à vous que je le dois. » Nous ne savons pas ce qui s'est passé, même si ces quelques heures sont restées gravées à jamais dans la mémoire de Nietzsche, tel un éclair tragique et jamais renouvelé. Selon toute possibilité, Nietzsche révéla à Lou la lumière cachée de sa philosophie, qui l'avait ébloui l'année précédente à Silvaplana, l'*éternel retour*. « Je ne crois pas qu'on puisse faire de présent plus grand. » Nietzsche lui confia cette pensée comme un secret, qui l'emplissait d'une indicible horreur : il n'en parla qu'à voix basse, « et avec tous les signes de la plus profonde épouvante ». Il était fatigué, malade : il n'avait plus la force de développer le thème de l'éternel retour ; et il le lui confiait à elle, son unique héritière, afin qu'elle le révélât aux autres hommes, pour briser en deux l'histoire du monde. Puis il y eut, probablement, un baiser. Lorsqu'il arriva à Bâle, Nietzsche parut à ses amis exalté, enivré, plein d'espoir. À Lucerne, il renouvela à Lou sa demande en mariage. Elle le repoussa à nouveau.

Cependant Paul Rée était terriblement jaloux. Il ne voulait pas voir Lou demeurer si longtemps en compagnie de Nietzsche, seule, sans sa mère. Il l'interrogeait : « Je continue à me demander quels ont été ton attitude, le ton de ta voix, quels ont été les gestes et les regards qui ont accompagné tes paroles, ce jour-là, au Sacro Monte. » Il adoptait le ton de la tendresse la plus mièvre : elle était son *petit escargot*, lui, sa *maisonnette*. Pour finir, il l'invita à Stibbe, dans l'est de l'Allemagne, dans sa maison familiale d'où Nietzsche fut exclu : « Les chambres sont toutes occupées. » Lou accepta. Nietzsche souffrait d'anxiété et d'angoisse. Lou s'arrêta quelques jours à Berlin; elle l'invita, puis annula l'invitation; mais Nietzsche partit également pour Berlin, lui laissant une adresse en poste restante à Charlottenburg. Il espérait qu'au dernier moment, avant de partir pour Stibbe, Lou le rencontrerait et lui parlerait quelques heures. Lou partit pour Stibbe sans le voir. Nietzsche resta seul à Berlin; il se sentait perdu — comme un sou que lui-même avait égaré, et qu'avec ses yeux à demi aveugles, il ne parvenait pas à retrouver dans la rue, bien qu'il fût là, juste à ses pieds, tandis que les passants le bousculaient et se moquaient de lui. Il revint chez lui, à Naumburg, voulant croire qu'à la fin, grâce à un mystérieux coup de dés, tout tournerait à son avantage. Pendant ce temps, Lou et Paul Rée passaient, à Stibbe, un mois de chaste bonheur philosophique.

C'était en août 1882. Nietzsche avait invité Lou Salomé à Tautenburg, « à une demi-heure de Dornburg, où le vieux Goethe s'enchantait de sa solitude, au milieu de bois magnifiques ». Tout était prêt pour l'attendre : Lou résiderait dans la maison du pasteur, avec la sœur de Nietzsche, tandis que lui-même dormirait chez un paysan. Les sentiers forestiers furent soigneusement nettoyés par les balayeurs communaux ; cinq bancs vinrent orner les points de halte ; et l'un d'eux, le plus beau, installé près d'un hêtre, portait le nom présomptueux de Gai savoir, comme un récent ouvrage de Nietzsche. Le temps passait ; Lou semblait ne devoir jamais arriver ; Nietzsche était inquiet, il n'avait plus confiance en la jeune fille, passait des nuits sans sommeil. Enfin, un jour, le mystérieux jeu de dés lui apporta à nouveau un nombre faste. Le 7 août, Lou Salomé et Mlle Élisabeth Nietzsche arrivèrent dans la maison du pasteur de Tautenburg.

Commencèrent alors les dix-neuf jours que Nietzsche marqua toujours de la plus précieuse des pierres blanches. Au début, il y eut des « discussions violentes », dues à la jalousie d'Élisabeth Nietzsche ; puis, tous les cinq jours, éclatait « une petite scène de tragédie », tant la tension était vive entre ces deux personnalités insatiables, qui voulaient se dominer mutuellement. Lou commentait : « Être amis signifie pouvoir être ennemis. Être ennemis signifie pouvoir être amis. » Mais, le 13 août, Nietzsche écrivit à Peter Gast : « Il me fallait surmonter une *épreuve* difficile, et je l'ai *surmontée*. » Lou notait : « Nous sommes deux natures en profonde affinité. » Un soir, Nietzsche lui prit la main, la baisa deux fois, et commença à dire « quelque chose qui ne parvint pas à être formulé ». Il n'y eut pas d'autres gestes d'amour.

Ils parlaient toujours, intarissablement : parfois même dix heures par jour, car leurs pensées s'entrecroisaient et se multipliaient comme les futaies de Tautenburg ; parfois la conversation continuait après dîner, au chevet de Lou ; tous deux se sentaient heureux d'avoir tant appris l'un de l'autre. Lou commença un *journal* et un *livre domestique* dans lequel, avec son mimétisme poreux, elle écrivait des maximes, imitant tantôt Nietzsche, tantôt Rée ; et Nietzsche annotait ces sentences, les corrigeait et y ajoutait les siennes. Parfois, la chaste Lou se croyait amoureuse de son voisin : « Deux personnes tombent amoureuses parce que l'intimité de l'une est la caisse de résonance dans laquelle retentit chaque son formé dans la poitrine de l'autre. » Puis elle se reprenait : « Mais sommes-nous *vraiment* voisins ? Non, malgré tout, nous ne le sommes pas. » Cependant, elle ne pouvait s'empêcher de communiquer à Rée ses pensées les plus secrètes, parce qu'elle avait besoin de voir Nietzsche et elle-même reflétés dans le miroir de l'autre, d'attirer l'un avec la voix de l'autre.

Au cours de ces journées de Tautenburg, Nietzsche sentit derrière lui, comme jamais dans sa vie, la présence du destin qui le poussait « vers le bonheur ». Que pouvait-il faire, sinon s'abandonner à cette figure radieuse, avec son habituel *amor fati* ? Depuis qu'il avait connu Lou, il n'était plus seul ; il voulait maintenant réapprendre à être un homme, en entrant ardemment dans la vie. Plein d'espérance, il se projetait dans l'avenir, qui avait pris pour lui les traits d'une jeune fille de vingt ans. « Ce que je n'espérais plus, trouver un compagnon *de mon bonheur suprême et de ma suprême souffrance*, me paraît désormais possible — comme une perspective dorée à l'horizon de toute ma vie future. » Il y avait en lui, par moments, une redoutable exaltation ; un sentiment d'euphorie, de triomphe et de victoire qui rendaient déjà le son terrible d'*Ainsi parlait Zarathoustra*. Il ne savait pas qu'il n'y avait eu aucun coup de dés triomphant ; ou que si le destin était intervenu, c'était pour le déchirer et le détruire — et ne faire de lui que « fragment et douleur ».

Lou était un ange, un curieux ange byzantin, que le destin lui avait envoyé. « Lorsque je me suis tourné à nouveau vers les hommes et vers la vie, j'ai cru qu'on m'avait envoyé un ange — un ange qui adoucirait bien des choses que la douleur et la solitude avaient trop endurcies en moi et, par-dessus tout, un ange du courage et de l'espérance. » Ou peut-être était-elle quelque chose de beaucoup plus profond : une figure qui avait habité en lui, dans son âme et dans ses écrits ; d'un geste de bateleur souverain, il l'avait entraînée à la lumière — et maintenant, elle était là, dehors, avec sa cruauté et son éclat, toute pareille à sa vision intérieure. Il ne lui restait qu'à l'éduquer, à prendre soin d'elle, à la perfectionner, à l'exalter, à la vénérer, à l'adapter à son âme, comme le double le plus fidèle. Quelquefois, il lui semblait au contraire que Lou était une force extérieure à lui, et qu'elle le dominait ou le contraignait : « J'ai une passion pour l'indépendance, je lui ai tout sacrifié, avait-il écrit, probablement parce que je possède l'âme la plus indépendante du monde et que je suis torturé par la moindre attache plus que les autres par des chaînes. »

J'ignore si Lou Salomé a jamais vu Nietzsche comme l'incarnation d'un dieu : l'un de ces dieux terribles et vénérés, auxquels il était impossible de s'abandonner. Assurément, il était pour elle un dieu, ou un démon, nocturne et dominé par le secret et par la solitude. Il était à demi aveugle, mais son regard n'avait rien de la fixité inquisitrice, clignotante, involontairement indiscrète de beaucoup de myopes ; et ses yeux apparaissaient plutôt comme les dépositaires et les gardiens de trésors cachés, de secrets muets, qu'aucun regard indiscret ne devait effleurer. Il restait toujours seul dans ses profondeurs ; il ne pouvait les partager avec personne, était parfois saisi d'horreur devant elles et, à la fin, son esprit sombrait. Nietzsche aimait l'abîme : le sien, et tous les abîmes. Lou de même ; elle partageait avec Nietzsche une attirance pour tout ce qui est caché : elle était fascinée par sa solitude ; et elle éprouvait en même temps une sorte de réticence pleine de révérence et de crainte à l'égard de ses souterrains mystérieux. Elle le critiquait : Nietzsche était trop fin ; elle ne supportait pas « ses doigts et ses yeux délicats » qui savaient saisir les nuances ultimes des sentiments et la couleur de chaque pensée. Malgré sa révolte antichrétienne, c'était un homme religieux ; et même, un héros religieux. « Il n'y a rien de mal à être sans Dieu, à condition de s'être vraiment libéré de Dieu. » « La haine de Dieu est l'ultime écho de l'amour de Dieu. » Avec son intelligence acérée, Lou avait fait mouche une fois de plus.

*

En octobre 1882, Lou Salomé, Nietzsche et Paul Rée se trouvèrent réunis à Leipzig. Ils y restèrent trois semaines, sur lesquelles nous avons peu d'informations. La Trinité s'était recomposée ; et tous trois, mais Nietzsche surtout, rêvèrent à nouveau avec ferveur d'une vie studieuse en commun, à Vienne, à Munich, ou mieux encore à Paris — avec leurs trois chambres virginales ouvertes sur la bibliothèque fleurie. Mais, en réalité, toute entente avait disparu. Lou accusa Nietzsche d'avoir calomnié Rée et de l'avoir désirée. À la flamme ténébreuse de Nietzsche, elle préférait la tendresse paisible, la sobriété intellectuelle, la modestie ironique, l'amitié prudente et sans heurts, les *petits escargots* et les *maisonnettes* de Rée — même si elle pensait ressembler à Nietzsche. Il n'y eut aucune Trinité ; aucun voyage commun à Paris. Comme il le confia à ses amis de Bâle, Nietzsche comprit qu'« entre eux, tout était fini ». Il écrivit à Rée une lettre affectueuse : « Très cher ami, pensez à moi le mieux possible, et priez Lou de faire de même. Je vous appartiens à tous deux de toute mon affection — et je crois vous l'avoir prouvé davantage par mon éloignement que par ma *proximité*... Nous nous reverrons de temps en temps, n'est-ce pas ? » Il partit pour l'Italie. Le 23 novembre, il était à Santa Margherita Ligure ; puis à Rapallo, seul client de l'hôtel de la Poste où il resta jusqu'en février 1883.

Ce furent des mois de désespoir intense et de haine affreuse. Il ne faisait que marcher des jours entiers, prendre de l'opium, passer des nuits sans sommeil, écrire des dizaines et des dizaines de brouillons de lettres pour Lou ou pour Paul Rée, sans oser les expédier. « Les passions me dévorent. Une horrible compassion, une horrible désillusion, une horrible sensation d'orgueil blessé — comme résister ? [...] Que puis-je faire ? Chaque matin, je doute d'arriver à la fin de la journée. Je ne dors plus : à quoi bon marcher huit heures durant ? [...] Ce soir je prendrai assez d'opium pour en perdre la raison. » Peut-être souffrait-il tant parce que, depuis bien des années, il ignorait la souffrance, et que son âme était restée sans défense. Il lui semblait qu'un couteau le frappait et le déchirait dans *tous* les points vulnérables à la fois. Il se torturait et avait besoin de se torturer et d'être torturé. « La nature m'a doué de façon effrayante pour être quelqu'un qui se tourmente lui-même. » Il avait eu dans l'âme trois ou quatre désirs de bonheur ; et maintenant il se les arrachait du cœur, tout sanglants. Il avait abandonné sa solitude pour quelques mois ; mais la fréquentation des hommes lui avait gâté la fréquentation de lui-même. Il maudissait l'instant où il avait abandonné sa solitude : c'était une atroce erreur ; et il proclamait, comme un prophète : « Loin du *monde*, dans la *forêt*. » Puis il découvrait qu'il n'était plus capable de vivre seul.

Il avait l'impression qu'en cette période un masque portant le nom de Nietzsche avait aimé, agi, écrit des lettres, prononcé des paroles dont maintenant il avait honte. Lui-même se cachait sous ce masque : en silence, « condamné à une existence tout à fait secrète ». Il n'appartenait pas à la réalité à laquelle appartenaient les autres ; mais à Dieu sait quel monde ; il était un mort : rien qu'un mort ; « une ombre qui ne sait se décider à entrer définitivement aux Enfers ». Il était temps maintenant de disparaître, de quitter cette terre — y compris les montagnes de Sils-Maria et le lac de Silvaplana, les bois de Tautenburg et l'azur de la mer tyrrhénienne — et les petites bandes de *ciel serein* qu'il avait dépeintes en paroles. Puis il s'arrêtait, pour appeler à l'aide, simplement à l'aide. « Songe, mon cher Overbeck, à trouver quelque chose *qui me tire de là une fois pour toutes*. Je crois qu'il faut maintenant employer les moyens les plus forts et les plus extrêmes pour sortir de tout cela — tu ne peux imaginer *à quel point* ce délire fait rage en moi jour et nuit... D'après mes calculs, il est NÉCESSAIRE que je reste en vie jusqu'à la fin de l'année prochaine — aide-moi à *résister* encore quinze mois. »

Il haïssait, de toutes les forces de cette rancœur ignoble qu'il voua toujours aux personnes qu'il avait le plus aimées. C'était la haine du faible, de l'être blessé, souffrant, vulnérable. Il écoutait les mensonges de sa sœur : il les écoutait pour le plaisir de se torturer; et il déchaînait la paranoïa de son complexe de persécution, qui amplifiait et déformait démesurément les moindres détails du passé. Tantôt il avait le ton d'un bourgeois vertueux, tantôt celui d'un professeur allemand, tantôt le ton solennel et sacerdotal d'un prophète offensé. Il comprenait l'âme de Lou avec l'intuition la plus extraordinaire, la maudissait en des litanies qui nous rappellent les strophes avestiques d'*Ainsi parlait Zarathoustra*, et enfin il la blessait de façon sanglante, comme s'il avait voulu la piétiner, la fouler aux pieds — un ver infime et infidèle. « Lou réunit en elle tous les traits que j'exècre — horribles et répugnants » ; « n'importe qui d'autre se serait éloigné avec dégoût d'une telle créature ». « Cette petite guenon desséchée, sale et puante, avec ses faux seins. » Il se sentait sali, *souillé* : comme Apollon après avoir tué le serpent Python. À la fin, il comprenait que toutes ses lettres jamais expédiées avaient été une médiocre représentation théâtrale. Il ne haïssait personne : il n'était pas « fait pour l'inimitié ».

Comme Baudelaire, Nietzsche avait toujours affirmé que le sens de son œuvre était celui de l'œuvre alchimique : changer la boue en or, extraire de la passion, du déchirement, de la haine, la beauté de la phrase et la rapidité du rythme. À cette même époque, Nietzsche composa la première partie d'*Ainsi parlait Zarathoustra* : ce fut une révélation lumineuse, l'éblouissement d'un éclair, une explosion subite. Deux ans après avoir connu Lou, il écrivait : « Ce n'est qu'après l'avoir fréquentée que j'ai été mûr pour mon *Zarathoustra.* » Réussit-il vraiment à transmuer la boue en or ? Ou bien le déchirement et la haine retentissent-ils encore dans l'euphorie de cette révélation ? Quelque temps plus tard, il avoua qu'il aurait aimé revoir Lou. Puis il renonça : il se sentait trop coupable. Mais, en mai 1884, il écrivit à Malwida von Meysenbug : « Des personnes extraordinaires comme Mlle Salomé méritent, surtout lorsqu'elles sont si jeunes, une indulgence et une compassion sans mesure. » C'était le pardon : la pitié pour lui-même et pour les autres, la réconciliation dont il avait besoin.

Virginia Woolf, 1923-1927

En juin 1923, Virginia Woolf se sentait prisonnière à Richmond, dans la banlieue de Londres : enfermée, entravée, paralysée, comme un écureuil dans une cage. Elle se révoltait contre les règles de vie de son mari. Avec ce désir de métamorphose qui la posséda toujours, elle voulait changer, redevenir jeune, se plonger dans l'air et dans le mouvement. Elle désirait revenir à Londres, où elle avait vécu dans sa jeunesse ; elle voulait entrer et sortir de l'existence sans effort — « m'y plonger au lieu de rester sur la rive ». Tantôt écouter de la musique, tantôt voir un tableau, tantôt faire une découverte au British Museum ; marcher, marcher, s'arrêter devant une boutique, s'attarder dans un jardin public ; et surtout connaître des visages nouveaux — cela, elle en avait *faim*. Elle défendait son côté mondain : « Il est très authentique chez moi. Je n'y vois rien de blâmable. C'est un bijou que j'ai hérité de ma mère — un plaisir à rire. » Aussi, le 9 janvier 1924, Leonard et Virginia Woolf louèrent-ils pour dix ans un vaste appartement au 52 Tavistock Square, à Bloomsbury. Virginia abandonna sans regrets sa maison de Richmond — la chambre où elle avait profondément déliré, écouté les voix des morts ; et, avant de la quitter, elle lui dit adieu et lui adressa ses remerciements, comme à une personne vivante.

Le 15 mars 1924, Leonard et Virginia Woolf dormirent pour la première fois à Tavistock Square. Les électriciens étaient encore dans l'entrée, les employés du gaz dans l'entresol et, au téléphone, retentissait la voix sépulcrale de T.S. Eliot. Les bustes de la mère de Virginia étaient posés sur les tapis, les vases de nuit débordaient de matériel pour la reliure des livres — ses pauvres livres, maniés par des déménageurs pressés, gisaient dépareillés et déchirés. Virginia était brisée de fatigue. Mais elle eut tôt fait de se ressaisir et retourna contempler les merveilles de Londres, qu'elle aimait de la façon la plus romantique et la plus sentimentale. Qu'importait que la ville fût « cruelle, cœur de pierre » ? Elle était « le joyau des joyaux, le jaspe de la gaieté », comme l'avait dit un poète du XVe siècle. Tout près, il y avait l'Hotel Imperial, rose, jaune et bleu, comme la mer à Brighton ; et la coupole de l'église Saint-Pancrace, sculptée dans le calcaire blanc. Bloomsbury était violent, distant et impitoyable ; il la terrifiait ; mais il avait une beauté tellement irrésistible qu'elle restait toute la journée à la fenêtre, pour regarder. La lune lui semblait une lune nouvelle, comme si, à Richmond, elle ne l'avait connue que voilée. Londres l'ensorcelait. « Il me semble poser le pied sur un tapis magique, de couleur fauve, et être aussitôt transportée en pleine beauté, sans même bouger un doigt. Les nuits sont stupéfiantes avec tous ces porches blancs et ces longues avenues silencieuses. Et les personnes entrent et sortent, légères, joyeuses comme des lapins. »

Ainsi commencèrent les années mondaines de Virginia Woolf — cette créature « de rire et de mouvement », comme l'a définie Elisabeth Bowen. Elle allait aux thés, aux *parties* et aux dîners. Au début, il lui sembla que tous avaient été victimes d'un enchantement, emprisonnés dans un compartiment précis du tapis, dont ils ne pouvaient sortir sous peine de mort. Elle fut un moment effarouchée. Puis elle trouva la vie « prodigieusement intéressante ». Elle apprit à parler, parfois à *trop* parler, à se noyer dans les paroles ; elle voulait que le sang lui pétille dans les veines comme du champagne. Bien vite, la liste de ses obligations sociales, auprès d'amis ou des relations à peine effleurées, prit un rythme terrifiant à ses yeux. Mais sa véritable activité mondaine, c'étaient les lettres, qu'elle écrivait avec un bonheur inimaginable : « Je suis une véritable babillarde, disait-elle, je jacasse comme un cacatoès rouge et jaune. » Quelle loquacité enfiévrée ! Quel attachement aux couleurs, à la surface du monde, et à toutes les personnes rencontrées, auxquelles elle ne pouvait jamais refuser un fugace embrassement ! Elle désirait la vie : elle voulait l'étreindre ; elle dévorait, assimilait et possédait toutes les choses vues ou à peine entrevues. Elle courtisait le monde et voulait être courtisée. Elle vivait, et voyait, à travers les autres. Aussi ses lettres brillent-elles, elles scintillent, déploient leurs séductions, filles de l'excitation et du caprice. Elles dessinent des portraits, représentent des décors et de petites scènes avec un talent qui rappelle celui de Dickens. Son écriture éveillait des mots-tourterelles, les chassait loin du colombier, les élevait par vols dans les airs, inventait de petites fêtes, des décorations fleuves, allumant des fusées colorées dans le ciel de sa fantaisie.

Souvent, elle voyait trop de monde ; elle parlait trop, écrivait trop de lettres ; son existence devenait hystérique. Alors l'agitation la submergeait : ses sens tressaillaient et crépitaient ; elle oscillait comme un baromètre à chaque changement d'humeur, passant de l'euphorie à la mélancolie. Il lui semblait gaspiller cette « matière infiniment précieuse » qu'est la vie, qui nous est distribuée en rouleaux étroits, « pour ensuite nous être retirée à jamais ». Mais son immense correspondance ne laisse pas seulement cette impression. J'aimerais rappeler ses très belles lettres à un ami peintre, Jacques Raverat, qui se mourait lentement en France. Pas la moindre marque de pitié ou de compassion ; rien de ces accents apitoyés, guindés et plaintifs dont nous usons avec les mourants. Elle s'exprimait avec un naturel, une aisance absolus : des lettres pleines de vitalité, d'esprit, d'intelligence, qui s'efforçaient de le faire vivre pleinement jusqu'au terme ultime de sa maladie. « Toi et moi, lui écrivait-elle, nous pouvons babiller entre nous comme toute une volière de cacatoès. » Lorsqu'il mourut, elle écrivit à sa femme : « C'était devenu pour moi une sorte de vie secrète, et je crois lui avoir dit plus de choses qu'à personne d'autre, excepté Leonard. » On ne peut imaginer une forme plus profonde, plus délicate, de *caritas*.

Derrière les lettres, il existait pour Virginia Woolf un deuxième niveau d'écriture, celui du journal. La voix pétillante de la conversation et de la correspondance s'apaisait alors : elle parlait à voix basse, presque en silence, avec elle-même et quelquefois avec son âme. Plus besoin de séduire qui que ce soit, ni d'être séduite. Elle pouvait tout le temps écrire dans son journal, même lorsqu'elle était trop agitée pour lire ou composer des romans. Il était le confident absolu, l'ami avec lequel elle pouvait toujours s'ouvrir ; et pourtant, elle ne lui dit jamais tout, car le lieu de la révélation absolue, c'était la littérature seule. Son journal lui offrait refuge, repos, calme, certitude ; et surtout, un *fondement* : sans lui, elle se sentait perdue. Elle voulait qu'il n'y eût pas de temps vides dans sa vie : tout devait être écriture — mis à part ce peu qui se dissipait en paroles. Aussi s'exerçait-elle : elle faisait ses gammes, travaillait sur certains effets, sur la souplesse, la fluidité de son style. Elle plaça même un jour son journal au-dessus de ses romans. Elle songea à un livre fait entièrement, uniquement et sans réserves, de pensées. « Imaginons que je puisse les cueillir au vol, quand elles nous viennent inopinément à l'esprit. » C'était le projet que Paul Valéry s'était proposé, quelques dizaines d'années auparavant.

Dans le journal affleurait souvent ce que Virginia Woolf appelait sa qualité fondamentale : *le manque*. Tout lui était manque : la vie particulièrement — car elle appartenait aux autres, à sa mère qui l'obsédait trente ans après sa mort, à sa sœur dont elle était jalouse, à Vita Sackville-West — « qui naviguait toutes voiles dehors, tandis que je fais du cabotage ». Les autres étaient sûrs d'eux. Elle était incertaine, jalouse ; elle n'avait pas confiance en elle. Elle n'avait rien ; elle ne possédait rien : ni enfants — ils ne consolent que les femmes au ventre fécond — ni véritable famille, ni beauté — car elle était « trop large, trop grande, trop plate, avec des cheveux qui pendent » ; et pas même ces vêtements que les autres femmes portaient avec naturel. Elle était une ratée. Et surtout, un être à part : une étrangère, comme Kafka. Si elle voulait écrire, et tentait de devenir tout à fait étrangère afin de trouver une patrie, il lui fallait plonger sa plume dans ce manque, ce fond nu, misérable, dépouillé, qui gisait là, sous ses splendeurs apparentes et ses richesses de perroquet.

Jamais auparavant une créature n'avait connu un manque aussi riche. Elle était pourvue de filets préhensiles, mobiles, suprêmement enveloppants : ils capturaient ainsi des milliers d'impressions et de sensations, d'infra-impressions et d'infra-sensations toujours plus impalpables, plus moléculaires. Celles-ci ne restaient jamais isolées : les filets les enserraient, les agloméraient les unes aux autres, formant des « perles agglutinées », des « grappes fascinantes », des « guirlandes ». C'était cela, et rien d'autre, le bonheur : des perles, des grappes, des guirlandes qui, on ne sait pourquoi, avaient toutes quelque chose de liquide — comme si elles condensaient en elles la liquidité substantielle de la vie. Le bonheur était aussi « un certain éclat dans le regard », comme elle disait, faisant écho, sans le savoir peut-être, à Tolstoï lorsqu'il parlait de Natacha Rostov et d'Anna Karenine. Le bonheur survient quand, dans la profondeur des yeux, s'ouvrent des « cavernes éclairées » qui illuminent jusqu'aux tristes wagons du métro. Et la littérature est une « caverne éclairée » par une lumière venue à la fois de l'extérieur et de l'intérieur. Comme le dit un très beau passage de *Mrs. Dalloway*, Virginia Woolf avait appris l'art le plus ardu. Elle tenait l'expérience, toute son expérience, même la plus terrible et la plus désolée, entre ses mains ; elle la possédait ; et elle « la tournait, avec une lente rotation, du côté de la lumière ».

*

Mrs. Dalloway, à laquelle Virginia Woolf commença à penser en octobre 1922, s'appelait à l'origine *Les heures*. Le 9 février 1924, Virginia écrivait : « Cette fois, je crois avoir découvert un filon. J'espère en extraire tout l'or... et mon filon d'or est très profond, dans des galeries très tortueuses. Je dois avancer péniblement pour l'exploiter, me courber, avancer à tâtons. » En décembre, elle commença à taper l'ouvrage à la machine. Elle passait un pinceau mouillé sur le papier, fondant les uns dans les autres des fragments qui avaient été composés séparément et avaient séché. « Je trouve que c'est le plus réussi de mes romans [...] je peux maintenant écrire et réécrire indéfiniment : il n'est pas de plus grand bonheur au monde. » Elle l'avait composé lentement, avec difficulté, mais sans être interrompue par la maladie, ce qui ne devait pas se reproduire pour ses livres suivants. Le roman sortit en librairie le 14 mai 1925. Virginia, toujours anxieusement attentive à recueillir tous les échos de ses livres (mais ne recueillait-elle pas *tous* les échos ?), pensait qu'à ce moment précis, où les feuilles jaillissaient des bourgeons sur les arbres de Tavistock Square, ses amis la lisaient à la campagne.

Les premiers lecteurs de *Mrs. Dalloway* ne furent guère séduits par le personnage de Clarissa, qui donne son nom au livre ; les lecteurs modernes ont conservé des doutes ; et son auteur elle-même l'a jugée « trop rigide, trop scintillante, trop voyante ». Pouvons-nous, à propos des romans de Virginia Woolf, parler de personnages ? À part dans les angles de ses toiles, Virginia Woolf n'a jamais créé de personnages : elle représentait des êtres humains qui plongent profondément dans la réalité, éprouvent mille sensations et impressions vives, s'imprègnent de symboles et, peu à peu, se transforment en figures, comme les créatures de Dante et des ouvrages médiévaux. Clarissa Dalloway est une admirable figure. Virginia Woolf vit tapie en elle comme un double : elle lui attribue ses prédilections les plus profondes et les plus secrètes ; puis elle en fait une frivole créature mondaine, et s'amuse d'elle de la façon la plus délicieuse.

Dans une lettre à sa sœur, Virginia Woolf écrivit une phrase extrêmement pénétrante : « Je n'aime pas les instincts profonds — pas dans les rapports humains. » Clarissa est exactement ainsi. Cette femme de cinquante ans, malade du cœur, qui « ressemblait à un oiseau, à un geai vert bleuté » est une vierge dont l'esprit renferme une substance glacée, cristalline et impénétrable : tout se reflète dans ce lac de verre. Il en allait de même pour Virginia Woolf, qui dissimulait ce lac derrière le feu étincelant de ses paroles et en extrayait l'essence de ses livres. Clarissa manque de chaleur, de vitalité ; elle est très dure et fragile en même temps ; bien qu'elle « pénètre dans les choses comme une lame », elle s'en éloigne aussitôt, vit dans la distance et à travers la distance, laissant un abîme s'étendre entre elle et ses impressions. Les autres personnages l'accusent d'aimer trop les *parties*, les fêtes, les dîners. Virginia aussi aimait les mondanités ; et Clarissa préparait ses dîners dans le même esprit que l'écrivain composant ses livres — comme des offrandes, chargées de tenir soudés les innombrables éléments de la réalité. Écoutons-la attentivement, car ce « geai vert bleuté » s'enrichit, se transforme, dit des choses que Virginia Woolf ignore, devenant d'abord la reine du temps, puis la souveraine de l'extase, enfin la silencieuse législatrice de la mort et de la vie continue.

Commentant *Mrs. Dalloway*, Virginia Woolf déclara que « le temps n'existe pas » — phrase qui révèle que même les écrivains les plus intelligents et les plus conscients d'eux-mêmes ignorent la nature de leurs propres livres. En réalité, *Mrs. Dalloway* restitue le temps de la façon la plus grandiose et la plus subtile, heure après heure, minute après minute, seconde après seconde, un temps scandé par les coups pesants de l'horloge. Aucun écrivain peut-être n'a jamais rendu avec un tel bonheur la fluidité incessante du temps : un temps tout entier présent, car même le passé est ramené au niveau du présent. Ce temps n'est pas fait d'événements, mais d'instants — le frémissement, l'élan des poulains au galop, un journal qui s'envole, une voilette de dame qui flotte, des rideaux jaunes qui ondulent, le tintamarre d'une charrette dans les rues presque désertes : des minutes impalpables, qu'aucun instrument de précision ne peut enregistrer, et qui palpitent, vibrent et battent comme un cœur. Si nous l'écoutons plus attentivement, nous découvrons que cette vibration incessante est composée également d'air et d'eau. Toute la substance de Londres est liquide et aérienne, aérienne et liquide ; et les hommes sont partout éparpillés dans cette atmosphère, invisibles parmi les arbres, les ondes, les souffles et les sons.

Et pourtant quelque chose transcende le temps, et c'est justement Clarissa, reine du temps fluide, qui le capte avec ses élégantes antennes. Il s'agit de ce que Virginia Woolf appellera « des moments d'être ». Clarissa Dalloway est chez elle ou se promène dans les jardins de Londres. Tout à coup, elle a une révélation : elle sent le monde devenir proche, lourd d'une signification stupéfiante et incompréhensible ; la croûte mince de l'existence quotidienne s'est ouverte ; et Clarissa éprouve une passion proche de l'extase. L'instant tombe comme une goutte ; il l'imbibe de lui ; ou bien elle-même s'immerge en son centre, qui lui dilate les nerfs et le cœur. À ce moment, qui lui paraît un avant-goût d'éternité et pourrait peut-être la perdre, elle connaît à la fois toutes les polarités de l'existence : la vie et la mort, la lumière et les ténèbres, le bonheur et l'horreur. Ce moment ne dure guère, pas plus que le souvenir de Proust : une étincelle d'extase — puis il se retire, s'enfuit, prend fin ; et Clarissa se retrouve à nouveau éparpillée dans la liquidité aérienne de la vie.

Ce « moment d'être » renferme aussi des ténèbres : c'est à elles qu'est consacrée l'exploration passionnée de Septimus Warren Smith, l'alter ego de Clarissa. Septimus est fou, aussi schizophrène que paranoïaque, si toutefois ces distinctions ont un sens. D'un côté, le monde est pour lui un immense désert vide ; et de ce vide, il ne sent, ne goûte, ne touche, n'entend, ne voit rien. Toutes les significations sont perdues. D'un seul coup, le désert n'est plus qu'horreur ; le monde menace de partir en flammes, l'Apocalypse est proche, tout est fracas, fureur, haine, agressivité hurlante et déchaînée. D'autre part, l'univers est plein de signes, parfois d'une beauté extraordinaire : les couleurs et les sons s'animent ; les choses sont vivantes ; les oiseaux chantent en grec ; la musique devient visible, des rafales de sons se transforment en colonnes lisses ; les pensées sont transparentes. Les psychiatres persécutent Septimus, ils veulent l'emprisonner dans l'édifice rationnel et cultivé de la proportion ; et lui se jette de l'appui de la fenêtre sur les pointes rouillées de la grille, pour fuir sa vie et, en même temps, la sauver. Son suicide aussi est un « moment d'être ».

Clarissa, la femme-oiseau vert bleuté, n'a jamais connu, ni même vu, Septimus Warren Smith. Et pourtant, au moment final du roman, tous les thèmes de la vie de Septimus se rassemblent en elle, qui devient le centre du monde. Tandis que son alter ego se tue, tel un bouc émissaire, pour les fautes de tous, Clarissa entrevoit la signification de la mort. Dans l'existence quotidienne, nous ne parvenons pas à communiquer avec le centre de la vie ; dans la mort en revanche, même dans ce suicide si terrible sur les pointes de fer de la grille, nous atteignons ce centre, nous communiquons avec lui, nous devenons le centre ; et nous connaissons à jamais l'extase, qu'elle a entrevue fugitivement en se promenant dans les rues de Londres.

Mais en même temps, Clarissa comprend la vérité opposée : la mort n'existe pas. De notre vivant, nous nous répandons, nous nous dilatons dans les choses, nous sommes présents dans les arbres, dans les nuages, dans la circulation de Londres : la vie continue sans fin, comme le flot de la mer. Et une fois morts, nous vivrons là, invisibles, éparpillés parmi les choses. Clarissa perçoit en même temps l'extase de la mort et la fluidité incessante de l'existence : l'enquête à laquelle elle s'est livrée, sans le savoir, à chaque instant — la quête même, anxieuse et dramatique, de Virginia Woolf dans ses aimables atours mondains — devient donc un triomphe. Il n'y a plus ni contrastes ni obscurité. La vie et la mort, le temps et l'éternité, la santé et la folie, tout est une même figure. À ce moment, Clarissa est heureuse, « elle n'avait jamais été aussi heureuse » : la vie est un triomphe, pourrait commenter Virginia Woolf, et l'on devrait lui chanter un hymne, à pleine voix, à pleine musique.

Mrs. Dalloway est une modulation cristalline. Tantôt on y entend la voix du narrateur, tantôt celle d'un personnage ; un point de vue se fond dans un autre point de vue ; le récit devient dialogue, le dialogue récit, le présent passé, le temps éternel ; et parfois nous ignorons, tant la trame est dense, à qui appartient la voix qui parle. Il n'y a jamais de coupures ou d'interruptions. Avec la même légèreté, la même fluidité que chez James, toutes les voix, tous les échos, les diverses assonances, les figures visibles et invisibles, les métaphores psychologiques, les apparitions saisies à l'instant de s'évanouir se dissolvent en un espace narratif unique et infiniment varié — formant l'Un, comme l'aurait dit le maître de Virginia Woolf, Marcel Proust. « C'est la poésie que je veux [...] je veux la concentration et l'atmosphère, je veux que les mots se fondent l'un dans l'autre, qu'ils fusionnent, qu'ils brillent — je n'ai pas de temps à perdre avec la prose. »

*

Le jour même où elle publia *Mrs. Dalloway*, Virginia Woolf, traversant Tavistock Square, conçut *La promenade au phare*, « dans un grand élan, apparemment involontaire ». Que d'années, de sensations, de douleurs, de bonheurs perdus il y avait derrière cet élan apparemment involontaire ! Son père, mort alors qu'elle avait vingt-deux ans, l'avait obsédée : elle savait que, s'il avait vécu, elle n'aurait jamais pu écrire aucun livre. Sa mère, morte quand Virginia avait treize ans, suscita en elle une obsession encore plus profonde : jusqu'à l'âge de quarante ans, elle entendait chaque jour sa voix, la voyait, imaginait ce qu'elle aurait fait à chaque moment de sa journée. Or, en ce jour de mai 1925, Virginia Woolf décida sans le savoir de se libérer de ces fantômes qui l'empêchaient de vivre. Dans un geste de cruauté grandiose, comme chaque artiste en accomplit à l'égard de son propre passé, elle les ressuscita des morts, sous les noms de Mr. et Mrs. Ramsay, exprimant ainsi l'« émotion profonde et ancienne » qu'ils soulevaient en elle ; et en même temps elle les expulsa, les chassa, les ensevelit en elle. Lorsqu'elle acheva *La promenade au phare*, ses fantômes bien-aimés cessèrent de la visiter. Elle était libre. Rien ne pouvait la rendre plus heureuse qu'une lettre de sa sœur dans laquelle celle-ci lui assurait que sa terrible opération de nécromancie — que de sang elle avait versé, comme Ulysse dans l'Hadès ! — avait parfaitement réussi.

Durant l'été puis l'automne-hiver 1925, les forces de la maladie et de la folie revinrent à l'assaut, quoiqu'il soit difficile de les décrire et de les identifier. Nous avons connaissance d'épuisements, de dépressions, de migraines, de longues périodes au lit — « j'ai vu Virginia aujourd'hui, incroyablement délicieuse et fragile, étendue sur deux sièges, sous un manteau d'or, avec sa voix ténue et ses mains fuselées » —, de guérisons partielles et de rechutes. En septembre 1926 survint un épisode symbolique. Elle raconta, dans son journal, qu'elle s'était réveillée à trois heures du matin. Alors elle sentit, elle vit une vague douloureuse qui s'enflait dans la région de son cœur et la secouait. Puis la vague se soulevait, grandissait, l'emportait et déferlait horriblement sur elle. « Quelle horreur... je suis malheureuse, malheureuse ! Mon Dieu, je voudrais être morte !... Mais pourquoi éprouver cela ? Laissez-moi regarder comment la vague se lève. Je regarde. Vanessa. Les enfants. L'échec... L'échec, l'échec !... Je voudrais être morte ! J'espère n'avoir plus que quelques années à vivre ! Je ne peux affronter cette horreur. » Dans cette vague, elle avait vu un aileron qui fendait la « mer déserte et vide ». C'était le signe de l'irruption soudaine et tranchante du mal : une menace et, en même temps, la révélation de quelque chose d'autre, un mystérieux au-delà, surnaturel et surréel.

Dans cette vague qui se soulevait et s'abattait, dans cet aileron menaçant qui traversait la mer déserte, Virginia Woolf avait distingué l'échec de sa vie : l'horreur de la folie qui, quatorze ans plus tard, la mènerait au suicide dans les eaux de la rivière Ouse. À quelques jours de là, dans une page qui dévoile les racines de *La promenade au phare*, elle comprit que les assauts de la dépression (qui ne venaient pas de quelque chose de défini, mais de rien) représentaient ses expériences suprêmes. Il lui fallait descendre, degré après degré, dans le puits, dans les eaux profondes, dans l'abîme des ténèbres de la folie. Là, rien ne la protégeait contre les « attaques de la vérité ». « Là, je ne peux ni lire ni écrire. Pourtant, j'existe. Je suis. Alors je me demande qui je suis, et la réponse que j'obtiens est plus exacte, même si elle est moins familière, que celle que je reçois à la surface. » Quel courage ! Quel art d'exploiter l'ombre ! Une fois revenue la lumière, il lui faudrait à nouveau plonger dans les ténèbres, pour trouver en elles la raison et le fondement de son art.

À travers les pages du journal revient, au cours de cette période, le même joyeux refrain : « Je n'avais jamais ressenti cet élan, cette impatience... Jamais, jamais je n'ai écrit aussi facilement, ni eu l'imagination aussi fertile... Pourquoi suis-je aussi gonflée de mots, aussi libre, semble-t-il, de faire exactement ce que je veux ? » Peut-être en connaissait-elle la raison : elle était plongée dans ses « eaux profondes » et son inspiration avait l'élan, l'impatience que confère toujours la plongée dans les ténèbres. Certes, en écrivant, entre une maladie et l'autre, elle frôlait la catastrophe. Elle éprouvait parfois la même angoisse que sa chère Lily Briscoe quand il lui semblait, lors du passage de la vision à l'œuvre, que des démons s'emparaient d'elle, la jetant dans les larmes et le désespoir. Passer de la conception au livre était aussi terrible que, pour un enfant, la traversée d'un couloir sombre. Elle termina la première rédaction le 3 octobre 1926 ; le texte définitif, le 14 juin 1927, après avoir réécrit trois fois certains passages. « Planter [ses] griffes » dans son travail lui donnait certitude et assurance. Le livre lui semblait plein de vigueur ; et comme elle aimait certains passages ! « Doux et flexibles et, je crois, profonds, des pages entières sans un mot de trop. »

À cette époque, elle lisait Proust, qu'elle considérait comme le plus grand écrivain des temps modernes. La *Recherche* lui donna l'idée de sa propre tâche : « Ce qu'il y a d'extraordinaire chez Proust, c'est ce mélange d'extrême sensibilité et d'extrême ténacité... Il est résistant comme une corde de violon, et évanescent comme le scintillement des ailes d'un papillon. » Elle aussi voulait arriver à cela : toutes ses pages seraient belles et scintillantes à la surface, tendres et évanescentes dans leurs couleurs ; tout brillerait comme les ailes d'un papillon ; mais ces ailes auraient, en profondeur, l'architecture d'une cathédrale. Elle voulait *construire*, comme un architecte médiéval ou un philosophe. Aussi la forme lui importait-elle par-dessus tout : la concentration, l'« unité de l'ensemble ». Mais la forme ne devait jamais renoncer à rendre la fluidité de la vie, ces scintillations d'air et de vagues qui l'avaient rendue si heureuse dans *Mrs. Dalloway*.

*

Mrs. Ramsay, l'héroïne de *La promenade au phare*, est la plus grande figure que Virginia Woolf ait jamais créée. Sans perdre un instant le contact avec la réalité, sans jamais cesser de nous regarder de ses yeux gris, Mrs. Ramsay forme une grandiose création allégorique, à laquelle Virginia Woolf a confié l'essence de sa métaphysique. Nous avons constamment l'impression qu'elle vit en elle, qu'elle habite délicatement son esprit et son corps — alors que, chez Mrs. Dalloway, une clarté bleutée empêchait une identification absolue. Mais nous aurions tort de croire que Mrs. Ramsay représente Virginia Woolf et lui ressemble : car celle-ci lui a attribué tous les dons, ou presque, qu'elle ne possédait pas et qu'elle savait ne pas posséder.

Mrs. Ramsay est une figure terrifiante : elle incarne la vitalité et la fécondité de l'existence comme, peut-être, aucun autre personnage du XXe siècle, bien qu'elle soit en dehors ou au-dessus d'Éros, lequel n'est qu'une petite partie de sa personne quasiment sacrée. Peu lui importe que la vie soit « terrible et hostile » : elle ne connaît rien d'autre. Elle ne lit plus. Elle n'aime pas les concepts, inventés par le stérile esprit masculin; ni la pensée linéaire, qui passe, dans une progression ordonnée, d'une lettre de l'alphabet à l'autre, car elle saisit, elle, les choses dans leur ensemble : elle n'aime pas ces poutres de fer avec lesquelles les mâles s'efforcent de brider le monde. Elle a le don d'entrevoir la réalité dès que celle-ci se manifeste, ou même avant, de la faire exister, de comprendre les sentiments et les sensations de chaque être humain, de les protéger en les enveloppant de son grand corps maternel, de se sacrifier pour eux, de les accorder et de les unir à ceux des autres. Elle possède une immense imagination ; c'est pour cela justement qu'elle ne se contente pas de *ce qui est*, comme le fait son mari, mais se hasarde dans ce qui n'est que possible, voire invraisemblable — et qu'à la fin, au prix certes de son sacrifice, elle fait devenir absolument réel. Quelle paix, quel calme elle inspire ! Ainsi déployée, dilatée, embrassant toutes choses, elle apparaît comme « imperméable au changement », incarnant non seulement la fécondité, mais la stabilité, la permanence et l'éternité de l'univers.

Comme Virginia Woolf lorsque l'assaille la vision de l'aileron, Mrs. Ramsay descend dans l'obscurité, « dans un cœur de ténèbres cunéiformes, invisibles aux autres » ; elle s'y recueille, et là, dans ces abîmes qui nous détruisent, elle trouve la stabilité et les fondements des choses. Ainsi la fille attribue à la mère sacralisée cette sagesse qu'elle avait découverte en elle si récemment. Près de la maison de bord de mer où Mrs. Ramsay passe ses vacances, traversant les flots à intervalles réguliers — deux temps rapides d'abord puis un troisième, lent, long et fixe —, luit le rayon du phare. Mrs. Ramsay le regarde et devient lumière. Elle sait que la lumière peut être impitoyable et cruelle, car les dieux s'y dissimulent, et qu'elle provoque en nous une extase qui peut nous perdre, comme les « moments d'être » de Mrs. Dalloway. Mais elle affronte le risque et, momentanément, en triomphe. Elle trouve le calme, le repos, la tranquillité. Comme Virginia Woolf, Mrs. Ramsay transforme la double menace des ténèbres et de la lumière en hymne triomphal aux deux puissances opposées de l'univers. Et en même temps, elle s'exalte elle-même, médiatrice entre elles et la vie, en des termes plus solennels que ceux qui avaient couronné Mrs. Dalloway.

Dans la première partie de *La promenade au phare*, nous avons vécu une soirée de septembre dans les îles du Nord ; habité dans une maison, vu Mrs. Ramsay avec ses livres, son désespoir et ses nombreux enfants ; entrevu quelques domestiques, quelques élèves et amis ; nous avons assisté à un long dîner où l'on a servi du *bœuf en daube* *, et parlé d'une promenade au phare prévue pour le lendemain, mais qui ne se fera pas ce jour-là, car il va faire mauvais. Puis les lumières s'éteignent, la lune se couche, les rayons du phare s'éloignent, un déluge de ténèbres commence. Nous sommes dans la deuxième partie du livre : *Le temps passe*. Virginia Woolf écrivait : « J'en suis à l'un des passages les plus abstraits et les plus difficiles à écrire : je dois rendre le vide d'une maison, où il n'y a personne qui incarne un rôle, le passage du temps, tout cela sans yeux, sans lignes, sans rien à quoi me raccrocher... » Rarement difficulté fut affrontée plus magnifiquement.

Il n'y a plus de protections. Mrs. Ramsay a disparu ; son châle, abandonné dans une pièce, ne parvient pas à entraver le processus de destruction. Rien ne peut échapper aux ténèbres qui auparavant avaient été apaisées : une profusion de ténèbres se faufile par la serrure, s'insinue dans chaque crevasse, pénètre dans la chambre à coucher, avale ici une cruche, là une bassine, là un vase de dahlias rouges et jaunes ou la lourde masse d'une commode. Il y a du vent : la fureur de la mer et de la nuit. Les signes négatifs se multiplient. La nature manifeste sa fécondité sinistre et inépuisable : le reflet qui unit l'homme et la nature disparaît. Mrs. Ramsay meurt ; puis ses deux fils. Dans la maison sur la mer, les casseroles rouillent, les fourneaux s'éteignent, un chardon pousse entre deux tomettes de l'office, les hirondelles font leur nid dans le salon, le sol se couvre de paille, le crépi se défait et bientôt le toit s'effondrera. Si, dans la première partie du livre, nous avions contemplé un instant de présent, dans lequel les personnages nageaient comme des poissons, nous assistons maintenant à un spectacle terrible : le passage progressif du temps, *le temps qui passe*, allié aux forces destructrices de la nature.

Quand le temps achève sa marche, dix ans ont passé. La tranquillité revient. La paix revient — ainsi que la beauté du monde. Les flots révèlent maintenant leur visage bienveillant. Mrs. McNab et Mrs. Bast nettoient la maison. L'obscurité s'éloigne. La lumière tombe à nouveau, pénétrant les yeux. Le nouveau fragment de présent que nous vivons maintenant — dans la série infinie des impressions accumulées au cours du temps, doucement, continûment, feuille après feuille, pli après pli — est ce même moment que nous avions vécu dix ans plus tôt, quand Mrs. Ramsay préparait son *bœuf en daube* * et contemplait la lumière du phare, bien qu'il soit fort difficile d'évoquer à nouveau le passé. Les enfants se souviennent de leur mère et s'identifient avec elle. Et Mrs. Ramsay elle-même, centre perdu du tableau et du monde, qui fait pleurer des larmes de douleur, revient comme une apparition : « Elle resta simplement assise sur la chaise, promenant rapidement ses aiguilles en avant et en arrière, elle tricotait ses bas marron, projetait son ombre sur le jardin. »

La promenade au phare, qui dix ans auparavant n'avait pas eu lieu, s'accomplit maintenant. La barque, le père, les enfants adultes, qui l'avaient tant haï et qui ont désormais fait la paix avec lui, arrivent près de l'île. Tout advient : tout le possible devient réel. La vie — ce vide, ce manque — est le lieu de l'accomplissement, grâce à Mrs. Ramsay, qui avait cru à la richesse et à la réalité du possible. Rien n'est plus consolant — surtout quand celle qui le proclame a, comme Virginia Woolf, souffert terriblement du manque. Seule Mrs. Ramsay est absente. La présence parfaite n'est pas possible, même en littérature. Et pourtant Lily Briscoe, la petite artiste-peintre au visage flétri et aux petits yeux de Chinoise, derrière laquelle Virginia se dissimule, place son chevalet à l'endroit précis où elle l'avait placé dix ans plus tôt. Elle termine le portrait de Mrs. Ramsay. Cela aussi s'accomplit : « Le voici — son tableau. Oui, avec les verts et les bleus, les lignes qui couraient vers le haut et en biais... Avec une intensité subite, comme si, pour un instant, tout lui paraissait clair, elle traça une ligne là, au centre. C'était fait : fini. Oui, pensa-t-elle, épuisée, en reposant son pinceau, j'ai eu ma vision. »

L'art est donc ce qui accomplit : il fait revenir le passé, ressuscite les morts, permet à la promenade au phare de se réaliser et à toutes choses de trouver leur parfait achèvement. Et pourtant, l'art n'est pas seul à sauver l'univers. Peut-être la véritable rédemptrice est-elle Mrs. Ramsay, l'absente aux yeux gris, la seule personne « imperméable au changement », qui a protégé toutes les autres et s'est sacrifiée pour tous, apportant partout la permanence, la stabilité, la tranquillité.

Les vagues

Je ne trouve jamais Virginia Woolf plus émouvante que lorsqu'elle apparaît comme une personne normale, elle qui appartenait à d'autres mondes. Il suffit d'un détail du journal ou des lettres, et nous la voyons pénétrer dans la vie quotidienne : elle se transforme, pour quelques heures, en femme d'intérieur ; et, à son contact, la vie quotidienne — ce petit mystère — devient héroïque, scintillante, aventureuse. Rien ne la rendait plus heureuse que de recevoir un chèque pour ses livres ou ses articles : avec un orgueil enfantin, elle écrivait qu'elle avait gagné, en 1929, 3 020 livres sterling, le salaire d'un employé de haut rang.

Lorsqu'elle devait dépenser cet argent, elle était saisie d'un violent sentiment de culpabilité. Elle vibrait d'angoisse : elle renvoyait au lendemain les acquisitions les plus nécessaires ; mais si elle triomphait de ses résistances, c'est avec d'autant plus d'enthousiasme qu'elle achetait un chapeau (18 shillings et 11 pence) dans un magasin d'Oxford Street, un manteau, un lit, un fauteuil, un tapis persan, une cuisinière à pétrole, un appareil photographique, une automobile d'occasion, dont la capote s'enroulait et s'ouvrait. Pour elle, si étrangère à toute possession, posséder des choses était une sorte de prolongement d'elle-même, de protection et de bénédiction de la part de la Réalité obscure et ignorée. Mais Virginia Woolf nous émeut plus encore quand elle écrit qu'elle est heureuse. « Nous sommes très heureux — je crois que nous l'avons rarement été davantage. » « Je pense que c'est là, dans l'ensemble, notre automne le plus heureux. » « Je suis la plus heureuse des femmes, le plus heureux des écrivains, et, j'insiste, l'habitante la plus aimée de Tavistock Square. » « Je suis tout à fait émerveillée de mon bonheur. Je ne crois pas qu'il y ait beaucoup de femmes plus heureuses... Il me semble avoir beaucoup bu à la coupe de la vie, et y avoir souvent trouvé du champagne. » Elle répétait ce mot dangereux — *bonheur* — avec une sorte de tremblement : comme si elle voulait s'assurer — alors que de toutes parts grandissaient en elle les ombres les plus obscures — qu'elle connaissait vraiment l'esprit de la joie.

Hors des murs de Tavistock Square, ou de sa maison de campagne, s'étendait le monde, le terrible monde qui très souvent la visitait, et qu'elle-même visitait. Elle avait besoin de sortir, de rencontrer des gens, de bavarder, de déjeuner, de dîner, d'aller à des *parties* ou au théâtre, de voyager avec ses amis, de voir continuellement cet immense petit groupe de gens qui l'entourait : elle savait que c'était là l'un des moyens, sinon le meilleur, d'affronter sa manie dépressive. Elle avait pour la vie une curiosité prodigieuse ; elle la trouvait tout à fait amusante ; chaque nouvelle personne découverte ou effleurée était « une aventure stupéfiante » ; et la société londonienne, avec ses occasions mondaines incessantes, lui permettait de briller et de se perdre dans le scintillement des lumières et des propos. Mais, chaque fois, il lui fallait vaincre une résistance. Qui étaient les autres ? Que cherchaient-ils à lui dire ? Elle se sentait séparée d'eux par une vitre infranchissable et, derrière cette vitre, il y avait les êtres humains, avec leurs visages tragiques et absurdes.

Enfin elle descendait de voiture, montait les escaliers et devenait bien vite le centre de la conversation. L'on eût dit un noble et fantastique oiseau de proie. Elle levait brusquement la tête et poussait de petits cris de joie si quelque idée, un mot, un paradoxe, frappait son imagination ; elle lançait des exclamations de surprise ou des questions imprévisibles, et sa voix explosait sur une note plus aiguë, comme celle d'un jeune garçon ou d'une fillette réjouie et hystérique. Son esprit était une corne d'abondance toute fleurie ; et elle en extrayait des images, des images toujours neuves, étranges et surprenantes, qui retombaient aux pieds des gens, ou autour de leur cou. Lorsqu'elle rentrait chez elle, elle poursuivait la conversation. Elle écrivait des lettres, plus prompte que le tic-tac de l'horloge, devançant le rythme du temps, parfois « en fuite devant ses démons » ; et elle s'abandonnait à l'énergie déchaînée de sa plume, courtisait les images — passionnée, spirituelle, médisante et parfois perfide. Mais n'était-ce pas *trop* ? Toutes ces personnes, ces visites, ces fêtes, ces coups de téléphone, ces spectacles, ces paroles ? On a presque le cœur serré pour cette fillette apeurée, qui toujours se fuit elle-même. Elle aussi comprenait cela et, soudainement, refusait toute rencontre.

Après avoir pris le thé, Virginia écrivait dans les carnets de son journal : moment de pause, de vacances de la vie, à mi-chemin entre l'écriture de ses livres et les visites de ses amis ; moment qu'elle prolongeait dans ses longues promenades à travers Londres, sur les collines de Rodmell et sur les bords du fleuve. Dans la littérature de notre siècle, ce merveilleux journal ne le cède qu'à celui de Kafka. Elle écrivait dans son salon, à côté de son mari, pendant quarante minutes ou une heure; mais elle s'isolait de tout : s'abandonnant entièrement, triomphant de toutes les résistances, elle laissait la vie secrète de son esprit affleurer et venir à la lumière. Elle avait l'impression que là, dans son esprit, vivait quelque chose de différent d'elle : un *autre*, qui était son véritable moi; et avec l'intelligence la plus lucide et la plus pénétrante, elle veillait, écoutait, épiait ce qui, tout proche et très lointain aussi, respirait en elle. Cet exercice lui était utile, il équilibrait la dissipation de la vie mondaine et la frénésie de la création; des années durant, il lui permit de survivre. Quant à nous, nous demeurons complètement fascinés. En aucun autre cas, semble-t-il, nous n'avons l'impression d'habiter de façon aussi intime au cœur d'une personne et de la connaître de près, comme nous ne nous connaissons pas nous-mêmes.

Que de choses elle consignait! La lente et difficile gestation des *Vagues*; une éclipse de soleil; sa mère qui lui manquait; sa jalousie; un portrait; les rares moments dans lesquels le pur esprit de joie (et non celui, euphorique, de la dissipation) envahissait son esprit; son mépris pour l'existence physique et son poids; son désir glacé d'abstraction; son amour pour les choses, les arbres ou les corneilles dans le vent, qu'elle voyait de ses yeux et sentait dans son épine dorsale, et face auxquels ni l'existence humaine ni la mort n'avaient d'importance; la vision hallucinatoire d'une image; sa passion pour la littérature, sa seule ancre, son seul rocher... Tandis qu'elle écrivait son journal ou se promenait dans la campagne, une frange de son esprit flottait librement, capturant les sensations les plus proches et les plus éloignées — « le fourmillant chaos indifférencié de la vie en perpétuelle fermentation ». Peu à peu, avec une extrême lenteur, elle se les appropriait, les assimilait, les réélaborait, les entrelaçait avec toutes celles qui traversent le monde, jusqu'à ce que ces sensations ne fussent plus qu'un seul trésor intérieur, un joyau transparent, lumineux et vibrant.

*

Virginia Woolf avait deux lieux privilégiés pour écrire. Le premier se trouvait dans sa maison de Londres : la réserve de livres de la Hogarth Press, la maison d'édition qu'elle avait fondée avec son mari. Là, au milieu des paquets de livres amoncelés et des montagnes de papier, parmi les strates de poussière, de vieux porte-plume usés, de boutons, d'encriers vides et de cendriers pleins, de vieilles enveloppes et d'épreuves, Virginia s'asseyait chaque matin sur un vieux fauteuil défoncé, un carton rigide sur les genoux, indifférente à ceux qui prenaient ou apportaient des livres ou s'occupaient des paquets. Son second lieu était le pavillon du jardin, la « cabane à outils » de Monk's House, près de Rodmell, sa maison de campagne dans le Sussex. Dans ces deux refuges, où alternaient la poussière des livres et le parfum des fleurs, l'agitation et le silence, et sans jamais quitter son sobre porte-plume d'acier anglais (jamais de stylo d'or), Virginia Woolf écrivit ce que beaucoup considèrent comme son chef-d'œuvre : *Les vagues*, un roman très difficile, intense et complexe.

Commencé en juillet 1929, *Les vagues* remonte

plus loin dans le temps, à septembre 1926, quand Virginia Woolf écrivait *La promenade au phare*. Ce livre naquit d'une vague, l'image de sa maladie psychique et d'un symbole, sur lequel le texte s'ouvre et se conclut : celui d'un « aileron », qui fendait le « désert vaste et vide » de la dépression, et que Virginia avait *vu* par la fenêtre de Monk's House. Quand elle eut achevé *Les vagues*, Virginia Woolf écrivit, avec un orgueil légitime : « J'ai pris dans mes filets cet aileron que j'avais aperçu dans le désert des eaux, au-delà des marais [...] alors que je terminais *La promenade au phare*. » Le sens des *Vagues* réside tout entier dans ces mots. En deux ans de travail épuisant, Virginia Woolf avait transformé sa maladie, la terrible cyclothymie des états maniaco-dépressifs, la désagrégation, la terreur, en un grand livre philosophico-musical, qui représente le rythme fondamental de l'univers.

Les vagues ont au moins ceci en commun avec la *Recherche* : comme Proust, Virginia Woolf vit tout de suite clairement la forme fondamentale de son livre : un « poème dramatique », un livre « abstrait, mystique, sans yeux ». Mais elle ne voyait pas sa matière et hésita longuement entre un thème et un autre, une histoire ou une autre. Tout nous donne à penser qu'elle en avait peur : elle ne pouvait écrire à la surface ; il lui fallait plonger trop profondément en elle-même, là où l'horreur se niche. Aussi repoussa-t-elle l'ouvrage de mois en mois, d'année en année ; elle accumula romans et essais pour le tenir à l'écart, avec la conviction qu'il deviendrait, dans son esprit, « comme une poire mûre qui pend, gonflée, et qu'il faut cueillir avant qu'elle ne tombe ». Au début, elle l'écrivit lentement, couchant pesamment sur le papier une phrase puis une autre, peinant sans trêve, sans facilité ni assurance, tâtonnant, bafouillant, additionnant les variantes. Elle entrevoyait des points isolés : l'un ici, l'autre là, sans lignes de connexion, sans cette continuité, cet amalgame, qui fait la beauté de la prose. Mais elle était attachée à ce livre comme à aucune autre de ses œuvres : engluée comme une mouche ; son esprit était complètement assujetti ; au point que l'après-midi, après ses matinées de composition, elle était incapable de lire ou d'écrire quoi que ce fût. Jamais elle n'avait rien écrit dans un tel état de tension et de concentration, au prix d'un effort aussi explosif. Il en va de même pour ses lecteurs, qui doivent parcourir *Les vagues* avec une lenteur extrême, à raison de quinze ou vingt pages par jour, pour ne pas être submergés, et bien saisir les motifs et leurs relations.

Puis la maladie revenait à l'attaque. Il suffisait d'un infime prétexte : une petite dose de sédatif ou une parole ironique. Alors l'angoisse l'assaillait, et elle devait se mettre au lit, des boules de cire dans les oreilles, et rester ainsi quelques jours. Ou bien des migraines la laissaient à sec, comme le sable dont la mer s'est retirée. Ou encore, elle entendait dans sa tête un étrange froissement d'ailes ; un bruit enserrait son esprit comme une cage de fer ; et elle sentait, dans son cerveau, un vacarme de roues. Elle aurait pu en revenir folle. Mais presque toujours, elle avait confiance dans ses maladies : c'étaient, en partie du moins, des signes mystiques de l'ailleurs, qui préparaient sa révélation. Elle n'enregistrait plus d'impressions. Elle gisait immobile, étendue en silence dans le noir, complètement inerte. Elle devenait une chrysalide, et il lui semblait qu'elle était la proie d'une prodigieuse sensation de renouvellement. Toutes les portes s'ouvraient. Aucune inquiétude. Aucun mouvement. Toute tension s'était dissipée. Et, brusquement, elle pénétrait dans le royaume de la quiétude mentale.

*

Quand on lit *Les vagues*, il faut imaginer que l'on écoute un oratorio baroque, dans l'une des grandes églises médiévales de l'Angleterre méridionale : Ely, Salisbury. Un invisible orchestre — il aurait pu interpréter la *Symphonie rhénane* de Schumann — raconte la symphonie du jour, l'aube, le soleil et les flots, le chant des oiseaux, la phalène et les aventures de l'ombre. Puis il se tait. Voici, intercalées entre les neuf mouvements de la symphonie, les voix des six personnages, Rhoda, Jinny, Susan, Louis, Neville, Bernard, qui passent « des chants alternés au récitatif, de l'épicédion à la monodie, du bel canto au solo ; et des trilles à l'unisson et aux vocalises ». Chaque personnage a un motif, une couleur, un symbole : les motifs distincts s'entrecroisent, jusqu'à former une contresymphonie unique, qui s'oppose à celle du jour. Aucune de ces voix ne parle la langue quotidienne : elles entonnent une déclamation, en un parler exalté, solennel, rappelant alors le monologue d'un fou qui ne sort jamais de son délire.

Dans ces années-là, Virginia Woolf écoutait les derniers quatuors de Beethoven ; elle lisait Dante et Shakespeare : elle admirait leur ampleur et la façon dont ils étaient parvenus au-delà de toute littérature. Elle aussi désirait atteindre l'« au-delà de la littérature ». *Les vagues* n'était pas un roman ni un récit ; le livre n'avait rien à voir avec le « monologue intérieur » et les tentatives auxquelles se livrent *Mrs. Dalloway* et *La promenade au phare*. Virginia Woolf voulait tenter quelque chose que personne d'autre n'avait jamais tenté, jamais réalisé : transformer entièrement le roman en musique, puisque l'univers s'était changé en mer. Seul Proust avait accompli quelque chose de semblable, dans le *Septuor* de Vinteuil. Elle n'était plus une simple narratrice. Elle était devenue une immense oreille, qui écoutait la symphonie de la nature, les voix humaines; et un œil qui voyait ce que l'oreille avait entendu. La veine lyrique se conjuguait avec la force mathématique la plus rigide; l'onde mélodique, avec la tension intellectuelle; le verre de l'image était composé d'air; la fluidité musicale était douce et compacte comme le miel d'un marbre de Praxitèle.

Au début de la symphonie du jour règne l'indistinction. Le soleil n'est pas encore levé. Ciel et mer sont confondus. Quand le bras d'une femme étendue sur l'horizon élève une lampe, puis la lève plus haut, et plus haut encore, la flamme de la lumière jaillit. Toutes choses s'unissent : les flots azurés de la mer, les flots lumineux du ciel, les fleurs, les vents, le chœur des oiseaux, qui sont l'aspect le plus radieux de la lumière. Comme il est violent et perçant, le chant des oiseaux! Comme la lumière est nette, intense et volumineuse! Au couchant, tout vacille, comme si « une grande phalène, volant dans la pièce en battant des ailes, avait recouvert d'ombre les tables et les chaises ». L'ombre se répand de plus en plus : elle s'étend, couvre les choses, les collines, les arbres, les demeures. Tout retourne à l'indistinction du début. Ciel et mer se confondent à nouveau. Il n'y a plus de ténèbres. Ce qui se passe pendant le jour n'est qu'un léger intervalle lumineux entre deux dominations des ténèbres. Nous ne pouvons nous en étonner : puisque le jour est fait de temps, et que le temps est une longue, intolérable traînée d'ombre.

Tandis que se déroulent les événements de la journée, nous entendons les voix des six personnages. Nous imaginons entendre des récits qui se déroulent au cours des années : le temps, qui déborde d'un verre trop plein, semble retomber sur nous comme des gouttes et s'étaler, formant ce que nous appelons *histoire*. Mais la qualité extraordinaire de l'élément humain des *Vagues*, c'est qu'au contraire il ne possède aucune consistance temporelle. Il n'y a pas de gouttes successives, de fragments successifs du temps. La vie humaine, telle que Virginia Woolf la représente, est formée d'une série de présents immobilisés. Et ces moments s'efforcent de sauter par-dessus le temps. Les fleurs qui brillent comme des étincelles sur des gouffres de verdure, les mouches qui bourdonnent au plafond, la palombe sauvage qui prend son vol entre les arbres, les voix de Bernard ou de Susan et de Neville qui commémorent Perceval — ces voix n'ont ni passé ni futur : elles sont le présent éternel avec son cercle de lumière.

Cette vie n'est que vagues. « Ne me serait-il pas possible, écrivait Virginia Woolf, de faire entendre, tout au long du livre, le bruit des vagues ? » Aucun autre livre, pas même *L'île au trésor*, n'a jamais été ainsi imprégné du fracas et de l'écho de la « houle azurée » : de la liquidité indéterminée de la mer, qui envahit tout, s'empare de tout. Parfois, Virginia Woolf pensa qu'elle était devenue un philosophe-théologien-naturaliste de la Grèce antique, comme Thalès. La vague est la substance, le support et l'unité secrète de toutes choses : le rythme universel de l'expansion et de la contraction ; elle est précaire et durable ; tantôt elle se révèle comme un voile très moelleux, très léger, et tantôt, comme une force bestiale et démoniaque, qui « piaffe, déchaînée, sur la plage ». Quant aux hommes, ils ne peuvent que s'incliner. Rhoda et Louis, Jinny et Neville, Susan et Bernard se fondent dans le flux : dans le soleil qui brûle, dans la bigarrure des arbres, dans les barques qui glissent au loin parmi le rouge et le vert, dans les vols d'oiseaux, dans le lièvre qui bondit, dans le héron qui ouvre paresseusement ses larges ailes. Et surtout l'oreille s'incline, l'œil dissimulé de la narratrice, qui écoute et voit en toutes choses continuité, fluctuation, ondulation.

Les six personnages forment une sorte d'architecture mouvante et transparente, un édifice liquide, que dessine la philosophie symbolique de la vague. Rhoda est plus proche de la mer que les autres ; elle incarne la menace d'indistinction, de dispersion et de désagrégation qui se révèle dans l'écume. Possédée par un courant souterrain, elle change, se transforme, se dissout, se perd ; son corps est une cire qui fond : elle subit le choc du chaque sensation ; elle ne parvient pas à fondre les minutes avec d'autres minutes ; autour d'elle, tout est soumis à la métamorphose ; de sorte qu'à la fin, elle risque de perdre son identité et de sombrer dans le néant, sans visage et sans forme, comme l'écume sur la plage. Elle craint la vie et la lumière, et exalte la nuit. Rouge comme le feu, Jinny, en apparence, ressemble à Rhoda. Elle aussi se transforme rapidement ; elle ne rencontre rien de stable et elle vit dans les gouttes fluides de la surface. Mais Jinny aime la lumière, qui l'auréole. Elle ne craint pas les surfaces : elle vit de sensations et de vibrations, tâchant de saisir partout le « butin de la vie ».

De tous les personnages des *Vagues*, Bernard est

le plus multiple. Il est aussi le plus mobile et le plus vagabond : il ne s'arrête nulle part, « bourdonne comme un essaim d'abeilles » ; il tombe amoureux de n'importe quoi, s'abandonne au courant ; et autour de lui le monde change, connaît l'alternance et perd ses couleurs. Il aime la réalité : son aspect « copieux, informe, chaud, pas trop intelligent, facile et plutôt grossier ». Et avec les autres humains, il a une relation très intense. Alors que Neville et Louis sont poètes, Bernard, lui, raconte des histoires. Du conteur oral, il a tous les dons : la légèreté, l'art de lier les faits, la fluidité mi-marine, mi-volcanique, le souci du tout, l'art de transformer les récits en nuages qui flottent et ondulent dans le ciel — des dons que Virginia Woolf possédait également, lorsqu'elle s'abandonnait à son talent instinctif et racontait des anecdotes à ses amis. Mais, jusqu'au moment où il devient la voix glorieuse de la dernière partie, Bernard a les limites du narrateur aquatique. Il se plaint de perdre le fil, de s'amuser et de n'être pas exact. Il se désole, surtout, de ne pas avoir encore trouvé sa *véritable histoire*. Il ne la connaîtra qu'à la fin, quand Virginia Woolf lui assignera la tâche de tirer les fils du livre.

Dans *Les vagues*, une force opposée est à l'œuvre : elle appartient à la mer, mais contrarie son élan mobile, élusif et dissolvant. Elle porte différents noms : Louis, Susan et Neville pour une part ; or chez certains d'entre eux, chez Susan surtout, l'eau est prête à se figer en terre, en bois, en collines. Le furieux désespoir, l'amour et la haine qui dominent Susan naissent de la violence de la mer ; mais la jeune femme finit par l'oublier : elle devient mère, s'enferme dans le cercle de la famille, renonce à la nature — bien qu'elle se sente prisonnière dans la prison qu'elle s'est choisie. Neville attaque Bernard et sa dissipation : il aspire à l'« ordre », à la « distinction », à la « complétude qui triomphe du chaos » — toutes qualités que la mer, en apparence, ne peut lui offrir. Louis va plus loin. Il rêve des racines, des fondements, du centre, de la tradition, de la fusion de toutes les existences éparses en une seule existence. L'oreille et l'œil de Virginia Woolf sont partout. Tout comme elle avait partagé les élans polymorphes et dissolvants de l'ombre, elle participe maintenant de cette profonde nécessité de concentration.

Le livre s'achèverait sur un échec atroce, si à la fin Bernard ne se dressait, dans la grande église médiévale, pour incarner les voix et les élans opposés, et conclure le poème sur un chant triomphal — le seul triomphe que Virginia Woolf ait jamais proclamé. Les échos de Beethoven, de Dante et de Shakespeare deviennent plus intenses. Le ton s'élève, frôlant l'extase et l'explosion. Mais ce triomphe n'est pas pacifique. Bernard répète continuellement que la vie est angoisse, désillusion, désespérance, désolation : le néant de la mer déserte, ou quelque « nuage, un fantôme de poussière ». Le premier pas qu'il accomplit pour se sauver, c'est de devenir *tous*. Lui qui était si vibrant, si multiple, si changeant n'est plus un moi maintenant. « Je ne suis pas une seule personne, mais plusieurs, et même je ne sais pas du tout qui je suis — Jinny ou Susan, ou Neville, ou Rhoda, ou Louis. Je ne saurais comment distinguer ma vie de la leur… » Le voici devenu « un être immensément réceptif, plein, et qui comprend tout » : comme la mer, comme Virginia Woolf qui écoute, voit et recueille tout ce que disent ses personnages. Ainsi, il pourra recueillir en lui, avec une attention qui ne pourrait être plus scrupuleuse, le moindre bruit de la vie : l'araignée sur la feuille, l'eau qui goutte dans une conduite, leurs paroles à elle et à lui — la *véritable histoire* qu'il n'a jamais su raconter.

Comme toutes les grandes vérités, celle que proclament Bernard et Virginia Woolf est très simple. La vie, le livre, la musique sont ouverture et fermeture, fermeture et ouverture, expansion et contraction, comme le ressort d'une horloge ; mort et renaissance ; développement en anneaux, pareils aux stries d'un arbre. Ce qui nous sauve, c'est précisément le rythme de la vague, qui était jadis pour Virginia Woolf le tempo terrible de la manie dépressive. Ainsi, tout est accepté : le processus continu de l'existence — « le mardi suit le lundi, puis vient le mercredi, le jeudi... » —, les objets et les personnes de la vie quotidienne — la tasse de café, le couteau, la foule colorée et vulgaire qui se presse dans les restaurants et dans les trams. Il n'est même pas difficile d'accepter la mort, car elle entre dans le rythme naturel qui fait qu'on tombe et se relève.

Nous nous demandons comment fait Bernard, et comment fait, surtout, Virginia Woolf pour accepter la réalité : ce jeu de vagues ne contient-il pas en lui l'horreur, la terreur et la folie ? Elle ne fournit aucune théorie rationnelle de sa glorification de l'*harmonia mundi*. Plusieurs fois, dans le livre et dans son journal, elle insiste sur le fait que cette acceptation est une conquête, le prix d'un effort héroïque qui transforme le négatif en positif. Quand on prononce ce *oui* désespéré et enthousiaste, tout est bien : le déchirement devient unité, la discontinuité se fait rythme, le chaos complétude ; l'éternité et l'instant coïncident ; la maladie psychique se dissout dans le rythme de l'expansion et de la fermeture. La symphonie de la nature s'achevait sur la victoire de la nuit. Ici, parmi les êtres humains, au cœur même de l'histoire, triomphe au contraire la lumière. Les étoiles s'éteignent. Sur le rose s'étend peu à peu la rougeur d'un jour nouveau. Un oiseau gazouille. Et en cette aube nouvelle, le thème qui a parcouru le livre est glorifié : « Oui, c'est l'éternel renouvellement, le mouvement incessant qui s'élève et retombe, tombe et se lève à nouveau. » Le déferlement des vagues sur le rivage confirme les propos de Bernard et le triomphe — passager pourtant et jamais renouvelé — de Virginia Woolf.

Vie de Karen Blixen

Quand Karen Dinesen entra en révolte dans la vieille demeure familiale, personne ne pouvait imaginer qu'elle deviendrait un grand écrivain. L'on eût dit simplement l'une de ces jeunes filles fantasques et romanesques, filles d'une bourgeoisie moribonde qui, en ces années-là, protestaient contre le passé et contre leurs mères. Elle aimait Dumas, *La flûte enchantée*, Shakespeare, la Bible, les marionnettes. Elle lisait Byron et Nietzsche — et de ses « immenses yeux noirs de petite sorcière des bois », elle scrutait les horizons les plus lointains, pour découvrir ce que l'avenir lui réservait. Elle avait adopté, comme D'Annunzio, la devise de Pompée : *Vivere non est necesse, navigare necesse est*. Elle tomba éperdument amoureuse de son cousin, Hans von Blixen-Finecke, lequel ne répondit pas à son amour ; alors, pour conserver au moins une ombre, un halo, un reflet de cette passion juvénile, elle épousa le frère jumeau de Hans, Bror von Blixen. Elle vivait sous l'ombre de son père, aventurier et écrivain, qui s'était pendu lorsqu'elle était encore enfant. Il lui semblait que son père vivait dans son corps : elle l'écoutait parler ; elle l'écoutait qui l'invitait à s'enfuir de chez elle, à agir, à se mesurer aux puissances encore indomptées de l'univers.

Peut-être n'est-il pas nécessaire d'avoir de riches expériences humaines et de lire beaucoup de livres, ou d'être une personne mûre, ou de connaître sa vocation, pour devenir un grand écrivain. Karen Dinesen est la preuve la plus extraordinaire de ce que le génie artistique ne requiert ni préparation ni racines. Entre 1907 et 1909, de vingt-deux à vingt-quatre ans, elle écrivit quatre récits, *Les ermites, En attendant les époux, La famille de Cats* et *Oncle Théodore,* qui devaient prendre place parmi les chefs-d'œuvre de cette époque si féconde où James et Proust, Conrad, Kafka, Yeats, Rilke et Joyce composèrent des œuvres immenses. Le passé est sens dessus dessous : il n'y a plus trace de Tolstoï, de Dostoïevski ou de Flaubert ; le roman psychologique bourgeois ne laisse pas même un souvenir ; et les écrivains romantiques, Hoffmann et Hawthorne, ressuscitent dans l'imagination de cette petite Danoise pleine de rêves et d'ambitions. Karen Dinesen avait déjà compris que le monde tout entier — la tempête, la mer, la lumière, les objets — est animé et vibrant de vie ; que partout s'insinuent les morts, les fantômes, les présences magiques et la sorcellerie, le Péché, et qu'il lui faudrait transformer les ténèbres immenses qui l'environnaient en un enchaînement de récits limpides comme la joie. Elle avait compris bien des choses en ces rapides années : l'art de la touche historique, l'amour pour le XVIIIe siècle finissant, la passion pour le jeu intellectuel mené aux côtés des dieux.

Cette floraison juvénile passa aussi rapidement qu'elle avait éclos. En 1914, Karen Dinesen se maria, devint baronne von Blixen-Finecke, partit pour le Kenya ; et durant plus de dix ans, elle tourna le dos à la littérature — laquelle ne s'était guère souciée d'elle. Il y a différentes façons de connaître son destin : tel homme rencontre Dieu qui le jette à terre et l'anime, tel autre une femme, un livre aussi, où se cache son moi oublié, tel autre enfin découvre un mendiant envoyé par les dieux ou une étrange combinaison de hasards. Karen Blixen rencontra un pays, le Kenya ; et dès lors, elle fut la proie d'une fascination qui ne la quitta plus, sa vie durant : pour reprendre une maxime de Pindare, elle devint finalement « qui elle était ».

Elle n'avait jamais vu, même en rêve, un pays aussi beau : ces immenses montagnes bleutées, au loin, « comme dans un tableau de Claude Lorrain » ; ces vastes prairies sombres ; ces larges fleuves au débit rapide ; ces prairies calcinées battues par un vent ardent, en période de sécheresse ; et puis les pluies soudaines, la verdure qui recouvre aussitôt la terre, jusque dans les plus profondes vallées — d'un vert délicat et transparent, comme si la lumière surgissait de l'herbe ou que l'air léger et le ciel se reflétaient dans les talus et les prés. C'était l'Éden, dont son père avait rêvé, l'Arcadie des livres grecs. C'est là qu'elle devait vivre, au milieu des rapaces et des fauves ; là, elle regardait la nature droit dans les yeux ; là, elle rencontrait le lion, auquel elle aurait voulu ressembler — et quelle chose merveilleuse que la chasse, ne pas avoir de demeure, marcher à travers champs, sortir dans l'air froid de la nuit, éprouver l'extase qu'avaient éprouvée les premiers habitants de la terre.

Elle avait construit sa maison à Ngong, au milieu d'un grand bois, parmi les chèvres et les moutons et les enfants kikuyus, qui jouaient de la flûte. Près de là s'étendait la plantation de café ; et une chouette, une cigogne, un canard, un héron domestiques lui faisaient croire qu'elle était la reine-enchanteresse des animaux. Dans la plantation, elle tenait tous les rôles : administratrice, femme d'affaires, chasseresse, médecin, maîtresse d'école, chauffeur. Le soir, elle se retirait dans son bureau. Sur le gramophone que lui avait offert Denys Finch Hatton, elle écoutait la *Winterreise* de Schubert et *Petrouchka* de Stravinski, ainsi que Beethoven. Elle lisait avec passion *Les mille et une nuits*, Stevenson, Kipling, *Bleak House* de Dickens. Lorsqu'elle en avait le temps, elle apprenait au jeune cuisinier — un génie comme Babette — quelques recettes de cuisine européennes : la pâte feuilletée, le *soufflé**, les *crêpes**, la tarte aux pommes, *la sauce béarnaise**, la béchamel aux truffes, la tourte aux champignons — et son admirable bouillon à la moelle, auquel elle aurait voulu confier sa réputation.

Elle n'avait jamais été aussi heureuse. En quittant l'Europe, elle avait laissé derrière elle cette « paisible oasis », « ce petit monde fondé sur les lois et les prescriptions », cette ennuyeuse sécurité bourgeoise. Là, entre l'azur, la verdure et les lions, elle connaissait la *vraie vie*. Comme saint François, qui avait reçu la révélation sur la Verna, elle avait elle aussi sa Verna, son Sinaï, sa « montagne de la révélation ». Ngong était « la demeure de l'âme, la demeure du cœur ». Si Dieu avait conçu l'idée, le *verbe* de sa nature à elle, désormais, au milieu des montagnes qui surplombent Nairobi, ce verbe s'était incarné : elle ne pouvait s'empêcher de recourir au puissant langage biblique et évangélique de sa jeunesse. Certes, elle le savait, elle était seule. Elle serait toujours seule, sans personne, jusqu'à sa mort — et pourtant, en Afrique, « ma vie de tous les jours était emplie de voix qui me répondaient ; je ne parlais jamais sans recevoir de réponse, et je parlais librement, sans rien réprimer, même avec le silence ».

Comme Dieu avec son peuple, et les seigneurs féodaux avec leurs serfs, elle établit un pacte avec ses Kikuyus, ses Somalis et ses Masaïs. Elle les protégerait, jusqu'à se sacrifier et s'immoler pour eux, et eux la béniraient de leur humble fidélité. Ils lui parurent naturellement aristocratiques : ils possédaient cette harmonie entre le corps et l'esprit, la nature et l'idée, qu'elle-même, dramatique et privée d'harmonie, ne connaissait pas; et comme elle aimait leurs infortunes et leurs malheurs d'hommes « humiliés et blessés » ! Sa vie durant, elle leur voua une passion « totale et effrénée ». Certainement elle rêva — la nuit, quand le sommeil ne venait pas, que les bois frémissaient autour d'elle et qu'elle s'abandonnait à son imagination — de devenir la seule « reine blanche » d'un continent dont elle aurait chassé tous les autres Blancs.

*

Sur les années que Karen Blixen vécut en Afrique, il nous reste les lettres que, de 1914 à 1931, elle écrivit à sa mère, à ses frères et à sa tante. C'est une merveilleuse correspondance, que je préfère à *Une ferme africaine*. La discrétion profonde, la mélancolie, l'ardeur, l'angoisse, la délicatesse du cœur, la gravité morale, la tendresse familière s'unissent, dans ces lettres, à une grâce parfaite.

Les exigences de Karen Blixen à l'égard de la littérature étaient immenses; et pourtant l'« art d'écrire », quel qu'il fût, même celui d'Homère ou de Shakespeare, était pour elle inférieur à l'« art de vivre ». L'on ne pouvait vivre qu'héroïquement. Connaître une existence normale, cela n'en valait pas la peine — « et puis, en fin de compte, dans les bureaux d'un ministre, il y a probablement les mêmes dangers qu'au milieu des icebergs ». Nous ne pouvons éviter les épreuves ni échapper au destin : il nous faut mettre notre vie en jeu à tout instant, car ce n'est qu'en la risquant, en manquant la perdre à tout instant, dans le danger, les expériences les plus effrénées, que nous réussissons peut-être à la regagner. Aussi Karen Blixen fut-elle toujours possédée, en Afrique et jusque dans ses dernières années, lorsqu'elle revint habiter la *prison,* par son « démon » : « un indomptable amour de la grandeur ». Elle rêva de grands destins : être un roi, un guerrier, un prêtre, un explorateur, un prophète et même un aventurier de Conrad. En tant qu'héroïne, elle fut courageuse et mythomane, guerrière et menteuse, cabotine et mystificatrice. Mais elle fut toujours supérieure à sa propre comédie : elle la connaissait ; et d'une de ses figures jumelles elle dit qu'il était « un véritable don Quichotte de la Manche ». « Les phénomènes de la vie ne lui semblaient pas assez grands pour elle ; ils n'étaient pas en proportion avec son cœur. L'on eût dit quelqu'un qu'on aurait armé d'un fusil pour la chasse à l'éléphant, tout en prétendant le faire tirer sur les petits oiseaux. »

Dans sa jeunesse, elle déclara qu'elle était athée. Elle le resta toujours, et jusque dans ses années de vieillesse, lorsqu'elle écrivait ses apologues sur l'*harmonia mundi,* l'on sent dans son esprit ce froid vertigineux, cette absence implacable qui dévore les vrais athées. Comme les autres grands athées modernes, elle ne pensait qu'à Dieu : au grand Dieu de la Bible et de l'Islam, qui durant tant de millénaires avait dominé la création et s'était maintenant caché quelque part. Elle pensait à ses attributs, à ses qualités, à ses fantaisies, aux jeux grâce auxquels il apaisait son *spleen*, à son rapport avec le mal ; et elle reparcourait à ses côtés la création. « Quel était le but de Dieu lorsqu'il a créé le monde, la mer, le désert, le cheval, les vents, la femme, l'ambre, les poissons, le vin ? » En Afrique, elle se convainquit définitivement de la beauté divine de l'univers. Qu'importait que son existence ne fût qu'une succession de malheurs ? Et qu'elle ressemblât au sort de Job ? « Je suis fermement convaincue que la vie est splendide, riche et grande ; oui, j'en serais convaincue même si je devais mourir de la peste sur un tas de fumier. »

Comme le disait Nietzsche, elle pensait que son rôle était « de dire oui ». Là où les autres ne voyaient qu'une succession désordonnée de hasards, elle découvrait, entrelacés, destin, providence et nécessité. Elle était convaincue que Dieu choisit le destin — le verbe — de chacun de nous : notre tâche est de comprendre ce verbe, de lui répondre et de réaliser à tout prix, contre tout bon sens, et même si tout semble mener à la défaite et au désastre, la vocation qui nous a été assignée. Il faut supporter notre destin ; et l'aimer avec la joie de l'être qui se sent *choisi* par quelqu'un qui vit tout là-haut. Alors, si nous avons supporté et aimé, quoi qu'il nous arrive ou puisse nous arriver, nous serons heureux. Mais, parfois, ce Dieu se voilait. Il n'y avait plus trace de destin, de vocation ou de verbe : rien qu'une douleur infinie. « Ses pensées, dit un récit, cheminaient le long d'une étroite ligne de crête, dont elle risquait d'être précipitée à tout instant : d'un côté une profonde gratitude envers Dieu, de l'autre, le désespoir. Elle restait en équilibre parce qu'elle était attirée avec la même intensité des deux côtés. » Elle pensait à un célèbre poème de Goethe : « Les dieux donnent tout / — les infinis — / à leurs enfants chéris : toutes les joies, / les joies infinies, / toutes les douleurs, / les douleurs infinies, / entièrement. » Elle imaginait qu'elle aussi était un enfant chéri des dieux, et qu'il était donc juste qu'elle supportât « toutes les douleurs ». Il fallait espérer contre toute espérance, et avoir foi contre toute foi.

Ainsi, entre espérance et désespoir, entre foi et absence de foi, sa vie allait, avec robustesse. D'un côté, elle attendait la grâce. Elle attendait de voir le Dieu obscur se révéler entre les collines de Ngong, au milieu des girafes, des lions et des montagnes bleutées ; et elle cueillait chaque étincelle divine (ou qu'elle croyait divine) qui surgissait dans sa vie. Mais, d'autre part, son âme calviniste était profondément persuadée que dans le monde, et même là, dans ce Paradis terrestre, il n'y avait aucune grâce. Toute chose — même les amours, les amitiés, le bonheur — a un prix ; et il nous faut l'acquitter avec notre sang. Ces pensées, où la grâce alternait avec l'impératif moral, ne quittaient jamais son esprit, comme des siècles plus tôt elles n'avaient jamais quitté celui d'Augustin. Et elles donnaient à sa figure cette austérité sévère, cette rigueur tragique, cette gravité dans le jeu même qui nous frappe si profondément à la lecture des *Sept contes gothiques*.

Lorsqu'elle invitait ses amis dans sa belle demeure sur la colline, au milieu des cristaux, de l'argenterie et des porcelaines apportés du Danemark, Karen Blixen semblait différente. Comme elle aimait séduire et être séduite ! Elle avait une conversation brillante, émaillée de *mots* *, de potins et d'aphorismes : elle jouait, pour se dissimuler et s'exhiber. Elle ressemblait parfois à quelque fantastique reine shakespearienne des animaux, avec son cortège d'ânes et de bouffons noirs. Parfois aussi, à l'un des mille aventuriers que l'Europe déversait sur l'Afrique et l'Asie. Elle n'avait peur de rien : elle aurait pu se livrer à la traite des Blanches, être missionnaire en Chine ou bien ouvrir une maison de tolérance à Marseille ou à Djibouti ; et elle le disait avec une détermination si effrayante que les Anglais de la colonie rougissaient et avaient peur d'elle, comme si d'un moment à l'autre elle allait brandir un pistolet. Parfois, elle était simplement snob. Elle aimait s'entendre appeler baronne ; elle appréciait le luxe aristocratique, la richesse, les beaux vêtements qu'elle achetait à Paris — même si ses amies disaient perfidement qu'elle s'habillait mal et se maquillait affreusement. Elle aimait surtout la joie, l'euphorie, le divertissement, le dangereux et excitant *vin de la vie*. Elle se rappelait *La nuit des rois* de Shakespeare : « Tu crois peut-être que parce que tu es vertueux il ne doit exister ni bière ni vin des Canaries ? Si, Dieu sait combien ils doivent exister, et par surcroît le gingembre doit brûler la gorge... »

*

Son mariage avec Bror von Blixen, le double de l'homme qu'elle avait aimé dans sa jeunesse, ne dura pas longtemps. Volubile et frénétique, son mari pourchassait toutes les femmes, blanches, somaliennes ou noires, comme il chassait le lion ; et il mena à la ruine la plantation de Ngong. Quant à Karen Blixen, elle connut un aristocrate anglais, Denys Finch Hatton, et vit aussitôt en lui « un idéal de vie personnifié ». Ils vécurent ensemble quelques années, durant les intervalles (d'un jour ou de quelques mois) que Finch Hatton lui consacrait entre deux voyages, deux safaris, deux fugues. Il était plein de charme : il suffisait qu'une chose lui plaise pour que tous la trouvent délicieuse. Il connaissait le grec, la littérature et la musique moderne ; il chassait l'éléphant et le lion, peignait, faisait des affaires, étudiait, nageait, volait, jouait au golf et au cricket ; et il faisait tout à la perfection, avec l'audace d'un élisabéthain et la prudence d'Ulysse, et puis la grâce du dilettante qui jamais ne se consacre tout entier à rien, car rien ne doit donner sa *mesure*.

Quand Finch Hatton montait à Ngong et lui apportait du vin français, Schubert et *Petrouchka* — ils s'habillaient alors pour dîner, buvaient le *consommé** de Kamante et bavardaient toute la nuit, enveloppés par le grondement invisible de l'Afrique —, Karen était heureuse. Elle répéta qu'elle n'avait jamais été aussi heureuse : « Si Denys arrive, la mort n'est rien, ni l'hiver. » « Oui, je suis heureuse, parfaitement heureuse, si heureuse que pour vivre cette semaine, cela valait la peine d'avoir vécu et subi, d'avoir été malade... » « Je suis liée à Denys pour l'éternité, à en aimer la terre qu'il foule, à être heureuse au-delà de toute imagination lorsqu'il est là, à souffrir les tourments de l'enfer chaque fois qu'il part. » Malgré sa lucidité, elle attendait de Finch Hatton ce qu'il ne pouvait lui donner. Il lui manquait ; il ne la soutenait pas ; il était toujours parti ; elle sentait que Denys n'aimait ni elle ni personne et que, pour quelque mystérieuse raison, elle ne pouvait être aimée de personne. Elle ne supportait pas de dépendre si complètement de sa présence. Puis elle comprit. Cet homme était Ariel. Et qui pouvait emprisonner Ariel, lequel avait la nature de l'air ? Pas elle, assurément, créature profondément terrestre. « Voler convient tout à fait à Denys. Il m'a toujours semblé qu'il avait quelque chose de la nature de l'air, et qu'il était une sorte d'Ariel. Mais un être qui participe d'une telle nature est aussi un peu sans cœur, et ce que nous appelons cœur appartient assurément à la terre, où les choses croissent et fleurissent; un jardin et un champ peuvent avoir infiniment de cœur — et Ariel était justement sans cœur, comme tu le verras si tu relis *La tempête*; mais il était si pur, comparé aux êtres terrestres de l'île, limpide et honnête, immédiat, transparent — comme l'air. »

Pendant ce temps, autour d'elle et en elle, tout sombrait. La plantation de café ne rendait guère, et les investisseurs danois voulaient la vendre. Il n'y avait pas d'argent. Il n'y avait jamais d'argent — et elle, qui rêvait de luxe, dut vendre ses beaux vêtements français à une Juive de Nairobi. Elle était toujours malade. La syphilis, qu'elle avait contractée auprès de son mari, la clouait au lit avec d'atroces douleurs. Rien n'était sûr. Elle vivait au jour le jour, une épée suspendue au-dessus de la tête, craignant que là-bas, chez elle, ils ne décident de tout liquider : « Je bénis toujours le samedi soir, parce que je suis sûre que, dans les trente-six heures suivantes, je ne recevrai aucun télégramme décisif et glaçant de là-bas. » Elle pensait à son père, s'identifiait à son ombre et espérait qu'il la protégerait depuis le lieu — quel qu'il fût — où il se trouvait. Elle pensait qu'il devait dire à sa mère : « Mais elle est courageuse, et elle nous aime, plus peut-être que nos autres enfants; donne-lui le temps, et tu verras qu'elle saura s'en tirer. » Ainsi naissait dans son cœur une absurde espérance. Oui, certainement, il finirait par pleuvoir, les champs reverdiraient et la plantation produirait des centaines de tonnes de café. « Il n'y aura pas de plantation comparable à celle-ci dans toute l'Afrique de l'Est. »

Elle ne pouvait abandonner la plantation, qui était la seule œuvre de ses mains et de ses rêves. Elle n'avait jamais fait autre chose : elle avait cultivé le café, commandé les indigènes, soigné des enfants malades, éduqué des cuisiniers ; elle ne possédait rien d'autre au monde ; et si sa plantation sombrait dans le néant, c'était l'échec total de sa vie. *Failure*, répétait-elle, *failure* et *failure*. Elle ne supportait pas une vie dénuée de but, d'occupation, de destin : pour elle, ce serait Ragnarök, la fin du monde dans les sagas nordiques. Si elle quittait Ngong, elle croyait qu'elle en mourrait, « ou quelque chose d'équivalent, de peine et de douleur » ; ou bien elle se tuerait, comme son père qui ne parvenait pas à la protéger depuis le ciel vide. « Je ne peux rentrer à la maison, je ne *peux* vous revoir, disait-elle à sa mère et à son frère. Tu dois comprendre, et si nécessaire approuver, le fait qu'une balle, pour moi, ait plus de dignité humaine que n'en aurait la perspective de devenir, dans cette existence, comme une mouche dans une bouteille. » Il lui semblait qu'elle était Orphée, dans l'opéra de Gluck. Elle aussi était descendue dans l'Hadès et chantait aux esprits infernaux :

Laissez-vous toucher par mes pleurs,
Spectres, Larves, Ombres terribles !
Soyez sensibles
À l'excès de mes malheurs.

Mais les esprits lui répondaient : « Non ! Non ! Non ! Non ! »

Il lui semblait n'avoir commis que des erreurs : elle était mal née ; puis elle s'était toujours fixé des buts trop grandioses, des destins trop héroïques, alors que la juste voie « c'était de préparer une tasse de thé avec des toasts, ou de planter une nouvelle rangée de jacinthes ». Ainsi, elle qui n'avait jamais la nostalgie de rien, elle souffrait d'une intense nostalgie du pays : sa mère, l'odeur de l'arbre de Noël et celle, ineffable, de l'oie rôtie — ou une simple soirée de printemps au Danemark, la rosée sur l'herbe, les primevères et les vagues du Sund. Là, peut-être, les personnes étaient heureuses, alors qu'elle-même ne l'avait jamais été et ne parviendrait jamais à l'être. Elle voulait revoir l'Europe. Lorsqu'elle arriva à Paris, elle avait des chaussures trouées et des vêtements en lambeaux. Elle acheta des vêtements, des chapeaux à la dernière mode, laissa ses mesures à une corsetière de la place Vendôme, fréquenta des galeries de tableaux, alla au concert. Elle vit Ida Rubinstein interpréter une adaptation théâtrale de *L'idiot* « avec des toilettes merveilleuses » — et « une chose très intéressante d'un nouvel écrivain » : *Henri IV* de Pirandello.

Elle avait recommencé à écrire sur sa vieille machine au ruban usé. Elle entreprit une comédie pour marionnettes, qu'elle transforma ensuite en un long récit, *Carnaval*. Elle déploya le jeu des masques à l'italienne, exhiba sa conversation, exquise et paradoxale, qui peut-être n'avait jamais trouvé de véritables auditeurs ; et elle écrivit une histoire de sorcellerie, lunatique et d'une frivolité glacée, plus sinistre que celles d'Hoffmann, et que personne n'aurait attendue d'elle en un moment aussi grave. Elle trouva ironiquement le moyen de se consoler : « Dans le poker de la vie, perdre ou gagner n'a guère d'importance. » Mais ce ne fut qu'un sursis. En décembre 1930, la maison et la plantation furent vendues et Karen Blixen commença à vendre ses objets personnels, à l'exception des livres, de l'argenterie et des verres « que les doigts et les lèvres de tant d'amis avaient touchés ». Elle s'occupa de ses Kikuyus et s'efforça de leur assurer un lopin de terre. Elle avait des projets étranges et vagues : travailler dans un hôtel à Marseille, se faire cuisinière à Paris, aller en pèlerinage à La Mecque, construire un hôpital pour les Masaïs, devenir la directrice d'un asile de fous, voyager en Grèce. Le 14 mai 1931, l'avion de Denys Finch Hatton s'écrasa au Tanganyika. Son corps carbonisé fut enterré dans les collines de Ngong et, sur sa tombe de pierre, les lions venaient se coucher. Tout s'était écroulé; tout n'était plus qu'un sombre tourbillon dont elle ne parvenait plus à s'enfuir. Comme dans le Ragnarök, « la terre s'effondrait sous elle, les étoiles tombaient du ciel en tournoyant ». À Mombasa, elle monta sur le bateau qui devait la ramener dans son pays. Le 31 août, elle descendit à Marseille. Elle avait perdu vingt kilos et l'on eût dit « le spectre de la femme que son frère et ses amis avaient connue ».

*

Bien des années plus tard, alors qu'elle habitait à Rungstedlung, Karen Blixen tenta de faire croire que tout s'était passé le mieux du monde, comme dans l'un de ces contes enchantés qu'elle aimait à écrire. « Je suis *merveilleusement* bien ici; pour moi, c'est vraiment merveilleux que les choses soient restées exactement comme avant... Les domestiques sont adorables et c'est comme si toute cette chère vieille demeure se refermait autour de moi pour me protéger; chaque jour j'ai l'impression que maman est là et participe à tout cela. Avec l'arrivée du printemps, c'est un vrai délice, au matin les étourneaux chan tent devant ma fenêtre, le jardin se remplit de fleurs comme tous les ans et tout est encore plein de la paix et de la bénédiction de maman. Je remercie le ciel de m'avoir donné ce moment pour me reprendre et tâcher d'éclaircir en moi ce que je dois faire dans cette vie... Je pense à ces mots de Nietzsche : "Je suis quelqu'un qui dit oui." » Quelle grâce, quelle candeur apparente, quelle paix voilée — alors que nous connaissons parfaitement les blessures dont cette paix est tissée !

La vie de Karen Blixen dans ces années-là nous est racontée dans des livres de souvenirs, comme ceux de son frère, ou dans *Le pacte* de Thorkild Bjornvig, et dans la vaste biographie de Judith Thurman. Mais nous n'avons pas les merveilleuses lettres de Karen Blixen, qui demeurent cachées dans la Bibliothèque royale de Copenhague : rien, seulement quelques fragments, quelques étincelles soudaines et passionnées. Ainsi, nous ne savons rien de ce qui s'est passé au cours des dix-huit mois fébriles et mystérieux où prirent forme les *Sept contes gothiques*. Elle était rentrée chez elle « saignante ». Elle avait quitté le but de son existence, le lieu de ses pensées ; elle avait perdu l'homme qui l'avait fascinée, et n'emportait avec elle que quelques récits, ou quelques fragments, tapés sur une vieille machine à écrire. En peu de mois, avec sa volonté démoniaque, son espoir que, cette fois, les dieux seraient enfin de son côté, non seulement elle trouva la force de survivre, mais elle transforma sa défaite en un triomphe grandiose. Ragnarök était loin à nouveau. Les étoiles brillaient dans le ciel.

Au début, avec une terrible détermination, Karen Blixen renonça à vivre. « Renoncé à mon droit à une véritable vie humaine », écrivit-elle sur un carnet, et pas un mot de plus. La plantation n'était plus, ni son petit royaume de Noirs, ni son mari, ni Denys-Ariel, l'homme de l'air, qui l'avait refusée. Elle n'avait plus de destin ni d'identité. Il lui restait un *pis-aller** : la littérature. Lorsqu'elle écrivit *Carnaval*, elle comprit qu'elle « était lasse d'être, à quantité de moments différents, la même personne : elle préférait être une quantité de personnes différentes au même moment ». Si elle ne pouvait plus avoir de destin, elle pouvait se multiplier : changer de peau comme un vieux serpent, connaître plusieurs destins, devenir en même temps, comme dans son grand récit *Les rêveurs*, une célèbre cantatrice, une prostituée romaine, une modiste suisse, une dame pieuse de la province française, tout en n'étant qu'elle-même — Pellegrina Leoni. Quelle littérature est née de ce sacrifice et de cette métamorphose ! Mais il nous semble toujours presque incompréhensible qu'en quelques mois, avec si peu de tentatives derrière elle, Karen Blixen soit parvenue à écrire les *Sept contes gothiques*, ces récits construits avec une lucidité impavide, pleins d'échos et de correspondances, aussi parfaits que ceux de James et de Conrad. Elle en était assez contente. *Pourquoi pas* ?* commenta-t-elle. Mais, au fond d'elle-même, la littérature ne lui suffisait pas. Elle continuait à n'y voir qu'un *pis-aller**. Chasser les lions était bien autre chose.

Elle était extrêmement maigre. Les innombrables opérations qu'elle avait subies à cause de la syphilis — chaque année on lui enlevait un morceau d'estomac ou de colonne vertébrale — l'avaient réduite à ne peser que trente-cinq kilos, trente-huit tout au plus. Et elle ne se nourrissait que d'huîtres, de champagne, de cigarettes et d'amphétamines, dans l'idée certainement de se construire un corps totalement artificiel, une sorte de « corps éthéré », au squelette d'une rare élégance, comme ces corps de cristal et de corail que revêtent les ressuscités dans la mythologie iranienne. Dans sa vieillesse, elle ressemblait à une relique byzantine, ou à un flamant, ou à un vieux chef kikuyu, ou à un fragile narcisse agonisant. Elle s'emmitouflait, comme un ours, ou s'entourait la tête d'un ruban rouge, ou portait un vieux costume de Pierrot en *satin** blanc ; elle appelait ses vêtements élégants *Sapho* ou *Beau Brummell* ou *Sobre vérité* ; elle soulignait sa pâleur avec de la poudre, fardait ses yeux avec du kajal ; et de sa voix sourde et sinistre, tout en buvant du thé et du champagne et en fumant cigarette sur cigarette, elle exaltait les beautés du monde et de Dieu.

Elle voulait se divertir, voir du monde, boire le vin de la vie, parce qu'elle avait besoin de se sentir vivante et de se dissimuler. Il lui fallait cacher trop de choses, trop d'abîmes qu'elle-même ne connaissait pas. Mais, tandis qu'elle jouait la comédie, peut-être avait-elle à l'esprit un grand modèle. Son Dieu aussi se dissimulait, se masquait et se transformait, comme le dernier des Protée et des mystificateurs. Elle ne pouvait faire autrement : jouer, tenir un rôle, scintiller — et qu'importait si les autres ne la comprenaient pas et l'accusaient de dire toujours la même chose ? Ainsi, elle semblait parfois une vieille sibylle, vieille de milliers d'années, parfois Schéhérazade, la narratrice impavide et effrontée. Parfois elle imitait les personnages de ses contes gothiques. Elle était tantôt une sorcière, tantôt Satan, ou bien elle concluait un pacte avec lui — quoique son art ne fût nullement satanique. Et parfois, elle s'imaginait qu'elle était Dieu et créait à nouveau le monde, sans jamais reculer devant l'absurde et le fantastique, en admirant les signes célestes qu'il avait laissés sur la terre. Elle découvrait trop de signes, trop d'indices, trop de révélations, oubliant qu'un artiste doit pieusement voiler celles-ci. Mais tout donne à penser que son imitation de Dieu n'était que le plus difficile de ses jeux.

Un dernier jeu fut plus douloureux. Elle imaginait répandre autour d'elle ce composé d'extase érotique et philosophique, d'amour terrestre et céleste que Platon a enseigné dans *Le banquet* et dans le *Phèdre*. Mais Karen Blixen n'était pas grecque ni platonicienne : elle avait une nature terriblement chrétienne. Si rayonnant qu'il fût, son éros n'était qu'un don intellectuel, une forme de fascination psychologique. Elle s'efforçait de posséder les autres, avec la force des yeux, de la parole, de la voix et de la suggestion spirituelle. Comme le peintre Wolfgang Cazotte dans *Ehrengard*, elle voulait séduire. Avec ses amis, ses rapports devinrent de plus en plus tendus, possessifs, jaloux, comme si elle — la discrète — ne tolérait de leur part ni ombre ni discrétion. En une occasion, à laquelle Thorkild Bjornvig a consacré son livre, elle voulut léguer en héritage à un jeune écrivain ses propres dons, comme une cantatrice transmet son art et sa voix à un jeune élève. Elle voulait un *écho* fidèle, capable de résonner et de chanter et de répéter ses roulades désespérées et ses ironiques « cadences rompues » même lorsqu'elle serait morte. Mais dans la vie, comme elle s'en aperçut à ses dépens, les échos n'existent pas. Seuls existent les livres, et ils en forment le cœur et l'essence secrète, comme la dense trame sonore des *Sept contes gothiques* et des *Derniers récits*.

Elle mourut ainsi, sans écho, en écoutant seule la

Winterreise de Schubert. Elle fut dure avec elle-même jusqu'à la fin, comme doit l'être tout véritable écrivain parce que « seul ce qui est dur rend un son : seuls les métaux durs peuvent retentir ». Elle avait appris, à ses dépens également, que « parvenir à transformer les événements de sa vie en récit est une grande joie : le seul bonheur peut-être qu'un être humain puisse trouver sur cette terre ». Mais les profanes (et parfois même ceux qui écrivent) ne comprennent pas que ce bonheur suprême est, en même temps, le plus grand des malheurs.

*Karen Blixen et l'*harmonia mundi

Lorsqu'elle vivait en Afrique, Karen Blixen écoutait les récits de ses serviteurs indigènes. Il faisait nuit : dans le ciel, des millions d'étoiles brillaient d'un éclat sévère. Et autour des feux, allumés pour écarter les bêtes sauvages, les serviteurs, le fusil à portée de main, lui racontaient des épisodes du Coran et des *Mille et une nuits*, des histoires survenues au Kenya ou en Somalie. Ils lui expliquèrent qu'à chaque créature vivant sur terre correspondait, dans les eaux, une créature identique : chevaux, lions, femmes et girafes vivaient dans les abîmes sous-marins et au fond des fleuves. À la pleine lune, les chevaux aquatiques viennent sur les pâturages de Somalie s'accoupler avec les cavales terrestres et engendrer des poulains vifs comme l'air, à la beauté extraordinaire. Karen Blixen leur retournait ce présent de récits. Comme Schéhérazade au sultan, comme Ulysse à Eumée, comme les conteurs florentins du temps de la peste, elle leur contait ce que l'imagination occidentale avait conçu : des histoires d'amour et d'aventures, des histoires tragiques ou finalement heureuses, des histoires qui contenaient en elles d'autres histoires, pareilles à l'immense robe de mariée enclose dans la noix du conte. Tandis que déclinait la voûte du ciel nocturne, que de nouvelles constellations surgissaient à l'orient, qu'on remettait sans cesse du bois dans le feu, elle continuait de conter; et dans sa voix se mêlaient toutes les voix féminines qui, depuis des milliers d'années, avaient ainsi conté, autour des foyers d'Europe.

De retour dans sa patrie, sans son public noir au coin du feu, Karen Blixen comprit que les récits qu'elle couchait désormais sur le papier ne pouvaient conserver même un accent de sa voix et de son intonation de conteuse. La plume devait délimiter le cercle énigmatique du récit écrit. Toute la voix, et la fantaisie, les couleurs, la richesse, le bois du récit oral se changeraient en précieux petits morceaux de charbon — le charbon, « cette substance lisse comme la soie, libérée des scories et du poids, devenue éternelle, sage petite momie du bois ». Elle possédait une richesse infinie de sensations visuelles, tactiles, auditives, sonores : la vie des éléments ruisselait dans ses veines; une fantaisie éclatante et excentrique agitait son imagination — mais tout cela devait se transformer profondément, aussitôt insinué dans son âme inflexible. Il n'aurait pu y pénétrer la moindre bribe fortuite d'existence, la moindre sensation à chaud, la moindre forme naturelle de la fantaisie. Son esprit était glacé, rigide, immuable, artificiel : elle aimait les démonstrations mathématiques et les thèses philosophiques; et au fond, une expérience tragique et sévère l'occupait, expérience que Karen Blixen ne révéla jamais complètement. Aussi sa main devait-elle écrire sur du verre, changeant le ciel et la mer, la terre et le feu, les personnages et les intrigues, chaque page, chaque petite phrase, en une scintillante marqueterie de pierres précieuses, somptueuse et funéraire.

Lorsqu'elle composait les *Sept contes gothiques* (1933), Karen Blixen avait sous les yeux les images des écrivains et des peintres nourris par la mer de ténèbres qui enveloppa le monde vers la fin du XVIIIᵉ siècle : Hoffmann, Hawthorne, Füssli, Blake, et aussi Goya ou Friedrich. Elle peignit des nuits de tempête sur la lande, des épaves de navires échoués, des montagnes entourées de neige, des mers tourmentées, des événements sinistres, de sombres caprices, des incestes, de soudaines reconnaissances. Par moments, notre monde semble menacé par la panique, la terreur, la désolation, le vide : des forces terribles planent à la surface du récit et s'apprêtent à la déchirer. Dans une tardive et merveilleuse histoire gothique, *Les caryatides*, la menace provient des impulsions démoniaques qui se concentrent dans les eaux, les bois, la féminité empreinte de sorcellerie, l'éros tyrannique; et le récit s'interrompt sans que nous sachions quel sera le sort des personnages. Pendant ce temps, l'Europe de la tradition aristocratique, l'Europe des châteaux, des prairies et des vastes domaines, l'Europe qui respecte le nom et les morts s'achemine vers son déclin. Une maladie lui ronge le sang : ses membres s'épuisent, ses couleurs s'assombrissent et prennent une teinte livide, son temps tire à sa fin — mais cette maladie est la fleur suprême de la beauté européenne.

Le monde gothique ne connaît pas les événements banals et insignifiants de la vie quotidienne. Ses moments sont emplis de destin, d'allusions, de signes, de pressentiments. Le temps qui y règne est sacré. Il n'a pas de limites, car de toutes parts l'envahissent les révélations surnaturelles. C'est l'heure qui précède le soleil, quand le paysage est silencieux et mystérieusement éveillé, sans un nuage dans le ciel pâle, sans une ombre dans le crépuscule nacré qui entoure les prés et les bois ; c'est le paysage des oiseaux migrateurs, des oies sauvages, des canards souchets, des sarcelles et des bécasses, quand au-dessus de nous résonne la musique vagabonde des cieux — chant de milliers d'ailes, écho de flûtes limpides, échanges de signaux mélodieux ; ou la mer lumineuse, qui insinue sa musique éclatante dans celle, plus opaque, de la terre et nous invite à disparaître en elle. Parfois l'appel de l'au-delà est plus explicite : comme l'enfant miraculé qui, dans l'un des plus beaux *Contes d'hiver*, introduit la lumière aveuglante du rêve dans la grisaille du temps quotidien.

Ses personnages ont un tempérament saturnien ou dionysiaque : des mélancolies atroces ou languissantes les abattent, leur vie s'étiole dans l'atonie ou l'hypocondrie, ou bien des passions effrénées les poussent vers l'ivresse de l'autodissolution. Ils rêvent presque tous. Ils voudraient que le monde soit un lieu vaste et romantique comme une scène d'opéra, où chaque passion se donne libre cours. Ils imaginent qu'en quelque point du temps, il existe « un immense, un admirable bonheur » dont jaillissent la musique, les fleurs et l'amitié ; et ils veulent connaître « la signification du ciel et de la terre, des étoiles, de la vie et de la mort, de l'éternité ». Leurs passions amoureuses sont des feux absolus, comme dans les nouvelles italiennes ou l'œuvre de Shakespeare — passions des membres et des yeux, des lèvres et de la langue, éros, fantaisie, tendresse, inclination, perdition. Plusieurs figures de femmes renouvellent l'archétype de Diane. Des figures virginales, sauvages, chasseresses, guerrières, pleines d'élan et d'heureuse spontanéité, profondément vouées à la nuit et à la musique de la nuit, et qui concentrent autour d'elles la fascination intemporelle de l'androgyne.

L'on pourrait objecter qu'à ces histoires gothiques, il manque précisément l'intuition profonde des Ténèbres, à laquelle Hoffmann, Hawthorne et Conrad, les maîtres de Karen Blixen, avaient consacré leurs énergies intellectuelles et leur imagination. On aimerait parfois que la conteuse laisse de côté ses charbons lisses comme de la soie, ses pierres précieuses scintillantes, pour représenter sans écran le mal du monde. Je crois que Karen Blixen aurait acquiescé à ces reproches avec une ironie bienveillante. En réalité, à mesure que le temps passait, elle abandonna de plus en plus les Ténèbres. Avec une science que nous n'en finissons pas d'admirer, dans les *Contes d'hiver* (1942) elle étendit un voile magique à la façon de Virgile, un tendre cristal à la Poussin ou à la Gluck ou même à la Vermeer, au-dessus des teintes obscures d'autrefois. Puis elle découpa un espace dans chacun de ses récits : elle y gravait une immobile scène lumineuse, un instant d'extase bienheureuse et solidifiée, quand « l'univers apparaît comme quelque chose de parfait dans sa beauté et son harmonie, et la vie, comme un état de grâce sans limites ». C'est un tableau hollandais : le feu de la cheminée jette ses lueurs sur un tapis de Bruxelles et des coussins de feutre rouge ; la nappe est blanche, le pichet étincelant, la pièce sent le café et le pain frais ; une figure féminine reçoit toute la lumière de la lampe, toute la lumière du monde ; ou bien un corps — argenté comme une rose blanche, avec seulement aux joues, sur la bouche, sur le bout des doigts et des seins, une légère touche de carmin — se dévêt devant le miroir.

Ces signes épars culminent dans la plus complète, la plus compacte théologie du récit qu'ait jamais bâtie une narratrice de notre siècle. Notre étonnement ne pourrait être plus grand, car le cœur de cette théologie n'est pas consacré, comme chez les écrivains gothiques, à l'Adversaire, au Prince des Ténèbres, à Satan, mais au Dieu de la Bible et de l'Église catholique. Au centre de toutes choses se tient celui qui a créé les étoiles et les plantes, les grands serpents aquatiques et l'homme : les navires sur leur quille, la lune naviguant dans le ciel, les mondes tournoyant dans l'univers, les marées, les générations, les miroirs, les oiseaux migrateurs, les pierres précieuses, l'odeur du pain frais, les chapeaux des dames, les châteaux des nobles danois, la maison des ancêtres de Karen Blixen...

Comme dans le Livre de Job, Dieu possède une puissance d'imagination infinie. Il ne veut pas la vérité, qu'il connaît sur le bout du doigt et qui l'ennuie profondément : il se complaît dans ce qui change et se transforme; et à peine a-t-il créé une saison, ou un moment du temps, que naît en lui le désir de quelque chose de différent, et il se hâte de tout changer. L'imprévisible, le capricieux, le contradictoire, le discontinu, dans lesquels les théologiens d'un autre âge voyaient l'empreinte du diable, forment son royaume. Il dissimule sa nature aux yeux des hommes, et se masque, comme le calife Haroun al-Rachid des *Mille et une nuits*, qui tous les soirs traverse Bagdad dissimulé derrière des atours toujours nouveaux et illusoires. L'histoire du monde n'est pas autre chose que l'histoire de ses transformations théâtrales. Un jour, le Christ est venu; depuis ce temps, il s'est incarné des milliers de fois, sans que des yeux mortels le surprennent, tel un Protée, un feu follet, un acteur. Nous ne pouvons nous étonner qu'il protège les artistes, les saltimbanques et les charlatans ; et que les seules créatures avec lesquelles il se plaise soient les personnages multiples et colorés de la littérature.

Puisque Dieu l'a créé et continue de le façonner, notre monde n'est pas seulement beau, harmonieux et parfait, il est aussi heureux. Comme l'assure le roi dépravé et bouffon qui apparaît à la fin des *Contes d'hiver*, « *il y a dans ce monde un bonheur parfait* * ». Tout est sacré : l'âme immortelle, les quatre éléments, le sang qui coule sans jamais s'arrêter, la perfection des cinq sens, les jeux de lumière du crépuscule, l'arôme doux-amer des arbres et de l'aube. Et si quelqu'un objectait que sur terre il y a le diable, les pécheurs et les catastrophes, Karen Blixen lui répondrait, comme un théologien de jadis : l'œil du diable est l'œil d'un connaisseur, qui contemple et admire la création divine avec impartialité ; les grands pécheurs ont été sauvés par le Christ et le précipice et la tourmente sont « œuvres de Dieu, infiniment, splendidement belles ». Quant à l'homme, pendant que Dieu trame des jeux ironiques au-dessus de sa tête, il a reçu en partage la tragédie. Mais la tragédie est son privilège. Il doit aimer la douleur et le malheur ; il doit accepter les jeux cruels que le destin lui impose, chérir sa propre mort, ne jamais élever de vaines lamentations et exalter, avec des larmes de sang et des cris de terreur, la glorieuse providence divine.

Cette reprise du Livre de Job est la glorification la plus grandiose, la plus paradoxale, de l'*harmonia mundi* au cœur du XXe siècle. Mais Dieu existe-t-il vraiment ? « "Êtes-vous certain, demanda la dame en noir au cardinal Salviati, que c'est Dieu, celui que vous servez?" Le cardinal leva les yeux pour rencontrer les siens, et sourit doucement. "Cela, dit-il, cela, madame, c'est un risque que les artistes et les prêtres de cette terre doivent courir." » Pas plus que le cardinal Salviati, Karen Blixen n'a la certitude religieuse que le Dieu de l'*harmonia mundi* habite les cimes triomphales de son ciel : c'est chez elle une hypothèse littéraire, une ironique croyance esthétique, que les récits doivent démontrer avec les moyens de l'art. Il n'est même pas exclu qu'au début du XIXe siècle le Dieu de Job, le Seigneur de l'imagination et de l'imprévu, le créateur « des étoiles, de la mer, du désert, du poète Homère et des girafes » se soit mué en un médiocre souverain bourgeois. Mais tout cela, pour Karen Blixen, est dénué d'importance. Que Dieu existe ou ne soit qu'un rêve de littérateur, qu'il connaisse ou non la déchéance, un écrivain digne de ce nom doit continuer d'avoir pour lui la même vénération. Avec un donquichottisme héroïque, un admirable amour du geste, Karen Blixen feint d'ignorer qu'elle est restée seule sur la face de la terre et se comporte comme si son Dieu vivait encore.

Sa tâche de narratrice est toute tracée. De même que Dieu se transforme et se masque, elle se multiplie indéfiniment, pour s'adapter à la vie et échapper à ses horreurs : tantôt elle est une célèbre cantatrice italienne, tantôt une prostituée dans un bordel de Rome, ou une modiste révolutionnaire à Lucerne ; ou bien un porteur d'eau, le serviteur d'un cadi, un pêcheur qui vit près de la plage, un saint ermite. Tout ce qui est mensonge, masque et mystification l'enchante : car c'est seulement sous le mensonge et les rideaux poussiéreux du théâtre que s'ouvre la voie qui mène au mystère, au symbole, au sacré. Raconter n'est pas autre chose, à ses yeux, que jouer et se camoufler, comme Haroun al-Rachid et Schéhérazade : jouer son rôle, impavide, face à Dieu qui peut-être a disparu, face aux embûches du diable, à la mort qui s'avance ; raconter toute la nuit, jusqu'à ce que les premières lueurs du jour dissipent les spectres furtivement assemblés près des feuilles de papier. Elle habite au centre même de sa création ; au-dessus d'elle, il y a Dieu ou les dieux, qui jouent avec les trames du destin ; au-dessous, la tragédie des hommes ; et avec des mots austères et énigmatiques, elle mêle, en une seule pâte, la comédie et la tragédie, partageant aussi bien les échappatoires ironiques des dieux que les larmes humaines. Lorsqu'elle écrit, elle a toujours à l'esprit le point final de son récit : elle entrelace les objets symboliques, les aventures romanesques et invraisemblables et semble parfois s'égarer. Le but n'est jamais oublié : quand il approche, Karen Blixen nous démontre que la tragédie s'est résolue dans la conciliation, qu'une coïncidence a unifié les signes dispersés, que la merveilleuse harmonie divine règne une fois de plus sur les hivers de cette terre.

À la lecture des *Sept contes gothiques*, des *Contes d'hiver* et des *Derniers contes*, nous nous demandons pourquoi Karen Blixen n'a fait qu'effleurer la voie du roman. Elle avait tous les dons pour devenir une grande romancière : un sens de la société moderne et du groupe familial que seuls peut-être Tolstoï et Proust ont possédé à l'époque moderne, une robuste capacité de réflexion, l'art d'évoquer une époque — 1780, 1870 et, surtout, la Restauration, son époque de prédilection, où les fureurs gothiques se tarissaient et s'épuisaient — avec une admirable précision historique, l'ampleur et la lenteur des intrigues, un sens de la distance narrative qu'aucune passion, aucune émotion ne pouvait entamer. Et pourtant, Karen Blixen continua à considérer le récit comme la forme la plus haute de la littérature : celle où se fondent la richesse des métaphores poétiques, la tension de l'intelligence philosophique, la tranquillité objective du roman, l'artifice du dialogue théâtral, les morceaux d'ensemble de l'œuvre lyrique. Dans la mesure propre à la nouvelle, elle voyait triompher la pure vertu de l'intrigue ; et l'intrigue était pour elle le lieu privilégié de l'énigme.

Quand nous examinons de près un récit de Karen Blixen, chaque phrase se révèle complémentaire d'une autre, de plusieurs autres : le navire de Lady Helena vogue sur les océans, dans *Le jeune homme à l'œillet*, en correspondance parfaite avec un navire qui parcourt l'autre hémisphère ; un personnage se prolonge à travers son double, un thème se dédouble, la vie se réfléchit dans le miroir, une figure réapparaît, unifiant des histoires différentes ; tous les motifs de chaque nouvelle entrent en relation étroite avec d'autres motifs, et peut-être avec tous les récits que Karen Blixen a pu écrire. Le résultat de cette complémentarité, c'est que se tisse un vaste réseau, aux mailles presque inextricables, où nous risquons à tout moment de nous perdre ; en même temps, nous est rappelée la rigoureuse unité de l'œuvre d'art. À un moment donné du récit, il est une scène, un détail, un objet, environnés de ténèbres plus intenses. C'est là que réside l'énigme. La tâche de Karen Blixen, comme de tout autre écrivain fervent de l'*harmonia mundi*, c'est de rassembler autour de ce point toutes sortes d'événements invraisemblables et puis, peu à peu, de dévoiler l'énigme. Dès lors, à la fin, trouvons-nous la lumière, toute la lumière ? Malgré sa théologie providentielle, Karen Blixen demeure, dans une part de son âme, une adepte de l'Ombre. Le récit doit conserver jalousement en lui un secret qu'aucun de nous ne pourra révéler. Comme l'un de ces fleuves qui, à un certain point de leur cours, disparaissent dans le sol et, pendant quelques kilomètres, ruissellent souterrainement : sur ce sol fleurissent bois et roseraies, de sorte que le secret gardé devient un trésor de plus ; ou comme le pommier sous lequel une jeune fille a enterré son enfant mort, et qui fleurit plus vigoureusement que les autres, porte des fruits plus parfaits, si bien que le crime caché se change en une floraison délicate.

Chaque histoire de Karen Blixen est un ouvrage de marqueterie : un enchâssement de scènes, de paysages, de personnages, de récits renfermant à leur tour de nouveaux récits, comme les grandes structures des dernières œuvres de Conrad. L'art de Karen Blixen réside dans l'effacement de tous les points de suture ou d'emboîtement : tout est lisse, égal, continu, sans raccourcis, ni sauts, ni accélérations ou ralentissements du flux narratif, puisque, comme l'Afrique le lui avait appris, « l'art de se déplacer avec délicatesse, sans brusques à-coups, est le premier art du chasseur ». Notre impression est que Karen Blixen n'a pas voulu ralentir le temps, mais le tuer : chaque histoire est faite de scènes immobiles, qui se succèdent avec une tranquille apparence d'éternité, comme si l'impulsion du narrateur à la métamorphose ne pouvait s'apaiser qu'en basculant dans la fixité marmoréenne de l'esprit. Toutefois, quelque chose nous dérange. En certains endroits, nous percevons ce que — comme le rappelle un personnage d'*Albondocani* — les dictionnaires de musique nomment une « cadence rompue ». Karen Blixen mène son récit vers sa conclusion avec prudence et précision, lorsqu'elle fait survenir quelque chose d'inattendu, d'étrange et d'inquiétant : la ligne de l'intrigue s'éloigne de la ligne des sentiments des personnages, qui semblent si obscurs, gratuits et immotivés. Tout paraît à la fois arbitraire, mystérieux et plein de grâce. Par une dernière touche, au moment même où elle va assurer l'harmonie narrative du monde, Karen Blixen confirme son invincible attachement aux ironiques divinités de l'Ombre.

Avec les récits tardifs d'*Albondocani*, la théologie narrative de Karen Blixen trouve sa forme définitive. Elle unifie désormais en une seule figure les deux figures de l'artiste et du prêtre : Schéhérazade devient le cardinal italien Attanasio Salviati ; et cette fusion des opposés ne peut nous étonner, puisque l'artiste est celui qui exalte la beauté du monde et la gloire de Dieu, et que le prêtre est un cardinal catholique, qui défend la splendeur de la forme, la perfection et la ritualité des manières, l'élégance de l'ironie : « Quel est l'homme qui n'a pas d'existence à lui, car il fait sienne l'existence de tout être humain, et qui n'a ni maison, ni amis, ni épouse, parce que son foyer est le foyer de tous, et que lui-même est l'ami et l'amant de tous les êtres humains ? » L'artiste-prêtre admire les jeux prodigieux de Dieu — cet artisan « inventif, optimiste et enjoué à l'extrême, incapable de retenir ses facétieux torrents de félicité », qui façonne les longs brins d'herbe et la rosée, invente l'obscurité et les étoiles, forme avec une attention maternelle les fleurs de marronnier droites comme les cierges des autels, les fleurs du lilas, qui fusent dans toutes les directions en un bouquet luxuriant, les fleurs du cytise, retombant dans l'air d'un pâle azur comme des gouttes de glace dorée en plein été et les fleurs d'aubépine, répandues le long des branches comme de fragiles couches de neige rose et blanche.

Tout cela conduit à un changement fondamental dans l'art de Karen Blixen : ce n'est plus le récit analytico-psychologique, ni le récit gothique dominé par l'Ombre. La forme qu'elle exalte désormais est l'« histoire » classique, celle d'Apulée et de Boccace, de Cervantès et des *Mille et une nuits* : avec sa distance à l'égard des événements et des personnages, son amour pour les figures archétypales, les moralités et les légendes, sa prédilection pour une intrigue absolument conventionnelle, où s'exprime cet instinct du jeu que Dieu a manifesté dans la création. Les lieux changent eux aussi. Les nuages, les mers ténébreuses et les torrents de pluie du Nord s'effacent devant les petites villes provinciales de l'Italie métastasienne et de la Restauration, ces lacs de quiétude dont Karen Blixen aimait l'horizon limité, l'artifice, les rites catholiques, les passions stendhaliennes, la religion sensuelle, l'amour de l'apparence, le culte de la Madone ; ou devant les cours allemandes d'*Ehrengard*, où le plaisir soyeux du rococo se laisse gagner par une extase presque romantique. Ainsi, ce qui pesait autrefois sur Karen Blixen, sa vocation sinistre et dramatique et sa tortueuse complication intellectuelle, est devenu léger et lance des étincelles qui imprègnent les objets, les personnes, les couleurs, les brumes, d'une lumière radieuse. Si l'on voulait définir cette légèreté, il faudrait évoquer le style des « vieux » dont parle Gottfried Benn dans un célèbre essai : le style des grands artistes, parvenus à la fin de leur carrière, qui simplifient leur espace à l'extrême, remplacent un discours par une ligne droite, un personnage par une arabesque, une description par une trace, s'expriment par allusions et signes ténus — et tout devient bulle de savon, nuage rose effiloché dans le couchant, marqueterie odorante de bois anciens.

Composé dans ces tons d'une légèreté suprême, *Ehrengard* est un apologue sur l'art de Karen Blixen et sur toute œuvre d'art. Le principe inspirateur du récit est la séduction — cette même séduction à laquelle recourt Satan dans le Paradis terrestre, ou Johannes dans *Ou bien, ou bien* de Kierkegaard. Le peintre Wolfgang Cazotte, avec une patiente sollicitude, conduit les objets à lui révéler leur essence la plus intime : il séduit un vieux pot de terre cuite, deux citrons, une fenêtre, un oranger, afin qu'ils lui concèdent leur être secret et deviennent ses créatures. Lorsqu'il fait la connaissance de la jeune Ehrengard, il veut caresser avec les mains de l'esprit chaque repli de son esprit, toucher avec l'insistance la plus profonde les cordes de son arc, les accorder avec soin et en tirer les sons et les vibrations les plus intenses. Il veut qu'Ehrengard, tout en restant candide comme la neige, sache dans son cœur qu'elle est déchue, brisée, acculée sans remède, et qu'elle se confie à lui comme à la seule personne capable de confirmer sa perdition. En ce moment de capitulation, renonçant à son orgueil, jetant aux pieds de Cazotte son passé et son avenir, Ehrengard devra brusquement rougir, se couvrir de la tête aux pieds d'une intense et exquise couleur carmin, d'un mystique *rose persan* *, s'embraser depuis les sources de son être en un seul et splendide jaillissement de flammes — pareilles à ces flammes paradisiaques d'un rouge intense, dont flamboient parfois, au crépuscule, les hautes montagnes couvertes de neige, avant de disparaître et de sombrer dans la nuit la plus noire. Ainsi chaque œuvre d'art, lorsqu'elle dévoile la réalité des choses et leurs apparences, les séduit, les corrompt, les mène à leur déclin et les fait sombrer dans l'abîme du néant définitif.

Mais le récit culmine sur une surprise, la plus exquise « cadence rompue » que Karen Blixen ait fait résonner dans son petit théâtre rococo. Ehrengard ne rougit pas. Et la délicate couleur carmin, le mystique *rose persan* *, le flamboiement de crépuscule sur les cimes, va se répandre sur son visage à lui, Wolfgang Cazotte, le prototype de tout artiste. Karen Blixen parle d'elle-même. Dans sa vie de narratrice, elle n'a pas été seulement celle qui séduit les paysages, les personnages, les objets — mais l'être éternellement séduit, fasciné, subjugué. Elle a cédé à la tentation et au péché, plié sous le regard irrésistible du monde, et maintenant elle se dissout, se perd, est à elle-même son propre crépuscule, cependant que ses mains dessinent un crépuscule de mots, rose et neigeux.

Les lettres de Marina Tsvetaïeva

La correspondance de Marina Tsvetaïeva est, avec celle de Kafka, la plus belle de notre siècle. Je ne connais pas d'autre exemple d'une concentration intellectuelle aussi sublime. Nous lisons des centaines de lettres, adressées à des amis ou à des amants : il n'y a jamais une seconde de dispersion ; l'on ne sort jamais des hautes murailles de ce moi, de ce cœur. Tout avait commencé dans sa jeunesse. Alors, avec un prodigieux instinct théâtral, Marina Tsvetaïeva s'était inventé tout un répertoire d'idées, de sentiments, de rôles, de gestes. Elle avait choisi son destin, avait été choisie par son destin — inflexible comme un rocher. Toute sa vie, jusqu'au dernier moment, la gorge dans le nœud coulant, elle ne fit que jouer superbement son rôle : passionnée, altière, orgueilleuse, royale, agressive, totalement pénétrée, avec une gravité sans faille. Quoi qu'il arrivât, jamais elle ne changea, prisonnière des paroles qui lui avaient été confiées. Elle était toute en limites, toute en *non*, en murs, en refus. Et, ce qui accroît notre admiration, elle ne s'ignora jamais. Elle avait une intelligence extrêmement lucide et acérée, une clairvoyance froide et vertigineuse. Elle savait tout d'elle-même (et des autres, de l'histoire, de l'univers). Elle ne se perdait jamais dans l'amour. « Chez moi, le sentiment a toujours été intelligent. Si le sentiment est cécité, je n'ai *jamais* éprouvé de sentiment. » Quoi que nous voulions dire de Marina Tsvetaïeva, nous découvrons qu'elle nous a déjà précédés, de l'un de ses aphorismes étincelants comme l'éclair, tranchants comme le diamant.

Marina Tsvetaïeva conçut le projet d'existence tragique le plus extrême qu'un écrivain ait jamais imaginé. Il y avait eu d'autres existences tragiques, mais un léger épisode comique, un petit jeu, une variation venaient de temps en temps interrompre le drame. La tragédie en cinq actes que fut la vie de Marina Tsvetaïeva ne fut interrompue ou entamée par rien — quoique vivre toujours sur le mode tragique soit, à la rigueur, impossible. Tout donne à penser qu'elle *voulut* être malheureuse, en amour et dans la vie, pour rester fidèle à son projet. Avec quel acharnement elle se refusa la moindre petite joie — cette joie qu'elle désirait de tout son cœur. Elle ne supportait pas la grâce de la détente, la libération de la légèreté, le voile de l'ironie. Toutes les lettres sont dominées par une tension qui n'en finit pas de grandir. Comme le remarque Brodsky, Marina Tsvetaïeva commençait toujours sur le ton le plus haut, à la limite supérieure ; puis sa voix, au lieu de baisser, s'élevait inéluctablement, comme la voix du prêtre zoroastrien, lorsqu'il chante l'hymne du feu, monte sans jamais s'arrêter, sur une interminable échelle d'air ou de pierre, toujours plus haut, toujours plus haut, vers le lieu céleste où vit l'essence immatérielle du feu. Ainsi, Marina Tsvetaïeva obéissait au destin de sa race. La Russie occupait pour elle les « confins extrêmes du visible » et, pour y parvenir, il fallait traverser la tragédie, la démesure, l'excès, la tension illimitée de la voix. « Que ferai-je, démesurée, disait-elle à Paris, dans l'empire de la mesure ? »

Lorsqu'elle était jeune, elle avait décidé d'être étrangère sur la terre, comme une gnostique. « Dans ce monde, je ne sais pas vivre. » « Je suis absente de ma vie, je ne *suis* pas chez moi. » Mais avec quelle vitalité et quelle violence dramatique elle n'existait pas ! Elle n'habitait pas le présent et l'espace : « Je souffre, en général, d'une sorte d'atrophie du présent ; non seulement je n'y vis pas : je ne m'y trouve même pas de temps en temps. Pour moi, il n'y a *même pas un empan* de la surface terrestre. » Elle détestait les objets, qui s'amoncelaient dans ses appartements et dans le monde, l'enfermant dans une étouffante prison de murs et de portes ; elle détestait les corps, et les ailes même — qui élèvent l'esprit gnostique vers les hauteurs — lui étaient pesantes. Elle ne s'était jamais complètement incarnée. Elle proclamait qu'elle n'était ni Ève ni Hélène, mais Psyché, l'âme pure, qui ne pouvait être jugée que dans l'autre monde. Et pourtant, Marina Tsvetaïeva ne fut jamais Psyché ; elle n'était pas purement âme ; ce fut la seule erreur de son extraordinaire clairvoyance. L'âme qui portait son nom était totalement dotée d'un physique : un corps, un son, une lourde intensité, une Phèdre céleste. Tout ce qui est physique, corporel, passionnel — l'éros, la violence du cœur, la fureur spirituelle et dionysiaque, le désir de domination et de possession — était transporté dans la demeure de l'âme et, là-haut, au lieu d'être atténué, effacé, se déchaînait et s'embrasait, brûlant comme jamais sur cette terre. L'âme n'avait jamais parlé d'une voix plus semblable à celle de la chair.

Pour moi comme pour beaucoup, le poète est tout simplement un homme qui écrit des vers. Pour

Marina Tsvetaïeva en revanche, le poète existait *avant* ses vers : comme une force sacrée de la nature, une immense possession démoniaque, une impulsion sombre et éblouissante, qu'il aurait pu aussi ne pas écrire. Elle ne pouvait distinguer avec mille précautions, comme nous le faisons continuellement. Les vers étaient son corps, son corps était les vers ; et entre elle et sa poésie, entre ses lettres et ses poèmes, il n'y avait jamais la moindre distance, la moindre faille. Son chef-d'œuvre, c'était elle, vivante union du corps et des vers. Aussi ne peut-on s'étonner qu'elle ait tant voulu être aimée. Ce n'était pas vanité ou narcissisme, pas même un simple besoin de tendresse. Elle voulait que les autres admirent, dans son âme-corps, la source inépuisable dont jaillissaient ses paroles.

*

Cette correspondance est un immense livre amoureux : amour pour un homme, une femme, son enfant, un nuage, un bouleau, un poème, une montagne, un morceau de papier — parce que l'amour est unique sous ses innombrables formes, qui se font mutuellement écho. Le monde entier est appelé à participer, à servir d'écho et de chœur — et pourtant l'amour ne se joue que sur l'immense scène vide de l'âme théâtrale de Marina Tsvetaïeva. Aucun autre être humain n'apparaît jamais, seulement des spectres. L'occasion présente un visage : quelqu'un qui vit à Moscou ou à Prague, ou à Berlin, à Paris, en Suisse ; peu importe qui il est, ce qu'il est. Le feu s'embrase, s'étend, la prodigieuse imagination lui offre sans cesse un nouvel aliment, projetant vers l'extérieur ce qui, des années durant, s'était accumulé et concentré dans les abîmes du cœur. Sur la scène vide, sur un fond de flammes et de ténèbres, se tient Marina Tsvetaïeva. Il ne lui suffit pas d'aimer et de rencontrer l'*autre*, en un lieu et un temps communs. Comment pourrait-elle ne pas être le centre ? Elle est le cœur du monde, la raison pour laquelle l'univers a été créé ; et elle désire posséder les âmes, les arracher à leur existence, les faire vivre en elle, se les approprier, les dévorer, faire d'elles l'air qu'elle respire et dans lequel elle respire. Elles étaient des choses, les voilà devenues destin ; elles étaient histoire, elles deviennent tragédie. Elle ne peut que tout exiger. Elle veut être nécessaire. Elle veut être aimée « plus que toute chose au monde ».

Ainsi, en l'espace d'une semaine, ou de deux mois, ou d'une nuit, alors que l'*autre* est dans son lit, ou immensément loin, Marina se multiplie. Tantôt elle a des tendresses maternelles et des compassions de bonne sœur ; tantôt des fureurs de ménade ; tantôt des délicatesses de médecin spirituel ; puis elle désire se perdre et se dissoudre dans l'autre ; elle craint de se perdre et d'être changée en eau par la tendresse ; elle rêve d'être aimée comme un chêne ou un saule ; elle cherche en l'autre l'opposé de ce qu'il est ; elle cherche dans le temps une goutte d'éternité. Elle découvre qu'elle est enfermée dans l'aimé comme dans n'importe quelle pièce ; et toujours, à la fin, elle poursuit dans l'autre l'infini, qu'aucun corps humain ne peut contenir, et comprend qu'elle n'aime personne, parce qu'elle aime uniquement cette nostalgie et cette angoisse de l'infini. Il ne lui reste que le geste ultime, celui de l'éloignement. Il lui semble que l'amour n'est possible que pour celui qui reste lointain et qu'on n'a jamais vu, pour un étranger, pour celui qui s'est abandonné, celui qu'on n'a rencontré qu'en rêve, pour les morts, pour ceux qui viendront après nous, pour ceux qui n'ont jamais existé, pour ceux qui habitent l'autre monde. L'espace de l'amour est la distance et la séparation : la lettre. Il n'y a pas d'autre lieu. Il n'y a pas de mains. Mais voici que brusquement, après avoir tout effacé, Marina est reprise du vieux désir de saisir et de prendre...

Elle savait qu'elle n'était faite que de douleur — la seule expérience qu'elle avait du monde. Elle ne connaissait rien d'autre. Elle vivait de souffrance, comme une « écorchée vive » ; et, lorsqu'elle aimait, elle voulait donner et recevoir de la souffrance. Telle une formidable ménade, elle n'eut pas de repos tant qu'elle n'eut pas extrait toute la force de lacération dissimulée dans la douleur. Elle voulait briser, faire voler en éclats et détruire : elle haïssait le mal et s'en prenait à lui avec une haine dostoïevskienne, qui dissimulait en elle quelque chose de ce mal ; elle était *contre* — les êtres, le temps, l'espace, l'au-delà du temps, de l'espace, et agressait ces ennemis réels ou imaginaires « les griffes hors du fourreau ». Naturellement, elle usa surtout de ces « griffes » contre elle-même, jusqu'à faire de sa vie, de son cœur, un petit tas de débris de verre, brillants et coupants, sur lesquels scintillait le soleil d'automne et d'hiver. « Tout est lié au fait que mon cœur commence à battre — et cela ne fait rien s'il vole en mille éclats ! Je me suis toujours brisée en éclats, et tous mes vers sont, littéralement, des fragments argentés de mon cœur. » Il en va de même dans ses lettres, où elle révèle son visage de Sibylle éprise d'aphorismes qui, d'un seul geste, détruit la forme et recrée la forme absolue.

La souffrance ne lui suffisait pas. Elle voulait autre chose. Elle brûlait toutes ses expériences avec un courage de plus en plus implacable ; elle brûlait ses passions en feu pourpre, en feu blanc ; ses mots aussi. À la fin, sur le théâtre de sa vie, s'embraserait le grand bûcher, le bûcher rituel et immortel d'Hector et de Patrocle, qui pendant dix jours brûlerait son corps, son âme, ses vers — cette unité que personne ne pouvait rompre. La mort ne lui avait jamais fait peur.

*

Un jour du terrible hiver 1920, un cheval gisait étendu sur le sol, devant la maison de Marina Tsvetaïeva, à Moscou. Il était mort depuis une demi-heure. Quelqu'un lui avait ôté la jambe arrière, s'assurant de quoi manger pour quelques jours. Un chien squelettique, qui regardait craintivement autour de lui en grondant, plongeait son museau ensanglanté dans la carcasse : il mordait et déchirait les chairs — et dans peu de temps, d'autres viendraient nombreux arracher les lambeaux du cadavre.

Dans la maison de Marina Tsvetaïeva, tout était marqué par l'horreur symbolique du cheval mort. Elle était seule, avec ses deux filles : son mari combattait dans les armées blanches ; et elle avait été chassée dans la mansarde de la maison qui, avant la révolution, lui appartenait. Elle avait brûlé l'escalier pour se réchauffer : elle se hissait dans la mansarde à l'aide d'une corde. Elle n'avait pas un rouble. Elle mendiait de la nourriture pour elle et pour ses filles. Une sorte de terrible frénésie amoureuse la liait à sa fille aînée, Ariadna : elle voulait faire d'elle son sosie, son miroir ; Ariadna ne vivait que par sa mère. Sa fille cadette, Irina, qui avait deux ans, était épuisée par la dénutrition ; elle ne parlait pas ; elle dodelinait de la tête en un mouvement ininterrompu, sans un mot, « comme un petit oiseau blessé », et ne tarderait pas à mourir de privations dans un orphelinat. Et Marina allait et venait dans ce décor atroce, avec ses yeux verts, son visage marqué, sa bouche sévère, son regard inquisiteur, son langage perlé et parfait, vêtue d'une informe tunique de futaine qui lui servait aussi de chemise de nuit, et avec aux pieds deux semelles attachées par des morceaux de ficelle. Elle ne pliait pas, ne courbait pas la tête, n'acceptait pas de compromis. Là-haut, dans sa mansarde-château, dans sa tour, elle était la reine qui jugeait le monde.

Lorsqu'elle parvint en France, royaume de la mesure, la scène changea légèrement. Paris et les villages de la banlieue parisienne étaient pour elle comme le Saint-Pétersbourg engendré par l'obsession de Dostoïevski. « Le quartier dans lequel nous vivons est horrible — il semble sorti du roman-feuilleton *Le ventre de Londres*. Un canal putride, le ciel invisible à cause des cheminées, rien que de la suie et du vacarme. Impossible de se promener (pas le moindre buisson). C'est ainsi que nous nous sommes promenés le long du canal putride. » Et si un vrai bois s'ouvrait, il était « couvert de crachats, de boîtes de sardines et de tessons de bouteilles ». La vie quotidienne, qu'elle avait toujours férocement détestée, la tuait. Sans cesse il fallait balayer, aller chercher de l'eau, laver le linge, monter le charbon, allumer le poêle, faire cuire une infecte viande de cheval, laver la vaisselle, descendre les ordures. Il n'y avait jamais d'argent pour rien : la note du gaz, du charbon, de la lumière, celle du laitier, du boulanger, excédaient ses maigres ressources. Elle n'avait pas de place. Pas de temps. Elle n'avait pas de chaussures pour marcher. Tout était sale. « Je suis éternellement au milieu de la saleté, éternellement les brosses et le balai à la main, éternellement pressée, éternellement au milieu des fagots, du charbon et des cendres : un dépotoir vivant !.. *À genoux*, je fais la servante — d'on ne sait quoi ! Je suis toute tachée de cendres, j'ai des mains de charbonnier — je ne parviens pas à faire partir le noir. »

Elle se sentait complètement seule, comme cela ne lui était jamais arrivé à Moscou. « Je n'ai personne chez qui aller le soir, après avoir *secoué la charge* de la journée, quelqu'un qui en ouvrant la porte serait immanquablement heureux de me voir, je n'ai personne à qui je ne doive dire préventivement : je peux ? *Ici, je ne sers à personne.* » Après tant de défaites infligées par la vie, elle était devenue le bouillon qui sans cesse bouillait sur le feu ; une cuvette pleine d'eau de vaisselle ; ou un automate qui fonctionnait mal, parce que son âme gênait la machine. Parfois elle ne trouvait même pas une petite table pour écrire, alors qu'elle rêvait de n'être qu'un bras qui tiendrait la plume ; et, dans ses cauchemars les plus angoissants, elle craignait d'avoir désappris à écrire une chose entière, jusqu'au bout. Elle cherchait pendant des jours entiers un mot, un adjectif, ne les trouvait pas, et avait peur. Avec cet admirable pouvoir de pénétration et d'objectivation qui ne l'abandonna jamais, Marina découvrit qu'elle était devenue Katerina Ivanovna Marmeladova, l'héroïne hystérique et moribonde qui, dans *Crime et châtiment*, incarne le cœur du monde blessé. Sa maison était la même : petite, pleine de punaises et de mauvaises odeurs. Et elle, comme Katerina, les lèvres gercées, les yeux brillants et fiévreux, le regard fixe et perçant, hurlait, menaçait, donnait libre cours à sa rancœur et à son humiliation. Elle ne parvenait pas à se libérer de la noire bouffée de haine qui s'était accumulée dans son cœur.

*

À Paris, elle avait la nostalgie de la Russie, « ce pays qui occupe les confins extrêmes du visible ». La Russie était en elle : dans son cœur démesuré, dans son désir métaphysique, dans tout ce que la France bourgeoise ne comprenait pas — et surtout dans sa langue, qui était dans son esprit comme une source qui jaillit de l'intérieur. Elle ne voulait pas retourner dans cet horrible paradis soviétique, dont son mari maintenant rêvait follement. La Russie — « le pays-demain, le pays-où-moi-jamais, le pays à venir, le futur non-mien » — était la mort ou la prison. « Ici je suis *inutile.* Là-bas — *impossible.* » Mais elle dut suivre son mari et sa fille. « Il n'y avait pas le choix, je ne peux abandonner une personne dans le malheur. » Elle revint en regardant derrière elle, comme Orphée ramenant Eurydice, fixant tendrement le visage de cette Europe qu'elle n'était pas parvenue à aimer.

Elle arriva à Moscou en juin 1939. Il y eut aussitôt des changements d'adresse frénétiques — puis l'arrestation de son mari et de sa fille. Elle resta seule avec son fils dans la maison d'une parente — « et pendant un mois nous avons dormi sur des malles, dans l'antichambre, une petite pièce sans fenêtres, et le jour nous errions dans la ville, parce que cette parente donne des cours de diction, et que nous la dérangions ». Elle fut prise de terreur. Elle ne savait plus si elle existait. Elle n'écrivait plus de vers. Elle ne parvenait pas à s'orienter dans l'espace. Et l'angoisse la prenait surtout quand elle était seule, dans une maison à la campagne, une « angoisse animale » d'anéantissement et de destruction, avec des pensées lucides, folles et prophétiques. Lui montrait-on de la compassion qu'aussitôt — elle autrefois si dure — elle fondait en larmes, « comme un rocher dans l'eau de la cascade ». Elle craignait de se pendre et le redoutait. Lorsqu'elle se regardait dans le miroir, elle disait : « Est-ce moi, celle-là ? »

Malgré sa mélancolie, elle connut encore quelques élans d'amour, et elle remerciait doucement ceux qui l'aimaient — « avec la confiance d'un objet depuis longtemps inanimé, la gratitude d'une chose qui a retrouvé son âme ». « Ce dont j'ai besoin chez une autre personne, Tania, c'est l'amour. Mon amour et, si ce miracle est encore possible, *son* amour, mais cela, c'est comme un miracle : cela rentre désormais dans la merveilleuse catégorie des miracles. » Elle se lia d'amitié avec une nourrice de quatre-vingt-quatre ans, et avec un chat. Elle avait encore un trésor : un morceau d'ambre, qui se ranimait de jour en jour et jouait avec la lumière, resplendissant de l'intérieur. Dans un dernier jaillissement de sa tendresse, désormais presque épuisée, elle écrivit à sa fille, prisonnière dans un camp. Elle lui faisait le présent absurde de vêtements élégants et de bracelets d'argent — et de son amour. « Hier, la femme de ménage m'a apporté une branche de saule — elle me l'a offerte — et le soir (j'ai une immense fenêtre qui occupe tout le mur) j'ai regardé à travers les feuilles une lune énorme, jaune, et la lune regardait — à travers le saule — vers moi. Heureux printemps, heureux saule aux cheveux clairs, ma petite fille à la peau claire — et même trop claire. »

En octobre 1941, après l'invasion nazie, Marina et son fils furent évacués à Ielabouga, une bourgade de la république tatare, sur le cours supérieur de la Volga. Ils partageaient une chambre dans l'isba d'un paysan, des couverts d'argent et quatre cents grammes de sucre. Marina tenta de s'installer dans une ville plus importante, Tchistopol, où elle fit une demande pour obtenir un emploi de plongeuse dans une cantine du Fonds littéraire — poste fort convoité et très demandé, qu'on ne lui confierait que très difficilement. Elle dit qu'elle ne savait que faire la vaisselle. Autrefois elle savait aussi écrire des vers, plus maintenant. Le matin du 27 août, elle fut accueillie par une famille qui l'admirait comme poétesse. L'on parla poésie. Elle récita des vers qu'elle avait écrits quelques années plus tôt. Et là, la causeuse étincelante, railleuse, suprêmement poétique, qui avait enchanté les salons de Moscou, brilla pour la dernière fois. Elle se transforma tout à coup : ses yeux, de jaunes, redevinrent verts; son visage gris, marqué, enflé, rajeunit; et ses auditeurs eurent l'impression d'être visités par une créature d'un autre monde.

Au matin du 28 août, Marina retourna à Ielabouga. Elle resta deux jours seule avec son fils. Nous ne savons pas ce qu'ils se dirent; ni même s'ils se parlèrent. En ces journées, Marina dut avoir l'impression que son destin — ce destin qu'elle s'était obstinément construit de ses mains — ne l'avait menée là, dans cette « voie sans issue » où il n'y avait plus la consolation de la poésie, que pour y trouver un morceau de corde. Le matin du 31 août, les maîtres de maison la laissèrent seule : les uns pour aller à la pêche, les autres pour déblayer un champ. Quand elle était jeune, à Prague, Marina avait rêvé de mourir la main dans la main de Pasternak. « Je veux quelqu'un qui pour moi seule connaisse les mots, qui à cause de moi et à travers moi les ait reconnus. Je veux une force pareille dans la sensation physique des mains. » À Ielabouga, il n'y avait pas la main de Pasternak, ni celle de Rilke. Il n'y avait personne. Elle alla dans l'entrée de l'isba. Elle chercha un morceau de corde. Elle prit une chaise, lança la corde au-dessus d'une poutre, et donna un coup dans la chaise — comme Stavroguine.

Portrait de Simone Weil

Si elle avait vécu, Simone Weil aurait eu quatre-vingts ans le 3 février 1989. Elle était donc plus jeune que tous les écrivains français de sa génération : plus jeune que Char, Sartre, Bataille, Malraux, Blanchot, que Marguerite Yourcenar; un peu plus âgée que Camus ou Cioran. Nous avons oublié beaucoup de ces auteurs, il nous semble qu'ils appartiennent à un temps désormais révolu. Mais si nous lisons Simone Weil, si nous lisons et relisons ses *Cahiers*, ses essais religieux et politiques, et ses lettres, elle nous paraît merveilleusement jeune, fraîche, virginale, encore à découvrir — une jeune fille vulnérable et qui seule, armée exclusivement de son intelligence et de son courage, affronta le temps, Dieu et l'univers. Personne ou presque, en Italie du moins, ne la lit plus, comme si sa célébrité était née et morte dans les années d'après-guerre. Sa gloire demeure équivoque : une intellectuelle, une réformatrice religieuse en marge de l'Église. Nul ne la considère pour ce qu'elle est : un grand écrivain.

À observer sa jeunesse, on croit se trouver, trente ans plus tard, dans la famille de Proust. C'est le même parfum de judaïsme — plus ancien ici, et plus profond, car la famille de sa mère venait de Galicie.

C'est la même saveur de France bourgeoise : la bonne culture, l'aisance discrète, les belles manières élégantes, la finesse psychologique, la musique, la profonde union familiale, l'art de la conversation, l'enjouement cultivé — comme si seul le vieux sang juif pouvait donner au génie de la France bourgeoise son expression la plus pure. Simone passa en famille, près de son père, de sa mère, de son frère aimé et envié, son enfance et son adolescence. Enfant, elle était très belle; puis, a dit quelqu'un, « elle déposa ce don de la beauté, comme si elle l'avait rejeté ». Elle avait des yeux noirs qui vous fixaient hardiment, avec une curiosité indiscrète et passionnée, une avidité presque intolérable, et qui semblaient contredits par le pli implorant de ses lèvres. Elle n'aimait pas jouer. Elle ne savait pas courir; et ses mains menues et maladroites n'avaient pas la force d'empoigner les choses. Perdue dans un rêve héroïque et chevaleresque, elle s'interdisait toute faiblesse. Elle prétendait ne pas être considérée comme une femme. Elle était pleine de refus, de dégoûts et de répulsions. Elle ne supportait pas qu'on la touche ou qu'on l'embrasse; et si quelqu'un, fût-ce sa mère, posait un baiser sur son front ou lui passait un bras autour des épaules, elle rougissait de colère. Elle rêvait de la dure pureté virginale des héroïnes grecques — Électre ou Antigone. On a dit d'elle : « Jamais une âme aussi scintillante n'a paru moins incarnée. »

À observer le visage de Simone Weil, nous reviennent à la mémoire des visages de rois, de saints, d'évêques, de reines, d'écrivains qui ont fait la gloire de l'histoire de France : de ces visages effilés, émaciés, dévorés par la violence d'un feu intérieur, splendides de dureté et de clarté, ravagés d'intelligence, brûlants de volonté, débordants d'un amour réprimé... Au lycée et à l'École normale, elle bâtit obstinément son grand rêve juvénile. Une vie absolue, dominée par l'esprit pur, tissée exclusivement de pensée : un programme inflexible, soutenu par l'effort, l'intransigeance, le mépris de tout compromis ; sans mesure ni moyen terme ; et qui tuerait tout naturel, tout élan du cœur. Elle refusait avec horreur la prison du temps, dans laquelle elle voyait la défaite du moi ; et pourtant, elle voulait entrer dans le temps, pour agir dans l'histoire. Elle adorait la froide audace de l'esprit, qui ne recule devant aucune hypothèse et cultive tout ce qui est dur et paradoxal. Elle avait une imagination immense ; et, parfois, elle reconnaissait dans son âme le germe de tous les crimes. Ce rêve n'a rien d'étonnant : nous l'avons déjà rencontré chez tous les disciples de Julien Sorel et de Raskolnikov. Mais après tant d'années, nous sommes encore bouleversés de la fureur avec laquelle Simone Weil, jeune fille, vécut sa démesure.

Comme les adolescents, elle rêvait du cannibalisme de la parfaite union amoureuse. Mais avec les yeux clairvoyants d'un moraliste du XVIIe siècle, elle redoutait l'amour : elle y voyait cachés l'impureté, la violence, le désir de domination, la fureur de l'asservissement, le narcissisme. « Deux êtres veulent être un, mais s'ils étaient un, cet être unique s'aimerait lui-même, et quel pire cauchemar ? C'est une soif encore plus inapaisable que celle de Narcisse. » L'amour était donc impossible. Il restait l'amitié, la vertu suprême des hommes ; accompagnée du respect, de la pudeur, de la distance, d'une forme singulière de froideur impersonnelle, presque d'indifférence. « L'amitié, écrirait-elle plus tard, magnifiquement, c'est regarder à distance et sans s'approcher. » Mais il ne fallait pas rechercher non plus l'amitié. C'était une grâce, non réclamée, non implorée — comme celle que, dans les Évangiles, Dieu envoie aux hommes. « Apprends à repousser l'amitié, ou plutôt le rêve de l'amitié. Désirer l'amitié est une grande faute. L'amitié doit être une joie gratuite... Il faut la refuser pour être digne de la recevoir : elle est de l'ordre de la grâce... Désirer échapper à la solitude est une lâcheté. »

Elle commença très tôt à écrire. Ses copies de lycéenne et d'étudiante, rassemblées dans le premier volume de ses œuvres complètes, sont les premiers essais d'un écrivain qui, dans les beaux rythmes et les beaux vocables de la prose française, perd la gaucherie de la vie. Platon devient Descartes, Kant, Valéry. Elle décrit des *formes* : non pas les idées platoniciennes, qui vivent dans les cieux, mais des formes intermédiaires, des dieux incarnés, des « étrangers tout-puissants », qui habitent parmi nous, accompagnés d'un mystérieux tressaillement. Ce qui surprend, dans les écrits de cette jeune fille de dix-sept ou dix-neuf ans, c'est l'acuité du sens formel, la rigueur de l'expression — des dons qui d'ordinaire se manifestent beaucoup plus tard. Sur les bancs de l'école, où d'autres jeunes gens expriment leurs idées confuses sur le monde, Simone Weil composa ses premières sonates classiques — suaves, mélodieuses, emplies d'ombre. Parfois, on songe avec regret à l'écrivain exquis qu'elle serait devenue, si elle n'avait pas connu le visage effroyable du malheur.

Ces mêmes années, Simone Weil débuta son activité politique : d'abord chez les communistes, puis les trotskistes, les anarcho-syndicalistes et les anarchistes. Elle brandit des drapeaux rouges dans les cortèges d'ouvriers et de chômeurs, tint des meetings, mit sur pied des syndicats, écrivit des articles médiocres, indigna les bien-pensants. Elle fut fanatique et insupportable. Mais à la différence de ses compagnons de route, jamais elle ne perdit l'admirable pénétration de son regard.

Elle avait appris, dans les textes de Descartes, l'existence du monde extérieur : de ce qui demeure à jamais étranger à la pensée ; de la *nécessité* d'airain des Grecs, ou de la *matière* de Lucrèce. « Les choses sont là, ne disant rien, ne se souvenant de rien, n'espérant rien. Leur présence fait toute leur force... Le monde est ce qui est sans fin extérieur à soi. Dans le monde tout est hors de tout, tout est étranger à tout, tout est indifférent à tout. » Regardant autour d'elle, dans l'Europe semi-fasciste et dans la Russie soviétique, elle constata qu'avec les temps modernes le pouvoir de la nécessité cartésienne s'était démesurément accru. Il n'y avait plus d'oppresseurs ni d'opprimés, de capitalisme ou de communisme, mais seulement l'immense machine de la production, un jeu obscur de forces aveugles, qui se heurtaient, progressaient ou déclinaient, se substituaient les unes aux autres, sans cesser de broyer sous elles les malheureux humains. Elle ne voyait que force : la terrible force shakespearienne, qui pesait aussi impitoyablement sur ceux qui régnaient et sur ceux qui obéissaient, qui commandait au-delà de ce qu'elle pouvait imposer et dépensait au-delà de ses ressources. Elle n'avait aucune confiance dans le progrès de la technique, pas plus que dans la révolution — « un mot pour lequel on tue, pour lequel on meurt, mais qui n'a aucun contenu ».

Avec une précocité encore plus surprenante, Simone Weil, à vingt-deux ans, répétait une phrase de Spinoza : « Concernant les actions humaines, ne pas pleurer, ne pas rire, ne pas s'indigner, mais comprendre. » Elle était fascinée par le visage impassible de la nécessité et lisait avec terreur et vénération Machiavel ou Marx, qui avaient tenté de décrire une « mécanique » des rapports sociaux et économiques, découvrant partout le « froid métal de la force ». Ses articles sur l'avènement du nazisme et son petit livre *Réflexions sur les causes de la liberté et de l'oppression sociale* comptent parmi les rares joyaux politiques de ces années-là, durant lesquelles l'intelligence européenne tomba dans tous les pièges tendus par le temps. Sans crainte ni révérence, elle s'efforçait de scruter l'histoire avec le même regard intolérablement lucide que Thucydide avait posé sur la Grèce.

Le 4 décembre 1934, elle entra à l'usine comme *ouvrière sur presses* *. Elle n'y entra pas pour des raisons humanitaires ou politiques. Mais pour éprouver dans sa chair, avec ce furieux courage qui ne l'abandonna jamais, ce qu'était la morsure de fer de la nécessité. Là régnait la machine, sans aucun rival ; comme dans les vers de Baudelaire, c'était le règne du malheur moderne, aux grands yeux muets ; et elle voulait fixer du regard cette horrible apparition. Elle commença aussitôt à ployer sous le fardeau. Elle ne parvenait pas à atteindre la norme de production. Plusieurs fois, elle se brûla et se coupa les mains. Elle qui détestait le temps avait espéré, à l'usine, connaître et vaincre le temps ; mais le temps de la chaîne de montage — le temps parcellisé, fragmentaire, immodifiable et si rapide — triompha d'elle impitoyablement. Elle ne pensait plus : cela lui semblait le seul moyen de ne pas souffrir ; et c'est seulement le samedi après-midi et le dimanche que lui revenaient à l'esprit des lambeaux d'idées tout usés. Elle connut la contrainte absolue, la sinistre répétition, l'humiliation profonde. Quelqu'un lui disait à l'oreille, minute après minute, sans qu'elle pût répondre : « Tu n'es rien ici. Tu ne comptes pas. Tu es là pour plier, tout subir et te taire. » Elle apprit le sens de ce qu'elle avait lu dans les livres : devenir une chose, un morceau de bois et de fer. À chaque moment de la journée, son cœur était comprimé par l'angoisse — angoisse de la journée à parcourir, angoisse de vieillir, angoisse de l'âme et du corps, qui creusaient des rides sur son visage. Elle pensa quelquefois qu'elle ne pourrait résister et désira se tuer.

Huit mois plus tard, le 9 août 1935, elle quitta l'usine avec la qualification d'*emballeuse* *. Ces huit mois la marquèrent à jamais : ils transformèrent son sentiment de l'existence. Même plus tard, elle en garda les stigmates, comme si le malheur était entré dans sa chair et dans son âme. « Lorsqu'un être humain, quel qu'il soit, dans n'importe quelles circonstances, écrivit-elle quelques mois plus tard, me parle sans brutalité, je ne peux m'empêcher d'avoir l'impression qu'il doit y avoir une erreur, et que l'erreur va sans doute malheureusement se dissiper. » Elle perdit à jamais toute légèreté de cœur. Elle n'oublia plus l'amertume. « Là-bas, on m'a imprimé pour toujours la marque de l'esclavage... » Elle ne put se consoler, jusqu'au moment où elle découvrit que le Christ lui aussi avait été esclave, et que le christianisme pouvait devenir sa religion.

*

Au début de septembre 1940, elle arriva à Marseille avec son père et sa mère, abandonnant Paris occupé par les Allemands. Elle y resta vingt mois. Ce furent des mois d'une densité et d'une intensité presque intolérables : elle y brûla des expériences qui, chez d'autres, auraient suffi pour dix existences ; elle lut des bibliothèques entières, écrivit des milliers de pages — avec une fureur de plus en plus limpide, un désir d'aller encore plus loin, comme si elle pressentait que le temps arrivait à son terme et voulait le hâter. Elle ne pouvait accepter un instant de calme, de repos ou de détente. Toute l'histoire intellectuelle de l'univers s'engouffra dans son esprit comme, des siècles auparavant, dans celui de Pascal, afin de trouver une forme. Après des années d'incertitude, elle découvrit qu'elle avait un destin et comprit que sa liberté avait pris fin. Elle n'avait plus le choix. Il lui fallait absolument interroger cette voix terrible, tyrannique, qui s'était emparée d'elle — une voix qui était à la fois la « sienne » et celle d'un « autre », qui naissait dans les profondeurs ultimes de son cœur et les profondeurs extrêmes de l'espace. Tout le reste fut aboli. Mais, pour posséder son destin, il lui fallait rejeter la vie. Les demeures spacieuses où les hommes vivent et pensent confortablement, les palais où l'on célèbre l'histoire n'étaient pas faits pour elle. C'était une créature absolument seule : une étrangère, chassée, exilée, sans amis ni patrie terrestre ; elle vivait en bas, dans les caves les plus reculées, où vivent les *fools* de Shakespeare, ces êtres tombés au dernier degré de l'humiliation et qui, seuls dans le monde moderne, connaissent la vérité.

À Marseille, elle visitait les quartiers les plus misérables, mangeait avec les pauvres. Ses rares amis la voyaient arpenter les rues, le pas ferme, le visage maigre et marqué, avec son grand béret noir sur ses cheveux mal peignés, sa longue pèlerine bleue, regardant à travers ses lunettes, de ses yeux qui voyaient immensément loin et interrogeaient tout ce qu'elle voyait. Elle étudiait le sanscrit près de René Daumal, lisant la *Bhagavad-Gita* et les *Upanishad*. Avec un bonheur toujours renouvelé, elle lisait Platon et puis les Évangiles, saint Paul, saint Jean de la Croix, Sophocle, Valéry. Elle écoutait de la musique grégorienne. Tandis que les chants se répétaient chaque jour pendant des heures, avec une monotonie éternellement recommencée, il lui semblait habiter dans la perfection absolue : dans la pensée devenue musique. Puis, à l'automne 1941, elle travailla comme ouvrière agricole. Elle habitait dans une petite maison à moitié délabrée ; elle allait chercher son eau à une source, son bois dans un bosquet de pins ; elle mangeait des légumes arrachés à la terre et cuits au feu de bois ; elle dormait sur le sol et elle regardait la lumière éclairer diversement la colline et la vallée. Le soir, enveloppée dans sa pèlerine, elle contemplait les étendues du ciel étoilé. Elle vécut dans l'Éden, ou dans ce qu'elle croyait être l'Éden, pour la seule fois de sa vie : pendant quelque temps, elle se ménagea une tranche de bonheur, un intervalle de tranquillité, tandis que la guerre et l'horreur outrageaient la terre.

Dans le robuste langage des mystiques, elle révéla à un ami que le Christ était descendu en elle « et l'avait prise ». « Peut-être que Dieu se plaît à utiliser les déchets, les pièces loupées, les objets de rebut. » Elle apprit par cœur le texte grec du *Pater*, et chaque matin elle le récitait, recommençant depuis le début si son attention faiblissait. Il lui semblait qu'elle était transportée dans un lieu hors de l'espace, où il n'y avait ni perspective ni point de vue. L'espace s'ouvrait. L'infini s'emplissait de silence : non pas une absence de sons, mais quelque chose de plus actif, plus sonore et plus intense que n'importe quel son. Elle faisait le vide en elle, laissait des brèches s'ouvrir entre deux pensées, deux sentiments. Alors elle ressentait comme un déchirement intime et, dans ce vide, descendait la fluidité de la grâce. Un contact infiniment léger, l'espace d'un instant. Elle faisait ainsi descendre son âme en ce lieu, inconnu de la plupart des hommes, où la douleur était joie et la joie douleur. Comme le savaient les Grecs, c'était « une joie qui à force d'être pure et sans mélange fait mal »: « une douleur qui à force d'être pure et sans mélange apaise ». Elle ne supportait pas, à la longue, ce contact si intense : elle semblait qu'elle allait voler en mille éclats ; et elle revenait sur terre, où elle s'enfermait dans le silence.

À cette époque, elle changea profondément de nature. Lorsqu'elle était jeune fille, elle avait exalté l'effort, la tension, la volonté. Et, jusqu'à la fin de sa vie, il lui fut difficile de conquérir le naturel et l'abandon des esprits heureux. Si, comme l'a dit Eschyle, « ce qui est divin est sans effort », cela lui resta inaccessible. Mais elle admira le Tao, son bien négatif, son idéal d'inatteignable fluidité. Elle critiqua les « efforts de la volonté musculaire », la misère de toute morale ; et elle se proposa, elle, l'impatiente, de devenir calme, détendue, abandonnée comme la matière. Elle critiqua la notion de moi avec une violence que, depuis des siècles, la culture européenne avait oubliée. « *Je* suis absente de tout ce qui est vrai, ou beau, ou bien. *Je* pèche. » « Quand je suis quelque part, je souille le silence du ciel et de la terre de ma respiration et du battement de mon cœur. » Elle voulut s'effacer et se retirer de la création, afin que Dieu pût voir à travers ses yeux les personnes et les choses qu'elle rencontrait, la terre sur laquelle elle marchait, la mer dont elle écoutait le souffle.

Elle avait toujours connu sa propre démesure, son penchant pour l'illimité et l'infini, et elle avoua qu'elle ne pouvait pardonner à Dieu un crime envers les hommes, « qui est d'avoir fait de nous des créatures finies ». Comme elle craignait sa nature faustienne et dostoïevskienne, elle s'efforça de la châtier, en exaltant les limites, la mesure, la tempérance, l'équilibre de l'art et de la science grecs, afin d'abolir en elle-même tout désir d'infini. Mais elle savait qu'elle n'était pas, qu'elle ne serait jamais une créature d'équilibre. Elle n'était pas grecque, mais juive et chrétienne. Aussi s'efforça-t-elle de libérer en elle des buts et des passions qui restreignaient le désir illimité. Elle le changea en contemplation. Elle le dirigea vers le seul but impossible, Dieu, en lequel jamais il ne s'apaiserait, demeurant pur, infini, insatiable.

Fidèle à son tempérament de paria, elle déclarait n'avoir aucun talent : elle était le figuier stérile, l'étendue de cailloux désolée où le grain ne lève pas. Elle ne se reconnaissait qu'un don : l'attention. Elle savait faire le vide en elle : abolir les idées et les sentiments reçus, transformer son esprit en une forme pure, creuse et résonante, « prête à recevoir dans sa vérité nue l'objet qui allait y pénétrer » Elle était un simple intermédiaire, à travers lequel la vérité *passait* et se révélait. Malgré son emportement, sa capacité d'attention devint miraculeuse. En quelques mois, son esprit se transforma en cette belle architecture où les cultures d'Orient et d'Occident ont trouvé leur reflet : la *Baghavad-Gita*, le Tao, Platon, le christianisme paulinien, la Kabbale (dont elle ne savait rien), Descartes, s'y reflétèrent sous une forme inattendue.

Tout ce qu'elle avait rassemblé prit le timbre de sa voix. Penser était pour elle un douloureux déchirement : une façon de dévorer le monde ; et en même temps, quelque chose d'absolument pur, comme un théorème que ni la souffrance ni la passion n'entament. Elle fondait ensemble la force mythique des traditions antiques, le symbolisme des mystères, la dureté des moralistes français, l'apport des grandes théologies, le poids de la science classique, le paradoxe de l'extase mystique. Elle voyait dans la raison l'instrument unique de l'esprit humain ; elle s'efforçait d'en user en toute sagesse — mais pour aller au-delà, dans le royaume de la connaissance surnaturelle. Son arme préférée était l'usage systématique de la contradiction. Elle avait lu chez les pythagoriciens que « l'harmonie procède absolument des contraires. C'est l'union en une seule pensée de pensées qui pensent séparément ». Dieu était une contradiction ; la création également ; le Christ était la contradiction suprême, qui proclamait sa propre lacération et son propre triomphe. Elle n'atténuait pas l'antithèse des termes opposés : elle portait les vérités incompatibles à l'extrême de leur tension ; puis elle se servait d'eux comme « des deux bras d'une pince », pour saisir la « vérité transcendante, inaccessible à notre intelligence ». Lorsqu'elle parvenait à ces hauteurs, la tenaille ne relâchait pas sa prise. Elle tâchait d'être claire, pénétrante, lucide, attentive à l'extrême dans sa démarche, comme un géologue ou un chimiste. « Le surnaturel est plus précis, plus rigoureux que le mécanisme grossier de la matière. » Tel Musil, elle voulait fonder une mystique exacte comme la géométrie.

Sa grandeur ne réside pas dans ses écrits, même les plus beaux comme *L'amour de Dieu et le malheur* ou *Intuitions préchrétiennes*. Il y a, dans ses essais, une hâte, une fureur, une fièvre : comme si elle voulait nous persuader en martelant en nous la vérité — ou comme si elle n'avait plus le temps et que les mots s'échappaient de ses lèvres. Son chef-d'œuvre, ce sont les *Cahiers* — l'un des chefs-d'œuvre de notre siècle. Là, Simone Weil, seule avec elle-même, révèle un génie de l'aphorisme qui avait été celui de saint Paul, de Pascal et de Baudelaire. Elle porte chaque fois la pensée au sommet de la tension et de la contradiction ; puis, de la tension et de la contradiction, elle saute — déchirée — à la fulgurante formule mathématique.

*

La création du monde n'a pas été, selon Simone Weil, un acte de plénitude, d'expansion et de dilatation de Dieu, comme le rapporte la Genèse. Ce fut une folie. Pour nous faire place, Dieu a renoncé à lui-même ; il s'est limité ; il s'est dissimulé dans les abîmes les plus reculés ; il s'est retiré de l'univers, comme le disait Isaac Luria. Dans ce lieu vide, qu'il occupait avant la Création, il a laissé le terrible écran de la nécessité : les lois mécaniques de l'univers, le mal, la misère, l'angoisse, le travail, la guerre et la force de l'*Iliade*, la mort violente, la maladie, l'objectivité monstrueuse de l'usine moderne. Comme un esclave, Dieu s'est enchaîné dans les chaînes de la nécessité, sur laquelle il n'intervient pas. Désormais, dans le monde, il n'y a aucune trace de miséricorde divine ; et cette absence est le signe de Dieu. À cause de cette renonciation, il n'est plus l'Un, comme l'avaient cru les philosophes trop optimistes. Il est déchiré entre ses deux visages contradictoires et opposés, qui cependant constituent son visage unique : divisé entre le bien et la nécessité, comme nous le sommes. Jamais personne, pas même un gnostique, n'avait ainsi porté le déchirement et la folie, qui sont propres à l'homme, au cœur même du visage secret de Dieu.

Le monde est la conséquence de ce paradoxe divin. D'un côté, Dieu est perdu : lointain, absent de sa création, où nous ne pouvons discerner qu'une très faible lueur de lui. Mais, par ailleurs, il est omniprésent dans la création, comme dans les Psaumes. Toutes choses sont une métaphore et un reflet multicolore de sa présence. Il est partout : dans la beauté, dans l'ordre et dans l'harmonie du monde, esclave de la nécessité, que Simone Weil célèbre avec les accents d'une stoïque ou d'une chrétienne du IVe siècle. Il est présent dans chaque chose qui survient dans l'univers : les événements monstrueux qui se sont produits, les faits horribles qui se préparent et qui, pour l'homme, sont tous des caresses discrètes et délicates de la main de Dieu.

L'incarnation et la passion représentent le sommet de la folie et du déchirement de Dieu. Dès que Simone Weil parle du Christ, il n'y a plus rien dans son esprit de gnostique ou de manichéen : le Christ est celui qui s'est incarné et qui a souffert dans un véritable corps humain. Mais il n'y a pas trace non plus en elle de Dieu sauveur et triomphant de la tradition chrétienne : le Christ ne sauve personne. Pas plus qu'Osiris, le dieu mis en pièces, symbole de l'« esprit répandu à travers l'espace et la matière ». Sur la croix, il est abandonné de Dieu qui, à son égard, devient glacé comme la nécessité : il n'y a pas de parole dans les Évangiles qui ait autant frappé Simone Weil que le cri de désespoir du dieu abandonné. Eschyle disait : « Par la souffrance vers la connaissance. » « La croix du Christ, répond Simone Weil, est la seule porte de la connaissance. » La seule pensée humaine digne de ce nom est déchirée, contradictoire, acérée, aphoristique comme les deux morceaux de bois inutilement dressés contre le ciel.

La tragédie de la croix se répète dans le malheur — expérience essentielle que tout homme fait de lui-même. Il n'est pas de sensation ou de sentiment que Simone Weil ait exprimé avec autant de lucidité et d'intensité, avec une participation aussi passionnée, tant d'horreur et de reconnaissance, comme si toute sa vie, malgré les douceurs descendues du ciel et ses regards amoureux sur la nature, elle n'avait été qu'« un peu de chair nue, inerte et sanglante au bord d'un fossé, sans nom, dont personne ne sait rien ».

Le malheur est l'une de ces presses que Simone avait connues à l'usine : un mécanisme froid, métallique et implacable, qui domine le corps, entrave l'imagination, enchaîne la pensée, glace tout ce qu'il touche. Tel un fer rouge, il imprime sur le malheureux le mépris, le dégoût, le rejet de soi, un sentiment de culpabilité et de souillure plus grave que celui qu'éveille le crime. Il fait de lui son jouet et son complice, lui injecte un poison d'inertie, se fait aimer et désirer, tue les mots qui pourraient l'exprimer, martèle l'âme, la dégrade, la réduit à une chose, l'anéantit. Dans ces moments de désolation, Dieu abandonne celui qui souffre, comme il avait abandonné Job et le Christ. « Il est plus absent qu'un mort, plus absent que la lumière dans une prison totalement obscure. » Mais aussitôt après avoir décrit le malheur en des termes aussi terrifiants, par un de ces renversements complets qui sont la clé de sa pensée, Simone Weil entonne l'éloge du malheur.

Avec une sorte d'impiété dans la voix, elle affirme que, grâce à la souffrance, « l'homme est supérieur aux dieux ». « Dieu a dû s'incarner et souffrir, pour ne pas être inférieur à l'homme. » « S'il n'y avait pas de malheur en ce monde, nous pourrions nous croire au Paradis. Horrible possibilité. » Si nous savions descendre au fond du malheur, comme Homère et Sophocle, sans chercher de consolations ou d'illusions, sans paroles vaines et mensongères, là, au fond de l'abîme précisément, nous trouverions la souffrance rédemptrice, la vérité, la beauté, la miséricorde et l'amour de Dieu.

Lorsqu'elle était jeune, au lycée ou à l'usine, Simone Weil avait vu dans la nécessité le mal de l'univers ; elle en vient maintenant à voir, et à étreindre en elle, l'un des visages de Dieu. Que de tension, que de souffrance, que d'effort cette étreinte dut lui coûter ! Au point d'écrire : « Ce consensus est une folie, la folie propre de l'homme, comme la création, l'incarnation, la Passion constituent la folie propre de Dieu. » Sans refus ni protestation, elle acceptait, elle aimait la nécessité divine, consentant à son ubiquité et à son indifférence monstrueuses, et voyant dans cette indifférence le signe de Dieu. Elle acceptait le mal, puisque Dieu était la source du mal, tout en haïssant ce mal. Elle acceptait le poids et la force, tout en haïssant le poids et la force. Elle aimait le temps, qui l'avait fait souffrir, et elle le serrait sur son cœur au point de briser ce cœur. Jamais — me semble-t-il — l'*amor fati* stoïque n'avait atteint cette force et cette intensité désespérée. Mais Simone Weil ne se résigne pas à appeler d'autres noms la nécessité, le mal, le poids et le temps, comme s'ils étaient des aspects d'une Providence ou d'une Finalité mystérieuses. Elle sait que, sur cette terre, il n'y a pas la moindre trace de Providence ; et elle demeure, jusqu'à la fin, l'élève de Thucydide. Elle n'est pas disposée à se consoler ou à mentir, même au nom de Dieu. Elle embrasse le fer de la nécessité divine ; elle presse sa chair contre le froid et la dureté du fer ; et, à travers ce froid, elle sent l'éloignement glacé du regard de Dieu.

Quant à Dieu, peu importait qu'il existât ou pas. « Un moyen de purification : penser à Dieu, pas seulement en secret par rapport aux hommes, mais en pensant que Dieu n'existe pas. » Pour l'aimer de façon pure et parfaite, elle devait se passer de son existence : croire en lui, même s'il n'existait pas ou était mort. Comme Électre, elle préférait « son absence à la présence de quoi que ce soit d'autre ». Son amour devait rester secret, enveloppé de pudeur, comme la véritable amitié. Dieu était immensément loin ; elle connaissait surtout son absence et son nom ; elle ne parlait pas volontiers de l'empreinte qu'il avait laissée dans son âme ; son nom même, elle le prononçait rarement, ou le masquait sous des noms étrangers. Elle attendait, comme le condamné qui s'agenouille devant le bourreau, la tête inclinée afin que ce bourreau lui tranche le cou d'un seul coup d'épée. Elle attendait. Comme l'épouse de la parabole attend l'époux, comme l'esclave veille la nuit en attendant son maître ; elle restait calme et immobile, « sans détacher son regard, sans cesser d'être à l'écoute, sans savoir de quoi, sourde aux sollicitations et aux menaces, inébranlable sous les coups ».

À la fin, après une attente épuisante, alors que son âme avait presque fini de l'attendre, Dieu descendait en elle. Il ne parlait pas. Il n'apportait pas de réponse au cri des hommes — parce qu'il n'y a pas de réponse. Il n'élaborait pas de théologies, de théodicées ou de philosophies. Il ne la consolait pas. Il continuait à se taire. Mais son silence était infiniment plus riche de significations que n'importe quelle réponse : c'était la seule parole de Dieu. Elle aussi se taisait, écoutant cette voix silencieuse : ferme et immobile comme une pierre sous les rayons du soleil, soumise comme une vague à la force de gravité, impersonnelle comme l'un des mille mécanismes de la « grande horlogerie cosmique ».

*

Le 14 mai 1942, Simone Weil partit avec son père et sa mère pour Casablanca, où elle passa quelques jours dans un camp de réfugiés, écrivant de façon presque ininterrompue son essai sur les *Intuitions préchrétiennes*. Le 7 juillet, elle débarqua à New York. Mais elle ne voulait pas rester loin de la guerre. Elle entendait être envoyée à Londres et, de là, en première ligne, parachutée en France pour quelque mission extrêmement périlleuse, afin de participer de près au malheur universel. Elle resta quelques mois à New York, lisant dans les bibliothèques, fréquentant les quartiers noirs et les églises baptistes.

Lorsqu'elle arriva à Londres, en décembre, la ville lui plut. Malgré la guerre, tous avaient *humour and kindness*, comme disait son cher T. E. Lawrence. Dans la pauvre maison où elle loua une chambre — « elle est très jolie, en haut d'un cottage, avec des branches d'arbres pleines d'oiseaux, et le soir d'étoiles, juste devant ma fenêtre » — elle retrouva la vitalité, la chaleur, les couleurs et les larmes de la Londres populaire de Dickens. Elle lisait Jane Austen : cette musique limpide et cristalline l'enchanta;

et elle conseillait à son père de la lire. Dans son bureau de la France libre, elle écrivait avec fureur et désespoir, comme si elle craignait de ne plus être écoutée. Pour la première fois dans sa vie, elle eut des paroles d'orgueil : « J'ai moi aussi une espèce de certitude intérieure croissante qu'il se trouve en moi un dépôt d'or pur qui est à transmettre... Il n'y a personne pour le recevoir. Cela ne me fait aucune peine. La mine d'or est inépuisable. » Il y avait dans cette mine des veines inexplorées : elle-même ne les connaissait pas. Elle savait que la vérité définitive lui serait révélée non dans son confortable bureau, mais quand elle aurait été jetée « dans une forme extrême du malheur présent »: prisonnière des Allemands, proche de la mort, comme le Christ avait connu sa vérité dans l'abandon de la croix.

Prise d'un délire lucide, elle pensait que l'histoire des hommes avait atteint un tournant. Si, des millions d'années auparavant, Dieu avait accompli sa folie, renonçant à une part de lui-même par amour de nous, le temps était maintenant venu pour nous d'accomplir notre folie par amour de lui, en renonçant à la vie qu'il nous avait donnée : en nous anéantissant, en nous immolant comme elle allait le faire. Alors Dieu donnerait aux créatures anéanties la « plénitude de l'Être ». Mais, après la fin de cette création, que se passerait-il ? Une nouvelle création, une Jérusalem céleste, comme le raconte l'Apocalypse ? Il me semble difficile d'imaginer Simone Weil dans la cité de jaspe de saint Jean, ou dans la splendeur de l'Être platonicien et chrétien. Elle était trop liée au malheur. Il nous reste seulement quelques pressentiments dans les *Cahiers* : comme lorsqu'elle imaginait une humanité qui ne se nourrirait plus de viande et de végétaux, mais d'une chlorophylle formée exclusivement de lumière.

Bien que le souvenir du Christ soit devenu, dans les derniers temps, quasi obsessionnel, nous n'éprouvons jamais ou presque, à la lire, le désir de retenue que suscite souvent en nous l'imitation trop directe de la croix. La figure du Christ était la forme intérieure de son esprit : « le juste méprisé, fouetté, abandonné même des dieux », Osiris et Prométhée ; il était le modèle qu'elle avait cherché dans toutes les civilisations. Elle ne savait plus résister à l'obscur sentiment de culpabilité qui l'avait toujours habitée ; à la pitié, à la compassion (mais pas la miséricorde, sentiment divin) qu'elle éprouvait à l'égard de tous les infortunés, des victimes, des malheureux. Toute misère, toute douleur à laquelle elle ne prenait pas part lui causait un mal si atroce, lui transperçait à ce point l'âme, qu'il lui devenait presque impossible d'aimer Dieu. Elle avait appris des Grecs que la malédiction née d'un crime ne prenait fin que lorsqu'elle frappait un être parfaitement pur, Antigone ou Iphigénie, qui expiait pour le compte des hommes. Malgré tout, elle savait qu'elle n'était pas pure : des haines, des fureurs, des fantasmes et trop de hâte avaient violé la candeur de son esprit. Et pourtant, pourquoi abandonner son rêve ? C'était peut-être elle, l'Iphigénie dostoïevskienne, l'Antigone des temps modernes, appelée à se charger de tous les malheurs du XXe siècle — ce nuage de haine, d'impatience, de crime et de fureur devenant pour tous l'hostie sacrificielle.

Puis vint le printemps 1943 : le dernier de sa vie. Le 1er mars, dans les délicieux petits squares de Londres, les arbres étaient déjà tout roses. Le 15 avril, on la trouva évanouie dans sa chambre et on l'emmena à l'hôpital, où l'on diagnostiqua une tuberculose. Elle avait, dirent les médecins, de bonnes chances de guérison. Mais elle savait qu'elle était perdue : l'*objet*, son corps — elle avait toujours aimé et détesté ce qui en elle était matière, espérant que de là pourrait surgir la métamorphose — était « cassé, au-delà de toute possibilité de réparation ». Peut-être, ajoutait-elle avec son ironie altière et amère, « l'*objet* pouvait-il être non pas réparé, mais provisoirement recollé, de manière à pouvoir partiellement fonctionner quelques années supplémentaires. Un petit nombre d'années ». Elle mangeait de moins en moins : quelques cerises ; elle ne supportait plus la nourriture ou voulait inconsciemment accélérer en elle ce qu'elle appelait la *décréation*.

Elle écrivait à ses parents, restés à New York, sans leur révéler son extrême faiblesse. Elle était spirituelle, brillante, scintillante d'imagination et de tendresse, comme elle était toujours apparue à ceux qui l'aimaient. De son lit d'hôpital, elle continua à affirmer son amour pour la beauté du monde. Elle ne voyait rien : sa fenêtre donnait sur un mur ; et pourtant, elle racontait à ses parents son histoire imaginaire du printemps et de l'été londoniens. Sur les arbres et dans les prés, il n'y avait plus de fleurs blanches et roses, mais des cerises, des pêches mûres, des fraises et des roses qui, en avance sur les dates habituelles, « avaient rempli les parcs à profusion ». Puis la moisson approcha ; et les fraises disparurent, laissant la place aux *loganberries* puis aux framboises. Que se passait-il à New York ? Elle recommandait à son père et à sa mère de goûter pleinement l'azur enivrant au-dessus de New York : « Ne soyez pas ingrats envers les belles choses. Jouissez-en, en sentant que pendant chaque seconde où vous jouissez pleinement, je suis avec vous... Partout où il y a une belle chose, dites-vous que je suis là. »

Elle avait la nostalgie de sa mère : « Je veux que, quand on se reverra, tu sois toujours fraîche et jeune, et que tu continues à avoir l'air de ma sœur cadette. » Le 17 août, on la transporta au sanatorium d'Ashford, en dehors de Londres. Elle ne supportait plus aucun aliment solide. Elle ne digérait plus le lait. Mais, le samedi 21 août, elle dit à Mme Closon qu'elle pourrait peut-être manger un peu de *purée* * de pommes de terre si on la préparait à la française, comme le faisait sa mère. Mme Closon lui promit de venir le samedi suivant la lui préparer. Mais il n'y eut pas de *purée* * française, ni de samedi suivant. Le 24 août, Simone Weil mourut, doucement, dans son sommeil. On l'enterra le 31 août, au cimetière d'Ashford, dans la section réservée aux catholiques. Sept personnes assistèrent à son enterrement. On avait demandé à un prêtre catholique de venir au cimetière, mais il se trompa de direction, ou manqua son train, et n'arriva jamais pour l'enterrement. Ainsi, jusqu'au dernier moment, Simone Weil resta l'étrangère qu'elle n'avait cessé d'être pendant toute sa vie.

L'iguane *d'Anna Maria Ortese*

Beaucoup d'œuvres littéraires naissent de la solitude. Mais j'ai rarement vu une solitude aussi profonde, aussi désespérée, aussi absolue que celle qui détruit et protège Anna Maria Ortese. Ce n'est pas la solitude d'un être humain, mais la solitude sans geste et sans parole de l'animal condamné, qui s'enferme dans sa tanière et voudrait ne plus en sortir : la solitude de Kafka. Dieu sait quels rêves infinis, quelles pensées informes, quelles sensations vertigineuses, que l'homme n'oserait jamais concevoir, emplissent l'esprit de l'écrivain-animal. Il est là, enfermé, et il écrit. Lorsqu'il sort à la lumière, il nous apparaît comme un écrivain romantique, qui aurait pu naître en Allemagne ou dans l'Angleterre de 1820. De l'écrivain romantique, Anna Maria Ortese a tout : une ardeur, un feu impossible à contenir, auquel la littérature ne semble pas suffire ; des abîmes opposés de ténèbres et de joie éthérée ; un léger délire, qui brouille les sensations ; le don de saisir le réel et l'irréel dès qu'ils se produisent, et de les fondre dans l'enchantement d'un rêve unique.

La femme qui a composé *L'iguane* est un esprit lucide, extrême, hardi, habité par une secrète passion philosophique, qui la conduit à interroger les mystères de ce monde et de l'autre, de l'*ici* et de ce qui, éternellement, est de l'*autre côté*. Les informations qu'elle apporte sur ses voyages de l'*autre côté* ne sont pas consolantes. Dans tout ce qu'écrit Anna Maria Ortese, il y a un très intense tourment lyrique, une douleur portée au diapason et toujours sur le point de rompre toute mesure, une terrible angoisse, qui ne pourra jamais s'apaiser, un amour souffrant qui ne sait à qui se consacrer. Elle souffre de l'injustice fondamentale. Même si Dieu apparaissait, bénissant, du haut des cieux, même si le mal était vaincu, si toutes les créatures vivaient justes et heureuses, si l'Utopie était là, il suffirait de la douleur d'une seule créature, de ce seul escargot qu'un enfant a écrasé en marchant dans le jardin, des larmes d'un seul iguane perdu sur une île de l'Atlantique, pour qu'apparaisse clairement la méchanceté de l'univers. Et d'ailleurs, contre qui protester ? Dieu est mort, et cette mort projette un fond de ténèbres derrière tout ce qu'écrit Anna Maria Ortese. Elle a assisté aux dernières périodes de la vie de Dieu, « où il avait dormi d'un sommeil agité, car l'air lui manquait, et son corps allait se couvrir de pustules ». Maintenant, quelqu'un lui fait des funérailles. Le Dieu dont nous avons si longtemps poursuivi les apparences, sans être jamais certains de les reconnaître, le Dieu que les hommes ont tué, l'origine de l'immense et hallucinant univers, avec ses splendeurs et ses présents, « était, grimpé et endormi sur une feuille, un simple papillon blanc ».

La mort du Dieu-papillon a provoqué la décadence du monde : toutes les maisons, tous les palais qu'Anna Maria Ortese décrit sont pleins de lézardes, de haillons et de poussière, et les arbres sont rongés, moribonds. Le seul culte célébré dans ses livres est celui du Christ mort, comme dans les églises de la lugubre et desséchée Contre-Réforme d'Espagne ou de l'Amérique espagnole, où le sang du Christ s'est mêlé à celui des autres morts : la résurrection de Dieu est une apparence ; la seule chose qui importe est la croix, qui tend ses bras énormes sur le monde, la blessure, le sang versé, le deuil sans remède Aucune parole ne semble nous conduire au-delà de la mort. Anna Maria Ortese ne peut qu'orner cette mort : couvrir la toile de perles et de rubis, d'or et d'argent, de vêtements colorés et de plumes, qui devraient faire oublier le deuil et, au contraire, le rendent encore plus obscur — comme si ce qui est le plus intime, la souffrance, trouvait sa véritable expression dans la plus somptueuse apparence.

Je ne voudrais pas donner à penser que *L'iguane,* cette œuvre déchirante, est un livre plein de deuil, comme *Il Porto di Toledo*. *L'iguane* est un roman clair et scintillant, allègre et joyeux. On y entend l'écho de certains sons aigus, de petites trompettes d'or, de clarinettes argentines — qui dissolvent la douleur en grâce et en légèreté. Jamais Anna Maria Ortese n'oublie ce qui est le don principal du romancier : le plaisir de raconter, de transformer et de fondre les événements. Le ton joyeux est aussi donné par le fausset, le masque, auquel Anna Maria Ortese recourt magistralement. Ce texte assez court est un savant amoncellement de livres : sous sa légère aura manzonienne, hommage d'un héros lombard au plus grand des Lombards, se dissimule un récit d'aventures marines, avec un parfum de *Robinson Crusoé* et de *L'île au trésor*. Stevenson tend une main exsangue et fraternelle à Leopardi ; le récit marin cache une histoire de spectres dans laquelle se fondent le sombre caractère espagnol et l'excentricité britannique ; l'histoire de spectres recouvre une *pièce** de théâtre du XVIIe siècle, tout entière vouée aux illusions et aux jeux de miroirs, et celle-ci dissimule à son tour un conte baroque et fantastique de Mme d'Aulnoy (ou une sorte de *La belle et la bête*), où l'apparent excès de décoration regorge de symbolisme. Au fond, derrière tous ces masques, se tient, voilé et énigmatique, le fantôme inconnu d'Anna Maria Ortese.

Le héros de *L'iguane* est un jeune noble lombard, Aleardo, que Carlo Emilio Gadda aurait aimé. Il possède la candeur et l'allégresse chrétienne : le don du rire, comme s'il connaissait « une fête cachée aux autres, une musique derrière un mur », et un don encore plus rare : le respect, ce sentiment subtil et un peu douloureux de la dignité d'autrui qui autrefois inspirait aux chevaliers des entreprises admirables, et qu'il consacre aujourd'hui, sans le savoir, à la terre entière. Comment contenir ce respect ? Une bonté exquise et délicate, un désir de protection et d'immolation, une passion de fils dévoué, comme si chaque créature lui avait été confiée depuis toujours, le pousse à se prodiguer envers les personnes et les choses. Là où il arrive, même les âmes vides, malades et désarmées s'ouvrent au sourire et à l'espoir. Dans son innocence optimiste, sur laquelle Anna Maria Ortese jette une ombre d'ironie, il possède une théologie et une théodicée : pour lui, l'univers est une construction unitaire et parfaite, comme avant la chute ; le mal n'existe pas, ou bien Dieu l'aime ; il n'y a pas d'ombre dans le monde : « Si le diable existe, le Seigneur l'aime mieux que toi ou moi, sois-en certain... » À cette théologie, Anna Maria Ortese, en un continuel jeu de réfractions, oppose la philosophie nihiliste d'Ilario, un personnage aussi complexe qu'Aleardo est simple : tantôt jovial et tantôt servile, tantôt sain, tantôt malade, tantôt angélique et pur, tantôt faux, tourmenté et humilié. Ilario affirme que plus le bien grandit, plus le mal grandit, et que, plus fort que le bien, il se sert de chaque progrès du bien pour allumer son propre feu ; c'est donc le summum de la piété que de s'abstenir de tout bien, afin que la vie, dans son composé de bien et de mal, peu à peu dépérisse et retourne à l'intangible vide.

Voyageant sur son yacht à travers l'Atlantique, Aleardo parvient à l'île d'Ocaña — qui est l'île de *La tempête* et de Stevenson, le lieu où nous abordons lorsque nous franchissons d'un bond la courbe de la réalité. Sur l'île, au service d'une famille de nobles portugais déchus, vit Estrellita, qui est à la fois un iguane vert à la peau rugueuse — une jeune fille qui joue à la « semaine », « une petite servante comme il y en a tant dans les îles, avec deux yeux fixes et grands, dans un visage pas plus gros qu'un grain de riz » — et une princesse aux yeux rayonnants, où la lune se reflète.

Autrefois, Ocaña était l'Éden. L'homme n'avait pas encore péché ; la séparation entre l'homme et l'animal n'avait pas encore été promulguée et elle, le petit iguane, la bête qui possédait l'étincelle céleste que seuls les animaux connaissent, et non les hommes, aimait et était aimée. Puis, même dans le décor fictif de l'île, le désastre de l'histoire humaine se répéta. Comme tous les animaux, Estrellita fut bannie de la communion dans laquelle elle vivait avec l'homme, enfermée dans un puits ou dans une basse-cour, réduite à l'état de servante, transformée en créature de la nuit et du mal, blessée, maltraitée et avilie, et son bonheur radieux devint apathie, somnolence, stupidité ; ses rêves bleus de jeune fille se muèrent en interminables rêveries animales ; une pince lui pénétra dans la cervelle ; et sa douleur se transforma en une douleur bien plus sombre, plus désespérée que n'importe quelle souffrance humaine, parce qu'elle n'avait ni paroles ni espoir de rédemption. Anna Maria Ortese ne charge pas ce personnage extraordinaire de significations générales. Mais comment ne pas voir que le petit iguane est aussi la nature, qui craint que nous ne l'abandonnions ? « Non, elle n'est pas du tout tranquille, la nature ; comme une mère dont l'enfant, poussé par la nécessité, s'apprête à la quitter, elle se consume dans les ténèbres [...] elle est en alarme, son oreille est collée à tout ce qui émerge de l'air. [...] Et ces bruits étranges, que nous croyons dus au craquement d'une branche, c'est elle qui gratte à la porte de nos raisonnements clos, pour ne pas être abandonnée [...] car il sera difficile, pour elle, de vivre sans nous. »

Descendu sur l'île, mêlé à la foule dépenaillée des nobles portugais, Aleardo tombe amoureux de la petite servante-iguane. Il aime sa douleur hébétée, terrifiée ; il aime cette étincelle divine qui se dissimule dans sa nuit ; il veut l'emmener avec lui à Milan et, en l'épousant, racheter tout le mal (le mal supposé) du monde, sauver toute l'ombre et les ténèbres qui nous entourent de toutes parts, qui attirent et trompent notre raison. Aleardo meurt de cette tentative : c'est un sacrifice, pas une rédemption ; ainsi la nature n'a pas été sauvée, le mal n'a pas été effacé, aucune parole de réconfort ne descend des cieux. Et pourtant le très doux sourire qui éclaire le visage d'Aleardo nous assure que le Dieu-papillon n'est pas mort, qu'il peut peut-être renaître dans d'autres papillons blancs, et qu'un souffle de sérénité peut soulager les blessures, les cris et les horreurs. Chez Anna Maria Ortese, malgré la limpidité de son nihilisme, jamais ne meurt l'espoir que, quelque part, sur une autre île encore inconnue, le Paradis puisse exister.

La douleur du chardonneret

Alors que je lisais le très beau roman d'Anna Maria Ortese, *La douleur du chardonneret*, et que je n'en finissais pas d'admirer les trésors d'une imagination qui n'a pas d'égale en Italie, je me demandais quels artistes du passé l'auraient particulièrement aimée. Je pense que l'auraient aimée, avec enthousiasme, Giovanni Paisiello et Ernst Theodor Amadeus Hoffmann, Elsa Morante et Karen Blixen.

J'ai cité le nom de deux grands écrivains romantiques. Nous ne savons jamais à quel monde appartient Anna Maria Ortese, comme si son destin était de n'appartenir à aucun espace et aucune époque, comme ces feux follets vagabonds qui charment si intensément son imagination. Rien ne semble la rattacher à l'Italie de 1993. Alors que nous la voyons très volontiers parmi les premiers romantiques allemands, anglais et français, Hoffmann, Coleridge, Nodier, auteurs de livres qui ressemblaient un peu aux siens : *Les élixirs du diable, La ballade du vieux marin, La fée aux miettes.* Cette Napolitaine d'élection a tous les traits de l'écrivain romantique : l'imagination surabondante, profondément gothique ; la passion métaphysique ; l'amour de la nature ; la tendresse métaphysique pour les formes fluides de la métamorphose universelle ; un feu impossible à contenir, auquel la littérature ne suffit pas ; l'abîme de la lumière et de la joie, qui contraste et se confond avec celui des ténèbres et de l'angoisse ; l'alternance de réalité et de rêve, de vérité et d'illusion ; et le léger délire qui estompe toutes ces sensations si précises.

Comme les écrivains romantiques, Anna Maria Ortese aime le conte de fées. Avec quelle nostalgie elle revisite les temps où n'existaient pas les principes de non-contradiction et de vraisemblance, où les animaux parlaient, où les sources chantaient, où les hommes s'éprenaient de serpents et où chaque chose cachait en elle son contraire ! Au commencement de ses fantaisies, il y a *Le conte d'Amour et de Psyché*, d'Apulée, et puis le conte classique, oriental, baroque, rococo — *Les mille et une nuits*, *Le Pentaméron*, et les récits tendres et somptueux de Mme d'Aulnoy. Le conte a besoin de richesse ; et voici, dans *La douleur du chardonneret*, le ciel « brodé, filigrané d'étoiles d'or » ; et les salons follement luxueux, les maisons qui ressemblent à des églises baroques, les églises pareilles aux salons des fées ; et puis des automates qui chantent, des pierreries et encore des pierreries, des rois et des princes, de la musique et des pièces d'or et des carrosses bleus et fleuris, des gâteaux de pain génois, aux fruits, à la crème — et cette délicieuse sensation de *faux*, sans laquelle le conte perd toute sa saveur. Mais, avec une sensibilité aiguë et douloureuse, Anna Maria Ortese sait que ce grand royaume est aujourd'hui ruiné et désert. Son imagination a beau inventer, peindre et décorer, les personnages du conte sont morts ou moribonds, les animaux traqués et blessés, les robes somptueuses réduites à de pauvres haillons couverts de poussière.

Dans une autre partie de son cœur, Anna Maria Ortese aime Naples et la civilisation napolitaine, dont *La douleur du chardonneret* est une superbe synthèse. À l'arrière-plan, l'immense métropole hellénistique, les maisons-jardins de Pompéi — et ce « rose », ce « bleu azur » que l'imagination a toujours prêtés à Naples ; dans ce livre, tout est rose : le ciel, les nuages, les maisons, les robes des femmes, les paupières, les joues des enfants. Et puis la grâce de la crèche napolitaine, avec tous les métiers, tous les mets, toutes les conversations, plongés dans un décor de théâtre. Et l'opéra-bouffe — avec l'aubergiste qui prépare de grands pots de café et des montagnes rosées de brioches gorgées de miel, ou verse le chocolat le plus exquis dans des tasses d'une finesse extrême, ornées de scènes de danse et de fêtes champêtres, cependant que les serviteurs font reluire les bottes avec des brosses rouges. Tout près, se tient l'opéra lyrique : avec les amours, les jalousies, les haines, que des ténors et des barytons visibles ou invisibles chantent sur les scènes d'Anna Maria Ortese. Mais Naples ne serait pas Naples si ce *rose* ne devenait pas tout à coup, sans que personne ne nous prévienne, d'un *noir* profond. Au loin il y a la sibylle de Cumes, et les champs Phlégréens. Tout près, la multitude des morts. « En somme, une immense foule d'ombres, mon cher Prince, séjourne toujours dans ces maisons, dans ces ruelles, s'assied à nos tables, dort dans nos lits, s'allonge dans nos carrosses [...] visible ou pas, mais toujours près de nous. »

*

Malgré tous ces contes et tout cet amour pour les belles couleurs de la vie, Anna Maria Ortese n'oserait même pas prendre la plume, si elle ne pouvait satisfaire le premier et le plus grand de ses désirs : un désir-douleur métaphysique, le levier de toute pensée humaine. « De temps en temps, la nuit ou à l'approche de l'aube, je m'éveille avec une douleur plus désespérée et plus intolérable que toutes celles que j'ai connues. *Je ne sais où je me trouve... Où* est situé l'univers, voilà ce que je ne sais pas. Ni comment il s'appelle. Ni *ce qu'il est, à qui* il est. Depuis des années, je crois, l'idée de ces voies stellaires infinies se présente à moi, la nuit, et me glace, me fait rêver, *trembler. Où* suis-je ? Qui — moi — parmi des myriades d'habitants de la Terre, de tous les temps ? *Qu'est-ce* que la Terre, parmi des myriades de planètes, de soleils, et qu'est-ce que cette galaxie parmi les autres galaxies ? [...] Mais je voudrais surtout connaître le lieu, et je sais que je ne saurai jamais : *où* tout ceci est-il présent, quel est son véritable nom, et, s'il n'y a pas de nom, le pourquoi de ce silence sur le nom. » Ce désir-douleur métaphysique au cœur, Anna Maria Ortese frappe aux portes de l'Être ; et elle demande quelle est l'essence du monde et de la nature, et qui préside aux faits, quel en est le but, quels en sont l'ordre, le sens, le principe. Elle scrute la vérité de tout son corps, avec son corps — et le corps des plantes, des arbres, des étoiles, des pierres, des animaux, des oiseaux, dans lesquels elle s'est dilatée. En écrivant ce grand mythe, ou cette histoire symbolique de l'univers qu'est *La douleur du chardonneret,* Anna Maria Ortese a posé à nouveau ces questions. Pour la première fois, je crois, elle a obtenu une réponse.

Elle ne cherche pas le mystère dans le lieu où réside la joie (même si la joie est, à sa façon, un mystère), mais là où réside la douleur. Cette douleur n'est pas seulement celle des hommes : les humbles,

les humiliés, ceux qu'on piétine, ceux qui souffrent. Anna Maria Ortese descend beaucoup plus profond : en bas, toujours plus bas, au-dessous de la forme et des paroles, parce qu'elle sait que ce qui est sacré se dissimule dans l'obscurité et dans l'abîme. La vraie douleur est celle de la nature ; et celle des hommes qui semblent nature — les tout petits enfants, muets, sourds, aveugles, idiots, souffrant du mal caduc, qui nous regardent de leurs petits yeux de rêve et forment avec elle le royaume infini de la souffrance.

Nous ne savons pas qui a causé cette souffrance : peut-être Dieu, en projetant la nature hors de lui ; peut-être l'homme, en se détachant d'elle avec trop de violence. Quoi qu'il en soit, nous reconnaissons les fruits de cet arrachement. Au milieu de nous, aussi multiformes que des spectres, peuplant les jardins enneigés du Nord ou les ruelles de Naples, se pressent et s'agitent les Feux follets. L'on dirait tantôt des enfants blonds d'une dizaine d'années, vêtus de velours, tantôt des créatures du sous-sol, petites et difformes, tantôt des chats, tantôt des chevreaux de quelques mois, tantôt des poussins qui courent derrière leur mère, tantôt des bambins, une plume autour du cou, tantôt des êtres minuscules, cachés dans des boîtes en carton. Parfois ils sont bons, parfois méchants : démoniaques, comme tout ce qui appartient aux règnes intermédiaires. Un désir désespéré de salut et de rédemption les pousse à revêtir des formes humaines. Mais ni l'iguane ni le petit Hyeronimus Käppchen (ou Géronte, ou Gerò, ou Lillot, ou Portapacchi — puisqu'ils ont des noms aussi multiples que leurs formes) n'y parviennent jamais. Dans le monde moderne, la nature ne peut être rachetée.

La plupart des hommes ignorent les Feux follets : ils ne parviennent pas à voir leurs petits visages de rêve, ne parviennent pas à entendre leurs paroles hachées et indécises ; certains en sont jaloux, car parfois un amour passionné les entoure, d'autres les persécutent, leur arrachent les plumes ou les tuent. Dans *La douleur du chardonneret,* il y a une reine des feux follets et des enfants, comme dans *Les aventures de Pinocchio* il y a une fée aux cheveux bleus. Le mystère du livre se concentre autour d'Elmina, une jeune fille germano-napolitaine, fille adoptive du Gantier, « qui paraît *muette* de l'intérieur, comme si elle n'était pas une femme douce et avenante, mais une pierre ». Elle n'aime pas la vie, la joie, le bonheur, la tendresse, l'amour ; elle s'interdit « le moindre plaisir, le goût de vivre », comme si vivre était pour elle un péché, et qu'il lui fallait expier une faute inconnue. Rigide, sévère, austère, fidèle aux moindres choses, elle se consacre complètement à la douleur de la nature ; elle s'efforce de sauver son corps malade et blessé, ces feux follets, ces enfants aveugles et muets, qu'elle tient par la main ; et elle disparaît aussitôt qu'ils apparaissent.

Plus haut que les Feux follets, il y a seulement le Chardonneret, le petit chardonneret joyeux et douloureux, le chant qui résonne à chaque page du livre, répété par les enfants, les oiseaux-automates, et par la voix du cœur :

Oo ! Oo ! Oo !

et

Oh ! Oh ! Oh !

avec ce refrain :

Et vole, vole, vole le Chardonneret !
Et vole, vole, vole... Oh ! Oh !

tandis que la lune naissante illumine les jardins et les murs de nos maisons. Le Chardonneret rappelle le Simurgh d'une légende persane : l'oiseau au grand bec d'aigle, aux plumes étincelantes, à la queue sinueuse et contournée, dans lequel les mystiques soufis ont vu un symbole de Dieu. Anna Maria Ortese n'oserait pas aller jusque-là, et elle n'use pas des couleurs rutilantes des miniatures persanes, mais des modestes teintes napolitaines, le rose et le bleu. Le Chardonneret est le « messager céleste », l'ange ou le démon ; il est la douleur et nous apporte la douleur ; il est la joie et nous apporte la joie ; il nous commande, nous protège, nous fait désirer le bien, mais se joue de nous et de notre monde « volatil et sans plumes ». Quand nous arrivons à la fin, il nous explique toutes choses : la longue folie que nous avons traversée, la terrible séparation que nous avons supportée, la douleur et la joie qui nous accompagnent, « la joie calme, froide, infinie » qui emplit la vie, la mort, et le livre dont nous venons d'achever la lecture.

*

Avec son joyeux courage, Anna Maria Ortese heurte nos habitudes de lecteurs. *La douleur du chardonneret* détruit le roman moderne auquel nous sommes habitués : le roman objectif, de tradition flaubertienne, sans intrigue ou avec une trame dont sont bannies toute invraisemblance et toute folie. Anna Maria Ortese veut justement ceci : pratiquer, en racontant, toutes les invraisemblances et les folies possibles. Le roman se complique, les versions se contredisent, la trame s'embrouille, les personnages se multiplient, le romanesque se déchaîne, tout est spectacle et machination, comme dans les romans gothiques et dans ceux de Dickens. S'y ajoute que l'intrigue est dévoilée moins par les faits que par des révélations dans le dialogue, qui pourraient être annulées par d'autres révélations. Qu'Anna Maria Ortese s'amuse follement à imaginer et à tout embrouiller, cela ne fait pas de doute. Mais il est certain également que, si elle cultive l'intrigue, elle le fait pour les mêmes raisons que Goethe : parce que l'intrigue est la voie qui peut le mieux conduire vers le secret, la vérité et le symbole.

Dans cet univers, raconter est une sorte de magie. Plusieurs parties du roman sont racontées par un duc polonais, délicieux et fort cancanier, qui possède une lentille magique avec laquelle il voit à distance, traverse les murs des maisons et le cœur des hommes, fait ressusciter le passé — et en même temps que lui, Anna Maria Ortese s'amuse à mettre en scène avec légèreté son rôle de narratrice qui sait tout, voit tout et se rit d'elle-même. Mais parfois la lentille magique s'obscurcit, comme les affirmations du narrateur. Les événements se dédoublent et se font écho ; nous entendons des versions opposées du même fait ; des personnages s'identifient les uns aux autres ; les hallucinations, les visions et les rêves se confondent avec la réalité ; et le narrateur accroît cet embrouillamini avec ses commentaires parodiques. Rien, à la fin, ne nous assure que les choses se sont vraiment passées comme Anna Maria Ortese le prétend, et non de façon totalement opposée. Tout n'est qu'un vertigineux kaléidoscope.

Dans aucun autre livre, pas même *L'iguane* qui est son autre chef-d'œuvre, Anna Maria Ortese n'avait jamais possédé cette force : une imagination aussi souveraine, un savoir symbolique aussi riche, un art aussi frais et délicat. Ce livre a été composé dans l'angoisse et dans la désolation, dans des conditions extérieures qui auraient semblé insupportables à tout autre écrivain. Et pourtant, Anna Maria Ortese a mené son conte jusqu'au bout, avec une allégresse soutenue, un bonheur amoureux de lui-même et du monde, parfois avec une éblouissante frivolité, et toujours avec le désir de donner de l'amour et de la joie aux autres et à elle-même. La conclusion est désespérée : Elmina et le Feu follet disparaissent on ne sait où. Et pourtant, la voix joyeuse et douce du Chardonneret, qui résonne dans la nuit baignée de lune, nous assure que l'expérience a été menée jusqu'au seuil ultime, avec une dureté, un courage, une clarté dans le regard, comme seul en possède un grand écrivain.

La souffrance des dieux

Alonso e i visionari est un roman peuplé de dieux. Non point les dieux que les Anciens admiraient dans les broderies du ciel ; ni le Dieu chrétien, qui n'apparaît qu'une seule fois — pour nous exclure de lui et nous éloigner. Les dieux d'Anna Maria Ortese habitent la terre : la terre où nous vivons, emplie de mal, de douleur et de tourment, et qui forme pourtant, pour ceux qui la regardent avec attention, une seule réalité « surnaturelle ». Les dieux habitent ici. On ne sait quels visages rayonnants ils avaient autrefois : étoiles, constellations ; ils sont maintenant déchus, comme nous, et ont pris des figures d'animaux, comme le puma qui traverse ce livre, ou d'enfants qui ne grandissent pas, ou de feux follets, ou d'iguanes. Mais ils n'ont rien perdu de leur qualité divine. Peut-être la terre n'a-t-elle jamais été aussi sacrée qu'aujourd'hui, où elle nous semble si complètement désacralisée. Les animaux divins sont partout : ils nous apparaissent dans les maisons, les tas de pierres, les gares, les rêves ; ils sont incompréhensibles et insondables comme le bien ; et si nous les regardons, si nous fixons nos yeux dans les leurs, ils éveillent en nous la même vénération et la même terreur qu'ils éveillaient chez les Anciens.

Les dieux souffrent. Ce sont des chiots assoiffés, ou de vieux animaux blessés et malades, des corps moribonds jetés sur des tas d'ordures ou de cailloux : des figures dégradées, comme le Christ sur la croix. Mais cette souffrance est leur force. C'est justement de la douleur qu'ils tirent le pouvoir de se transformer, de traverser toutes les métamorphoses, de devenir fantômes, de mourir et de resurgir, et de se présenter toujours vivants devant nos yeux qui les regardent et qui les rêvent. Ils sont immensément bons : ils ont cette bonté absolue que nous ne comprenons plus, une « douceur et une mansuétude » que rien ne justifie. Ils ne consacrent notre amour qu'à nous-mêmes, comme s'ils étaient nos servi teurs ; et d'en bas, de cet infime où ils ont choisi de séjourner, ils nous protègent avec leur sourire douloureux. Ils ne nous abandonneront jamais. « Celui qui cherche le Chiot, qu'il scrute, la nuit, dans le silence du monde ; qu'il ne l'appelle pas, sinon à mi-voix, mais qu'il ait toujours soin de renouveler l'eau de sa triste écuelle. Il viendra, inaperçu. »

Autrefois nous savions nous entretenir avec les dieux-animaux, avec les pumas, les feux follets, et converser avec eux. Notre art n'était fait que de ces incessants conciliabules, de ce doux murmure. Aujourd'hui, la plupart d'entre nous n'a qu'indifférence à l'égard des dieux-animaux ; et notre vie est une succession pénible et continue d'« impolitesses » à leur égard. Nous ne parlons pas avec eux, nous ne leur donnons pas les caresses dont eux — les humbles, les tout derniers — ont besoin. Nous les torturons. Nous leur offrons des écuelles d'eau salée, au lieu de l'eau pure qu'ils aiment. Nous les persécutons avec des mots, des cris, des pensées, des livres. Nous voulons les tuer, pour nous débarrasser de tout souvenir de la première création, quand nous jouions librement avec eux, et pour abolir notre double angélique, qu'ils nous révèlent lorsqu'ils nous regardent avec des yeux pleins de douceur. C'est là le mal que nous commettons : non pas l'offense à la justice ou aux autres humains, mais la blessure infligée aux « anges et aux saints véritables de la création ». Ainsi naissent parmi nous — proclame Jimmy Op, professeur américain, dans son dernier appel, « la Désillusion et le Sacrilège, la colère calomnieuse contre le Passé et la faiblesse [...], les excès de la peur, le massacre, la cruauté, le sarcasme »:

Avec un terrible esprit tragique, Anna Maria Ortese représente ce désastre. Mais elle a le don, que seuls possèdent les grands écrivains, de projeter la lumière sur le mal, de le traverser, de s'en imprégner et de ressortir de l'autre côté, avec quelques gouttes intactes d'essence radieuse. Ainsi, malgré les blessures et la dégradation du Puma, Anna Maria Ortese rêve encore aujourd'hui de l'Utopie qui l'a accompagnée toute sa vie. Nous retournerons en arrière, aux origines, qui sont aussi notre avenir : au voisinage compact des hommes, des arbres, des dieux et des animaux, jusqu'au moment où de la proximité du cœur félin et du cœur humain naîtra un chant de joie. « Cher Esprit Très-Haut, invoque Anna Maria Ortese, ô Toi, réunis, éduque, éclaire le monde dans son unité, unis entre eux les peuples adversaires, console les vieillards vagabonds, sauve la jeunesse faible et seule, exhorte les forts à ne vouloir disposer d'aucune âme, et surtout à donner eau et repos aux Chiots désespérés. » Alors, sur nos nuits scintillantes, régneront l'Inutilité et la Grâce, la Joie et la Douceur absolue

*

Je me suis toujours demandé qui était Anna Maria Ortese, et où elle se tenait. Peut-être est-elle un puma elle aussi, comme celui qui parcourt ce livre ; ou un gracile oiseau au fastueux plumage ; ou l'un des feux follets séniles et enfantins qu'elle représente avec une fraîcheur toujours renouvelée. Ou peut-être est-elle une vieille sibylle-enfant ; ou la *chatte blanche* * de Mme d'Aulnoy, qui a conservé son corps de chatte mais a retrouvé son prince. Quand elle écrit, nous avons l'impression qu'une visiteuse d'un autre monde, attendue et désirée depuis longtemps, nous apporte les grandes intuitions intellectuelles dont nous avons besoin. Un personnage de son livre imagine que toutes les pensées humaines s'accumulent dans un lieu éloigné de l'espace infini ; et là-haut, « dans quelque coffre-fort du ciel », se concentre la totalité de nos pensées et de nos sensations. Peut-être Anna Maria Ortese a-t-elle ouvert ce coffre-fort céleste ; et elle en distille pour nous la signification.

Elle vit solitaire : elle ne connaît personne, ne voit personne ; ne participe pas à ce qu'on appelle la vie sociale ; ignore les rites officiels du monde. Et pourtant, elle connaît infiniment mieux que nous cette réalité que, disait Dostoïevski, nous cherchons continuellement à connaître et laissons continuellement échapper. Quel regard libre, impavide, imprévisible, parcourt ce livre ! Quelle clarté, quelle précision, quelle fermeté de jugement ! Rien ne l'attire : ni l'histoire, dans laquelle elle voit une chute incessante, depuis que les hommes ont quitté les arbres et les animaux ; ni la pure intelligence, dont elle ne tolère pas la propension au mépris ; ni la révolte contre le père ; ni même la beauté, derrière laquelle elle devine « la fuite sans fin du temps ». Elle n'éprouve une sorte de respect que pour le Mal absolu, avec lequel elle lutte à armes égales. Et les pages qu'elle consacre aux années et aux hommes du terrorisme — présents à l'arrière-plan du livre, entre une résurrection et l'autre du puma — sont les plus pénétrantes et les plus solides qui aient jamais été écrites.

L'univers est, pour Anna Maria Ortese, une chaîne infinie de sensations ; et toutes ces sensations — même les plus insignifiantes, ou les plus gaies et les plus joyeuses — sécrètent de la souffrance. De tout son corps et de tout son esprit, elle recueille cette douleur. Lorsqu'elle raconte, elle force les événements, y introduit un déchirement presque intolérable ; au point que son intelligence n'est plus qu'une seule chose douloureuse. Dans *Alonso e i visionari*, elle attribue cette part d'elle-même à un personnage extraordinaire : un professeur américain, Jimmy Opfering, dit Op, qui fait fonction de messager, dramatique et délirant. Enfantin, ingénu et sage, il n'est que « charité douloureuse ». Il souffre des fautes des autres : il prend sur lui les souffrances du monde, parce que chaque offense doit être expiée, « même si ce n'est pas nécessairement par celui qui l'a commise ». Il comprend les méchants, et, seul de tout le livre, il comprend les dieux, au point de devenir l'un d'eux et de boire dans leur écuelle. Ne nous laissons pas tromper par sa grâce : en profondeur, Jimmy Op est un personnage terrible, parce que rien n'est plus terrible que la compassion, quand elle est portée au-delà de ses limites, comme cela se produit dans ce livre.

Certains pourront regretter les grâces joyeuses et l'admirable architecture fantastique de *La douleur du chardonneret*. Ce nouveau livre a moins de couleurs ; son architecture est plus simple. Anna Maria Ortese interroge ; elle n'est jamais lasse d'interroger : la nature, l'homme, les dieux, le mal, Dieu — mais elle sait qu'au dernier moment, quand on croit tout voir et tout comprendre, « les lampes les plus parfaites s'éteignent ». Si chez les dieux-animaux il y a quelque chose de bloqué, dans son livre aussi règne une sorte d'obscurité, ou d'inexprimé, un balbutiement d'anges malades, qui ne parvient pas tout à fait à la lumière et à l'expression. Mais tout doit être comme il a été écrit. Anna Maria Ortese refuse le salut par la forme : elle croit qu'un livre doit révéler, dans son écriture même, le déchirement du monde. Comme le disaient les vieux rabbins, un livre doit brûler les mains et les souiller.

Et pourtant, ce n'est pas là le dernier mot d'Anna Maria Ortese. Il y a, dans ce déchirement, une sorte de froideur cristalline. Quelqu'un, très haut, parmi les pumas et les anges, joue avec le mal, les dieux, les hommes et lui-même, et puis les anges et les pumas. Ce livre plein de douleur est un conte, écrit pour les enfants : une sorte de *Flûte enchantée,* qui parle elle aussi de mort et de résurrection. Comme dans les contes, les dieux reviennent, ils boivent sans être vus dans leur écuelle, et ne nous abandonnent jamais.

Les lettres de Cristina Campo

La première image que nous laisse Vittoria Guerrini est celle d'une jeune fille brillante et scintillante, qui aimait la frivolité. Elle aurait voulu être un chat et vivre dans un monde de chats, où seraient chats son *paletot* *, son dictionnaire d'allemand, les glaces dans son réfrigérateur; ou bien devenir Alice et traverser comme elle le miroir qui nous sépare de l'autre existence. Dieu sait quelles figures divertissantes il y a de l'autre côté du miroir : quels Rois et Reines et Valets de cœur, avec lesquels entretenir une interminable conversation ! Elle aimait se transformer : changer de nom, de caractère et de langage ; elle signait Pisana, Puccio Quaratesi, Bernardo Trevisano, Giusto Cabianca, Massimiliano Putti, jusqu'au moment où elle choisit son nom définitif : Cristina Campo. Elle imaginait être une Vierge du Quattrocento, comme elle en avait vu dans la peinture de Botticelli et de Carpaccio; ou une Vierge préraphaélite, plus tardive et mélancolique. Elle ne supportait que la beauté. Elle ne supportait que le bonheur. Parfois, elle qui souffrit tant eut le don de « changer en bonheur tout ce qu'elle touchait »

Comme Proust jeune homme, elle avait un intense besoin d'adoration et de vénération. Peu d'êtres ont eu comme elle un don naturel d'écrivain ; et pourtant elle dut se choisir une série de modèles auxquels elle vouait une dévotion absolue et s'identifier à eux. Il ne devait rien rester d'elle : rien qu'une ombre en adoration aux pieds d'un grand ange, avec des ailes fastueusement colorées. Aussi choisit-elle comme modèles Hugo von Hofmannsthal, Emily Dickinson, Emily Brontë, Katherine Mansfield, le colonel Lawrence, avec ses entreprises héroïques et sa désolation plus héroïque encore. Quand on commença à publier les livres de Simone Weil, ce fut la fulguration définitive. Elle en connaissait la moindre ligne. Elle fit siennes toutes les prédilections de Simone Weil ; et elle aurait voulu s'occuper d'elle, des années après sa mort, comme on soigne un malade. Ce fut une passion aveugle : une identification presque effrayante ; mais comme pour Proust avec Ruskin, cela accrut sa capacité de sentir, la mit en état de grâce, lui permit de devenir elle-même.

Elle désirait la perfection : les gestes parfaits, les livres parfaits, les paroles à l'éclat de diamant prononcées entre amis dans une conversation exquise. Autour d'elle, il ne devait y avoir ni ombre ni vulgarité. Et l'expérience de la vie devait elle aussi brûler toutes les apparences. « Il faut tout vivre à fond. Chaque fois que l'on revient en arrière, c'est pour tracer à nouveau le cercle, encore et encore, jusqu'à ce qu'il soit parfait. » En particulier, elle trouvait beaux les lieux, les villes où le temps, les événements et le talent artistique des hommes avaient dessiné une composition inaltérable : Venise « posée sur le miroir de l'eau comme une fleur blanc rosé », *sa* Florence, « pure, nette, d'un azur presque glacé ». Parfois elle se trompait : elle confondait les gestes de la perfection — qui sont si faciles à imiter — avec la véritable perfection — qui est toujours secrète et ne se proclame pas elle-même. Être obsédé par la perfection est le moyen le plus sûr de n'y jamais parvenir ; pourtant elle l'atteignit et laissa derrière elle, presque sans le savoir et sans le vouloir, une œuvre brève, mais extrêmement dense et sans tache. Elle avait toujours aimé la beauté physique : celle des gestes et des rites ; le grand spectacle théâtral qu'est la vie quotidienne de l'Église catholique ; et, avec le temps, foi et beauté devinrent pour elle une même chose. La foi n'était pas possible sans beauté, et la beauté n'était que la foi réalisée — parce que « vraiment c'est la beauté qui compte, sur elle tout tourne et se joue ».

Vivant dans ce monde imparfait, elle avait besoin d'amitié. C'était, pour elle, un don rarissime et irremplaçable : jaloux, possessif, presque fou — « monstrueux » disait-elle. Elle devait aimer et être aimée, devenir présente et sentir, auprès d'elle, une présence continue, ininterrompue, sans lacunes — même si des milliers de kilomètres la séparaient des personnes amies. Alors la conversation des lettres remplaçait l'alternance des voix dans la pièce, autour d'une tasse de thé ou au dîner. Sa correspondance avec Margherita Pieracci Harwell a été éditée par Mme Pieracci avec une affectueuse précision. Toute la vie de Cristina Campo se concentre ici en une seule amitié ; tout se passe entre deux personnes seulement ; rien d'autre n'existe ; et à cause justement de cette concentration, il nous semble que nous partageons chaque instant de sa vie et que nous glissons avec elle dans le même fleuve spirituel. C'est un très beau livre : l'une des grandes correspondances de la littérature italienne. Sans calcul ni corrections, possédée par la richesse de son talent, Cristina Campo écrit des lettres fluides et nettes, qui révèlent l'éclat lucide, passionné et cruel de son esprit.

Quel besoin de se dévouer a traversé sa vie ! De se dévouer aux écrivains, à ses amis et amies, à l'Église, à l'homme aimé. Il lui fallait sans restriction, à n'importe quel prix, se sacrifier, s'immoler pour un autre : *l'autre*. C'étaient de petites attentions : « coiffer un malade, le parfumer, le changer, mettre des fleurs dans sa chambre, ou un encens léger, lui trouver la boisson *différente*, le livre *différent* ». C'était une tendresse maternelle : « E. n'a pas moins besoin de caresses qu'un petit enfant comme Maurice. » C'était une enfantine vocation d'infirmière : « Avec de vieilles recettes du temps de mon grand-père — aussi simples que parfaites — j'ai éliminé ses douleurs thoraciques, ses sueurs nocturnes, rééduqué son appareil digestif, ses reins, et je lui ai administré chaque jour 150 grammes de viande crue (lui qui même cuite ne la supportait pas) dissimulée dans le citron, le beurre, la chair de sardine. » Et si la nuit elle craignait qu'il n'eût froid, elle se levait à trois heures du matin, s'habillait, sortait, prenait sa voiture, allait lui fermer sa fenêtre, « parce que la tramontane souffle sans crier gare, comme à Florence. Je lutte heure après heure contre la fatigue, et surtout contre l'angoisse ». Jusque dans ces lettres à Margherita Pieracci, où rien ne semble être dissimulé, quelle circonspection ! Tout détail intime devient allusion, car l'essence de ce dévouement amoureux est la discrétion.

Elle aimait la beauté des formes ; en profondeur pourtant, comme Simone Weil, elle était attirée par ce qui était nu et dépouillé. Elle visitait les églises modernes, les hideuses églises modernes ; et au lieu de protester contre cette offense à la splendeur de la tradition, elle y trouvait un exemple et un symbole. Elle acceptait l'« anonyme, la nudité de notre époque ». Il lui semblait que le dépouillement était sa seule force ; et que, de nos jours, la vérité ne pouvait se révéler qu'ainsi, comme dans une catacombe « dénuée de tout ornement ». Puis, de notre époque, « où tout est perdu », elle remontait en arrière jusqu'au commencement, quand triomphait la beauté du Christ. Elle avait toujours à l'esprit l'exemple de la mission ouvrière de Simone Weil. Elle aurait voulu être une religieuse sans ordre, une novice du désert, comme Charles de Foucauld ; ou bien travailler dans un hôpital psychiatrique ou un pénitencier pour femmes. Chez elle, au Collegium Musicum où elle vivait avec son père et sa mère, elle s'efforçait de reproduire la même discipline de solitude exclusive. « Dans deux jours, je ferme les portes, je tire les rideaux, comme Électre. Il ne me restera plus qu'à travailler, en écoutant de la musique, ces après-midi interminables. J'y pense avec désir et désespoir. »

Pourquoi ce mot, « désespoir » ? Elle avait une très grave maladie de cœur. « Je ne peux vous écrire plus d'une ligne. Je suis extrêmement fatiguée, j'ai les nerfs à bout... Depuis si longtemps je traîne un épuisement infini, qui ne me laisse ni dormir ni manger... J'ai une très forte crise de tachycardie. » Il y eut bien plus encore, s'il est possible de deviner quelque chose à travers ces voiles de secret qu'elle fit tomber l'un après l'autre là où, justement, la confidence devenait plus intime. Elle connut ce qu'elle appela (sans allusion religieuse alors) sa *nuit obscure*. Était-ce seulement la mélancolie profonde qui ronge toutes les âmes naturellement gaies ? Ou la sensation que, sur terre, la perfection n'est pas possible ? Que tout n'est que *malheur* ? Ou bien un désir de fuite ? L'impossibilité de trouver le repos sur quelque oreiller que ce fût ? « En ces jours de frénésie où je ne sais qui je suis, d'où je viens, où je vais et ce qu'on attend (ou n'attend pas) de moi... » « Ma tête me fait si mal — au point de jonction entre le corps et l'âme. » La nuit, elle ne dormait pas, par peur du sommeil qui lui apportait des cauchemars et des réveils angoissés. Alors elle sortait seule, en voiture, vers onze heures du soir, dans les rues et sur les places de Rome. « Le fleuve est d'un noir-violet parfaitement transparent, où se tordent les formes blanches des arbres, et le ciel un fleuve vineux, pesant. »

*

Puis vinrent les années du Déluge. Avant la mort de son père et de sa mère, auxquels Cristina Campo était inextricablement liée. Entre 1962 et 1965, le concile Vatican II ; la proscription de la messe en latin et du chant grégorien, les modifications des rites, dans lesquels elle voyait l'incarnation du Christ. Elle défendit le latin comme elle pouvait défendre une créature humaine vilipendée, menacée, assassinée : ou plutôt, comme quelque chose de plus rare et de plus précieux qu'une créature humaine. Elle craignait de voir les rites irrémédiablement condamnés si Dieu n'intervenait pas. Il lui sembla que le Christ approchait de sa fin ; c'était la trahison, l'apostasie religieuse, une « guerre terrible et sans espoir terrestre ». Elle vit toutes choses sous une lumière de deuil, livide, apocalyptique. Les Bêtes de saint Jean étaient partout : le Dragon rouge feu, la Bête écarlate, la Bête de la terre, la « grande Babylone ». Et sous ces signes, elle imagina qu'elle était une petite

Jeanne d'Arc : elle s'arma de toutes les armes de la foi ; et elle composa ses écrits les plus beaux, qui se trouvent dans la dernière partie des *Impardonnables* [1]. Désormais, elle détestait Rome qu'elle avait pourtant tellement aimée. « Toutes les forces de malédiction qui peuvent converger vers une Ville sainte qui n'a plus de gardiens se sont donné rendez-vous ici. » « Le désert empoisonne l'air, toute forme de beauté est empoisonnée par la trahison et le sacrilège. »

Il y eut aussi l'ultime douceur. Après la mort de sa mère et de son père, Cristina Campo alla vivre piazza Sant'Anselmo, sur l'Aventin. D'abord dans une chambre d'un petit hôtel : elle avait une fenêtre à trois pans, telle une bow-window du temps de Jane Austen, devant un gingko biloba, comme dans les vers du *Divan* de Goethe. Puis elle loua un appartement sur la place, avec de magnifiques fenêtres d'où l'on voyait les arbres dorés par l'automne, les enfants qui filaient sur de petites bicyclettes rouges, une belle adolescente qui descendait quand sifflait son amoureux, et ses chats, endormis dans une flaque de soleil, sur des matelas de feuilles rousses odorantes. Elle n'était pas arrivée là par hasard. Tout près, se dressait l'abbaye de Sant'Anselmo, telle une forteresse protectrice du Moyen Âge ; et il lui semblait que sa maison était l'hôtel des pèlerins de ce couvent. Des sœurs allemandes, affectées aux cuisines, se montraient à une fenêtre : « des visages parfaitement ronds, parfaitement gothiques, de jeunes filles sans sourire ». Elle rencontrait dans la rue un moine dont elle ignorait le nom, qui chaque fois, en la saluant, traçait une croix sur son cœur malade ; et

1. Traduction française aux éditions l'Arpenteur-Gallimard. *(N.d.É.)*

un pauvre qui priait pendant des heures et des heures, agenouillé dans la même position. Elle, femme et religieuse sans ordre, ne pouvait pénétrer au cœur de l'abbaye, de l'Arche qui s'apprêtait à traverser le Déluge; mais, telle une fourmi méticuleuse et endolorie, elle s'était construit une petite barque près de la grande Arche salvatrice.

Quelques années durant, elle fut heureuse de cette situation. « Je ne saurais vous dire la beauté, ici, de toutes les heures, la douceur des cloches, de l'horloge de Sant'Anselmo qui sonne tous les quarts d'heure. Et comme il est important d'être appelé à l'Angélus trois fois par jour ! » Elle fréquentait pieusement les offices, allait aux matines de l'Avent : dans l'église, il faisait très froid; les moines étaient tous en robe de bure à capuchon; « mais comme on voit tout de suite, à sa façon de relever le capuchon, de s'incliner après la lecture ("*Tu autem Domine miserere nobis*"), lequel d'entre eux est un vrai moine, qui a jeté sa vie "dans l'autre pays" ! » Elle suivait les rites du Carême : l'église nue, sans lumière, sans orgues, avec les moines tout en noir qui chantaient *Super flumine Babylonia* ou les Sept psaumes de la Pénitence, puis défilaient dans un silence absolu. Enfin venait le dimanche des Rameaux. « Ce matin, nous avons porté des palmes et des rameaux d'olivier en procession, dans les cloîtres et les jardins de Sant'Anselmo et le chœur des moines chantait de doux répons : *Pueri haebreorum et Gloria, laus et honor*. Les moines portaient tous de ces immenses palmes; seul l'abbé, tout en pourpre, tenait un rameau fleuri de roses jaunes, de myrte et d'autres boutons, telle une verge soudain couverte de fleurs. » Dans les dernières années, elle fréquenta aussi d'autres églises, comme le Collegium Russicum, où elle retrouvait une liturgie intacte. « Hier soir, au “Canon d'André de Crète”, en regardant ces hommes prostrés face contre terre dans un silence complet, devant l'iconostase, je n'osais croire que tout cela existait vraiment encore, survivant pour nous en un point du monde. » Elle aussi, comme eux, s'abandonnait à de longues et exténuantes génuflexions.

Elle avait toujours rêvé de vivre au centre immobile de son âme : ce centre qu'autrefois elle ne parvenait pas à connaître ; et elle y habita alors de façon stable, renonçant à toute dispersion. Peut-être un peu de dispersion aurait-il été utile à un tempérament aussi riche que le sien. Peut-être, avec sa dureté impitoyable, retrancha-t-elle trop de choses de sa personne : elle l'emporta, renonça à la littérature et s'en détacha douloureusement — même si ce renoncement était moins profond qu'elle ne l'affirmait. Finalement, là-haut, sur les pentes de l'abbaye de Sant'Anselmo, Dieu se révéla à son âme. Ce qu'elle avait appelé « inconscient » prit le visage de Dieu. Elle ne vivait plus dans le vestibule, apprêté pour un Hôte qu'on ne voyait pas encore, mais au centre de la demeure. Les fautes, les crimes même dont elle s'était accusée furent quelque temps oubliés ; et elle goûta une suavité inconnue : « Dieu est d'une indicible tendresse avec moi depuis longtemps. »

Au cours de ces années-là, Cristina Campo traversa une profonde crise mystique, qui ne se révèle que dans ces lettres expédiées à des milliers de kilomètres, là où une amie l'écoutait fidèlement. Comme toute expérience mystique, celle-là fut sous le signe de la tragédie. La lutte se faisait toujours plus serrée. Dieu exigeait tout, son caractère secret était terrible, et il lui semblait qu'elle ne pouvait prier que pour lui. « Si nous prions pour quelqu'un, nous devons demander à Dieu de nous excuser, comme les enfants qui demandent ce qu'ils ne savent pas. » Elle devait, creusant le vide en elle, faire en sorte que la prière s'emparât d'elle, buvant et se désaltérant de sa substance. Comme pour Manzoni, les années de la révélation furent surtout pour elle des années de désolation, presque de terreur. Elle pensait qu'elle n'était pas digne. Elle se sentait abandonnée. Elle ne voyait plus. Elle craignait de perdre la lumière, redoutait d'être privée de ce doux contact qui l'avait enchantée. Parfois elle allait plus loin. Ses clés continuaient d'ouvrir des portes inattendues — mais de l'autre côté, il n'y avait personne, les clés ne servaient plus à rien. « Peut-être fallait-il agripper plus solidement le moment miraculeux, et maintenant c'est trop tard. » « Ce qui s'est passé est un mystère. Mais à nouveau, le sphinx monte la garde, et m'emplit de terreur, à nouveau mon cœur saigne presque sans interruption. » Même la liturgie chrétienne, dont elle avait vécu, lui faisait terriblement mal. Elle ne parvenait plus à aller à l'église. Comme Dostoïevski, elle pensait que la beauté sauverait la terre ; et pourtant elle avait peur de la beauté — la seule, celle du Christ.

Elle avait toujours été seule. Elle avait toujours habité au fond de la mer Morte, du désert de Nitrie, du Tartare. Elle avait été saint Jean au milieu des locustes. Peut-être alors, par moments, la solitude lui sembla-t-elle insupportable. C'est ainsi qu'au petit matin du 10 janvier 1977, Cristina Campo mourut. Elle avait cinquante-trois ans. En apparence, elle était morte d'une crise cardiaque. Bien que jusqu'à la fin elle ait été resplendissante d'esprit et de légèreté, je ne puis m'empêcher de croire qu'elle s'est immolée par angoisse de la perfection : la plus terrible de toutes les angoisses humaines.

Le visage de Cristina Campo

Si vous voulez connaître le vrai visage de Cristina Campo, dont Gallimard a publié le très beau recueil de proses *Les impardonnables*, ne regardez pas la photographie qui orne le frontispice : cette jeune fille des années cinquante, à peine sortie de chez le coiffeur, avec ses lèvres trop fardées, comme le personnage d'une nouvelle de Katherine Mansfield. La vraie Cristina Campo est tout autre. Observez la couverture du livre : le détail du célèbre *Triptyque Portinari* d'Hugo van der Goes aux Offices, la donatrice avec son large chapeau noir, sa robe noire, son hermine, ses mains jointes, son calme visage allongé, ressemblait de façon miraculeuse à son héritière florentine — elle aussi à genoux, devant un Dieu familier et inconnu, qui éveillait dans son âme des sentiments beaucoup plus inquiets.

Elle avait un visage de statue toscane du Quattrocento : l'un de ces visages que l'on rencontre dans les bustes ou les sculptures de Desiderio da Settignano ou de Mino da Fiesole, ou dans ceux de Laurana. Elle emportait toujours avec elle un air de Florence, glacé, coupant, baigné d'une clarté éternellement blanche. Elle avait aimé le trésor des contes, dans lequel elle retrouvait la source de toute poésie, de toute religion ; les délicats anges orientaux de Rilke ; les épices, les déserts, les dromadaires, les nuages, les fantaisies, les richesses, les couleurs rutilantes, les cités abandonnées des *Mille et une nuits* ; la Thébaïde, avec ses anachorètes ; le luxe rituel de Byzance ; les vagabonds mystiques dans la Russie de Tolstoï et de Leskov ; la tristesse métaphysique de Donne ; et, surtout vers la fin, l'Espagne de la Contre-Réforme, le Greco, sainte Thérèse, saint Jean de la Croix, ce sombre catholicisme et cette ardeur ténébreuse du cœur. Mais elle était restée la Toscane discrète et sévère de toujours. Un jour où elle m'introduisait dans son appartement de Rome, me montrant depuis le seuil les meubles élégants de sa maison, sa petite table de travail, une chaise-fauteuil du XIXe siècle, dans une atmosphère de netteté, de précision et d'ascétisme, elle me demanda : « Ne dirait-on pas la chambre d'Emily ? » Elle aurait pu dire : « Ne croirait-on pas la chambre de Jane ? » Elle vécut également ainsi, dans une parfaite imitation : le meilleur moyen d'être introduit dans la demeure de la littérature.

Cette anachorète possédait la courtoisie mondaine, la grâce exquise et insaisissable d'une dame italienne de la Renaissance ou d'une aristocrate de la Fronde. Comme elle aimait la belle conversation ! Spirituelle et coupante, aimable et cruelle, pleine de tact et de violence. Je me souviens de la dernière fois où je l'ai vue, peu avant sa mort, quand peut-être ses combats religieux l'avaient épuisée. Elle avait un besoin désespéré de fatuité et de frivolité : elle voulait briller, scintiller, être légère, se sentir aimée et admirée — comme une jeune fille. Parfois, elle songeait à une religion qui ne naîtrait pas contre le monde, mais au cœur même du monde, qui germerait, comme dans les livres de saint François de

Sales, des formes parfaites de la vie mondaine Elle pensait que les « bonnes manières », les « belles paroles », la « désinvolture » et le « naturel » de la société civile étaient le meilleur moyen d'arriver à la sainteté. La vie mondaine était geste, et la sainteté n'était qu'un geste absolu, qui résumait en lui tous les gestes beaux et exquis de notre vie terrestre.

Elle avait un sens suraigu de la forme, plus que personne ou presque n'a de nos jours : je n'entends pas par là le don de la pure création, qui en elle se heurtait à trop d'entraves. Elle adorait la forme, et la forme qui se cultive elle-même, comme dans les grandes créations de l'esthétisme. Son intelligence n'était pas l'intelligence pure et libérée de Dostoïevski ou de Kafka, mais l'intelligence provoquée par les tensions et les limites de la forme. Les écrivains étaient, pour elle, des rois vivant incognito, des prêtres qui se cachaient ; et la perfection suprême à laquelle la littérature pouvait atteindre était l'ombre du couronnement royal, l'ombre de la prise d'habit de l'évêque, l'ombre de la *Missa solemnis*. Dans le monde religieux également, elle aimait par-dessus tout le rituel et la liturgie : Dieu devenu visible sous les apparences du rite. Elle n'avait pas de véritable passion théologique ; et elle parvint tard à la mystique. Elle ne pouvait comprendre l'abandon total des rites religieux qui se produit dans la Jérusalem céleste, à la fin de l'Apocalypse. Elle adorait Byzance : la splendeur des pierres, l'éclat des vêtements, l'exactitude souveraine des gestes immuables, la main levée pour la bénédiction, les chants et les musiques sublimes, l'odeur paradisiaque des encens. Comment ne pas s'incliner devant cet amour de la perfection ? Et pourtant, ni la littérature ni la religion n'ont de rapports trop étroits avec la perfection. Le grand poète suit des mythes, des symboles, des tressaillements, des révélations, des lueurs, plutôt que la perfection formelle. Le mystique ignore le rite, en un bond prodigieux vers le haut qui le pousse à oublier toute forme, quelle qu'elle soit.

*

Si je m'arrêtais ici, je donnerais une idée tout à fait inexacte de Cristina Campo et de ses écrits. C'était une créature enflammée, violente, extrême, pleine d'ardeur chevaleresque, une Clorinde qui ignorait la prudence et les demi-mesures. Elle vivait au milieu des contraires, de l'espérance et du désespoir, de la passion et du mépris, de la fureur et de la douceur ; et elle ne trouvait une sorte de sérénité qu'en intensifiant ses propres contradictions. Parfois, elle était fanatique — avec des ferveurs de nonne ou de convertie. En d'autres siècles, elle aurait prêché des croisades et fondé des ordres religieux. À notre époque, elle avait subi douloureusement la transformation et la laïcisation du catholicisme, l'abandon de la messe en latin et du rituel grégorien. Si elle l'avait pu, à la tête des obscures religieuses et des moines très beaux avec lesquels elle conspirait au cœur de l'Aventin, elle aurait attaqué le Vatican, détrôné Paul VI et mené au pontificat un étrange Anglo-Italien, au nom français, aux yeux dostoïevskiens et à la prodigieuse bouffonnerie. Mais, quoi qu'il en fût, Cristina Campo n'était pas contente de ses entreprises. Il y avait en elle une inquiétude, une insatisfaction d'elle-même et des formes qu'elle adorait, des gestes parfaits qu'elle exaltait ; elle ne savait pas se résigner ; et elle continuait à se révolter, à se cogner contre les murs de la cité terrestre et contre ceux de sa propre personne. Elle désirait la patrie inconnue, le dieu caché derrière tous les dieux visibles. Elle voulait s'épancher, se sacrifier, s'immoler : comme le cerf abattu pour devenir aliment à la table du saint Graal.

Dans son magnifique essai *Sens surnaturels*, Cristina Campo brûle, comme sur un bûcher sacrificiel, sa religion de la forme. Plus de rites, plus de liturgie. Une flamme, un frisson, une pesante extase, un délire embrasent la netteté de sa prose. Sa sensibilité subtile et ombrageuse — tressaillements de l'âme, vibrations de l'univers — atteint à l'extrême de la tension, se muant en une sensualité surnaturelle : le divin devient la suprême exigence du corps, le *tremendum* sacré enflamme le cœur de l'homme, et rien n'a plus de sens, sinon de se nourrir de Dieu, d'être l'aliment de Dieu. Dans d'autres pages, nous sentons en elle, comme chez aucun autre écrivain moderne, la présence de ce que Pierre de Bérulle appelait la « fine pointe de l'âme »: la part suprême de notre être, qui se tient au-dessus du cœur, à la cime de l'âme, là où Cristina percevait la descente d'une suavité inconnue, d'une douceur céleste, « le miel qui perle de la pierre ». Elle était là, recluse dans l'ermitage de son âge, aux pieds de son Dieu tranchant comme une épée, et attendait la visitation. Se sentait-elle élue ? Parfois, elle reproduisait les gestes de la ségrégation, les mots nobles, les objets privilégiés, les miroirs sans tache, pour invoquer l'élection. Parfois, elle semblait la dernière des créatures : la déshéritée, la mendiante, qui se couvrait inutilement du manteau froid et pauvre des paroles humaines.

*

Elle n'écrivit jamais de romans ni de nouvelles, de traités ou de longs essais — mais seulement de brèves proses. Elle aimait ce qui est petit. « Infiniment plus délicate et terrible est la présence de l'immense dans le petit, que la dilatation du petit dans l'immense. » Elle avait un sens souverain des limites, de la frontière — elle, si démesurée dans son âme. Sa dimension naturelle fut l'aphorisme ; et sa prose manqua toujours de la fluidité, du sens du temps, de la fluctuation qu'elle sacrifiait à la concentration. De petits joyaux, des gemmes précieuses sans chaton — et, autour, un gracieux voile iridescent ou à l'éclat de diamant. Elle rêvait d'être toute légère ; mais elle ne le fut jamais, parce qu'elle était trop grave et tendue, trop vivante, dramatiquement et physiquement, dans chaque ligne de son écriture. Chacun de ces petits joyaux toscano-orientaux contient de multiples trésors. Seul l'intéressait ce qui est entrelacé, ramifié, compliqué : tissé à la fois par les mains de Dieu, par celles du destin et par l'artisan scrupuleux qui est en chacun de nous. Elle aimait uniquement les œuvres littéraires qui avaient quelque chose de la texture insaisissable des tapis persans.

Dans l'un de ses essais de jeunesse, elle écrivit : « Jadis le poète était là pour nommer les choses : comme pour la première fois, nous disait-on quand nous étions enfants, comme au jour de la Création. Aujourd'hui, il semble là pour prendre congé d'elles, pour les rappeler aux hommes, tendrement, douloureusement, avant qu'elles ne soient éteintes. Pour écrire leurs noms sur l'eau : peut-être sur cette même vague qui bientôt les aura balayées… J'aime mon temps parce que c'est le temps où tout défaille et que c'est peut-être, pour cela, le véritable temps des contes… C'est l'ère de la beauté en fuite, de la grâce et du mystère sur le point de disparaître : tout ce à quoi certains hommes ne renoncent jamais, qui les passionne d'autant plus que cela semble perdu et oublié. » Autrefois, j'aurais moi aussi souscrit à ces propos. Aujourd'hui, je crois que le crépuscule et la fin, pour la littérature du moins, n'existent jamais. Seul existe le Commencement — le crépuscule, la mort, la résurrection et le nouveau commencement, comme le rapportent les contes. C'est là peut-être la seule chose qu'un écrivain puisse croire aujourd'hui.

Ingeborg Bachmann narratrice

Peu après l'âge de trente ans, Ingeborg Bachmann décida de ne plus écrire de poésie. Ses deux recueils, *Le temps différé* et *Invocation à la Grande Ourse*, lui avaient apporté la gloire. Elle avait exprimé le crépuscule de deux mille ans d'Occident, l'absence de passé et d'avenir, le *manque* — tel un Hölderlin qui aurait volé en éclats. Ses vers ressuscitaient deux siècles de poésie, avec un naturel qui n'en finit pas d'étonner, et leur ton élevé, leur souffle sublime, leur beauté rythmique et métaphorique nous rappellent la grande tradition lyrique allemande. Mais presque subitement, elle décida de ne plus écrire de vers. Les poèmes l'ennuyaient. Elle n'en lisait plus volontiers. Elle se sentait prisonnière. Elle avait l'impression que ses vers splendides l'enfermaient dans une prison de mots, qui l'empêchait de parler d'elle, de ses sentiments et de ses pensées de la manière directe (apparemment directe) dont elle rêvait. Elle devait tout recommencer et écrire de la prose, comme si elle n'avait jamais rêvé un seul vers.

Ainsi, après sa trentième année, alors que tout lui semblait bloqué, que les possibles avaient disparu et qu'il ne restait que la mémoire, elle commença à dessiner une figure féminine — pas un reflet autobiographique, mais un symbole d'elle-même — qui occupa le cœur de ses livres. Quel que fût son nom (parfois masqué sous un nom masculin), cette figure était autrichienne ; elle appartenait à cette terre, dotée d'une douceur surnaturelle et couverte pour toujours de l'ombre du crépuscule, à laquelle Ingeborg Bachmann savait qu'elle appartenait de toutes ses racines. Mais cette figure n'était pas douce. Les héroïnes de *La trentième année*, un chef-d'œuvre encore sous-estimé, de *Malina* et de *Franza* sont possédées par une névrose sans nom. Violentes et pures, elles vivent dans le désespoir absolu, l'exaspération des sentiments et des sensations, la terreur du jour et de la nuit, détestant les choses et les hommes. Toute l'existence colorée du monde devient, pour elles, une ténébreuse obsession, qui les oblige à délirer, comme si quelqu'un avait ôté à l'air sa lumière.

Elles sont habitées par un désir d'autodestruction, qui les contraint à se précipiter, « comme insensées, vers le cœur des ténèbres du monde et là, à partir en flammes » — et qui aussitôt après se change en un désir de destruction encore plus furieux. Mais que peuvent-elles détruire ? Le monde ? Elles-mêmes ? Le monde disparaît, brûlé par l'obsession. Quant à elles, elles savent, au fond d'elles-mêmes, qu'elles n'existent pas : « Je suis un instrument hors d'usage sur lequel, il y a longtemps, quelqu'un a joué quelques notes que moi, dans mon inquiétude, je continue à varier. » Tout s'immobilise autour d'elles, condamnées qui ne peuvent espérer aucune grâce — parce qu'il n'y a plus personne pour accorder cette grâce, et que même le mot grâce a disparu. Elles ne peuvent qu'attendre, avec un vague désir de bonheur, qui se reconnaît aussitôt comme impossible. Attendre quelque chose : n'importe quoi. « Devrai-je éternellement ? le faudra-t-il vraiment éternellement ? faut-il attendre toute la vie ? » Mais l'attente est la désolation et le vide. Son nom est l'absence.

Avec une terrible violence hystérique, ces figures perçoivent donc la présence du mal : non pas le mal quotidien, mais ce Mal, ce Péché absolu qu'Ingeborg Bachmann avait reconnu en Dostoïevski, son véritable maître. Elles comprennent le nœud qui unit la vérité et le crime ; et si l'une d'elles brandit comme son étendard un vers de Gaspara Stampa, « vivre en brûlant et ne pas sentir le mal », elles-mêmes vivent en brûlant mais, de ce fait, perçoivent plus profondément l'essence du mal, qui est une rouge tache de feu. Tout est rouge dans le très beau récit lesbien d'Ingeborg Bachmann, *À un pas de Gomorrhe,* qui tient son sinistre éclat des nouvelles et des vers lesbiens de Balzac et de Baudelaire. Tout est rouge, comme l'enfer, comme l'Apocalypse et les drames en chambre de Strindberg. Il y règne un érotisme terrible, un sens du péché presque disparu dans la littérature moderne. La femme devient maîtresse absolue et créature monstrueusement soumise : mère, chasseresse, prostituée, enchanteresse des abîmes, reine des astres. Mais, dans son intimité, le péché est la répétition du péché dans le Paradis terrestre. Nous cueillons un autre fruit, nous acquérons une autre connaissance, nous conquérons les secrets de l'absolu, nous renversons les lois, nous sommes à nouveau tentés et à nouveau damnés.

Certains de ces personnages connaissent le vertige de la pensée : le lieu où l'esprit, bondissant au-delà de lui-même, saisit la vérité et bondit aussi au-delà d'elle. Le désir de connaissance — qui nous pousse « dans le pays de l'Après et du Jamais, jusque derrière les choses, derrière le rideau, jusqu'au ciel, ou seulement derrière les sept monts » — est le seul désir, semble-t-il, qui nous apporte le bonheur impossible. Nous le rencontrons jusque dans les corps, quand nous les possédons avec les mains, les membres et le regard. Mais le même personnage, ou son double, découvre que le désir de vérité est une fureur, une manie, un assassinat, comme dans *La sonate à Kreutzer* et dans *La mort d'Ivan Ilitch*. Il nous contraint à décomposer chaque événement, chaque sentiment, chaque objet, en ses atomes, pour vivre d'instants infinitésimaux et punctiformes. Il finit par nous anéantir, et nous laisse sans mots, seuls face à l'indicible.

Dans la superbe prose de *La trentième année*, il n'y a pas un instant de sérénité, de détente ou d'abandon. Tout est ardent, tendu, vertical, et finit par se briser en des milliers de petites unités « punctiformes ». Il n'y a pas un lieu où Ingeborg Bachmann s'oublie elle-même et accepte d'apaiser sa force nerveuse et intellectuelle. La dernière prose du livre semble invoquer la légèreté, l'indifférence et l'ubiquité de l'eau. Mais il n'y a pas trace de liquidité dans ces nouvelles. Alors du moins, l'eau ne pouvait appartenir à Ingeborg Bachmann. Ce n'est que bien des années plus tard, presque au seuil de la mort, que dans un geste soudain d'abandon, elle parvint à en saisir les reflets et les transparences.

*

Le cycle *Todesarten* (*Manières de mort,* 1971), qui comprend le roman *Malina* en plus des fragments de

Franza (1966) et des esquisses de *Requiem pour Fanny Goldmann*, est un texte presque intolérable d'angoisse et de désespoir. Ingeborg Bachmann n'était jamais descendue aussi profondément dans ses propres abîmes. Tout n'est que délire et ne veut être que délire. En un geste d'une extrême clarté, elle reconnaît la raison de la névrose de ses personnages féminins : un complexe, une damnation oedipienne, perçue avec une violence dont Kafka même fut incapable. Le père est le tyran, le violeur, le destructeur, qui revêt sans cesse de nouvelles formes et rassemble ses victimes dans le « Cimetière des filles mortes ». Vers lui ne monte que de la haine, de lui ne descend que de la haine : contre lui, toute révolte est vaine; envers lui, il n'existe que la faute — et plus grandissent la haine, la révolte et la faute, plus on découvre, dans l'âme de la fille, le désir d'être tuée. Elle n'a pas le choix : ou être mise en pièces par le père, ou sombrer dans la schizophrénie, ou se laisser tomber dans le fleuve qui, de ses eaux défendues, attire les femmes. Mais un indice laisse supposer quelque chose de plus. Peut-être le personnage monstrueux n'est-il pas le père (qui est aussi la mère), mais une figure bien plus terrible et obscure.

Dans *Malina* surtout, cette damnation oedipienne est projetée sur l'univers. La terre est couverte de crimes. Au lieu de *vêtements d'été*, on voit écrit dans les magasins *crimes d'été*; au lieu de *vêtements d'hiver, crimes d'hiver*. De quelque côté que l'héroïne se tourne, il n'y a que des assassins. « Tous attendent, ils ne font rien d'autre, mais mettent dans la main des autres les somnifères ou le rasoir, font en sorte qu'on s'engage sans prendre garde sur un sentier escarpé, qu'on ouvre la portière d'un train qui fonce... » Quelqu'un vous prive de la tendresse, de la capacité de jouir, de compatir, d'aider, et de votre animalité, de votre rayonnement naturel ; il vous foule aux pieds à tout instant. Dans le roman, une figure devrait faire obstacle à cette folle multiplication du mal : Malina, qui n'est pas le double du personnage principal, comme le croyait Ingeborg Bachmann, mais son exact opposé, ou un spectre qui incarne son opposé. Elle possède sa distance, son équilibre, son regard froid, sa compréhension intellectuelle et magique de la réalité — tous ces dons que ni l'héroïne ni Ingeborg Bachmann ne connaissaient. Or un atroce paradoxe veut que Malina ne parvienne pas vraiment à faire obstacle aux forces du délire et de l'assassinat qui, de son père, s'étaient étendues sur le monde. Malina ne freine pas l'inceste et le sang. Quelque chose nous donne à penser que la source de tous les crimes réside justement dans le nihilisme glacé et le pouvoir d'atomiser de son regard.

Le crime, dans *Malina* et dans *Franza*, n'est qu'une obsession de l'héroïne : une projection de son délire. Le mal ne possède pas cette terrifiante solidité, cette compacité objective qui, dans les romans de Dostoïevski, peut faire de lui la seule réalité du monde. Aussi la construction romanesque d'Ingeborg Bachmann demeure-t-elle un ambitieux échec. À part dans sa merveilleuse seconde partie, *Malina* est le moins beau de ses livres. On a dit qu'elle avait recueilli l'héritage de Musil. Mais Ingeborg Bachmann n'avait rien de Musil : ni sa vertigineuse ironie, ni son don intellectuel, ni son art du jeu, ni sa capacité de représentation romanesque, ni sa passion mystique. Elle rêvait simplement de cacher dans son œil à elle l'œil clairvoyant du maître. Sa seule représentation du mal objectif, Ingeborg Bachmann la donna plus tard, dans un très beau récit de *Trois sentiers sur le lac*, « L'aboiement ». Quel art de révéler les choses peu à peu, en les laissant émerger de l'ombre ; quel don de saisir le piège tentaculaire du mal ! Les événements et les noms des personnages sont les mêmes que dans *Franza*, et cela laisse supposer que ce roman, troisième volume de *Todesarten* (*Manières de mort*), serait resté inachevé.

Si nous pénétrons dans l'univers de *Malina* et de *Franza*, il n'y a aucun espoir de salut, pas même en sautant à pieds joints dans l'utopie. Dans *La trentième année*, un arbre était « si flamboyant de couleurs automnales, tache d'or si démesurée, qu'on aurait dit un flambeau qu'un ange avait laissé tomber » ; certains croyaient que le « commencement premier » et le « premier homme » de l'Histoire étaient encore à venir. Dans *Malina*, l'héroïne invoque l'Oiseau de Feu et les figures du rêve romantique : un monde où les hommes s'élèvent dans les airs, vont sur l'eau, vivent au milieu des animaux, respirent un air purifié, contemplent la beauté, sont libres même de la liberté. Ces passages utopiques n'ouvrent pas un nouvel espace : non parce qu'ils sont irréalistes (l'utopie n'a jamais prétendu vaincre la réalité, seulement l'annuler), mais parce qu'il manque, autour d'eux, cet élan et ce rayonnement qui permettent aux paroles de devenir chair.

*

Le salut, ou un vague signe, une lueur de salut, vint plus tard pour Ingeborg Bachmann, trop tard, alors qu'approchait son bûcher définitif ; et il vint de textes que peut-être elle jugeait fortuits, nés dans les pauses de son labeur romanesque. Les récits de *Trois sentiers sur le lac* (*Simultan,* 1972) forment l'un des grands recueils narratifs de notre siècle. Sans le savoir ni le vouloir, Ingeborg Bachmann s'éloigna un peu d'elle-même : elle effaça ou estompa l'obsession dans laquelle elle avait vécu ; et son dernier récit, très élégant, est en quelque sorte une réconciliation avec la figure paternelle et avec l'Autriche maternelle, bien que la rencontre et l'adieu soient si douloureux. Elle, qui n'y était jamais parvenue, trouva l'art de devenir une *autre* : elle adopta une vie, des pensées et des sentiments qui n'avaient rien de commun avec elle. Elle redécouvrit que la réalité existait, que les gens parlaient, qu'il y avait des nuages, des trams, des magasins et des arbres, et que cela pouvait lui apporter une petite consolation. Elle inventa un temps narratif à elle, qu'elle n'avait jamais possédé. Avec quel amusement, quel esprit comique, quelle virtuosité elle pénétra dans la grande réalité féminine ! Nous savons comment Beatrix enfile ses bas, qui filent, naturellement, comment elle se regarde dans le miroir, comment elle se lave le visage, se maquille, pense à ce qu'elle va mettre, et les miroirs du salon de coiffure, les fers à friser, les ampoules pour fortifier les cheveux, les bigoudis, et un pull-over noir, modèle homme, à col en V, si joli pour une jeune fille de vingt ans, deviennent pour nous aussi, l'espace d'une heure, la seule réalité.

Ingeborg Bachmann révèle une passion si amoureuse pour l'exactitude du détail, qu'elle rappelle à la mémoire les romancières anglaises : Jane Austen, Katherine Mansfield, une certaine période de Virginia Woolf. Nous nous souvenons qu'un vrai narrateur aime surtout le détail précis : pour raconter la visite d'une femme chez le coiffeur, pour extraire les couleurs, les gestes, les sensations dissimulées dans cet espace et à ce moment, pour comprendre la poésie d'un fer à friser et d'un bigoudi, il faut une imagination non moins grande que celle qui a conçu *La Divine Comédie* ou *Les frères Karamazov*. Jusque-là, Ingeborg Bachmann n'avait révélé que le rêve et l'hystérie féminine. Ici, elle découvre en elle cette petite réalité quotidienne, cette tendre futilité des choses, cette sympathie pour la poussière des minutes que, parmi les hommes, seule peut-être l'immense nature féminine de Tolstoï avait comprises. Sans les obsessions de *Malina,* son esprit est extraordinairement léger et délicat. Elle s'avance d'un pas si ténu sur le sentier qui sépare et unit les choses et les cœurs que nous avons presque peur de la blesser en en parlant. Tout est tissé, finement entrelacé, et déroulé peu à peu. Tandis qu'elle pénètre dans les âmes, elle conserve sa distance par rapport à elles, sa discrétion (« Vous savez, avait dit Ingeborg Bachmann dans une interview, c'est une maladie autrichienne : l'indiscrétion, chez nous, est la pire des choses... »), une sorte de fragilité de verre, qui n'est pas la moindre source de son charme.

On ne se sauve pas si facilement quand on croit, comme Ingeborg Bachmann, qu'on est « une condamnée qui ne peut espérer en la grâce ». Ici aussi, le monde reste infernal : il n'y a pas de bonheur ni d'espoir de bonheur, pas même pour Beatrix, et pas même chez le coiffeur, dans ce lieu utopique, loin de notre vie mesquine où « les bas filent, les maisons sont sordides et mal aérées, les vêtements se salissent et les cheveux redeviennent gras en si peu de temps... » Ingeborg Bachmann ne s'émeut pas, sa tension demeure, elle n'a pas perdu sa vision aiguë et moléculaire de la réalité. Tout reste *vrai,* comme elle le voulait. Mais lorsqu'elle représente le malheur, l'horreur, le désespoir et l'absence de solution, elle jette un voile sur les choses — un voile qui révèle et occulte : celui peut-être que Proust appelait *le vernis des maîtres* *. Elle accepte d'être aveugle pour mieux voir. Ce voile la fit devenir encore plus pénétrante — même si celui qui a reçu le don du voile est destiné à tout perdre. Peut-être, tout à la fin, obtint-elle la paix — la « paix dans l'inquiétude » —, et cette sorte de *douceur* autrichienne dont elle avait été exclue.

Flannery O'Connor et le récit

Flannery O'Connor passa la plus grande partie de sa vie en Géorgie, dans la vieille demeure familiale qui appartenait déjà aux siens avant la guerre de Sécession. Là, tout lui parlait du temps : les commodes, les rideaux, le divan et la chaise avaient connu ses arrière-grands-parents, ses grands-parents, son oncle, et elle construisit là son monde, parmi les parfums et les saveurs de sa famille. Elle avait été une petite fille pieuse et rebelle. Chaque jour, elle se retirait dans une pièce fermée à clé, où elle faisait de féroces grimaces, tournoyant sur elle-même, les poings fermés, pour mettre son ange gardien hors de combat. Elle écrivait et illustrait des livres sur les oiseaux de la basse-cour. Elle fabriquait des bandes dessinées. Plus tard, elle raconta qu'elle avait dans ces années accumulé tout le trésor de ses expériences : elle avait connu les couleurs, les gestes, les personnes, les fantaisies, les cauchemars qu'elle orchestra dans ses merveilleux récits. Lorsqu'elle eut seize ans, son père mourut, frappé par la même maladie héréditaire qui devait emporter sa fille. Quelques années plus tard, en 1951, elle revint dans la vieille maison géorgienne. Dès lors, et pendant treize années toujours répétées, presque égales dans la répartition du temps et des occupations, elle vécut avec sa mère, liée à elle par un rapport très profond. Elle ne pouvait se passer d'elle : c'était l'unique pôle de sa vie — bien qu'elle ait probablement tiré de la conversation et des gestes de sa mère les mères insupportables qui peuplent ses romans.

Elle n'avait aucune nostalgie des années qu'elle avait vécues à New York et dans le Connecticut. Comme les vieux du *Géranium* ou du *Jour du jugement*, elle n'aimait que le Sud. Elle l'aimait parce que « la vie y conservait encore la saveur de l'Ancien Testament ». Les prophètes vagabonds, les Noirs, les arbres, la campagne, le Péché, la Grâce, la Rédemption formaient le cercle étroit et immense de sa vie. Autour de sa maison, elle se bâtit un autre monde. Sur la pente de la colline familiale vivaient des canards, des oies, des cygnes ; toutes sortes de poules ; des faisans, coiffés d'une petite corne diabolique ; et surtout des paons. Elle en avait plusieurs dizaines : avec leur petite tête, leur long col en forme de tige, recourbé en arrière comme s'ils fixaient quelque chose que personne d'autre ne pouvait voir, et leur queue semée de planètes vertes et de soleils or ou saumon, qui brusquement se déployait avec un crépitement frémissant et cinglant. La nuit, ils criaient comme un chœur grec qu'on allait égorger. Le jour, ils dévoraient les fleurs de sa mère ; et pendant des heures, l'après-midi, elle restait assise sur l'escalier de la cour, à étudier les lois de ce monde si éloigné du nôtre, qui peut-être lui révélait quelque chose du nôtre. Elle vécut ainsi le reste de sa vie, quasiment recluse. Elle ne s'ennuyait jamais, ne regrettait (si l'on en croit les lettres réunies dans *L'habitude d'être*) rien ni personne. Le royaume qui lui avait été concédé était infini comme celui de Shakespeare : il lui fournissait des visages, des histoires, des conversations, des divertissements, des joies; tout ce dont elle avait besoin pour écrire.

Sa maladie, le lupus érythémateux, était incurable. Ses très belles lettres, où une ironie exquise contrôle impitoyablement tous les sentiments, nous font assister à la terrible évolution du mal : des jambes qui s'amollissent et ne supportent plus son poids; les fémurs et les mâchoires qui deviennent fragiles au point de se désintégrer; le gonflement du visage; des insomnies qui la prenaient pendant trois semaines; puis une tumeur, puis une infection des reins... En 1954, elle commença à s'appuyer sur une canne. Et bientôt, elle ne put plus marcher qu'avec le secours d'une paire d'étincelantes béquilles d'aluminium. « Je me sens comme un singe anthropoïde, tout raide, qui tente de s'occuper de saint Thomas et d'Aristote. » Elle ne devait jamais sortir de chez elle sous les rayons de soleil, qui stimulaient la progression du lupus : telle une demoiselle du temps de ses grands-parents, elle se couvrait toujours de bas, de gants et d'immenses chapeaux. C'est peu dire qu'elle était résignée. Dans ses héroïques accès de stoïcisme, elle en vint à déclarer qu'elle n'avait jamais « beaucoup souffert ». En réalité, elle souffrit énormément : tout ce qu'on peut souffrir dans son corps, et probablement dans son âme, bien qu'un mystérieux et délicat rideau de glace la maintînt éloignée des émotions. Elle savait que son mal était inévitable; et elle apprit à l'accepter et à vivre avec lui, comme avec une maîtresse de maison exigeante. « Ma maladie s'appelle lupus, je prends une drogue appelée ACTH, et j'essaie de vivre... J'ai assez d'énergie pour écrire, et comme c'est là tout ce que je dois faire ici-bas, je peux me déclarer satisfaite. » Comme tout catholique, elle connaissait l'art chrétien du bon usage des maladies. « Je n'ai jamais visité d'autres pays, sinon celui de la maladie et, en un certain sens, c'est une expédition qui vous nourrit plus qu'un long voyage en Europe. Mais c'est le seul endroit où personne ne puisse vous accompagner. »

Avec sa vie dominée par la maladie, Flannery O'Connor aurait pu voir dans le malheur le fait essentiel de l'existence ; et elle savait assurément que la vie est une « croix », et que la souffrance est la seule chose que nous puissions offrir au Seigneur. Mais, dans son monde, la douleur n'était pas le lieu où descend le doigt de Dieu, comme le croyaient les soufis et Simone Weil, pour laquelle elle éprouvait une admiration pleine de sarcasmes. La douleur survient *dedans*, et pour Flannery O'Connor, Dieu n'habite pas dans l'homme intérieur de saint Augustin : nous ne trouvons pas Dieu en descendant en nous, dans les tréfonds de notre cœur, ou en nous élevant jusqu'à la « fine pointe de l'âme ». Elle devait éprouver, pour les mystiques de la tradition chrétienne, un mélange de répulsion et de terreur : comment penser qu'une créature aussi faible que l'homme pourrait s'unir avec la force de Dieu ?

Quelle que soit l'époque ou la littérature, il est difficile de découvrir un personnage plus cohérent que cette lucide et implacable catholique irlandaise, qui lisait saint Thomas. En tant que croyante et en tant qu'écrivain, elle prônait la *dureté*. « Il est beaucoup plus dur de croire que de ne pas croire. » « La charité est dure ; elle subit et résiste. » « Si mes histoires semblent dures, c'est parce qu'il n'y a rien de plus dur et de moins sentimental que le réalisme chrétien. » Comme les anciens guerriers japonais, totalement indifférents à l'idée de mourir au cours d'un duel, Flannery O'Connor s'efforçait d'oublier complètement sa propre personne. Elle voulait tuer toute trace de sentiment, d'émotion ou de vérité personnelle, tant dans son cœur impavide de croyante que dans les parfaits microcosmes objectifs de ses récits. L'ennemi était le même : la béatitude sentimentale dans la religion, l'effusion pathétique qui, dans l'art, détruit le contrôle pénétrant de l'attention. Elle savait que l'amour ne vit pas à la surface brillante et colorée des choses. L'amour est invisible; l'amour est dissimulé; l'amour vit dans les profondeurs; et seul, là-haut, Dieu le voit et l'éclaire.

Toute sa vie, Flannery O'Connor proclama sa foi catholique et sa dévotion à l'Église, « corps du Christ ». Si elle n'avait pas totalement cédé à sa vocation de narratrice, avec la même force avec laquelle elle obéissait à son Dieu, elle aurait pu écrire des livres de théologie, subtils et ardus. Mais où trouver Dieu, s'il n'habitait ni son moi ni la douleur? Pour Flannery O'Connor, il habite *au-dehors*. Comme le disait saint Jean, « nous ne l'avons jamais vu »; et le seul lieu où nous puissions trouver ses traces, c'est cette terre, qui est création et incarnation de Dieu. Il est omniprésent : dans le passé, dans le présent et dans l'avenir; dans l'idiot et dans le génie; dans toutes les personnes, les voix et les couleurs que Flannery O'Connor représentait. Aucun écrivain ne fut moins gnostique, moins manichéen qu'elle. Il n'y a jamais, dans ses récits, cet âpre mépris pour leur propre matière qui, depuis Flaubert, distingue tant d'écrivains modernes. Comme l'annonçait *Révélation*, le monde peut être un enfer, et nous tous, des damnés qui venons de l'enfer; mais il est tout de même, et avant toute chose, création de Dieu. Bien qu'il la fît souffrir, elle l'aimait, jusque dans les plus pâles de ses couleurs, dans la plus médiocre, la plus odieuse, de ses figures ; et elle devait « nommer avec précision » tout ce qui avait été créé, paroles, choses et caractères : « Je crois dire la même chose que Conrad, quand il attribue à l'artiste la tâche de rendre justice le plus possible à l'univers visible. »

Quels que fussent les résultats, Flannery O'Connor s'acquittait de sa tâche d'écrivain avec la précision la plus courageuse. Comme au guerrier japonais, peu lui importait d'aboutir à un succès ou à un échec. Elle lisait : Henry James « dans l'espoir que son style améliore le [sien] par quelque mystérieuse contagion » ; les contes drolatiques d'Edgar Poe, Dostoïevski, Hopkins, Céline ; et surtout Hawthorne. Il lui semblait qu'elle avait quelque affinité avec sa froideur délicate et ses grandes inventions romanesques : « Je suis l'une de ses descendantes. » Pour écrire, elle n'avait pas beaucoup de temps. La maladie l'épuisait. Elle lui laissait seulement deux heures le matin ; mais Flannery O'Connor ne permettait jamais à personne de pénétrer dans ces deux heures et de s'en emparer ; et elle travaillait toujours à la même heure et au même endroit, comme si la fixité la protégeait. « Si vous faites la même chose tous les jours, à la même heure et pour la même durée, commentait-elle avec des accents de moine médiéval, vous vous épargnerez bien des naufrages. » L'après-midi, elle était fatiguée et regardait les paons.

La gloire vint vite, avant qu'elle n'eût trente ans. Mais ce ne fut pas toujours agréable. Les photographes arrivèrent, qui la représentaient tantôt comme une « sorcière de village », tantôt comme « une déshéritée qui portait sur ses épaules tout le poids de la terre », tantôt comme « une sauvageonne de la montagne, prête à tirer sur l'agent du fisc », tantôt enfin comme « ce que je serai un jour après ma mort ». On lui demandait son opinion ; mais elle n'avait d'opinion que sur très peu de choses ; elle n'était qu'un écrivain. On lui proposait d'imaginer des comédies musicales sur la guerre de Sécession, ou on l'invitait à des *cocktail-parties* qu'elle exécrait. Puis vint, très vite, la mort elle-même. Le lupus se réveilla à l'improviste de la torpeur dans laquelle il était plongé depuis quelques années. On l'emmena à l'hôpital, où elle ne pouvait recevoir de visites. Rentrée chez elle, elle parvint à achever deux récits. Elle ne savait pas prier : « Mon genre de spiritualité dispose de très peu de mots » ; mais elle invoquait la prière des autres, et dans une lettre, en transcrivit une à l'ange Raphaël. Rien ne nous permet de dire si elle a accepté sa propre mort comme un lieu du royaume de Dieu.

*

À un peu plus de vingt ans, Flannery O'Connor possédait déjà une extraordinaire perfection dans l'art du récit : jamais une touche malencontreuse, jamais un détail déplacé ; le plus difficile de tous les arts lui était aussi naturel que de respirer. En 1947, elle sortit diplômée de la State University of Iowa : sa thèse de *master* comprenait sept histoires, réunies aujourd'hui dans l'édition intégrale des *Nouvelles*. Je ne sais si le professeur s'aperçut que *Le géranium*, *Le chat sauvage*, *Le dindon* faisaient partie des plus beaux récits écrits à cette époque, quelle que fût la langue. Flannery O'Connor avait adopté la forme du monologue intérieur, partageant les sensations et les pensées de ses personnages. Son don d'incarnation et d'identification était prodigieux. En l'espace de dix ou quinze pages, nous vivons au cœur d'un esprit : nous le possédons et en sommes possédés — comme si, pendant la demi-heure ou les trois quarts d'heure de notre lecture, nous avions changé d'esprit, de maison, de patrie.

Dans ces mêmes années d'université, elle commença un roman, *La sagesse dans le sang,* qu'elle publia en 1952. Son second roman, *Ce sont les violents qui l'emportent,* sortit en 1960. Ses brefs romans lui coûtèrent une immense fatigue : des années et des années de travail. Quand elle écrivait, il lui semblait être enfermée dans un pénitencier, tandis que dehors, au pied de la colline, il y avait la joyeuse liberté des récits ; et elle, dans sa prison, devait épeler ligne après ligne, comme si elle poussait « une lourde pierre du bout de son nez ». Peut-être les aimait-elle et les détestait-elle en même temps (au point de les appeler *Opus nauseous* I et II) à cause justement de ce labeur, de cette constante réécriture et de l'impression que là, seulement, elle avait révélé les aspects les plus terribles de sa passion religieuse.

Elle avait toujours senti que Satan et le Mal (le mal absolu, pas le médiocre mal quotidien) étaient un aspect du royaume de Dieu, et que peut-être le péché est un raccourci violent pour retourner auprès de celui que nous avons abandonné. Elle avait connu l'expérience religieuse du nihilisme ; elle savait que tous les vrais croyants y sont confrontés ; dans les moments extrêmes de sa vie, peut-être aurait-elle pu répéter ces mots d'un de ses personnages : « Je suis une de ces personnes qui voient, à travers toutes choses, le néant. » Elle avait contemplé, en elle-même, Dieu comme un « buisson ardent » : la passion du feu apocalyptique, le feu qui détruit et régénère le monde, comme les prophètes de la Bible et les misérables prophètes qui parcouraient encore les routes du Sud. Or, dans ses romans, elle porta à la lumière le Péché, le Néant et le Feu qui habitaient dans son imagination. *La sagesse dans le sang* est possédé par un néant plus glaçant, plus pétrifié et plus grotesque que celui des œuvres de Beckett ; alors que, dans *Ce sont les violents qui l'emportent*, le feu de Moïse, de Daniel et de Jean révèle sa force de destruction infernale.

Assurément, *La sagesse dans le sang* et *Ce sont les violents qui l'emportent* auraient pu établir la réputation d'un écrivain moins grand qu'elle, spécialisé dans les figures des frénétiques prophètes du Sud. Le début du premier roman est magnifique. De nombreux passages, dans le second, brûlent de désespoir et de fureur. Mais si nous ouvrons le recueil des *Récits*, en lisant au hasard, nous saisissons aussitôt la différence qui sépare les tensions et les déformations expressionnistes des romans de la richesse sublime, de l'harmonie et de la subtilité des récits brefs. Ici aussi, il y a la chute, le mal, le néant, le feu ; et les images de la Bible nous rappellent que le monde de 1955 ou de 1960 est encore un monde sacré. Quelle détente, quelle ampleur de souffle ! Quelle inépuisable source de comique, qui nous révèle combien la réalité est toujours aimée, dans tous les cas, même dans le mal et le néant !

Les chefs-d'œuvre de Flannery O'Connor — *Le fleuve, Le nègre factice, Les braves gens ne courent pas les rues, Mon mal vient de plus loin, Les boiteux entreront les premiers, La révélation* — appartiennent à l'anthologie des grands récits de l'Occident, à côté de ceux de Poe, d'Hawthorne, de Tolstoï, de James, de Conrad et de quelques autres. De ses romans, Flannery O'Connor avait surtout appris l'art du regard :

le regard impassible, extérieur, qui voit les gestes, écoute les paroles, ignore ce qui se passe dans les cœurs — et pourtant d'un seul coup, à l'improviste, descend dans les ultimes profondeurs de l'âme.

Flannery O'Connor aimait la vie dans ce qu'elle a de plus quotidien, de médiocre et de répétitif. La conversation qui se déroule tous les matins, dans la cuisine, entre une maîtresse de maison et sa domestique ; les vêtements, les chaussures, les coiffures, les paroles, les gestes recueillis pendant quelques heures dans l'antichambre d'un médecin. Les disputes entre un beau-père et son gendre éveillaient en elle, jusqu'à la fin de sa vie, quand (aurait dit un recteur) elle aurait dû s'occuper de choses plus sérieuses, une curiosité, une passion de connaître et un amusement non moindres que ceux d'Homère suivant les aventures d'Ulysse. Elle savait parfaitement que ses personnages disaient souvent des choses futiles ou insensées. Mais cette vie futile était l'existence qu'au commencement des temps, Dieu avait créée. Et sur ce comique infime et délicieux, Flannery O'Connor laissait tomber le reflet de toutes les tragédies, réelles ou impossibles.

Dans ce monde, il n'y a pas de pères — comme il n'y en eut un que pour peu de temps dans la vie de Flannery O'Connor. Une catastrophe les a fait disparaître de la terre. Il y a quelques grands-pères. Et il y a énormément de mères, qui bavardent, ont des opinions sur tout, de préférence les Noirs et le royaume des cieux, dirigent des fermes, achètent des vaches et des tracteurs, et gouvernent leurs enfants. Il y a des enfants — que Flannery O'Connor observe avec une émotion qui ne faiblit jamais : parmi nous, ils apportent la fantaisie, la souffrance, le mystère ; et peut-être la vérité — comme l'enfant de la campagne qui, dans *Le nègre factice*, est emmené à la ville par son grand-père, et apprend en quelques heures à connaître les trains, les rues, les magasins, le péché, la trahison, la pitié, le pardon, la rédemption. Puis il y a les voix — quantité de voix. Flannery O'Connor n'est jamais rassasiée d'écouter les paroles de ses personnages : elle les fixe avec précision, férocité, un admirable sens du rythme parce qu'elle sait que le récit est, en premier lieu, une sonate de voix qui interrogent et répondent.

Comme croyante et comme artiste, Flannery O'Connor méprisait toute abstraction : « L'art du récit est par excellence l'art de l'incarnation. » C'est pourquoi elle n'aimait pas tout ce qui, dans le récit, pouvait susciter le soupçon ou l'ombre de l'abstraction : le « plan » rigoureusement construit, l'analyse psychologique, le commentaire du narrateur. Le seul organe devant lequel elle s'inclinait était l'œil, cette « universelle pierre de touche », et comme le disait Conrad, elle cherchait surtout à « faire voir ». Elle voyait tout : les sensations lentes ou rapides du regard, mais aussi les sensations du toucher, de l'odorat, de l'ouïe, du goût. Elle avait un don extrêmement minutieux, tentaculaire — comme celui d'un peintre gothique — pour le fourmillement des choses; et pour le détail fortuit, qui soudain nous assure de la vérité de nos perceptions. Ainsi la réalité qu'elle représenta — réalité extérieure et intérieure, choses, esprit qui observe et reflète — est compacte, compliquée et très touffue; au point que nous y pénétrons avec une sorte de joyeux effort.

Elle savait que l'art du récit est un art des limites, « infiniment plus contraignantes que celles de l'Église ». Quand elle écrivait un récit, il lui fallait d'abord deviner et définir un espace — parmi les multiples espaces que son imagination lui offrait. Souvent, la matière était assez riche pour rivaliser avec celle d'un roman. Dans *Le fleuve* ou dans *Un cercle dans le feu,* ou dans *Les braves gens ne courent pas les rues,* ou encore *La révélation,* dès les premières pages apparaissent toutes sortes de personnages et de motifs. Tout l'art était de ne pas permettre à cette matière de devenir trop touffue. Avec l'infaillible rapidité de son élégante plume gothique, elle concentrait tous les motifs, les répétait à distance, de façon à créer des échos, puis nouait des relations entre des centaines de petites touches. C'était un art suprême de la lucidité et de la précision. Le lecteur ne jouit jamais de la liberté aventureuse que lui accorde le roman (ou du moins, certains types de romans), quand il sait que parfois son œil peut glisser sur les pages et que tout dans le livre n'est pas également nécessaire et fatal. Chaque détail même minime fait partie de la construction : il *est* la construction; nous devons lui consacrer une attention spasmodique; et si notre regard néglige la couleur d'un vêtement ou d'un soleil couchant, il risque d'égarer le sens de la narration.

*

Dans son honnêteté de narratrice, Flannery O'Connor ne déforme jamais la réalité quotidienne. La réalité est sacrée (comme parfois la romancière l'oubliait) : une seule sensation adultérée, ou trop intense, l'aurait empêchée de « rendre justice au monde visible ». Et pourtant, cette vérité quotidienne ne lui suffisait pas. Comme le disait James, il y avait en elle l'« imagination du désastre » ; ou bien — mais peut-être est-ce la même chose — l'« imagination prophétique » qu'avaient possédée Ézéchiel et Jean. Elle avait besoin qu'à la fin de l'histoire, comme à la fin d'un mystère médiéval, se produisît une sorte d'irradiation ou d'explosion qui permettrait à l'autre monde de faire irruption dans celui-ci. Que lui importait d'être invraisemblable ? Le grand narrateur a besoin de « romanesque », comme l'avait dit Hawthorne. Ainsi, dans *Le fleuve* ou *Les temples du Saint-Esprit* ou *Un cercle dans le feu,* une allusion biblique déploie jusqu'à l'infini l'espace du récit ; dans *Vue sur le bois,* le rouge sang d'un couchant est exalté ; dans *Les braves gens ne courent pas les rues,* le grotesque le plus sinistre exaspère le déchirement et le rend presque intolérable ; et des meurtres, des crimes, des malheurs improbables d'un point de vue réaliste nous laissent le cœur bouleversé et pétrifié.

Dans *Mon mal vient de plus loin,* Flannery O'Connor a osé bien davantage. Un jeune écrivain sans talent, Asbury, rentre chez lui, dans un village du Sud, quittant New York, les librairies, les conférences et ses vaines espérances de devenir un romancier. Dans le Sud, il retrouve la vieille maison blanche avec son porche et ses colonnes ; la ferme, la laiterie, les palefreniers noirs, sa mère, sa sœur, leur insupportable médiocrité quotidienne. Depuis quatre mois, Asbury est malade. Il se croit près de mourir, et cette mort qui l'envahit peu à peu lui semble la seule justification et le don unique de sa vie. Sa maladie s'aggrave. La misère farcesque, la sottise obtuse, l'absurdité qui entourent l'approche de la mort nous rappellent un chef-d'œuvre : *La mort d'Ivan Ilitch* de Tolstoï. Un jésuite grossier tente de l'éduquer en lui rappelant l'Esprit-Saint et le feu éternel. Quand ils voient son visage épuisé de moribond, les deux palefreniers noirs de la ferme assurent qu'il a « un masque de cire magnifique ». Tout semble terminé. Asbury n'aura jamais l'« expérience significative » dont il a rêvé. Il ne lui reste que la mort.

Il ne reçoit même pas ce don ultime. Le médecin de campagne l'informe que la mort grandiose qu'il attendait ne viendra jamais. Son mal n'était qu'une fièvre de Malte. Mais à ce moment, l'Esprit-Saint, qui jusque-là ne lui était apparu que comme un motif grotesque, descend en lui, dans l'extrême misère et la désolation de sa vie : atroce et sublime, comme l'est toujours l'invasion de Dieu ; plus grandiose que n'importe quelle mort. « Un soleil aveuglant, rouge et or, sortait serein d'un nuage amarante. Au-dessous, la ligne des arbres était noire contre le ciel écarlate, et formait un mur très fragile, pareil à la défense ténue qu'il avait édifiée dans son esprit pour se protéger de ce qui allait lui arriver. [...] Asbury pâlit, et le dernier voile d'illusion fut arraché de ses yeux, comme par un tourbillon. Il comprit que pour le restant de ses jours, fragile, dévasté, mais durable, il vivrait en la présence d'une terreur purifiante. Un faible cri lui échappa, et une dernière, impossible protestation. Mais l'Esprit-Saint, ceint de glace et non de feu, poursuivit, implacable, sa descente. » Dans ses autres récits, Flannery O'Connor avait révélé les allusions de la grâce. Avec quelle merveilleuse impassibilité de ton, pour la première et la seule fois de sa vie, elle représente ici ce qu'une très forte résistance, presque invincible, l'avait souvent empêchée de raconter : l'irruption de Dieu dans une âme !

BRÈVE VIE
DE KATHERINE MANSFIELD

I

Tous ceux qui ont connu Katherine Mansfield au cours de sa brève existence ont eu le sentiment d'approcher un être plus délicat que le reste des humains, une céramique orientale que les flots de l'Océan auraient apportée sur nos rivages. « Elle était délicieusement tendre et lointaine, un demi-sourire errait sur ses lèvres. » « Elle avait une délicatesse de porcelaine qui vous rendait très doux quand vous parliez avec elle. » « Ses bagues glissaient le long de ses doigts lorsqu'elle servait le thé. Sa tête brune nettement dessinée, ses mains blanches, son pâle visage se détachaient sur le mur tendu de pourpre comme une figurine de porcelaine, une décoration intentionnelle. » Ou encore, comme elle l'écrivit dans une célèbre nouvelle : « On éprouvait en l'apercevant ce léger tressaillement qui vous saisit lorsqu'en buvant du thé dans une porcelaine fragile et innocente, vous découvrez soudain au fond de la tasse une créature minuscule, mi-femme mi-papillon, qui vous salue d'un gracieux mouvement de manches. » Son visage — sous le casque lisse de ses cheveux bruns et la frange qui semblait plaquée sur son front pâle — évoquait un masque serein, sculpté dans le bois. Elle parlait sans remuer les lèvres, « dans un léger murmure plein de mystère». Ses gestes étaient calmes, contenus, réservés, rares. Toute la vitalité qui avait déserté ce masque peint par quelque maître oriental s'était réfugiée dans ses immenses yeux noirs. Sous leurs sourcils arqués, leurs cils si longs que la lumière s'y reflétait quand elle les abaissait, ces sombres yeux d'oiseau erraient çà et là, se posaient partout à la fois; l'attention dilatait leurs pupilles; leur regard était circonspect et inquisiteur, scrutateur, possessif, impavide, dévorant; et à la fin, lorsque tout s'y était réfléchi et absorbé, lorsque tout désormais était perdu, il s'égarait dans le lointain.

Un poème écrit dans sa jeunesse raconte comment elle trouva un jour, «dans la grotte d'opale du sommeil», une fée «aux ailes plus fragiles que des pétales de fleur, que des flocons de neige». Elle l'emprisonna au creux de ses paumes, puis la ramena à la lumière et la laissa s'envoler; la fée devint d'abord un duvet de chardon, puis une paillette dans un rayon de soleil, et puis ne fut plus rien. Il y avait en elle, comme chez la fée de ce poème de jeunesse, quelque chose de si fragile, de si vulnérable, qu'une parole, un geste, le moindre souffle de vent ou même la lumière suffisaient à la blesser. En ses moments d'angoisse et de terreur les plus intenses, quand elle se sentait solitaire ou environnée de bruits étranges, de ténèbres peuplées de spectres, elle écrivit qu'elle n'était qu'une enfant timide, fatiguée, égarée, cherchant, éperdue, une protection. On l'avait laissée à la porte, ou enfermée dans une pièce vide, un placard sombre; et elle attendait que sa grand-mère vienne la mettre au lit, envelopper ses pieds glacés dans une robe de chambre rose. Son destin, comme celui des enfants qui ne veulent pas grandir, des elfes ou des fées-papillons, était de glisser peu à peu *de l'autre côté,* de disparaître dans ce monde parallèle au nôtre que l'on entrevoit au-delà du miroir.

Certains, parfois, prêtaient à cette délicate figurine peinte sur le fond d'une tasse chinoise une étrange animalité. Alfred Richard Orage, qui publia ses premières nouvelles, l'appelait *the marmozet,* le ouistiti. Virginia Woolf écrivit : « Cette femme impénétrable demeure impénétrable. Il m'est venu à l'esprit qu'elle était une sorte de chat, étrange, réservé, toujours solitaire, observateur. » Un singe, un chat : à sept ans d'intervalle, Orage et Virginia Woolf eurent la même impression : tous deux furent frappés de cette énigmatique impassibilité, de cette hostilité envers les hommes, de cette indifférence à la vie, de cette appartenance à des mondes lointains et mystérieux — qui sont souvent le propre de l'animal ou de l'écrivain. Alors que les autres parlaient, brillaient, s'abandonnaient aux feux colorés de leur imagination, elle se taisait, « silencieuse et furtive ». Elle était passée maître dans l'art d'écouter sans en avoir l'air, de se poser un bref instant dans la vie des autres ; tandis que son sombre regard d'oiseau s'égarait çà et là, elle engrangeait tout ce que les autres disaient ou faisaient, apportant le « froment » vivant de la réalité au moulin toujours actif de sa mémoire, pour en extraire l'exquise farine de ses récits. Du chat elle avait aussi la discrétion. Elle estimait qu'il ne fallait jamais parler de soi à quiconque : à peine s'est-on livré que les autres se précipitent pour piétiner, comme du bétail, l'herbe de notre jardin. « Pourquoi tiens-tu absolument à nier tes émotions ? En as-tu honte ? » demande quelqu'un à l'héroïne d'une de ses nouvelles. Celle-ci (*i.e.* Katherine Mansfield) réplique : « Pas du tout, mais je les garde dans un tiroir, et ne les en sors que rarement, comme une confiture très précieuse, lorsque les gens que j'aime viennent prendre le thé. »

La lecture de son journal et de ses lettres à John Middleton Murry ou à quelques intimes nous transporte dans un tout autre univers. La figurine orientale, la fée-papillon, le chat qui vous observe, impénétrable et froid, font place à la plus ardente des créatures. Elle n'aimait pas ces « esprits cultivés » qui font penser à un jardin à l'italienne. Elle était, elle, un jardin sauvage : son esprit abritait un verger luxuriant où de sombres prunes violettes roulaient dans l'herbe épaisse, un bois à l'abandon, un étang dont nul n'avait sondé la profondeur; de vraies cachettes et de véritables serpents dissimulés dans l'herbe. À vingt ans, elle proclamait sur tous les tons son narcissisme : « Je suis odieuse, mais s'il est une chose dont je peux me vanter, c'est de n'être amoureuse de personne, à part moi. » « Je suis absolument délicieuse. » « Je m'aime, donc je suis heureuse. » Comme souvent chez les grands narcissiques, son égocentrisme eut tôt fait de se transformer en une amoureuse fureur de vivre. Se souvenant d'une phrase d'Oscar Wilde, elle prétendait que l'unique façon de se délivrer des tentations était d'y céder totalement. Elle avait un besoin fébrile et désespéré d'expériences nouvelles : elle voulait connaître tous les plaisirs, endurer toutes les souffrances, comprendre toutes les idées, toutes les sensations, connaître le vaste cercle du monde. Lorsqu'elle se consacrait à une cause ou à une passion, elle s'y abandonnait tout entière : « L'état d'indifférence est véritablement étranger à ma nature, et y vivre est la seule forme d'enfer que je puisse concevoir. » « Peut-être est-ce manquer de sagesse que d'aimer à la folie; mais il n'est pire folie que de ne rien aimer. » Quand elle aimait, elle brûlait d'un feu dévorant que son imagination allumait et attisait : et cette ardeur impossible à maîtriser ne pouvait ni s'apaiser ni s'exprimer. Aussi avait-elle l'impression de déclamer seule sur le bruyant théâtre de la passion : personne ne lui donnait la réplique, sinon de pâles fantômes qu'elle avait créés de toutes pièces ; et la vie elle-même, qu'elle s'était figurée brûlante et intense, semblait prise de langueur devant ses désirs.

Elle ne pouvait supporter « les jours qui ne valent pas la peine d'être vécus » : les journées calmes, grises, sans aspérités, égales à elles-mêmes minute après minute sans que jamais l'inattendu, l'inespéré, vienne en rompre la triste monotonie. Elle aurait voulu ne connaître que ces moments de bonheur absolu où l'on a envie de courir au lieu de marcher, de monter et descendre des trottoirs en esquissant des entrechats, de lancer en l'air quelque objet pour le rattraper au vol, de rire sans raison ; où, subitement, au coin de la rue, l'on se sent envahi d'un sentiment de béatitude, comme si l'on s'était incorporé « une lumineuse parcelle de ce soleil tardif de fin d'après-midi qui resplendit au plus profond de nous ». À peine était-elle émue de cette exquise joie de vivre qu'il lui semblait flotter dans l'air, et que ses nerfs d'une sensibilité extrême frémissaient de toute l'étrange excitation qui parcourt l'existence. Elle se sentait « palpitante et scintillante comme une bougie dans l'obscurité ». « J'ai éprouvé une fois de plus, écrivit-elle au retour d'une fête, que la vie pouvait être splendide et exaltante ; et que nous ne sommes pas vieux — ah, le sang court encore dans nos veines. » Parfois, elle aurait voulu être calme et sereine, comme elle imaginait que l'avaient été Wordsworth et Coleridge : elle s'accusait elle-même, comme toute sa génération, d'être impatiente, fébrile et hystérique, et elle enviait Thomas Hardy, octogénaire, « d'écrire avec tant de calme, comme s'il entrait déjà dans la paix du port, les voiles repliées, poussé par une marée silencieuse ». Mais bientôt son hystérie capricieuse et furibonde la reprenait avec violence. Pourquoi se rebeller ? L'hystérie était une puissante inspiratrice. Elle brisait la continuité de l'existence en autant d'éclats vibrants et nerveux, elle intériorisait, intensifiait les sensations. Il suffisait qu'une brosse se posât légèrement ou pesamment sur nos cheveux pour nous révéler la mélancolie ou la beauté des choses : il suffisait d'un silence irréel enveloppant lentement toutes choses comme des flocons de neige, de l'aspect presque maléfique des robinets de nickel et de la tuyauterie dans la boutique d'un coiffeur, pour que l'on comprît combien la vie est atroce, et terrifiante la solitude.

Quand elle se penchait sur elle-même, elle se sentait souvent prise de vertige. Ses réactions, ses vibrations, ses dépressions, ses changements de ton, ses alternances de joie et de colère étaient à ce point nombreux, rapides et déconcertants qu'elle avait l'impression d'être le gérant d'un hôtel sans propriétaire dont le seul rôle eût été de remplir des fiches et de tendre des clés pour une multitude d'hôtes plus autoritaires les uns que les autres. Son amie la plus fidèle l'a définie comme un phare aux multiples facettes — non point octogonal, mais « hectogonal ». Elle multipliait ses noms — Katia, Kathia, Yekaterina, Katya, Katinka, Tig, Wig, Mouse — comme à la poursuite d'une insaisissable identité. Ainsi, pour que s'exprimât cette foule d'hôtes inconnus, elle se mit en scène toute sa vie : son amour, sa joie, son extase, sa tristesse, sa maladie, son angoisse, son désespoir, sa mort. Jeune fille elle exaltait, comme Wilde, l'artifice : « Le naturel n'est qu'une pose, la plus exaspérante que je connaisse. » Plus tard, elle répétait : « Ne baisse jamais ton masque tant que, dessous, tu n'en as pas un autre de prêt — aussi terrible que tu voudras, mais un masque. » Bien évidemment, les autres — ceux qui n'apercevaient en elle qu'un singe ou un chat — la trouvaient « fausse ». Pour les tromper et les divertir, elle jouait la comédie, adoptant les formes et les couleurs de toutes les personnes, de toutes les choses qu'elle rencontrait, comme si elle-même n'existait pas. Lorsqu'elle arriva à Londres, elle gagna quelques guinées dans un salon de thé de Mayfair en mettant en scène de petits tableaux burlesques ou en chantant sur le mode comique un hymne de l'Armée du Salut. Par la suite elle continua à se produire dans ces mimes parodiques ; elle imitait Yvette Guilbert et les stars d'Hollywood, jouait sur sa guitare de vieilles chansons populaires, des *spirituals*, toutes sortes de ballades, accompagnant ces accords de sa voix basse et chuchotante.

Son esprit abritait, parmi ses nombreux hôtes, une délicieuse créature mondaine, ironique et excentrique, à la conversation éblouissante. Toutes les paroles qu'elle prononça, toutes les *pointes* * dont elle fut prodigue au cours des années passées à Londres, durant lesquelles la société avide et méfiante de Bloomsbury se pressait dans sa demeure, sont perdues pour toujours. Mais il nous reste quelque chose de ce « ruissellement scintillant », de ce « vif-argent ». Dans ses lettres et ses œuvres mineures, elle mit en scène de petites *pochades* *, de petits *vaudevilles* *, d'exquises bouffonneries : avec un snobisme lunatique, elle dessina des miniatures d'une fantaisie aiguë, d'un humour fantasque, aérien, ondoyant et amusé à l'image de la vie. Il y avait en elle quelque chose de l'esprit du XVIIIe siècle : une ironie à la Pope, attentive seulement aux êtres et aux objets qui se meuvent sur le théâtre de l'existence. Peut-être brillait-elle aussi parce qu'elle avait besoin de séduire, de posséder et d'absorber d'autres êtres : hommes et femmes, amis et amies, la femme de chambre française qu'elle connut à Bandol, la vieille Mme Honey, dans l'hôtel de Cornouailles, sa cuisinière Marie, à Menton, et bien d'autres personnes, simples rencontres fugitives. Peu d'êtres ont été aimés autant qu'elle. En 1922, Dorothy Brett avouait : « Elle est à ce point adorable qu'il n'est pas de demi-mesures. On l'aime passionnément, parce qu'il est impossible de faire autrement. » Et Samuel Kotelianski, un émigré russe qu'elle avait connu à Londres : « Je l'aimais tant, que ses écrits étaient et demeurent pour moi l'une des manifestations les moins importantes de sa personnalité. C'est son être que j'aime, ce qu'elle a été, l'arôme de son être. Katherine pouvait faire des choses détestables, exagérer ou raconter des mensonges, mais la façon dont elle le faisait était admirable, unique. »

D'autres hôtes moins joyeux, que Katherine Mansfield ne distingua point mais dont elle soupçonnait l'existence, peuplaient les profondeurs de son esprit. Elle était la proie de terreurs sans nom : « J'ai cousu, comme le faisait maman — à chaque point, c'est dans mon cœur que l'aiguille s'enfonçait. Horrible. Mais il existe donc quelque chose de plus horrible encore que la réalité ? Est-ce cela qui m'épouvante ainsi ? » Il lui semblait qu'un gouffre ténébreux s'ouvrait continuellement devant elle — « un gouffre très ancien ». Lorsqu'elle était seule, la solitude forçait les portes de son âme, laissant entrer « un torrent de bêtes sauvages et ululantes ». D'où venaient ces terreurs ? Avait-elle peur d'elle-même ? D'une part obscure et inconnue d'elle-même ? Redoutait-elle la sombre horreur de la réalité ? Ou quelque chose de plus lointain : des pressentiments, des rêves, des visions d'un autre monde, se pressant à la porte du nôtre et s'efforçant de la franchir ? Parfois ce n'étaient que des terreurs enfantines, celles de la fillette effrayée enfermée derrière la porte : elle craignait que la terre n'eût disparu pour toujours, ou qu'un grand oiseau noir, tournoyant au-dessus d'elle, ne se préparât à l'emporter. La menace se faisait plus pressante. Il lui semblait qu'une force ennemie tramait contre elle quelque intrigue maléfique dont les chaises et les guéridons étaient eux aussi secrètement avertis, attendant l'événement sinistre et infaillible qui devait fatalement la frapper. Ou bien elle n'occupait plus toute l'étendue de son être : quelqu'un l'avait emprisonnée dans une étroite mansarde, un recoin de son âme, et autour d'elle, au-dessous d'elle, dans les vastes demeures de son esprit laissées sans surveillance, des étrangers s'étaient introduits qui circulaient librement, tels ses maîtres occultes.

Le dernier de ses hôtes était la haine. Elle haïssait l'humanité, qui avait répandu « désordre et saleté » sur le monde. « Jamais on ne pourra le nettoyer, et je n'ai pas la moindre envie d'essayer, même avec un plumeau » ; ou bien elle détestait un être, telle son amie la plus chère, qu'elle haïssait au point de souhaiter la tuer. La haine s'emparait totalement d'elle : elle l'emplissait de mort et de corruption, la livrait à l'esprit de destruction, la consumait, la dégradait, l'abandonnait aux figures des ténèbres. Elle ne se tarissait jamais, comme si sa source était inépuisable et que des flots nouveaux l'alimentaient sans cesse, alors que la passion inverse, l'amour, connaît un terme. Quand la fureur la possédait, son visage devenait terreux, presque verdâtre, et ses grands yeux noirs n'étaient plus que des fentes. Pourquoi cette fureur, et d'où provenait-elle ? Il est difficile de le dire. De sa maladie ? D'un paroxysme de désespoir ? D'un instinct négatif qu'elle ne parvenait pas à contrôler ? Du mal qui, jailli on ne sait d'où, déferlait subitement en elle ? La haine est la plus mystérieuse des passions. Les autres soupçonnaient à peine la force qui la dominait. Quelqu'un observa que sa langue avait le pouvoir d'un couteau : « Elle pouvait couper en deux le cœur d'un homme », et Bertrand Russell nota qu'elle faisait preuve, lorsqu'elle parlait des gens, « d'une alarmante pénétration », apte à découvrir tout ce qu'un être ne désire pas connaître de lui-même, les aspects sournois et mauvais de son caractère. Seul D.H. Lawrence, quand il écrivit *Women in Love* et la dépeignit sous les traits de Gudrun, saisit ce qu'il y avait en elle de Méduse : sa furie, ses ténèbres, sa violence.

Nous ferions tort à cette créature délicate si nous ne rappelions pas qu'elle fut l'un des tempéraments littéraires les plus fermes, les plus compacts, les plus tenaces de ce siècle. « Il faut avoir un écran de fer devant le cœur », disait-elle. Ne nous laissons pas abuser par les aimables fleurs, la décoration somptueuse, mousseuse, iridescente dont elle para les vicissitudes de son existence. Il y avait en elle un courage intellectuel désespéré, inaltérable, inflexible. Une force qui la poussait à aller toujours plus loin, à se surpasser, à devenir autre ; le goût du défi ; une soif furieuse d'absolu. À peine avait-elle épuisé une expérience, qu'elle la brûlait et s'en détournait. Avec quelle rapidité, quelle intensité, quelle dureté, au cours de sa trop brève existence ! Comment aurait-elle pu trouver des amis ou des compagnons ? Tandis que les autres continuaient à se demander ce qui se dissimulait sous sa grâce, elle était déjà loin, elle pensait, écrivait, demandait, interrogeait quelque chose toujours situé au-delà de la dernière limite, de l'ultime horizon.

II

1914 et 1915 furent les dernières années heureuses de Katherine Mansfield : heureuses comme elles peuvent l'être pour une créature marquée. La tuberculose et ses terribles douleurs arthritiques n'avaient pas encore fait d'elle une fille de la douleur. Elle sortait, faisait de nouvelles connaissances, parlait, lisait, écrivait, courait au-devant de la vie et elle était encore la proie de la folie insouciante et délibérée avec laquelle elle avait essayé, dans sa jeunesse, de conquérir le monde. Elle s'habillait à la mode de Paris : petites vestes de velours marron à boutons d'argent, tailleurs de serge bleu marine, jupes courtes, talons hauts, bas vert émeraude, rose vif, rouges, jaunes, gris argenté, bleu turquoise ; et si l'on en croit les photographies, ses yeux vous regardaient avec un aplomb qu'ils eurent tôt fait de perdre. Depuis août 1912, elle vivait avec John Middleton Murry — « en partie snob, en partie lâche, en partie sentimental », comme il le disait lui-même — qui allait devenir l'un des critiques les plus connus de la génération. Cependant, vers la fin de 1914, alors que Katherine avait vingt-six ans, leur amour semblait s'être épuisé. « Jack, tout est fini entre nous, écrivait-elle dans son journal. J'en ai la certitude, comme toi. Il ne faut pas avoir peur de me causer de la douleur. Chacun de nous doit tuer en soi l'image qu'il s'est formée de l'autre. À peine m'auras-tu quittée que je serai bien plus lointaine que tout ce que tu auras pu imaginer. Je te vois déjà t'étonner de la longue durée de notre idylle. Mais je suis déjà loin, et je ne suis plus celle que tu crois. » Elle s'ennuyait. Elle avait besoin d'autre chose. Elle rêvait à la Nouvelle-Zélande.

Quelques mois auparavant, elle avait rencontré à Paris Francis Carco, un écrivain français de second ordre. Il était petit et gracieux, grassouillet comme une jeune fille, d'un souple mouvement d'épaules. Il avait « la peau olivâtre, des yeux noirs aux longs cils, des cheveux noirs et souples, coupés court et de petites dents régulières que son sourire mettait en valeur ». Quoiqu'il n'eût pas d'argent, il était toujours élégant. Il avait tout un assortiment des meilleurs vêtements, du linge de soie, deux habits de soirée, quatre paires de souliers verts avec des guêtres blanches et des quantités d'autres petites choses telles que gants, boîtes de poudre, nécessaire de manucure, parfums, savons raffinés... Il était louche, équivoque, doucereux, attirant, sentimental. En décembre 1914, il se mit à écrire à Katherine Mansfield. Il lui disait qu'il l'avait aimée dès qu'elle était arrivée à Paris et qu'il aurait voulu vivre avec elle dans une cabane au bout du monde ; que, loin d'elle, il éprouvait un épouvantable sentiment de vide. Il avait envie de s'étendre sur la route et de se laisser écraser. « Quand je m'endors, je vous serre dans mes bras et je ressens une tristesse épouvantable... Chère Katherine, je ne veux que vous. Vous êtes et vous serez à vous seule ma vie entière... » Ce flux désordonné de paroles attira la petite fille sentimentale qui se cachait dans le cœur de Katherine Mansfield : elle aimait son existence chaleureuse, riche de sensations ; elle se croyait proche de lui et pensait que vivre avec lui serait plus conforme à sa « véritable nature » que les trois ans passés avec Middleton Murry.

C'est une *jeune fille** aussi vulnérable, aussi dépourvue qui écrivait à la date du 28 décembre dans son journal : « L'année est presque achevée. Le vent solitaire souffle doucement. J'aime fermer les yeux un instant pour penser à la terre dehors, blanche de neige et de lumière lunaire qui se confondent... penser aux tas de pierres sur les bords de la route blanche... à la neige dans les sillons. *Mon Dieu* ! Comme tout est tranquille, comme tout est patient ! S'il arrivait je n'entendrais même pas le bruit de ses pas. » Elle était obsédée par ses souvenirs de Carco. Il lui semblait qu'il l'accompagnait toute la journée. Toute la journée, elle regardait avec lui et voyait le monde par ses yeux. Un soir, alors qu'elle se tenait dehors, dans un bus à impériale allant vers Piccadilly, elle fut sur le point de se lever et de prononcer son nom à haute voix tant son esprit allait vers lui. Sur le Strand, elle vit un homme en manteau bleu qui avait son allure. « Jack et moi avons fait l'amour, après dîner, dans ma chambre, écrivit-elle le 8 janvier 1915, j'ai risqué tout gâcher en parlant de Francis. » Ensuite, comme la plus traditionnelle des *jeunes filles**, elle glissa une mèche de cheveux et une photographie dans la lettre qu'elle expédia en France. Quand Carco lui répondit, lui demandant de le rejoindre en Bourgogne, l'amour commença à l'épuiser. Son cœur inquiet lui minait le corps, les nerfs et le cerveau. Ses veines se laissaient envahir du venin amoureux et chacune de ses cellules en était contaminée. « Oui, aimer ainsi est une maladie, un accès de folie, une tempête... Je ne suis jamais en paix, ne serait-ce qu'un instant... Plus je souffre, plus je me sens l'énergie sauvage d'en pâtir. » Un tel amour, aussi désespéré, aussi fatal, aussi digne des Brontë, n'était pas né dans les abysses du cœur, mais dans ceux, non moins profonds et terrifiants, qui s'ouvrent dans la fantaisie : l'imagination évoquait les figures lointaines, jouait avec elles, les croisait et les dissolvait, exaspérait les sentiments. Toute cette création amoureuse imaginaire était un prétexte pour lui permettre de sucer le miel de la souffrance.

Le 1er février 1915, Katherine Mansfield reçut une autre lettre qui la priait de venir « immédiatement ». Le 15, elle quitta Londres ; le 16, elle était à Paris ; le 19 à Gray, près du front où Carco, soldat, l'attendait. Ce fut un voyage très heureux. Elle était si gaie — à cause de l'aventure amoureuse, de ce futur peut-être radieux à la rencontre duquel elle allait, se délivrant de l'ennui de Middleton Murry et de l'Angleterre — que tout ce qu'elle voyait était teinté des lumineuses couleurs de sa joie. Elle resta penchée à la fenêtre du train, accoudée sur les montants de cuivre, pour jouir du soleil et du merveilleux pays qui se découvrait devant elle : les bois obscurs, mystérieusement illuminés par les troncs blancs des bouleaux et des frênes, les fleuves vert et azur sous la lumière, les champs survolés par de grands oiseaux qui semblaient devenir bleutés sous le soleil. Il ne lui paraissait pas possible qu'il y eût une guerre. Ces visages et ces voix rieuses allaient-ils vraiment au combat ? Les Français étaient des soldats *pour rire* *. Les baraques des blessés ressemblaient à des salles de bal ou des cabines de bain, chacune ornée de sa bannière flottant au vent. Les soldats prenaient le soleil et ils n'avaient d'autre désir que de saluer le train de leurs bandages étrangement colorés de rouge. Même les cimetières paraissaient joyeux : on les aurait dit pleins de bleuets, de coquelicots et de marguerites, quoique les fleurs fussent en réalité des rubans attachés aux tombes. À Gray tout tournait en *pochade* *. Deux colonels étaient assis à deux tables : corpulents, gras et luisants, majestueux et somptueux, moustaches et favoris gris, les joues aussi rouges que des pommes trop mûres, semblables à des colonels d'opérette ; l'un d'entre eux était vêtu d'un couvre-théière noir à parements d'or et il fumait ce qu'une romancière à la mode eût appelé « une enivrante cigarette égyptienne ». Les deux colonels parcoururent une lettre de Carco qui déclarait que la tante de Katherine Mansfield était gravement malade et qu'elle avait besoin de soins. Un moment, ils parurent vouloir renvoyer Katherine au train ; puis ils la laissèrent passer.

À l'extérieur de la gare, un faible sourire aux lèvres, immobile, au garde-à-vous, Carco l'attendait. Il se mit à chantonner : « Suis-moi, mais sans en avoir l'air », entre le murmure et la berceuse ; il avançait vite, en sifflotant, et elle ne parvenait pas à le suivre. Une voiture les conduisit à un village voisin, devant une maison toute blanche. La grande pièce blanche réservée à Katherine Mansfield comportait un grand lit et une immense pendule fleurie. Une gravure appliquée au mur représentait un homme portant un lièvre. Sous la fenêtre, le jardin était plein de giroflées et encombré de casseroles d'émail bleu. « Riant et tremblant nous nous serrions l'un contre l'autre, en un long baiser », qu'interrompit la pendule sonnant cinq heures. Carco alluma le feu. « Il y avait quelque chose de tellement comique dans toute cette histoire; en même temps, tout se passait si naturellement. On ne pouvait faire qu'une chose : en rire. » Après le repas, ils retournèrent chez eux. Ils se dévêtirent lentement face au poêle. Carco se jeta d'un bond sur le lit. « Les draps sont froids ? demanda Katherine. — Non, non, pas froids du tout. *Viens mon bébé* *, lui répondit-il, à la fois maniéré et vulgaire. N'aie pas peur, ce sont de toutes petites vagues. » Et tandis qu'il riait ainsi, le corps tout entier caché sous les draps, on aurait pu le prendre pour une femme, avec ses beaux cheveux noirs et souples et son petit bracelet au poignet. « Je me suis donnée à lui, mais cela paraît si peu important, tellement secondaire; nous avions tant de choses à nous dire ! Nous étions délicieusement bien, lovés l'un contre l'autre » à la lueur de la petite lampe, tandis que le feu jetait une lumière vacillante sur le plafond de bois blanchi. On n'entendait que le tic-tac de la pendule et le crépitement du feu. Ils évoquèrent une quantité de paysages et de personnes : toute une existence se glissa entre eux durant la nuit, ils étaient comme un vieux couple qui tousse doucement sous les couvertures et qui échange de petits rires. Ils visitèrent l'Inde, l'Amérique du Sud, puis ils parlèrent de Paris. « Il m'arriva de le perdre dans la foule : tout était sombre, puis je le serrais à nouveau dans mes bras et nous nous embrassions. »

Au matin, Carco ne voulait pas se lever : il resta longuement étendu sous les draps en jouant la comédie; il tremblait, il était malade, il avait la fièvre, ou mal à la gorge, ou il avait des frissons. Il s'habilla ensuite en bleu et rouge — chemise, caleçon, chaussettes, cravate, chandail, molletières, capote; il se peigna avec le peigne d'ivoire de Katherine, et il partit. Il était huit heures. Dans la pièce, seuls restèrent son ceinturon et son épée. Comme une petite fille appliquée, Katherine sortit son journal : elle commença une lettre à Frieda Lawrence, où elle déclarait « être si heureuse qu'elle devait en dire un mot » ; et une autre pour John Middleton Murry, le frère paresseux, indifférent et compréhensif, où elle décrivait minutieusement la chambre avec la pendule à fleurs. Le journal était là, ouvert sur ses pages blanches, si accueillant ; et, assise sur le lit, elle se mit à raconter avec une lumineuse ironie tout ce qui lui était arrivé lors de son voyage en France et de la nuit à Gray. Tandis qu'elle écrivait, elle se rendit compte que Carco, en fait, ne l'aimait pas. Pas plus qu'elle ne l'aimait : elle n'aimait que son insouciance et sa joie ; cela l'émouvait de le voir nu tandis qu'il attisait le feu avec un tisonnier de cuivre, tandis qu'il s'habillait en petit soldat, tout de bleu et rouge, ou qu'il peignait ses cheveux souples avec son peigne d'ivoire. L'amour désespéré, furieux, frénétique du séjour à Londres, était devenu, après une nuit d'étreintes, jeu, rire, parodie, gaieté, bavardage. Toute la tension s'était relâchée. Comme il arrive dans les passions imaginaires, l'amour s'était transformé en un agréable nuage de fumée qui s'était dissipé, à peine avait-il effleuré la réalité.

Quatre jours plus tard, elle revint à Londres. Nous ne savons pas ce qui se passa entre eux dans la chambre au plafond blanchi. Mais l'aventure lui laissa un sentiment de bonheur, de bonne humeur, d'hilarante fatuité qui transparaît dans la nouvelle *Un voyage téméraire*, qu'elle écrivit les mois suivants. Le petit Français louche et grassouillet avait détourné pour le moment les cauchemars qui peuplaient son horizon. En mars et en mai, elle retourna deux fois à Paris, logeant chez Carco, 13, quai aux

Fleurs ; elle lui écrivit des lettres au front, employant les mêmes mots qu'elle avait utilisés pour Middleton Murry, signe, dit un biographe récent, de la parfaite économie avec laquelle elle savait déjà gérer ses matériaux littéraires. À la mi-mai, elle avait rompu avec lui, bien qu'elle continuât à habiter dans la même maison. Ensuite, comme cela lui arriva souvent, Carco lui-même devint littérature. Sa voix — cette voix qui lui avait fait la cour, lui racontant sa jeunesse, ses songes romanesques et nocturnes, ses espérances d'écrivain des bas-fonds — devint la voix bouffonne, histrionesque, exhibitionniste, autodénigrante de Raoul Duquette, le personnage de *Je ne parle pas français*. Dans sa nouvelle, Katherine Mansfield s'amusa à se représenter avec les yeux et la voix de Carco : Mouse, le « papillon chinois », peint sur le fond de la tasse à thé ; et elle se libéra ainsi pour toujours de son souvenir.

Au cours de ses deux séjours printaniers à Paris, la guerre lui apparut encore comme une chose heureuse et fantastique. La nuit, les zeppelins volaient dans le ciel avec leurs plumes de soie grise, et c'était, là-haut, un son continu et caressant — *do, da, dou, da* — qui semblait provenir d'un cor ; les automobiles parcouraient les rues à toute allure en klaxonnant pour marquer le début et la fin des alertes ; les projecteurs morcelaient le ciel, accentuant nuage après nuage. La saison indolente de l'année était arrivée et les marchands ambulants parcouraient les rues en criant : *Les jolies violettes de Parme* *. Les fenêtres de son appartement à l'étage donnaient sur la Seine : barques et péniches chargées de pierres remontaient et descendaient le fleuve ; tandis que la frange de l'île Saint-Louis parsemée d'arbres ressemblait à un petit bouquet arrondi. Au bas de chez elle se tenait un marché aux fleurs : elle apercevait les coupoles d'énormes ombrelles, d'où affleuraient les pavois de fleurs vives, kiosques recouverts de toile où l'on vendait des plantes en pot, des touffes de palmes mouillées et brillantes dans des jarres de terre cuite. Elle restait presque toute la journée chez elle : elle ne pouvait écrire qu'à Paris ; et elle aurait voulu emprisonner dans ses nouvelles « les lumières vives et palpitantes et le bruit de l'eau ». Elle commença *L'aloès*, première version de *Prélude* : « *Ça marche, ça va, ça se dessine* * », écrivit-elle à Middleton Murry. Il lui semblait alors que les Muses s'étaient déployées en cercle autour d'elle, comme les anges de la Nativité de Botticelli. Elle lut *Le Rouge et le Noir*, qui lui parut « sévère et noble » ; elle acheta un roman de James — peut-être *La coupe d'or* —, affrontant d'« interminables pages ennuyeuses et compliquées » par amour de cette brusque et délicieuse secousse, de cette violente palpitation de plaisir que lui procurait la lecture de James. La nuit, elle rêvait des sœurs Brontë. Elle vivait en se nourrissant de presque rien : trois sous de lait par jour, des légumes cuits à vingt centimes la demi-livre. Quand elle se sentait d'humeur grandiose, elle traversait le pont, pour aller dans un petit restaurant sur la place du Châtelet ou au café Biard, rue de Rivoli.

Alors que d'autres lettres arrivaient à Gray, l'éloignement de Londres avait favorisé une nouvelle cristallisation et elle se reprit à aimer Middleton Murry, comme si aucun « voyage téméraire » n'avait jamais altéré leurs rapports. « Je suis perdue, perdue sans tes lettres et les choses perdent toute leur saveur. Garde-moi près de ton cœur, à la place qui est la mienne. Je t'aime infiniment, toi, qui m'es le plus cher d'entre tous. » « Si tout ne va pas au mieux entre nous, je ne peux même pas écrire, ne serait-ce qu'une ligne. J'écris, à ma manière, à travers toi. Après tout, c'est l'amour que j'ai pour toi qui, au plus profond, me fait voir et sentir. » Elle était, en réalité, très heureuse de vivre seule — sans Middleton Murry, sans Carco, avec la seule aide de ses yeux et de sa plume, dans ce Paris rose et mauve que la guerre n'avait pas encore outragé. Elle n'avait aucun désir de retourner chez elle. À peine se trouvait-elle avec quelqu'un — notait-elle dans son journal — qu'elle se mettait à prendre en compte ses opinions et ses désirs — « alors qu'ils ne méritent pas la moitié de l'attention que méritent les miens ». Vécue avec d'autres, l'existence perdait ses contours et la précieuse richesse de ses détails. « La somme de joies, de petites joies délicates que je tire de la contemplation des êtres et des choses, quand je suis seule, est immense ; ce n'est qu'en ma propre compagnie que je m'amuse réellement, *c'est vrai* *. »

Le soir, lorsqu'il faisait déjà presque noir, elle allait volontiers dans les jardins de Notre-Dame. Elle s'asseyait sur un banc. Il n'y avait presque personne : un vieillard assis marmonnant dans sa barbe et de vilains petits enfants qui, sans la moindre intention d'aller au lit, jouaient au ballon. Elle ne voyait que leurs visages, leurs genoux et leurs mains en mouvement. « Comme les troncs étaient noirs, et belles les feuilles ! Cela ressemblait à une mélodie de basse sous-tendue par une merveilleuse note continue de soprano — et au-dessus des arbres se dressait Notre-Dame, dans toute sa vénérable beauté. » D'en bas, elle distinguait des aiguilles fines et graciles sculptées dans l'azur qui s'assombrissait : un ou deux perroquets de pierre, perchés sur un petit balcon, tandis que les saints portaient leur auréole autour du cou et leur tête dans les mains. On aurait dit un dessin à la plume fait par un gnome. Un jour, elle s'aventura plus loin, dans un jardin derrière la cathédrale, où une bordure de gazon entourait une vasque de marbre. Les moineaux, se baignant, transformaient la vasque en fontaine et les pigeons se promenaient sur le pré de velours, lissant leurs plumes. Sur chaque banc se trouvait une mère, une gouvernante ou un vieillard ; de petits enfants chancelants avec des seaux et des pelles faisaient des pâtés de boue, remplissaient leurs petits paniers de fleurs de marronniers, et lançaient les bérets des grands-pères sur le gazon interdit. Peu après arriva une petite nurse chinoise avec un pantalon vert, une tunique noire et un turban serré autour de la tête, traînant par la main deux enfants. Elle s'assit avec son ouvrage de couture et poursuivit un long babillage d'oiseau avec elle-même, tout en lançant de petits coups d'œil aux enfants qui abandonnaient à chaque fois leurs jeux pour se jeter à ses genoux. Face à cette scène exquise, qui symbolisait à ses yeux le parfait ordonnancement musical de l'existence, Katherine Mansfield se sentit rejetée, alors qu'elle aurait voulu habiter la vie du dedans et la posséder joyeusement. « Pourquoi, écrivit-elle à Middleton Murry, n'ai-je pas une vraie maison, une vraie vie ? Pourquoi n'ai-je pas moi aussi une nurse chinoise en pantalon vert et deux petits enfants qui me sautent dessus et se serrent à mes genoux ? Je ne suis pas une jeune fille, je suis une femme et je *veux* les choses. Les aurai-je jamais ?... Je veux la vie, je veux des amis, des gens et une maison. »

Elle avait de plus en plus fréquemment l'impression de vivre dans un rêve, dans les moments de pause et d'attente qui tiennent les choses comme en suspens. Parfois, elle avançait plus loin, dans le monde spectral où vivent ensemble morts et vivants. Un dimanche, elle rêva toute la nuit qu'un de ses amis était mort ; et le soir, quand elle sortit, son fantôme se tenait à la porte de la maison, un sac d'alpiniste sur le dos et le visage caché par l'ombre de son chapeau. Elle partit alors se promener paresseusement sur les quais. Des nuages blancs ondoyaient dans le ciel, comme des draps mis à sécher. Le fleuve était plein de grandes étoiles d'argent ; les arbres tremblaient et scintillaient doucement sous la lumière. Cheminant avec son fantôme, elle découvrit des lieux un peu sinistres, hors de l'espace et du temps : de petites places aux maisons blanches, vides en apparence, aux fenêtres ouvertes, béantes ; et des rues étroites sous les arcs que dessinaient les branches des marronniers, totalement désertes, avec un clocher qui se dressait à l'improviste au-dessus des toits... Elle traversa la Seine et s'accouda à la balustrade, pour contempler le fleuve. « Il est difficile d'imaginer le plaisir que me donnait mon compagnon invisible, imaginaire. Eût-il été vivant qu'une pareille chose n'aurait pu arriver : mais j'aime le jeu qui consiste à se promener et à parler avec les morts qui sourient, silencieux et *libres*, libres entièrement et pour toujours. »

III

Quelques mois plus tard, il lui fallut à nouveau cheminer aux côtés d'un mort invisible, celui de ses proches qu'elle chérissait le plus. En février 1915, Leslie Heron Beauchamp, son frère, vint de Nouvelle-Zélande à Londres avant de rejoindre les lignes françaises. Bien qu'il eût six ans de moins qu'elle, ils étaient très proches. Katherine donnait son nom à toutes les personnes, à toutes les choses qu'elle aimait : elle baptisa Lesley sa grande amie Ida Baker, elle usait le plus souvent, avec John Middleton Murry, du surnom — Bogey — qu'elle avait inventé pour son frère, et la maison du bonheur futur devint Heron. Un soir, alors qu'elle se trouvait avec lui dans son jardin londonien d'Acacia Road, une petite poire ronde, dure comme un caillou, tomba du vieux poirier. « Tu as entendu, Katie ? demanda Leslie. Ce bruit familier... » Leurs mains tâtonnèrent dans l'herbe humide. Leslie ramassa la poire et, machinalement, l'essuya comme autrefois, avec son mouchoir. « T'en souviens-tu ? » lui demanda-t-il.

La poire tombée dans le jardin de Londres, telle la madeleine de Proust, ressuscita dans leur mémoire à tous deux le vieil arbre chargé de poires qui poussait dans leur jardin de Nouvelle-Zélande. Lorsque le vent du sud avait soufflé en tempête, les cinq enfants Beauchamp sortaient dans le jardin, munis de corbeilles à linge : tandis qu'agenouillés ils fouillaient parmi les violettes, les poires continuaient à tomber sur leur tête et leurs épaules. C'étaient de toutes petites poires à la peau fine et aux pépins d'un noir de jais. « Tu te souviens que certaines poires portaient des marques de petites dents ? — Qui les mordait ? — Le mystère n'a jamais été éclairci. » L'évocation du verger de Nouvelle-Zélande, dans une prose qui n'est pas sans rappeler *Jean Santeuil*, s'éleva jusqu'à l'intuition d'un bonheur familial qui plongeait Katherine et son frère dans une même extase. « N'est-il pas extraordinaire que notre bonheur ait été si profond — si positif, profond, chaud, lumineux ? Je me souviens de la façon dont nous nous regardions en souriant — t'en souviens-tu ? —, partageant un même secret... Quel était-il ? Je crois qu'il s'agissait du sentiment de la famille — nous ne formions pour ainsi dire qu'un seul enfant en deux personnes. Je nous revois marchant côte à côte, posant ensemble le même regard sur les choses, échangeant nos impressions. J'ai de nouveau éprouvé ce sentiment, voici peu de temps, tandis que nous cherchions la poire dans l'herbe. Je me souviens d'avoir comme toi passé ma main sur les feuilles de violettes. » Leslie entoura de son bras la taille de sa sœur. Katherine lui dit : « Donne-moi la main. Tu sais qu'ici je serai toujours une étrangère. » Une lune toute ronde brillait au-dessus du poirier, le lierre sur les murs du jardin luisait comme du métal. L'air avait une senteur glacée, pesante, froide à l'extrême.

Quelques jours plus tard, le 7 octobre 1915, Leslie Beauchamp mourait sur le front français. Dans un poème qu'elle écrivit à quelques mois de là, Katherine raconta un songe. Le frère et la sœur étaient chez eux et se promenaient le long d'un ruisseau que bordaient des buissons chargés de baies blanches et rouges. « Ne les touche pas, lui dit-elle, elles sont vénéneuses. » La main de Leslie oscilla ; un rire étrange et lumineux flotta autour de sa tête, et les baies luisirent près de sa bouche. Peu après, tandis que la plainte du vent et le grondement de l'eau sombre roulaient sur la plage, il lui apparut à nouveau, les baies à la main, et lui dit : « Ceci est mon corps, ma sœur, prends-le et mange-le. » La mort de Leslie avait donc été un suicide inconscient : le frère appelait sa sœur dans la mort ; et son corps devenait l'hostie sacrificielle dont il lui fallait se nourrir.

C'est ce qui se passa dans les mois qui suivirent : Katherine goûta aux baies blanches et rouges, entra vivante dans l'Hadès, se nourrit du corps étendu de son frère, regarda le monde avec ses yeux à lui, et sa main ne fut plus que le prolongement de cette main morte qui ne pouvait plus écrire. Bien qu'elle sentît en marchant l'air et le vent sur sa peau, elle était ensevelie près de son corps à lui. Désormais, le présent et l'avenir n'avaient plus de sens. Les êtres n'éveillaient plus sa curiosité ; et les choses ne lui étaient chères que si elles lui rappelaient ce qui s'était produit, ce qui avait été, lorsqu'il vivait encore. « D'abord, mon chéri, écrivait-elle dans son journal, je dois faire quelque chose pour nous deux : puis je viendrai moi aussi, le plus vite possible... Je n'appartiens qu'à toi, comme toi tu m'appartiens. Personne ne sait combien je suis souvent avec toi. En vérité, je suis toujours auprès de toi, et je commence à sentir que tu le sais..., à sentir que lorsque je quitterai cette maison, cet endroit, ce sera avec toi, pour ne plus jamais être séparée de toi, pas même un bref instant. Tu sais que je ne puis plus être la femme de Jack. Je te porte dans ma chair comme dans mon âme... C'est vers toi que je tends, à toi que je donne mon amour le plus profond. Jack, désormais, m'est indifférent. »

Elle quitta Londres en novembre 1915, et dans les premiers jours de décembre elle était à l'hôtel Beau Rivage à Bandol, dans le midi de la France. Bientôt, son chagrin perdit de sa violence exclusive : elle cessa de penser qu'elle appartenait tout entière au mort bien-aimé ; elle commença à envoyer à Londres des lettres toujours plus tendres ; et elle cherchait la demeure dans laquelle elle vivrait sa vie amoureuse aux côtés de Middleton Murry. « Toi qui écris sur une petite table, et moi qui arrange des fleurs puis m'installe pour écrire moi aussi. Nous qui ramassons des pommes de pin, des brindilles éparses et des bruyères pour notre feu. J'ai pensé à ce que je préparerais pour toi, un potage et peut-être du poisson, du café, du pain grillé sur la braise, un petit pot de confiture, et un bouquet de roses. Et puis j'ai pensé à *notre bon lit à nous deux tout seuls, tout seuls, cachés dans la nuit* *. Le feu qui crépite à peine, le murmure de la mer [...], et le bonheur profondément endormi sur le toit, la tête sous l'aile, comme une colombe. Et puis je nous ai vus nous réveiller le matin, mettre la grosse cafetière sur le feu et ouvrir la porte à la domestique qui suspend son châle à la porte de la cuisine. *"Vous savez, il fait beau."* » Elle trouva une maison minuscule, isolée, au sommet d'une colline, avec un jardin en terrasses : la villa Pauline. Elle avait une cuisine avec une grande cafetière, la lumière électrique, l'eau courante, et « un water-closet raffiné ». L'endroit lui semblait lumineux, lointain et secret comme la Nouvelle-Zélande.

Le dernier jour de l'année, elle commanda le bois et le vin, ouvrit les portes et les fenêtres de la villa Pauline, et suspendit les draps au soleil. Elle se rendit au marché aux fleurs et acheta, sans faire le détail, « dans un accès de joie terrifiée », trois douzaines de roses en boutons et six bouquets de violettes. Le 1er janvier, Middleton Murry arriva avec une valise pleine de livres de Dostoïevski. Ils restèrent ensemble à la villa Pauline jusqu'à la mi-avril 1916 ; ils écrivaient de part et d'autre de la même table. Katherine s'était remise à *L'aloès* et, dans ses moments de doute, lorsqu'elle se sentait en proie à une paresse obstinée, elle lisait *L'idiot* ou *Les possédés*. Elle ne comprit pas le personnage de Nastassia Philippovna, car elle ne put jamais admettre que sous l'élan amoureux se dissimulât parfois le désir de torturer l'être aimé. Et quand elle lut les pages dans lesquelles Kirilov révèle à Chatov son bonheur d'épileptique — cette clarté suprême mêlée de peur, cette joie supérieure à l'amour, ce sentiment que l'harmonie du monde est déjà réalisée, ces cinq secondes où toute une vie se concentre — « je connais cela », écrivit-elle dans son journal. Elle installa dans sa chambre une table d'où elle pouvait contempler les branches de l'amandier. Elle était tranquille ainsi, tout en haut de la colline, comme perchée sur un arbre. Parfois, les murmures les plus ténus de l'air prenaient plus d'ampleur que la mer ou le vent : l'abeille, la mouche, la feuille qui frémit, la cosse qui se fend, le cri strident de l'insecte, la brise qui courbe les brins d'herbe.

Elle vécut plus de trois mois à la villa Pauline, dans un monde à part, plus pur, raréfié et obsessionnel que le nôtre, tandis que la guerre se déchaînait sur les pâles bois de frênes, les champs irrigués et les fleuves vert et azur de la France. À tous elle ferma sa porte, ne laissant entrer que l'ombre de son frère qui occupait ses pensées, se mêlait à ses gestes, la regardait de ses yeux pénétrants, qui prononçait son nom — plus vivant qu'il ne l'avait jamais été de toute sa vie. La petite maison et le jardin s'emplirent de présences ; et elle se mit à délirer, elle *voulut* délirer, avec cet entêtement obstiné qui la poussa continuellement à transgresser les limites de l'existence. Partout elle voyait son ombre. Elle l'aperçut un jour, assis sur les marches d'une véranda, qui caressait un chat. Un soir, comme elle était auprès du feu, elle s'entendit appeler. Elle obéit et monta l'escalier, puis attendit, dans l'obscurité. La lune devint intensément lumineuse. Les étoiles, très pâles, semblaient bouger lorsqu'elle les regardait. Elle voyait se rejoindre la courbe de la terre et celle de la mer, tandis que passait dans le ciel la rotondité fugitive d'un nuage. Quand elle se pencha à la fenêtre, il lui sembla apercevoir son frère, partout dans la campagne : étendu sur le dos, ou face contre terre, ramassé sur lui-même ou à demi enseveli. La nuit, elle voulut que Middleton Murry la prît dans ses bras. Comme elle se tournait pour lui parler et l'embrasser, elle découvrit son frère entre eux, profondément endormi, et devint de glace. Au matin elle s'éveilla et, un long moment, elle fut lui. « Je sentais que mon visage était le sien, grave et endormi. Je sentais que les contours de ma bouche avaient changé, et je battais des paupières comme il le faisait lorsqu'il s'éveillait. » Sa longue attente s'était accomplie. Katherine Mansfield avait dévoré le corps de son frère, elle s'était identifiée à lui.

C'est ainsi qu'écrire signifia désormais, pour elle, vivre enfermée dans une pièce, obsédée par une ombre — tenter de voir toutes choses avec ses yeux à lui, errer avec lui dans tous les lieux de sa mémoire, parcourir à nouveau les villages, les rivages et les mers de la Nouvelle-Zélande qu'il lui imposait de revisiter. Elle n'avait plus d'autres devoirs, ni d'autres désirs. Durant cette période, sa mémoire, comme inspirée par l'ombre omniprésente, offrit continuellement à son imagination des visions de la Nouvelle-Zélande. Il lui semblait que celle-ci disparaissait chaque nuit dans le bleu sombre de la mer pour réapparaître à la lumière du jour, couverte de paillettes et de gouttelettes scintillantes. Et elle tentait en écrivant de s'emparer de cet instant — avec un peu de sa splendeur et de sa saveur. Elle se rappelait la naissance de sa sœur, quand sa grand-mère l'avait abandonnée et qu'elle n'avait plus eu de genoux où grimper ni de coussins où se blottir ; les poussins que l'homme de peine lui confiait, enveloppés dans de la flanelle, pour qu'elle les déposât près du feu de la cuisine ; le pommier aux fruits mystérieux, le cours de couture, la maison toute blanche de Timakori Road... Où s'en étaient allés ces êtres si attachants ? Ces êtres jeunes, robustes, aux corps durs et vigoureux, aux cheveux bouclés. Ce n'étaient pas des saints ni des philosophes : c'étaient des êtres humains normaux — « mais où sont-ils, où sont-ils donc ? » Tandis qu'elle écrivait, ses souvenirs s'enchevêtraient, s'entremêlaient, se confondaient : quelque chose ne supportait pas d'être ramené à la conscience, et coulait à pic ; cependant que, nés de la contamination de souvenirs divers, un être, une image ou une plante, riches de significations imprévues, étincelaient soudain dans la lumière. S'aidant du regard pénétrant de son frère, elle voulait faire surgir aux yeux du Vieux Monde son pays inexploré.

« Il faut qu'il soit mystérieux, et comme suspendu au-dessus des eaux. Il faut qu'il vous coupe le souffle. Il faut qu'il soit "l'une de ces îles"... Mais il y faudra mettre le sentiment d'un mystère, le rayonnement d'un soleil disparu, puisque pour toi, le petit soleil qui me l'éclairais, le crépuscule est venu, tu as roulé par-delà le bord resplendissant du monde. »

Souvent l'histoire d'une œuvre ne nous apprend rien de sa forme définitive. *Prélude* ne porte pas trace de l'angoisse, du déchirement et de la folie qui accompagnèrent sa naissance. « Le regret, devait écrire Katherine Mansfield deux ans plus tard, est un épouvantable gaspillage d'énergie, et nul, s'il veut écrire, ne doit se le permettre. Il est impossible de lui donner forme, de construire quelque chose sur lui. » La figure de son frère disparut, et une autre figure symbolique, celle de sa mère, la remplaça. Sa mère était « un être exquis, de la plus haute perfection : à mi-chemin entre une fleur et une étoile ». Elle écrivait à sa fille, de Nouvelle-Zélande, de très longues lettres où il était quelquefois question du jardin et de la maison, et de ses conversations au lit avec son père ; du plaisir aussi que lui auraient causé des tasses de thé inattendues « apportées à travers les airs par de fidèles corbeaux en tablier de soubrette ». Sa fille, qui l'aima plus, peut-être, qu'elle-même ne l'aimait, admirait son courage, son aptitude à vivre pleinement et entièrement chaque minute ; elle l'enviait aussi d'avoir toujours été *entourée*, d'avoir eu un mari, des enfants, une maison, de chers trésors de prédilection — tandis qu'elle-même n'avait pour compagnons que les feuilles blanches et muettes qu'elle couvrait de son écriture nerveuse. Elle aurait voulu revoir « son petit pli entre les sourcils », entendre sa voix : mais son souvenir était si parfait qu'elle pensait ne jamais plus la rencontrer. Rien, en effet, ne viendrait plus troubler l'image qu'elle avait lentement élaborée en elle-même.

Sa mère devint, dans *Prélude*, la belle, l'élégante, la délicate, la maladive Linda Burnell. Le tumulte de l'existence lui répugnait : la banalité du réel éveillait son ironie ; sa voix, faible et lointaine, semblait sortie des profondeurs d'un puits ; elle habitait le monde des rêves, contemplant l'existence, absente de l'existence comme l'est Kézia, la fille à laquelle Katherine Mansfield prêta une fois de plus sa propre image. Parfois elle aurait voulu fuir, laissant derrière elle son mari et ses enfants sans un geste d'adieu — tel un traître. Cette froide créature de l'ombre ne pouvait aimer la lumière du soleil, qui jaillit brusquement des persiennes grandes ouvertes, et aveugle et dénude les êtres humains. Sa substance était celle, humide et ténue, de la clarté lunaire, bien qu'elle frissonnât quand ce « torrent de lumière gelée » semblait la dévoiler. Elle n'habitait point le monde des hommes : son séjour à elle — la fugitive, la lointaine, la créature perdue au fond d'un puits — se situait au point de rencontre de la réalité humaine et de la réalité des choses.

Autour de Linda Burnell les choses vivaient. Les pavots, sur la tapisserie, avaient des pétales soyeux et poisseux, une tige duveteuse comme l'enveloppe des groseilles à maquereau, des feuilles râpeuses, des boutons lisses et durs ; la frange à pompons de la couverture se changeait en un cortège burlesque de danseuses et de prêtres ; les flacons de médicaments devenaient des hommes coiffés de hauts-de-forme ; le broc de la table de toilette ressemblait à un oiseau dodu, dans un nid rond. Les objets connaissaient ses pensées : ils savaient quand elle avait peur, ils la voyaient tourner la tête lorsqu'elle passait devant le miroir ; parfois, leur présence muette la menaçait : ils avaient quelque chose à lui communiquer et Linda savait que si elle cédait, si elle restait tranquille et silencieuse, « quelque chose se produirait effectivement ». Quel était donc ce message muet que les objets adressaient à Linda ? Qu'attendait donc Linda des fleurs de la tapisserie, des franges de la couverture, des flacons de médicaments ? Qu'attendons-nous tous de l'« autre royaume » ? Si elle avait gardé éternellement le silence, les objets auraient forcé la barrière qui nous sépare d'eux, pour former ce monde vibrant et unanime dans lequel ils vivent et parlent tout comme les hommes. Mais le miracle n'eut pas lieu. Les choses demeurèrent closes sur leur secret, incapables de s'exprimer et de s'animer ; et Linda, allongée sur son lit comme sur un nuage, continua à attendre « quelque chose qui ne venait pas, qui ne se produisait pas ».

Peut-être son attente n'était-elle que différée. Dans le nouveau jardin de Linda poussait un gros aloès ; une plante exubérante aux feuilles cruelles, au tronc charnu, qui s'agrippait au sol avec tant de force qu'au lieu de racines elle semblait pourvue de serres. Elle était l'un de ces symboles muets que Katherine Mansfield dispose aux points nodaux de ses récits. Quand la lune l'éclaira, le monticule herbeux sur lequel se dressait l'aloès se souleva comme une vague, et l'arbre sembla flotter sur lui telle une barque dont on aurait relevé les rames. À ce moment, Linda — cet être à mi-chemin entre le monde des hommes et l'« autre royaume » — rêva qu'elle était enlevée sur cette plante-nacelle qui entamait sa floraison. Nous voici parvenus au seuil de la révélation.

Il semble réellement que s'accomplisse l'union longtemps rêvée, « que quelqu'un vienne, que quelque chose survienne » ; et que le monde mystérieux qui se presse aux portes du nôtre pénètre brusquement dans le temps quotidien qu'il illumine de sa froide clarté — pour emporter ceux qui sur terre lui appartiennent intimement.

Tandis qu'elle écrivait *Prélude,* Katherine Mansfield confondit sa propre identité avec l'image de sa mère qu'elle avait portée en elle durant ces années de séparation. Le personnage qui vécut les trente-quatre années de son existence fut sur la scène de la vie l'acteur d'une dramatique représentation, environné qu'il était de fleurs précieuses et déchirantes, poussées dans son cœur théâtral. Sous ce masque elle découvrit en elle le même regard lointain, détaché, absent, la distance, l'instinct de fuite, le sentiment profond de non-appartenance qu'elle avait découverts chez sa mère : un versant d'ombre, qui fuyait la lumière ; cet aspect hostile, étranger, impénétrable, que ceux qui l'avaient connue à Londres représentaient par les figures du ouistiti ou du chat. Elle découvrit en elle la froide substance lunaire de sa mère, et comprit qu'elle faisait partie de ce monde des plantes, des animaux, des fleurs en papier, des flacons, de l'aloès antique et cruel, où Linda Burnell avait cru se perdre. Ainsi, son destin d'écrivain était scellé. Quand elle raconterait, elle n'élèverait jamais la voix, elle ne jouerait point, elle ne se parerait point des images qui jaillissaient sous sa plume avec tant de grâce et d'impétuosité. Elle raconterait la Nouvelle-Zélande surgie de la mer dans la lumière du jour, couverte de gouttelettes scintillantes ; le sort de la phtisique dans un hôtel de la Méditerranée ; la vie des filles du colonel, celle de Milly et de sa mère dans la villa où le bruit de la mer arrive comme un souffle ou comme un soupir; elle raconterait tout ce qui se bousculait dans la surabondance de son imagination, d'une voix lointaine, fuyante, insaisissable, sans s'engager ni se livrer, en renvoyant à une parole non dite. Sa muse ne fut pas l'humilité ou la pureté, comme elle le crut par la suite, mais la distance. Même lorsqu'elle partageait les pensées et les sentiments de ses personnages, elle ne pénétra jamais en eux : elle ne franchit point l'écran qui la séparait d'eux. Entre elle et la représentation, entre nous et le récit, demeura toujours la paroi de cristal, légère, implacable, inflexible, qui constitue le premier secret de sa grandeur.

IV

Deux ans environ s'écoulèrent. Le temps accumula les morts, les désillusions, les désenchantements, les séparations. Les médecins diagnostiquèrent chez Katherine Mansfield un début de phtisie au poumon droit, les mois de douloureux bonheur à Bandol s'évanouirent et, au début de 1918, seule et malade, elle retraversa la France et retourna à Bandol, au même hôtel Beau Rivage, comme pour retrouver une époque que l'éloignement avait rendue heureuse. Commencèrent alors ses années de vagabondage. Elle avait déjà connu, dans les premiers temps de son séjour à Londres, l'angoisse de sentir le même toit au-dessus de sa tête, le besoin de changer de maison, de ville, de pays, la terrible inquiétude des sans-patrie. À peine possédait-elle une maison qu'elle était envahie d'une étrange sensation de précarité, comme s'il s'agissait d'un décor de théâtre que l'on devait démonter sans attendre. La maladie n'affaiblit pas cet instinct nomade. À la fin de sa vie, elle écrivait encore que point n'est besoin de se fixer : mieux vaut le vagabondage, l'errance, l'aventure, « la merveilleuse certitude que nous pourrons ce soir nous pencher à Dieu sait quelle fenêtre, ou passer sous Dieu sait quel arbre en fleur ». Mais elle détestait cette condition d'étrangère, ballottée çà et là au gré des marées. L'existence qu'elle menait dans de médiocres chambres d'hôtel et de modestes meublés, que son Nietzsche avait connus, que son Tchekhov avait entrevus, lui semblait être la condition symbolique de l'artiste moderne. « Ah, disait-elle, comme je hais les hôtels ! Je sais que je mourrai dans un hôtel. Je me retrouverai devant le napperon au crochet d'une table de toilette, je ramasserai une longue épingle invisible oubliée par la "dame" précédente, et je mourrai de dégoût. Il est vraiment comique d'aimer autant que moi, d'aimer passionnément les jolies chambres, les jolis meubles, les couleurs, le calme, et d'errer éternellement dans ces chambres tapissées d'oiseaux, ou de chrysanthèmes dans des vases enrubannés — ces chambres aux rideaux de guipure, aux meubles de chêne noirci par la fumée. » Si elle avait pu tirer les doubles rideaux, fermer la porte à clé, brûler quelques parfums, aller et venir dans un cadre parfait, marcher sans bruit en contemplant les lumières et les ombres — alors sa vie aurait été supportable. Dans son vagabondage, l'unique certitude était l'écriture, qui la liait à une table, à ses feuilles de papier, à la nécessité d'un style et d'un destin.

Lorsqu'elle arriva à Bandol, après trois jours de voyage, elle était épuisée. Elle se sentait comme une mouche tombée dans du lait et qu'on a repêchée, mais dont les pattes et les ailes sont trop mouillées pour qu'elle puisse remuer. Bandol, de nouveau, l'enchanta, éblouissante de lumière, avec ses palmiers splendides et ses collines, violettes dans l'ombre, d'un vert de jade au soleil. La mer était si transparente que l'on y distinguait, comme sur une carte de géographie déroulée sous les flots, un pays inconnu avec ses lacs, ses baies et ses forêts. La côte était rose comme la pulpe d'une pêche. Les hommes allaient pêcher au large, ou réparaient et calfataient leurs barques sous ses fenêtres ; elle entendait les coups répétés des petits marteaux, et une odeur de goudron montait entre les branches du mimosa. Les vieux repeignaient les barques, les vieilles filaient la laine ou raccommodaient les filets, les jeunes filles tressaient des guirlandes de fleurs jaunes. Elle vit un papillon aux ailes maladroites qui, tout chancelant, prenait le soleil, et il lui sembla qu'elle découvrait une petite sœur. C'est ainsi que, maladroite et chancelante elle aussi, elle retourna sur ces lieux qui avaient connu son amour. Elle revit le champ où ils avaient admiré les anémones, le mur où les lucioles se chauffaient au soleil, les amandiers naguère couverts de boutons roses et blancs. Puis elle retourna à la villa Pauline. « Quand je suis arrivée sous la véranda, écrivit-elle à Middleton Murry, et que j'ai revu l'amandier, le petit jardin, la table ronde de pierre, le banc creusé dans le roc, l'escalier qui mène à la cave, et que, levant les yeux, j'ai regardé notre maison rose avec ses fenêtres ornées de coquillages peints et ses volets d'un étrange gris-bleu, j'ai pensé que jamais, même dans mes souvenirs les plus lumineux, je n'en avais saisi toute la beauté. »

Elle entra dans la maison et aperçut la propriétaire, coiffée du même fichu noir que naguère, maigre et grise comme avant. « *Vous désirez, madame* * ? » demanda-t-elle. Katherine parvint à peine à articuler : « *Bonjour, madame, vous m'avez oubliée ? — Ah*, s'écria l'autre, *je reconnais votre voix, entrez, entrez, madame* *. » Les deux femmes prirent place autour de la table de la salle à manger : Mme Allègre à la place de Middleton Murry, Katherine le dos au feu, à sa place d'autrefois ; elles bavardèrent longuement. Katherine Mansfield se voyait répondre, sourire, caresser son manchon, parler du manque de viande, du pain abominable, des prix prohibitifs, et de *cette guerre* * ; en même temps il lui semblait que quelque part, à l'étage supérieur, Middleton Murry et elle étaient étendus, semblables aux jeunes fils de Clarence dans *Richard III*, morts étouffés sous leurs oreillers ; et la propriétaire et elle montaient la garde, comme deux vieilles femmes ridées. Elle parvenait à peine à regarder la pièce. Quand elle aperçut sur le mur sa propre photographie, un cliché que Middleton Murry avait oublié, elle n'y tint plus. Elle quitta la villa Pauline et demeura longtemps appuyée contre le mur, au bout de la petite route, à regarder la mer violette fouetter avec force un étrange et sombre amoncellement d'algues.

Comme elle descendait l'escalier, il commença à pleuvoir. De grosses gouttes hésitantes roulèrent sur ses mains et son visage. La lumière du phare balayait l'obscurité, tandis qu'une masse grouillante de soldats de couleur donnait des coups de pied dans quelque chose, entre les palmiers — peut-être un chien mort, ou un petit chat prisonnier : en tout cas, une parcelle de son cœur. Elle comprit que les jours heureux de Bandol étaient perdus à jamais, ensevelis dans le puits de solitude où elle avait déliré lorsqu'elle croyait écrire les pages de *L'aloès* avec la main de son frère. Tout, à Bandol, avait changé, comme elle avait elle-même changé. Tout était abîmé, dégradé, tuméfié. Dans le jardin de la villa Pauline, il n'y avait pas une fleur : pas une jonquille, pas une rose, pas un oranger. Les beaux géraniums de l'hôtel n'étaient plus que des buissons hirsutes, au milieu des tessons de bouteilles et des débris de plomberie.

La marchande de tabac avait changé. La bouchère avait changé. La pâtisserie était fermée, avec de grandes affiches tristes collées aux fenêtres. Personne dans le village ne se souvenait d'elle. Le temps lui-même changea subitement : la mer s'agita et fuma comme un troupeau de monstres en folie, les âmes errantes passèrent dans le ciel en tourbillonnant; le vent ululait, les volets grinçaient, et le vieil hôtel désert semblait se dresser sur une île — lointaine, très lointaine.

À mesure que les mois passaient, elle se sentait de plus en plus seule. Dans le vieil hôtel froid et désolé, il n'y avait plus personne : sa chambre était isolée, et elle avait l'impression de devoir ramer péniblement jusqu'à la terre ferme pour prendre ses repas. Les oiseaux, les fleurs, les arbres, les flots paisibles ou déchaînés ne lui suffisaient pas : elle ressentait le besoin de parler avec un être humain. « Tu ne croiras jamais, dit-elle à Middleton Murry, combien j'ai l'impression d'être constamment enveloppée d'une sorte de carapace noire et luisante, comme un scarabée. » Elle souffrait d'insomnie et de terreurs nocturnes; un grand oiseau noir tournoyait au-dessus de sa tête, prêt à l'effleurer. Elle était fatiguée, comme dans les jours qui avaient suivi son arrivée. Au retour de ses brèves promenades, il lui fallait s'étendre sur son lit. Son épaule gauche la faisait souffrir, elle ressentait une brûlure au poumon droit; le moindre effort déclenchait une quinte de toux. Au matin du 19 février, elle s'éveilla de bonne humeur et quand elle ouvrit les persiennes, un soleil rond et plein venait de se lever. Elle se mit à réciter des vers de Shakespeare : « Voici que la douce alouette, lasse du repos... » et, d'un bond, elle retourna au lit. L'effort la fit tousser et, pour la première fois depuis que les médecins avaient prononcé le mot fatal de tuberculose, elle sentit dans sa bouche un goût douceâtre et cracha du sang. Elle en cracha toute la journée. Elle écrivit à Middleton Murry : « Voyons, Bogey, mon mal n'est *pas* grave, il ne me contraint *pas* à m'aliter, il est facilement curable. » Mais elle eut peur que la mort ne fût proche. Avec son stoïcisme habituel, elle ne craignit pas pour elle-même : elle savait que nous ne sommes sur terre que pour laisser un témoignage de notre passage ; elle craignait de devoir s'en aller trop vite, sans avoir rien écrit qui la satisfît — tout juste des « esquisses », des « fragments », des « ébauches », qui ne donnaient qu'une idée vague et incertaine du tourbillon d'images et de chimères, du tumulte de lieux, de personnages, d'histoires, qui s'agitaient dans son esprit.

Au cours des trois mois qu'elle passa à Bandol, de son séjour, plus éprouvant encore, à Ospedaletti, ou des jours plus cléments qu'elle connut à Menton, elle vécut des lettres qu'elle écrivait et recevait. Sa défense, c'étaient les lettres qu'elle adressait chaque jour, ou plusieurs fois par jour, à Middleton Murry, édifiant peu à peu, à grand renfort de mots tendres, acharnés, furieux, fébriles, sa propre existence. Elle écrivait « chéri » et ne se sentait plus aveugle, confinée et enfermée ; il lui semblait qu'une transformation s'était opérée dans son corps. Elle avait besoin de tout lui raconter, comme si ses pensées, ses pas, les choses vues ou entrevues, ne devenaient réels qu'une fois couchés sur le papier. Elle voulait que ses lettres lui apportent la saveur et le parfum de ses journées : « l'odeur du bois et des pommes de pin » qu'elle enflammait pour se protéger du froid ; ou bien « les heures mortellement sombres, ruisselantes d'humidité, brumeuses, désolées ». Elle prodigua en écrivant une immense richesse verbale : passion, tendresse, hystérie, discrétion, délicatesse, élégance; et seules, en ce siècle, les lettres que quelques années auparavant Kafka avait adressées à Félice pour hâter et différer son mariage atteignent à une telle intensité douloureuse et fantastique. Tout le trésor de son imagination luxuriante, qu'elle avait banni de ses récits, fut versé dans ce creuset : abandon rêveur, scintillement de trouvailles métaphoriques, fluidité pathétique, artifices pleins de snobisme, jeux sur les mots, danse avec les images, digne d'un *jongleur** heureux et désespéré. Même si son cœur lui faisait mal à lui couper la respiration, si ses poumons la brûlaient comme deux fers à repasser, si l'horizon était sombre et bouché de tous côtés, elle ne perdait pas courage. Elle jetait les mots sur le papier comme si elle éparpillait un bouquet de fleurs : elle les lançait en l'air et les enflammait tous ensemble, telles de brillantes fusées éclairant un instant l'enfer de sa nuit.

Tandis qu'elle expédiait ses lettres, d'autres pages quittaient Londres, traversaient la Manche et la France pour descendre rapidement vers elle. Le matin elle guettait le facteur : quand il apparaissait au fond de l'allée bordée de palmiers, elle croyait voir le plus brillant des joyaux et elle venait à sa rencontre, pleine d'impatience. S'il lui remettait une lettre, elle la lisait du début à la fin puis en sens inverse, de haut en bas, en diagonale : elle la respirait, la mangeait, en dévorait la moindre bribe; elle s'asseyait enfin pour lui parler : « Tu t'imagines vraiment que je pourrais ne pas retourner chaque fois l'enveloppe, en respirer l'intérieur, plisser les yeux pour regarder au fond, la secouer, parce que j'espère toujours que l'un de tes cils, ou peut-être un petit clignement de tes yeux, sera resté là ? » Mais si la sacoche du facteur était vide, il n'était pas de pire catastrophe : « Ne me laisse pas ainsi sans nouvelles. C'est tellement, tellement cruel. Je pleure amèrement tout en t'écrivant. » « Même un seul jour sans lettre suffit à me mettre hors de moi. » Si elle ne recevait pas au moins une ligne, elle se sentait comme assise devant une porte close, l'âme vide et en suspens, attendant que quelqu'un la fît entrer.

Dotée comme elle l'était d'un esprit précis et ironique, elle ne s'illusionna point sur le compte de Middleton Murry. Parfois elle se montra même impitoyable envers lui, comme peuvent l'être les frères aînés, les vieux époux ou les descendants. Elle décelait, dans son comportement, « une certaine sentimentalité intellectuelle, un certain goût du mélodrame » ; et elle dit à une amie qu'il « ne pouvait pas faire frire une saucisse sans penser à Dieu ». Lorsqu'elle pensait à lui, il lui semblait qu'il s'était bâti une prison de ses propres mains ; qu'il s'était enveloppé dans une gangue de morbide égoïsme ; elle le sentait faible, obsédé par des problèmes d'argent qui le torturaient, terrorisé par des fantômes, incapable d'aimer une créature comme elle, terrible et pleine de vie. Elle eût voulu trouver en lui plus de chaleur, d'élan, d'ardeur, d'enthousiasme et de sympathie immédiate. Avec le temps elle comprit qu'il l'aimait, à condition de la maintenir à distance : quand ils étaient ensemble, il était pâle, épuisé, accablé par une sorte de fatigue inquiète et perpétuelle. « Virginia Woolf a Léonard, lui écrivit-elle. Moi je n'ai personne. » Il n'était jamais là : il la laissait seule, ne l'aidait pas, ne s'occupait pas d'elle, ne voyait pas les choses avec elle, n'avait pas besoin d'elle. Et pourtant la cristallisation amoureuse, qui peut-être s'était produite tardivement, ne se brisa jamais plus, pas même dans la séparation de la dernière année. Si le monde était vide et l'humanité une multitude de spectres, Middleton Murry restait l'unique médiateur entre elle et la réalité sans forme. Elle lui tenait la main, l'appelait Bogey, lui envoyait ses récits, lui écrivait des centaines de pages en se flattant qu'il lui répondrait.

Quoiqu'elle l'implorât au cours de ses longs mois de solitude, son amour pour Middleton Murry avait lui aussi besoin d'éloignement. La proximité quotidienne, les journées, les actions, les pensées partagées avaient un effet dissolvant sur cette passion pleine de chimères. Elle avait besoin de sentir entre elle et l'image aimée la barrière infranchissable d'une page écrite, le message illusoire d'une lettre. Si, toute sa vie, elle avait joué la comédie, elle jouait désormais avec plus de passion, de génie et de talent. Lorsqu'elle saisissait sa plume dans sa chambre de l'hôtel Beau Rivage ou de l'Heatland Hôtel de Looe, ou à la casetta Deerholm d'Ospedaletti, à la villa Flora, à la villa Isola Bella de Menton, elle stimulait ses sentiments par une tension dramatique très intense, disposait ses mots, faisait du théâtre avec son propre cœur, devenant l'héroïne d'un drame qu'elle avait elle-même inventé. Qui pourrait imaginer une représentation plus tragique que celle qu'elle mit en scène pendant quatre ans dans les hôtels et les appartements meublés de la Côte d'Azur ou de la Riviera italienne ? Comme elle l'écrivit dans une nouvelle, « elle disait la pure vérité, comme seul un menteur peut la dire ». Elle n'aurait jamais pu renoncer à ce théâtre sans renoncer à sa propre existence.

Son amour, tel qu'elle le mettait en scène, était une passion absolue et unique au monde, comme elle l'avait apprise dans les livres. « Si tu viens, lui avait-elle écrit de Bandol deux ans auparavant, nous donnerons naissance à quelque chose qui, je crois, n'a encore jamais existé — tant il y a de chaleur, de richesse, de force, en toi et en moi... Il me semble ne t'avoir jamais *aimé avec mon âme** comme je t'aime maintenant. Je t'aime avec toute notre vie future — notre vie ensemble, qui me paraît n'avoir pris racine qu'à présent, et qui vit et croît au soleil. Ce n'est pas moi qui t'aime, mais l'amour qui me possède entièrement — l'amour de toi, de toute notre richesse et de notre joie... » Possédée de cette force dont l'air frémissait autour d'elle comme il tremble dans la lumière, elle ne pouvait supporter la séparation des corps, des âmes, des esprits, des voix. Elle rêvait d'une identité parfaite : « Regarde, c'est comme si nous étions, par un étrange mystère, deux manifestations du *même être*. Il me semble que je *suis* toi — non point deux personnes, mais une seule. Nous sommes les deux faces d'une même médaille. » Mais, tandis qu'elle délirait et se grisait de mots, elle savait qu'il échappait à son étreinte ; et elle cherchait à le posséder de loin, à l'enchanter et l'obséder avec des mots, afin d'en faire son prisonnier. Elle n'y parvint jamais. La passion se perdit dans l'infini, dans la mer sans rivages qui les unissait et les séparait ; et lorsqu'elle pensait à son propre cœur elle voyait un petit lac qu'enserraient de hautes montagnes, un abîme infini où les sentiments et les souvenirs sombraient sans en toucher le fond.

De même que sa passion pour son frère mort avait été une idolâtrie enfantine, ainsi ce désir amoureux, mis en scène sur le papier, était-il une violente fixation infantile. Peut-être la construisit-elle inconsciemment pour échapper à la terreur de la mort ; et quelque chose de funèbre et de sclérosé l'enveloppa, comme c'est le cas pour toutes les fixations psychologiques. Elle voulait réduire son propre monde : le rendre petit, infinitésimal, une goutte où se réfléchiraient les rayons d'un soleil absent. Elle était un elfe, qui se glissait sans être vu parmi de petites bulles aux couleurs d'arc-en-ciel, ou entre des joncs. Ou bien elle-même et Middleton Murry étaient deux enfants que quelqu'un avait envoyés au jardin. Ils restaient là, main dans la main, tandis qu'un grand les observait de sa fenêtre. Il les voyait se cacher dans l'herbe d'un champ silencieux, toucher l'écorce grumeleuse des arbres, se pencher sur une fleur qu'ils essayaient d'ouvrir en soufflant dessus, ramasser un caillou, le frotter et le mirer dans le soleil pour voir s'il contenait de l'or. Puis ils sortaient du jardin, marchant dans les rues et regardant les vitrines, ils achetaient un bateau de bois ou une toupie et ils jouaient, babillant et souriant. Ils n'étaient pas seuls : une poupée les accompagnait, Ribni, moitié enfant moitié marionnette, pour qui Katherine Mansfield écrivait des lettres, inventait de petites comédies : « Je ferai pour Rib un costume de noces en jersey bleu clair, à col marin, avec un pantalon bleu clair et peut-être un petit *sifflet* * suspendu à un cordonnet. » Ils ne vivaient pas, mais jouaient à vivre : chacun avait dans l'autre une confiance totale et dépendait de l'autre ; ils se communiquaient leurs pensées, leurs désirs, leurs rêves, leurs caprices, sans jamais rien se cacher. « Je crois que l'amour est une enfance glorifiée. À moins de devenir de petits enfants, vous ne pourrez entrer... »

Ce rêve de passion enfantine culmina dans le mythe de Heron, la maison de campagne où ils devaient habiter. Tandis qu'elle vivait à Bandol ou à Ospedaletti, il lui semblait assister à la construction de leur refuge. Elle touchait les murs à peine édifiés, entendait le grincement des rabots, les voix des maçons et des charpentiers, sentait l'odeur du premier feu, le parfum du jardin à l'abandon qui lui arrivait par bouffées. Quand la maison serait prête, elle renoncerait aux hôtels. Elle planterait des « choses » qui grimpent le long de treillages, et récolterait des « choses » qui ont un doux parfum ; il resterait étendu sur le dos, à regarder le soleil à travers les branches, indolent, avec de longs cheveux bouclés comme un poney qu'on a laissé paître dans un champ. « Je recevrai toujours assez, de mon père, pour vivre dans un cottage avec une poignée de graines. Nous ramasserons du bois pour le feu, et puiserons notre eau au puits... Nous vivrons de rosée, de miel et de lait du paradis... » « Nous nous mettrons à table pour déjeuner, en équilibre précaire sur nos chaises, comme deux papillons planant au-dessus d'une fleur du jardin. » Ils fermeraient leur porte aux hommes et dans ce seul lieu sur la terre où ni la guerre ni le tapage des journaux et de la mauvaise littérature ne pourraient les atteindre, surgirait l'heureux pays d'Utopie que les hommes attendent en vain depuis des millénaires. « Nous changerons le monde... J'y crois profondément. Quand nous serons à Heron, que nous serons les gens de Heron, il en émanera une clarté, une lueur si douce, que toute sorte de petits voyageurs (des jeunes gens) s'approcheront. Vois-tu, c'est parce que nous ne nous sommes pas encore montrés que nous sommes méconnus — pas encore montrés dans notre plénitude et notre force. » Elle ne devait jamais connaître Heron : ce ne serait jamais un exemple pour les voyageurs. Son destin était de vivre dans les chambres d'hôtel et les appartements meublés, vagabonde, fugitive, n'apercevant un signe de Heron que dans le rythme cristallin de sa prose.

Le 21 mars 1918, elle quitta Bandol, en compagnie d'Ida Baker, emportant avec elle des figues, du *nougat du pays* * et du chocolat, du safran et des œillets. Elle espérait être chez elle le 24 mars, pour retrouver, après trois mois d'absence, Ribni et Middleton Murry. Elle resta à Paris jusqu'au 10 avril, sous les bombardements de la Grosse Bertha ; aucun bateau ne partait pour l'Angleterre. Tandis que les obus allemands pleuvaient sur la capitale, elle courait à la police pour obtenir un laissez-passer ; chez Cook pour changer son billet, savoir si le trafic avait repris sur la Manche ou si les lettres de Middleton Murry étaient arrivées ; trébuchante et désespérée, pleurant et toussant, elle allait d'un bureau à l'autre, avec une lettre de lui en guise de *mascotte* *, suivie d'Ida Baker qui lui semblait « sa bergère démoniaque ». Elle trouva un hôtel, place de la Sorbonne : six francs pour la chambre et le petit déjeuner — une grande pièce carrée avec deux fenêtres, un bureau, *de l'eau courante* *, un lit bas, en bois, avec deux têtes de lion qui se faisaient face, séparées pour l'éternité par deux vases de fleurs ; l'horloge ornée de trois tours était arrêtée à six heures. Le temps, d'une douceur enchanteresse, lui rappelait le printemps indolent qu'elle avait passé à Paris six ans auparavant : « L'un de ces après-midi qui vous font presque pleurer. Dans un lac de ciel azuré, un minuscule nuage venait boire sur la rive. »

Dans l'enfer de la séparation, que pouvaient lui dire ces après-midi bleus et blancs ? Son esprit halluciné trouvait le printemps odieux : cruel — cruel comme peuvent l'être les colombes ; toutes les feuilles explosaient en autant de griffes. Elle sentait de la corruption dans l'atmosphère. Les femmes vêtues de noir, aux yeux fardés, aux lèvres peintes et aux mouchoirs brodés, les jeunes gens qui passaient dans leurs manteaux légers, avec leurs cheveux humides et bien peignés, leur canne, leur taille *pincée* *, leurs chaussures à guêtres claires, lui semblaient sortis de cette Sodome-et-Gomorrhe qui se lovait dans les entrailles du monde moderne comme en une Pompéi menacée par le feu du ciel. La *Grosse Bertha* * tirait toutes les dix-huit minutes et des grenades explosaient tout près de son hôtel. Tout le quartier où, trois ans plus tôt, les enfants patinaient, était couvert de décombres. Les gens couraient dans les rues, sous le grondement du canon. La partie supérieure d'une maison fut arrachée comme d'un coup de dent, la rue était jonchée de débris, une chemise de nuit, une combinaison et une cravate pendaient aux branches d'un arbre. Un ouvrier trouva un jupon de soie, s'en affubla et esquissa deux ou trois pas de danse devant la foule hilare. « J'étais emplie d'horreur et je ne parviendrai jamais à chasser de mon esprit ses pieds qui s'agitaient, son ricanement et les arbres déchiquetés, les maisons éventrées. » La nuit, affrontant sans enthousiasme les escaliers de pierre poussiéreux, elle descendit dans le froid des caves, et il lui sembla qu'elle était précipitée dans la tombe. Elle y trouva entassée une humanité hideuse : « À ce point hideuse, en vérité, qu'après tout une bombe sur eux n'aurait point paru trop cruelle. »

Les lettres de Middleton Murry n'arrivaient pas; et elle revenait de ses vagabondages les mains et la tête vides. « Depuis si longtemps je n'ai pas de nouvelles de toi. Je suis à bout de forces. L'unique chose que je *puisse* faire, c'est de tenir. Tout est sombre, puisque je ne sais rien de toi. » « Je t'en prie, je t'en prie, ne me laisse pas dans le silence. » Sans lettres de chez elle, elle craignait que le cœur de Middleton Murry n'eût changé à son égard, et que Ribni et lui, lassés d'attendre, ne fussent plus à la fenêtre. Elle craignait de se trouver séparée pour toujours de son monde à elle ; elle se voyait vivre longtemps à Paris, des années peut-être, peut-être jusqu'à la fin de la guerre, sans plus recevoir le moindre mot ; là, à Paris, à Sodome-et-Gomorrhe, dans ce printemps cruel, en perpétuel danger d'être emportée par l'atroce coup de balai de l'histoire. Aussi, elle marchait, marchait, marchait ; elle entrait dans les bars pour réclamer du café chaud, errait le long des avenues et sur les *quais* *, traversait le fleuve pour regagner sa chambre, anxieuse et hébétée. Elle passait des nuits sans sommeil à faire des réussites sur la couverture froissée de son lit. Ida Baker dormait à ses pieds, couchée sur le carrelage. Elle avait perdu toute confiance : elle faisait tout ce qui devait être fait, mais son cœur mort n'y prêtait guère attention. Et pourtant, elle continuait à penser à Heron : les arbres de son verger imaginaire étaient déjà en fleur, les marguerites et les géraniums s'ouvraient déjà dans le soleil, les enfants de son rêve allaient les mains pleines de petites violettes languissantes. Elle écrivait à Ribni : « Je t'en prie, continue d'épousseter le seuil de la maison avec une plume, et à sortir, la nuit, la petite lanterne. » Par l'effet d'un prodigieux égoïsme, plus rien n'existait pour elle : ni les autres, ni la guerre, ni les millions de morts, mais uniquement *sa* vie — et *lui*, son amour jaloux, passionné, furieux, pour lui. « Il n'y a rien d'autre sur la terre. Donnez-le-moi, et moi à lui, et laissez-nous exister.

Ne nous dérangez plus. Refermez la porte derrière nous et laissez-nous prendre place dans le cercle de lumière de notre lampe, et nous reposer. » Chaque fois qu'un taxi s'arrêtait devant l'hôtel, son cœur cessait de battre : elle pensait que, peut-être, il avait trouvé quelque moyen inattendu de traverser la Manche ; et maintenant il était là, à quelques mètres, et bientôt ses pas résonneraient dans le couloir, la porte s'ouvrirait et il entrerait dans la chambre où l'horloge était arrêtée pour toujours.

Elle retourna à Londres le 11 avril 1919. Elle avait perdu sept kilos et marchait en s'aidant d'une canne. Son visage spectral et livide était à peine reconnaissable. Elle semblait avoir passé des mois dans une prison épouvantable. Le 3 mai, Middleton Murry et elle se mariaient au bureau de l'état civil de Kensington. Deux semaines plus tard, elle était loin à nouveau : dans un autre hôtel, à Looe, en Cornouailles. « Ici il y a tout, écrivait-elle à son mari le 2 juin, un temps divin, des oiseaux modelés par l'océan, de lents nuages, des fleurs à foison — mais toi tu n'es pas là. Tu n'es jamais là pour goûter un bonheur avec moi — jamais. »

V

L'été 1919, les médecins ordonnèrent à Katherine Mansfield de passer l'hiver dans une région chaude. Le 14 septembre, Katherine, Middleton Murry et Ida Baker quittèrent l'Angleterre et, à la fin du mois, ils louèrent la casetta Deerholm sur la colline qui domine Ospedaletti, près de San Remo. Le 2 octobre son mari retourna à Londres. La petite maison où Katherine passa les mois les plus douloureux de son existence était presque perdue parmi les figuiers, les oliviers et les tamaris, et le maquis dense et bas de lavande et de romarin qui couvrait les pentes de la colline sauvage. « Elle a quelque chose de magique, écrivait-elle à son beau-frère ; la lune, sortie de l'eau, tremble sur le mur et danse sur la cime des oliviers, si bien que l'on croit vivre dans un rêve. » Ospedaletti lui parut un paradis de fleurs. Tout le village était couvert de roses : rosiers grimpants, haies de roses, roses qui retombaient en cascade sur les escaliers ; les enfants en avaient les mains pleines, d'odieuses bourgeoises en bottines à boutons et béret de velours les cueillaient en brisant leurs tiges. Dans sa passion toujours vivante pour les fleurs, elle aurait voulu connaître le nom « de cette blanche merveille aux pétales parsemés de taches vineuses, avec de longs boutons minces — d'autres, roses, ronds et bouclés, d'autres encore, rouges avec des ombres d'argent».

Dans les premiers jours d'octobre, il lui sembla qu'elle allait mieux. Un matin, au beau milieu de la chambre, elle sauta de joie, elle qui n'avait plus sauté depuis deux ans. Cela lui sembla un tel miracle qu'elle éprouva le besoin d'en parler à quelqu'un. Il n'y avait personne. Alors elle s'approcha du miroir et, en apercevant son visage animé, rit de bonheur. Elle faisait chaque jour de petites promenades. Tantôt elle marchait en s'aidant de la canne de promenade de sa mère; tantôt, rapide et légère, elle retrouvait le pas alerte d'autrefois. Elle descendait par une allée tout embaumée de pins, de gommiers, de vanilliers et de bouffées d'air marin; ou bien elle se perdait parmi les touffes de thym et de romarin de la colline déserte, admirant les grandes marguerites qui fleurissaient jusque sur le gravier, les énormes gousses de coton et les papillons aux teintes pâles qui voletaient alentour. Tout lui semblait beau, jusqu'aux brosses à dents, dans la pharmacie, qui «lançaient des étincelles» comme dans les lettres de Kafka. Lorsqu'elle allait à San Remo, elle communiquait à son mari des informations d'«importance internationale» : elle avait acheté des assiettes de porcelaine, deux livres de miel, de la poudre de cary, du thé, de la pâte dentifrice, des pêches, des pommes, des brioches et des figues sèches qu'elle lui enverrait. Elle aimait les ténébreuses boutiques d'antiquités où elle apercevait, depuis la route, des reflets d'argent, un coffret de verre, et la vieille araignée coiffée d'un fichu rouge qui attendait les clients; et elle tomba amoureuse d'une chaise qu'une main allègre avait recouverte d'un brocart couleur de vieil ivoire brodé de figues, de poires, de grenades, d'une petite guirlande de fraises des bois et d'un serpent de mer. Un pathétique désir de raffinement la saisit. Elle aurait aimé un linge de corps plus élégant, des parfums, un nécessaire de toilette, des rubans délicats, et se voulait plus exquise dans son art d'écrivain, dans sa conversation et sa façon de recevoir.

Elle songea à écrire une *suite** intitulée « De la casetta » qu'elle aurait publiée dans *Athenaeum*, la revue que dirigeait son mari ; tournant obstinément le dos aux événements d'« importance internationale », elle aurait parlé dans cette chronique au jour le jour de choses comme « les mouches ou certaines lumières, des bribes de conversation à table, des ouvriers qui, le soir venu, rentrent chez eux ». Mais elle n'en fit rien. Toutefois sa correspondance, en ce début d'octobre, est toute pleine de menus événements de l'existence quotidienne. À peine la pluie avait-elle cessé que la colline déserte s'était peuplée de petits vieux à chapeaux pointus qui partaient en rampant à la recherche des escargots et les disposaient sur des mouchoirs de couleur couverts d'écume. Un minuscule chaton noir et blanc, aux yeux semblables à deux gouttes de miel, à la silhouette de lièvre, était venu lui rendre visite ; il avait englouti une assiette de soupe et du lait, avait ronronné sous sa chaise avant de disparaître dans la nuit en ronronnant toujours ; deux oiseaux aux corps menus, d'un jaune très pâle, aux jaquettes noir et or et aux longues queues argentées, s'étaient promenés dans son jardin tout en babillant. En cette période vide de récits, son occupation essentielle était de regarder ou d'écouter la mer : la mer d'un vert strié de bleu, avec des ombres violettes — si limpide que de la maison elle pouvait presque compter les étoiles de mer au fond de l'eau ; la mer qui tous les matins se teintait de rose pâle et respirait à peine ; la mer d'un azur éblouissant, mais traversée, au large, d'un reflet, d'une touche de blanc, lointaine comme l'horizon, qui la bouleversait — parce que c'était *la note exacte*, le coup de pinceau final, comme dans le plus beau Monet. Tantôt elle était presque silencieuse, à peine une profonde pulsation. Tantôt le vent se levait et dessinait en violet, sur le bleu sombre, des fleuves, des golfes et de petits lacs ; tantôt ce vent, tel un grand oiseau, fondait sur l'eau en déployant ses ailes lumineuses, étincelantes ; cependant que la nuit, les vagues résonnaient comme un immense orchestre au sein duquel on distinguait les violons et les passages précipités des instruments à vent.

Au bout de quelques semaines, tout changea. Ce paradis contemplatif et couleur de rose devint le plus atroce des enfers : les quelques mois qu'elle passa sur la colline couverte de pins et de romarin se muèrent en une tragique exploration de la solitude, de la souffrance, du délire, de la haine, de la nuit. Sa toux ne s'était pas apaisée. Une partie de son poumon gauche n'existait plus, et son cœur commença à faiblir. Il lui semblait parfois qu'un couteau, très lentement, se pressait sur son sein, lui disant : « Ne sois pas trop confiante. » Elle ne parvenait pas à écrire de nouvelles, et son travail critique devenait un supplice. Comme elle regrettait sa maison de Hampstead — sa chambre si belle, le long miroir où ses livres se reflétaient, son armoire laquée de noir, sa délicieuse pendule, le seau de cuivre pour le charbon ! Ici l'unique réalité était le lit, les fioles de médicaments, le verre gradué pour les potions, les compresses de gaïacol. Elle redoutait la solitude, le bruit de son cœur qui battait, battait — et la sensation qu'il n'y avait plus rien au monde que ce sombre, monotone battement solitaire. Abandonnée sur la colline déserte, elle sentait s'ouvrir toutes grandes les portes de son âme et un torrent de « bêtes sauvages et ululantes » — les bêtes qui se massaient, silencieuses, autour d'elle — déferlait furieusement en elle. Alors elle criait implorant celui qui n'était jamais là : « Personne à qui parler — comme Robinson Crusoé. Pis — bien, bien pis... Dans ma chambre, sombre comme une caverne — incapable d'écrire et de penser — pas une nouvelle, pas une lettre... Maintenant, écoute-moi : *essaie* de m'envoyer plus souvent des lettres ou des cartes postales, ou des journaux de ton bureau — n'importe quoi. Si j'étais près de toi, tu me consacrerais bien dix minutes. Donne-les-moi ici, ces dix minutes. AIDE-MOI, AIDE-MOI. Pleurer me donne la fièvre, or je pleure très fort ! Je suis fatiguée. Je ne peux pas toujours écrire, lire ou travailler. Et puis, je n'ai autour de moi que des ténèbres. Je vis sur cette colline désolée, avec L.M. [1] qui rumine à mes côtés... Ma chambre est sombre et je suis seule toute la journée, toute la journée, tous les jours, tous les jours. »

Tandis qu'elle était seule sur la colline, le temps autour d'elle — ce temps dont elle percevait dans ses récits le battement musical — se resserrait ou se dilatait. Il ralentissait ou accélérait son rythme terrible. Un matin, elle eut l'impression qu'en l'espace de quelques heures dix ans avaient subitement passé et qu'elle se retrouvait, âgée de quarante ans, vieillie et soudain grisonnante, dans l'ombre de sa chambre. D'autres fois, les heures ne s'écoulaient point. Deux

1. C'est ainsi que Katherine Mansfield appelait Ida Baker (Lesley Moore). *(N.d.T.)*

semaines, dont nul événement, nulle visite ne venaient rompre la monotonie, lui semblaient n'avoir ni début ni fin : quatorze nuits, ou douze, ou même deux, montaient « jusqu'au pré fauché de l'Éternité » et redescendaient. Elle souffrait de deux maux contraires : le mal des ténèbres et le mal de la lumière. Chaque soir ou presque, lorsque sonnaient onze heures et que l'ombre léchait les fenêtres aveugles, elle commençait à souhaiter qu'il fût onze heures le matin suivant. Elle allait et venait dans la chambre, regardait le lit, se regardait dans la glace, effrayée de cette jeune femme aux yeux fiévreux ; elle se demandait si la bougie tiendrait jusqu'au jour, puis s'asseyait, fixant longuement le tapis — si longuement qu'elle ne levait plus les yeux que par hasard. Elle s'allongeait sous les couvertures cependant que Ida Baker dormait sur un sofa, dans la chambre, pour la protéger de l'horreur du noir ; et au matin, il lui semblait avoir été rouée de coups sur cent lits différents, sans avoir trouvé le moindre endroit pour se blottir. Si les ténèbres lui faisaient horreur, la lumière elle aussi pouvait lui être hostile. La lumière brutale entrait par les fenêtres, la blessait, l'aveuglait, la poursuivait dans les moindres recoins, comme si, dans tout ce monde possédé par le soleil, il n'était aucun lieu pour se cacher.

Elle avait toujours cherché à se libérer du sentiment de la finitude : en toutes choses elle recherchait l'illimité. Elle constatait désormais que le seul infini que les hommes puissent connaître est celui de la douleur. Il n'est pas de limite à la souffrance humaine. La douleur est l'éternité. Lorsqu'elle se disait : « J'ai touché le fond du gouffre — je ne puis descendre plus bas », voilà qu'elle s'enfonçait encore. Et ainsi de suite, éternellement. Naguère à Bandol, à Looe, dans sa maison de Hampstead, elle disait : « Une ombre de plus et ce sera la mort. » Ces derniers mois furent si terribles qu'elle évoquait l'hôtel Beau Rivage avec attendrissement. Il en serait de même à Menton. Quiconque l'eût observée, dans sa chambre, par le trou de la serrure, l'aurait vue se tordre les mains, oppressée par l'horreur de la vie, le sentiment que quelque chose, dans le monde, allait désespérément mal. « Ce qui pourrait être si harmonieux, écrivait-elle l'année précédente, est désaccordé — ou bien tous les instruments sont muets, et personne n'en jouera plus. Il n'est pas de concert pour nous. Est-ce possible ? Tout est-il donc fini ? Ne nous reste-t-il plus que notre désir, nos aspirations, notre soif ? Devrons-nous attendre éternellement dans cette immense salle désolée — attendre que les lumières se rallument — et elles ne se rallumeront jamais ! Mon Dieu, avec quelle joie hystérique j'accueillerais le moindre grincement des instruments que l'on accorde — avec quel soulagement délicieux je m'y abandonnerais ! Mais non, je ne distingue pas le moindre son. »

Elle se mit à délirer. Auparavant déjà, dans certaines lettres écrites à Londres, elle semblait une héroïne romantique, spectrale et impétueuse, venue tout droit des *Hauts de Hurlevent*. Durant son séjour sur la colline, son tempérament visionnaire se développa au point qu'elle se perdait parmi les spectres. Dans la journée elle sentait qu'elle ne pouvait supporter « ce silence ». Tout ce qu'elle lisait ou écrivait pâlissait devant la force de ses visions. Elle s'imaginait, par exemple, qu'elle était sur la crête d'une vague qui déferlait et, en cet instant hors du temps, de l'espace, de l'existence — avant de retomber, lumineuse, brisée et scintillante, sur les rochers —, elle prenait conscience pour sa vie entière de ce ciel blanc voilé d'une trame grise; de la mer qui glissait, fuyante, insaisissable; des arbres sombres et des fleurs devant lesquelles elle passait; d'une caverne peuplée des fantômes d'elle-même; et de son autre moi quotidien, qui étreignait le manche froid d'un parapluie et rêvait d'un bateau, de cordages raides d'un vernis récent, des vareuses des marins. La nuit, étendue sur son lit, elle revivait des scènes de l'existence réelle ou des épisodes imaginaires. Elle s'allongeait sur le côté droit, la main gauche sur son front, comme pour prier. Elle imaginait son père sur un bateau : elle distinguait ses paroles, le geste de sa forte main gantée, le cigare qu'il allumait, percevait le contact de l'échelle de cuivre, le ronflement régulier des moteurs, le bruit des cloches : ou bien elle évoquait l'image du docteur Sorapure depuis la forme de ses pouces jusqu'à sa façon de regarder par-dessus ses lunettes, jusqu'au mouvement de ses lèvres lorsqu'il écrivait. C'était elle qui créait ces hallucinations par la force de son imagination; c'était elle qui mettait en branle sa propre machine à rêver; mais ces hallucinations la possédaient, beaucoup plus vives et plus intenses que tout ce qui s'offrait à son regard durant la journée. Peut-être lui avaient-elles été données comme « lot de consolation » en dédommagement de sa maladie.

Elle dut parfois se demander si ces hallucinations, plutôt qu'une récompense, n'étaient pas en réalité sa punition pour avoir voulu franchir les limites de la connaissance. Une nuit, elle prit un narcotique; elle crut sombrer dans le coma. Lorsqu'elle ferma les yeux, des jardins se mirent à défiler — des jardins tropicaux, avec de blancs édifices noyés dans la verdure. Des arbres qu'elle n'avait jamais vus ni imaginés passaient et repassaient — des arbres couverts de plumes, des arbres d'argent, des arbres blancs portant de longues feuilles transparentes. Son cœur palpitait, elle respirait à peine, elle ne pouvait mettre fin à cette vision et s'épouvantait de cette force qui, grandie en son sein, l'assaillait du dehors. En janvier, la mer se retourna contre elle. Plus de traînées mauves, plus de roses tendres, ni de touches de blanc dans le lointain, plus de musiques de violons ou de cuivres. Sous un ciel bas et violacé, la mer était de laque. Elle grondait, bouillonnait, hurlait, rugissait : elle semblait vouloir dévorer l'air — Katherine, cependant, écrivait sans poser sa plume, de neuf heures du matin à minuit, *L'homme sans tempérament*. Elle se sentait agressée par les spectres des ténèbres, et il lui arriva de prendre un tableau représentant un chat pour un fantôme terrifiant. Il lui semblait être sur un navire, ballottée par les tempêtes, elle entendait sonner des cloches ; la voix d'un ténor alternait avec celle d'un baryton ; et, suprême angoisse, les âmes des noyés, filles de la solitude et de la peur, venaient en foule chanter toutes les nuits, pour l'entraîner dans la folie.

À Ospedaletti, Katherine Mansfield vida jusqu'à la lie l'obscur calice de la haine. Avec elle se trouvait Ida Baker, qui resta à ses côtés sa vie durant, tout à la fois amie, dame de compagnie, servante et complice ; quand elle n'habitait pas avec Katherine, elle occupait les emplois les plus humbles — coiffeuse, ouvrière d'usine, nurse, paysanne. Katherine lui était attachée par des liens inextricables, plus étroits que ceux qui la liaient à son mari. Jeune fille déjà, elle l'avait soumise à l'empire de son charme, la subjuguant, la possédant, faisant d'elle sa victime et sa proie. Elle lui écrivit un jour : « Je ne t'aime que lorsque tu es à la maison... Oui, oui, je ne t'aime que lorsque tu deviens aveugle au monde entier, nous exceptées » (elle aurait dû dire *moi*). Ida Baker l'aima avec un dévouement absolu, acceptant tout ce que Katherine faisait ou aurait pu faire : « J'ai fait taire tous mes désirs, dit-elle, si bien que désormais je n'en éprouve plus aucun. Je ne pense plus, je ne ressens plus rien. » Elle avait besoin de se dévouer entièrement à sa bien-aimée et de souffrir pour elle, d'être par elle torturée et humiliée. Plus elle l'aimait, plus elle avait le sentiment de n'être pas à la hauteur : elle s'accusait d'être une incapable, de l'exaspérer à force d'attentions, de ne jamais la laisser libre — bien que, tout au fond d'elle-même, elle fût heureuse lorsque Katherine était seule ou malade, car alors celle-ci devait compter exclusivement sur son dévouement.

Une seule fois peut-être, Katherine répondit à ce flot d'amour, doux, tendre, obscur, qui montait vers elle. C'était à Londres, elle était jeune encore. Un soir elle vit Ida, les traits altérés par la souffrance, son pâle visage fatigué inondé de larmes, la jupe déchirée, les boutons de son manteau à moitié décousus, ses longs cheveux blonds en désordre, et qui marchait d'un pas traînant. Puis elle se pelotonna devant le feu comme un animal. Alors Katherine Mansfield comprit que cette femme silencieuse lui avait fait don d'elle-même à jamais. « Prends-moi, Katie. Je t'appartiens. Je te servirai, je te suivrai partout où tu me l'ordonneras. » Tel avait été son message muet. Katherine en éprouva du remords, et sentit qu'elle portait l'entière responsabilité de cette créature qui avait voulu être sienne si totalement. Elle l'aida à s'allonger sur le sofa, lui prépara une boisson chaude, lui apporta des couvertures et un édredon. Tandis qu'elle la bordait, d'une main pour une fois délicate et attentive, elle la trouva si émouvante, avec ses longs cheveux blonds auxquels elle avait si souvent pensé, qu'elle se pencha et l'embrassa. Pas comme elle le faisait d'habitude — d'un petit baiser sec. Surmontant sa froideur, sa réserve et sa répugnance, elle lui donna une série de baisers rapides comme on en donne à un enfant fatigué. « Oh ! dit Ida Baker en soupirant, je rêve... »

À Ospedaletti, tandis que le vent se déchaînait, que la mer devenait de laque et que les voix des noyés gémissaient dans la nuit, Katherine Mansfield passa des mois d'horreur auprès d'Ida Baker. Elle la rendait responsable de tout : c'était sa faute si elle était malade, si le goût bizarre du sang lui emplissait la bouche, si elle vivait séparée de Middleton Murry, si l'existence pour elle devait si tôt s'achever. Elle l'épiait et détaillait à son mari, avec une précision minutieuse et féroce, tous ses gestes gauches et déplacés : elle mangeait trop, mastiquait trop, dépensait trop, ne savait pas faire la cuisine, consommait trop de bois, cassait les compotiers, les assiettes et les thermomètres. « J'ai toujours pensé, écrivait-elle à son mari, qu'elle rêvait de m'enterrer et de rapporter quelques plantes de la tombe de Kate, qu'elle mettrait pour toi en terre dans une caisse, sur la fenêtre. » Le cœur, l'esprit, les fibres et les entrailles tout pleins de haine, nourrie de haine jusqu'à la démence, elle refusait de lui adresser la parole et ne pouvait la toucher ou prendre une assiette de ses mains sans frissonner. Elle sentait cette charge de fureur sombre et aveugle s'emparer d'elle, la consumer, la dégrader, l'emplir de mort, de corruption et de ténèbres. Si on lui avait demandé pourquoi elle détestait tant sa victime, elle n'aurait pas su répondre. Peut-être la haïssait-elle parce que l'amour, lorsqu'il possède totalement son objet, doit verser dans la passion opposée ; ou parce qu'elle aurait voulu avoir auprès d'elle son mari, qui menait à Londres une existence très entourée ; peut-être aussi déchaînait-elle sur ce pâle visage douloureux la féroce puissance de destruction que renfermait son âme. Elle aurait voulu la tuer. Elle se voyait en haut de l'escalier, Ida en bas, et elle lui tirait dessus avec un revolver. Ou bien elle rêvait qu'une crise cardiaque la terrassait brusquement. Alors, enfin heureuse, elle songeait que jamais plus ce regard amoureux ne la fixerait ; elle ne parlerait jamais plus au démon qui dévorait sa vie ; et elle se surprenait à crier : « Oh, quel paradis, quel paradis ! »

Elle franchit un nouveau cercle de l'Enfer. Le 4 décembre 1919, à cinq heures de l'après-midi (telle est la précision avec laquelle nous pouvons reconstituer son existence), elle écrivit une lettre à son mari. Elle avait la fièvre, qui donnait aux choses l'éclat d'une hallucination. Elle revoyait sa mère — enviée, heureuse, entourée, pleine de réserve et d'assurance. « Il me semble que je l'entends dire : “Mon petit, on ne peut te laisser ici un seul instant.” Et puis elle ferait des miracles, et avant qu'il soit demain, elle m'emmènerait en dépit de tous. » Elle joignit à sa lettre un poème où elle se décrivait comme « la feuille emportée par le vent », « l'agnelle abandonnée du troupeau », « la pauvre petite chatte perdue », « l'oisillon tombé du nid ». « Qui est cet homme qui te laisse malade et glacée, dans un pays étranger ? Qui est ce mari, qui est cette pierre qui peut laisser seule une petite fille comme toi ? » Dans six mois il viendrait la chercher. « Ah ! Ah ! Six mois, six jours, six heures, au milieu de ces palmiers scintillants, de ces fleurs, avec à mes côtés la Mélancolie, avec le Désespoir pour infirmière, et comme serviteur, la Souffrance. » Quand son mari lui répondit, elle lui reprocha amèrement de ne jamais l'aider. « Si malade que je sois, tu es encore plus malade. Si faible que je sois, tu es plus faible encore — moins capable de supporter les choses. » Il était vieux, fatigué, noué de peurs, prisonnier de lui-même, incapable de s'oublier. Elle était un frêle esquif ballotté de-ci, de-là par des vagues terrifiantes, elle appelait au secours, et lui la regardait, du haut de son bâtiment, et refusait de la voir parce qu'il était fait de cordages et de fer.

Cette réponse de Middleton Murry eut des conséquences définitives, comme Katherine le note dans son journal. Lors de sa première nuit à Ospedaletti, elle fit un rêve. Elle éprouva la secousse d'un tremblement de terre et sentit son corps voler en éclats, comme s'il avait été de verre : un long frémissement horrible ; sa moelle, ses os, chaque point, chaque atome de son corps tremblaient en vibrant de mille secousses ; le verre pulvérisé était agité de remous ; tandis qu'un bruit sourd et confus résonnait à ses oreilles, elle distingua une lumière brillante et verdâtre. À son réveil, elle était convaincue d'être morte. Ce songe exprimait une prémonition de l'avenir : après avoir reçu la lettre de son mari, elle était morte ; la jeune femme fébrile, cruelle et enthousiaste qui avait porté le nom de Katherine Mansfield avait été ensevelie dans le jardin de la casetta, où elle avait souffert et haï. À cet instant disparut la terreur de la mort qui l'obsédait depuis deux ans, l'obligeant à se cramponner aux souvenirs et aux figures de l'existence ; lorsqu'on est enseveli parmi des pierres, on ne peut craindre la mort. Tout changea : elle était désormais une survivante, un arbre que quelqu'un avait déraciné et transplanté et qui se demandait maintenant s'il devait se dessécher ou prendre racine. Que lui importait, désormais, de vivre avec Murry et en Angleterre ? Elle aurait aimé écrire des livres, passer quelques années heureuses avec Jack (bien que cela lui semblât impossible), voir Lawrence dans un pays de soleil, voyager — mais si elle ne le faisait pas, cela lui serait indifférent. À force de mots jetés fiévreusement sur des feuilles de papier, à force de théâtre et de mensonge, elle avait construit, par le passé, « son doux amour si fou — joie et angoisse » : un radieux amour enfantin, fait de confiance et de possession, qui avait culminé dans le rêve de Heron. Maintenant sa passion enfantine n'existait plus. Le rêve de Heron avait disparu derrière le plus impénétrable des brouillards. Elle était devenue une étrangère parmi les étrangers. Elle continuerait à aimer Middleton Murry, mais comme aiment les morts et les étrangers, froids, distants, pleins de replis secrets.

Une nouvelle scène se joua sur le théâtre de son cœur. Sa haine pour Ida Baker disparut d'un seul coup, « comme si une malédiction avait été exorcisée ». Elle la vit avec des yeux que n'aveuglait plus l'esprit de destruction : elle la vit qui la nourrissait et l'assistait, se levait au milieu de la nuit pour lui chauffer son lit ou lui masser les pieds, lui apportait des fleurs, la servait, inspirée par l'amour. Elle songea à son dévouement incessant, à sa patience, à son désir de l'aider et de rester dans l'ombre. « Qui d'autre aurait fait cela? écrivit-elle à son mari. Je sais qu'elle nous aime comme personne d'autre ne nous aimera. » À l'instant même où elle sentit s'évanouir son rêve d'amour, elle lui substitua — incroyablement prompte, et presque féroce — l'unique chose qui lui restât : elle se cramponna au dévouement de la créature odieuse et vilipendée ; et l'amie prit la place de l'époux absent, devenant la compagne agréée de son existence. Elles vécurent ensemble, voyagèrent ensemble. « Si je soupire, je sais qu'elle lève la tête ; je sais que ses grands yeux graves se fixent solennellement sur moi : pourquoi ai-je soupiré ? Si je me retourne, elle me propose un oreiller ou une autre couverture ; si je me tourne à nouveau, c'est que j'ai mal au dos : ne pourrait-elle tenter de me frictionner ? Pas moyen de lui échapper. Un léger bruissement, une toux plus étouffée, et sa voix douce demande aussitôt : "Tu as parlé ? Puis-je te donner quelque chose ?" Si je ne bouge pas du tout, alors elle découvre de la fatigue dans mes yeux cernés. »

Elle ne pouvait plus demeurer à Ospedaletti : elle voulait tourner le dos à cette maison saturée de haine et de désespoir, à cet épouvantable isolement, à ce calme mortel, à ce vent furieux, à ces cauchemars nocturnes, au sentiment d'être contaminée par la tuberculose, et aussi à ses pensées dans l'insomnie qui revenaient sans cesse à sa vie passée — « comme je suppose qu'on le fait lorsqu'on va mourir ». Elle décida de partir. Elle prit un taxi et, le 21 janvier 1920, accompagnée d'Ida Baker, elle franchit la frontière et gagna Menton où l'attendaient sa vieille cousine Connie Beauchamp et son amie Jinnie Fullerton. Le dernier jour, seule dans la casetta, elle avait noté sur son journal : « Seule ici — journée parfaite. J'ai erré dans le jardin... Les fleurs se balançaient au vent. Il y avait un navire blanc et immobile sur la mer... Tout était d'une exquise beauté. Adieu. Les choses croient que nous partons et se sentent en sécurité. »

VI

Elle était à peine arrivée à Menton que la joie renaissait dans son organisme moribond — ce démoniaque bonheur d'exister qu'elle ressentait si intensément dans toutes ses fibres. Elle se sentait redevenue jeune fille : « Je me sens différente *pour de bon* — d'autres yeux, d'autres cheveux. » « Tout est si joyeux, et puis il y a des fleurs, de la musique, une mer scintillante. » Elle ne voulait plus être à l'écart de la vie : elle désirait s'en nourrir, exulter et adorer, donner et recevoir, jeter et renouveler. Avait-elle oublié les terreurs d'Ospedaletti ? Avait-elle repris vie, de toute sa force de chat, avide et féroce ? Ou bien cette époque était-elle tapie en elle, comme un lointain cauchemar au cœur de la nuit ? Elle resta presque un mois dans une clinique-hôtel, et dans la salle à manger les autres malades lui semblaient des ressuscités : à peine sortis de leurs élégants cercueils ils prenaient là leur premier repas. Leurs cheveux étaient fins, fragiles et pauvres ; leurs yeux froids et pleins d'inquiétude ; leurs maigres mains de cire ressemblaient à des cannes ; des bouteilles et des boîtes de médicaments, des chauffe-plats et des bouillottes les entouraient, telles des divinités tutélaires ; et quand ils se mouchaient, ils émettaient des sons neutres, ni masculins ni féminins. Le 15 février, sa cousine arriva en automobile, avec des couvertures de fourrure et des coussins de soie, pour la conduire à la villa Flora, où Katherine demeura jusqu'à la fin avril. La villa de Connie Beauchamp était « un rêve » : courtepointes espagnoles en soie, porcelaines italiennes, cafetières en argent, service à thé irréprochable, silence, femmes de chambre en petits tabliers de mousseline voletant sur les tapis, un petit chien pékinois, un jardin plein d'arbres, de fleurs et de jardiniers. Il lui sembla qu'elle retrouvait la vie luxueuse qu'elle avait abandonnée pour la littérature. Dans sa chambre gris et argent, la seule note de couleur était un divan recouvert de brocart rose. Elle pouvait rester toute la journée, dans un calme absolu, suivant de sa plume la foule des mots qui emplissait son esprit ; ou bien elle descendait dans le jardin au milieu des palmiers, des citronniers, des orangers, comme une convalescente aimée et choyée, à demi étendue sur un fauteuil roulant.

Sa vieille cousine protégeait, soignait et gâtait cette fleur-papillon de Nouvelle-Zélande venue battre si loin de ses ailes malades. Elle la combla de présents : un costume de fillette en foulard bleu bordé d'une frange rose, un chandail de soie brodé d'argent, une robe de mousseline bleu ciel à fanfreluches, six chapeaux, une très belle broche ancienne et des boucles d'oreilles en perles véritables. Quand Ida Baker, jalouse de ces attentions, déclara que sa cousine la gâtait, la vieille dame rougit, exactement comme la grand-mère de Katherine, et dit : « Cette enfant, pendant deux ans, n'a pas vécu, ne s'est pas amusée, n'a pas porté de beaux vêtements. Je suis *certaine* que Jack aimerait faire ce que je fais. » Katherine avait l'impression d'avoir retrouvé sa mère, sa grâce, son calme, sa parfaite et silencieuse compréhension. « Elle me manque tellement. J'aimerais si souvent m'appuyer contre elle et savoir qu'elle comprend les choses que l'on ne peut dire... un souffle les ferait s'évanouir... *des besoins infiniment délicats*... un sentiment de grande finesse et de gentillesse. »

Dans son automobile couverte de fourrures et de coussins de soie qui ronronnait comme un chat trop bien nourri, Connie Beauchamp promenait Katherine à travers les villages, les bourgades et les villes de la Côte d'Azur, pour la distraire de la solitude où elle avait vécu. Menton lui plut : un orchestre jouait chaque dimanche dans le jardin de la ville et son chef raclait le sol du pied et agitait les bras comme un coq sur le point de chanter, tandis que de grandes flaques de lumière, pareilles à du vin blanc, descendaient du ciel ; les parterres débordaient de pensées ébouriffées, et de petits ânes blancs résignés étaient attachés à un piquet. Monaco était un royaume d'opérette, avec ses canons miniatures dans la cour du palais. Monte-Carlo la fascina et l'épouvanta, avec ses énormes villas, ses tours sinistres, ses commerces de luxe, parfumeries, bijouteries, pâtisseries, les boutiques des prêteurs sur gages, ses « parterres nourris de la chair des petits enfants » ; les casinos où se pressait la foule des prostituées, des entremetteuses, des gouvernantes en gants de filoselle, ainsi que d'antiques sorcières en robe de satin vert et manteau de velours noir, de riches et gros capitalistes, des adolescentes déguisées en petites filles ; et le café de Paris avec ses terribles garçons, véritables démons qui dissimulaient leur queue fourchue sous leur tablier. À Roquebrune, Sydney et Violet Schiff lui montrèrent leurs Gauguin et leurs Picasso, lui prêtèrent les premiers volumes de la *Recherche* et s'éprirent d'elle éperdument. Souvent la grosse automobile ronflante faisait halte et Katherine était conduite dans un salon de thé, à l'intérieur d'un édifice de marbre blanc rosé, où des garçons plus pacifiques lui apportaient d'office une tasse de chocolat mousseux ou une meringue fourrée aux marrons. Pendant ce temps, entre une tasse de chocolat et une meringue, Connie Beauchamp tâchait de la convertir au catholicisme.

Puis l'automobile reprenait la route qui monte en virages serrés vers les Alpes-Maritimes. Les amandiers étaient blancs et roses, puis c'étaient les cerisiers et les poiriers sauvages, blancs parmi l'argent sombre des oliviers. Les pommiers exhibaient leurs premiers boutons, les jacinthes sauvages et les violettes débordaient du panier de Flore, les citronniers brûlaient d'une douce flamme, et les orangers s'embrasaient sourdement. Elle vit la Turbie et ses ruines romaines ; Castellar, où des enfants qui menaient paître leurs bœufs armés de baguettes vertes, des vieilles qui glanaient parmi les oliviers, un vieux paysan aveugle au chapeau orné d'une violette la transportèrent dans un village du Moyen Âge ; et les petits hôtels immaculés de la montagne, dont la patronne servait à table en chemisier blanc et sabots de bois. C'était la même Côte d'Azur légère et gaie que Fitzgerald devait fréquenter quelques années plus tard. La Côte d'Azur de *Tendre est la nuit*, avec sa mer aux nuances mystérieuses comme les agates et les cornalines de son enfance, verte comme un lait de sinople, bleue comme de l'eau de lavande, sombre comme le vin. La roche et les pierres à l'aspect volcanique, les couleurs de la mer et de l'air rappelaient à Katherine la Nouvelle-Zélande, ou quelque chose de beaucoup plus lointain — un « printemps élisabéthain ». Elle lisait *La nuit des rois, Le conte d'hiver, Le songe d'une nuit d'été, La tempête* — un Shakespeare pastoral et plein de fantaisie ; elle errait dans la forêt d'Ardenne, riait avec Titania dans les sables parfumés de l'Inde, chevauchait aux côtés d'Ariel les « nuages bouclés », citait de mémoire les vers de Spenser où les giroflées, les jonquilles, les muguets, les narcisses et les chèvrefeuilles forment un moelleux ornement. Elle aurait voulu habiter avec son mari, que son chapeau de feutre, ses favoris et ses bottes de cuir souple faisaient ressembler à un personnage de comédie fantastique, dans l'île de Ferdinand et Miranda ; et elle pensait que s'ils avaient vécu tous deux là, où le climat était si délicat, l'air si doux, le sol si fertile, ils auraient fini par parler comme des personnages de théâtre, en une sorte de vers libres.

En septembre 1920, Katherine Mansfield loua la villa Isola Bella à Garavan, entre Menton et la frontière. Cette fois encore elle s'extasia devant la maison, « délicieusement aménagée par une comtesse italienne ». Sa chambre était toute lambrissée de bois sombre ; des rideaux de velours gris, doublés de brocart bleu ciel, protégeaient les yeux de la violence de la lumière ; un édredon de soie bleue trônait sur le lit. Le salon avait des meubles recouverts de velours, une immense horloge qui carillonnait à d'étranges intervalles, un miroir doré, et deux vases cramoisis d'une suprême élégance qui la firent penser à « deux fontaines pleines de sang ». Dans la salle à manger, il y avait *un vrai buffet* * avec des pots d'argent pour le thé et le café, et de « délicieux rince-doigts en verre bleuté ». Le tout faisait très « Sir John and Lady Middleton Murry » et cela lui plaisait. Mais le vrai trésor, bien plus que le modeste *décor** de velours, de brocarts, d'édredons et de bibelots, semblable à celui de toutes les villas 1920 sur la Riviera, c'était Marie, la cuisinière. Elle était petite, avec des cheveux gris, des yeux bleu pervenche, des gestes rapides et amples. La domestique de sa cousine la décrivait comme « une personne supérieure », veuve d'un cocher et propriétaire d'un appartement à Nice. Mais Marie était trop gaie, trop rieuse et légère — bien que quelquefois les larmes l'étouffassent quand elle parlait de son époux — pour évoquer des dignités aussi substantielles et imposantes. Pour le cocher, elle n'avait guère dû être qu'une plume à son chapeau ; et l'appartement à Nice devait se réduire à une chaise près d'une fenêtre, d'où l'on pouvait contempler les couleurs et le tumulte du marché.

Marie avait un tempérament d'artiste, tout comme sa sœur Françoise à laquelle Proust, à la même époque, éleva un monument. Elle avait transformé la cuisine — ce royaume défendu par de sombres et lourdes portes, où Katherine ne s'aventurait qu'avec un respect d'écolière — en une collection immaculée de natures mortes : les douze casseroles de cuivre fixées au mur vous souriaient, et Marie avait suspendu des bouquets de camomille et de feuilles de citronnier pour la tisane. Tout était dans l'ordre le plus parfait — de mystérieuses casseroles mijotaient, les légumes s'épanouissaient par bottes entières dans des pots, le poisson reposait dans toute sa flore marine, une bouchée tragique de persil entre les mâchoires. Marie avait un sens esthétique si développé qu'elle dit une fois à Katherine son intention d'acheter des bananes non pour les manger, mais parce qu'elles faisaient un fort bel effet dans la coupe de fruits, mollement étendues au milieu des oranges et des pommes, comme dans un Chardin du XXe siècle. Lorsqu'elle revenait du marché les bras chargés de fleurs d'oranger, elle les disposait en chantant, les longues branches dans des vases et les rameaux plus petits dans des coupes basses en verre. La maison en était tout embaumée, comme si quelque sultan eût attendu la première visite de la plus jeune de ses épouses. C'est elle qui servit de modèle à la Marie qui, dans *Le nid de colombes*, prépare des *tombeaux* * de fleurs. Un jour elle avait eu un choc en voyant le plateau de cristal ovale posé sur la lourde table cirée : ainsi perdu, solitaire, au milieu de cette étendue sombre, il faisait penser à une petite tombe. C'est ainsi qu'elle eut l'idée de créer des compositions florales en l'honneur de ses maîtres et de leurs hôtes qui, un jour ou l'autre, ne seraient plus de ce monde. Elle prépara un *tombeau* * impressionnant, tout en pensées noires, pour Miss Anderson ; un autre, presque gai, fait de naïves petites fleurs jaunes et bleues avec, au centre, une grande rose écarlate, pour Mrs. Fawcett ; un autre tout blanc pour la jeune Milly ; et un superbe bouquet d'orchidées pour un *beau monsieur* * comme Mr. Prodger ; et tandis qu'elle servait à table un gigot d'agneau, elle éprouvait la sensation exquise et perverse de donner à manger à des cadavres.

Lorsque Katherine descendait à la cuisine pour boire à petites gorgées une tasse de lait, Marie revenait juste du marché et avait posé sur la table son panier débordant de légumes et de fruits : les fils du dernier été, du début et de la fin de l'automne, encore tout chauds de cette vie qui les avait nourris sur l'arbre et sur la plante, étaient là sous ses yeux. Elle regardait les poires et les grappes de raisin, les salades, les fenouils, les asperges et les coings, et il lui semblait que ses yeux la nourrissaient pour tout le jour; puis elle se mettait à bavarder avec cette petite vieille si gaie, si vivante, dont le ton résolu éloignait les souvenirs douloureux de ses nuits. Marie commentait ses achats de la matinée : les *haricots verts* * étaient trop chers, les *choux-fleurs* * avaient gelé, *j'ai un morceau de gorgonzola ici pour un prr-ince* *. Venait ensuite la question du menu : Monsieur allait arriver, que lui préparerait-on pour déjeuner? «*J'ai l'idée, Madame, d'acheter une belle tranche de veau... Alors, de faire une poche dedans et de la farcir avec un peu de jambon, un œuf* *... » et ainsi de suite, se perdant triomphalement dans cette énumération gourmande et baroque. «*Mais Monsieur aime le veau* *? » se demandait-elle avec angoisse. Ne valait-il pas mieux lui servir de l'agneau? «Ils sont si petits et si délicats en ce moment. Et rien ne fait plus plaisir aux hommes qu'un simple gigot.» Une fois, Katherine Mansfield osa proposer : « Et si nous préparions un chou-fleur, Marie, un chou-fleur à la sauce blanche. — Mais ils sont tellement, tellement chers, Madame, gémit Marie. Tellement chers. Un chou-fleur tout petit, deux francs cinquante. C'est du vol, c'est...» Mais Katherine trancha, telle une héroïne antique. «Nous avons besoin d'un chou-fleur, quel qu'en soit le prix.»

Cette douce Françoise, qui volait le beurre et le sucre, qui possédait au plus haut point le sens de ce que James aurait appelé *la vraie, la véritable* manière d'accommoder les rôtis, qui cuisinait le *faux filet* * comme personne, avait une vocation d'artiste dramatique. À peine son discours délaissait-il les menus, qu'elle prédisait des grèves, de la neige, plus rien à manger, plus de charbon... seule la volonté de Dieu pourrait les sauver. Le mimosa penchait un peu —

et Marie pronostiquait (« *Espérons toujours que non, Madame, mais* *... ») qu'il allait tomber et les écraser. Elle décrivait l'inclinaison de l'arbre, elle devenait — avec sa petite robe noire bordée de crêpe, son tablier blanc et ses cheveux gris — le mimosa qui s'abattait. Avec elle, tout était au diapason, au bord de la tragédie la plus sinistre ; puis elle riait, ses yeux bleu clair s'illuminaient et tout — la neige, le charbon, les choux-fleurs trop chers, le mimosa moribond — devenait un jeu. Katherine se divertissait énormément à ce spectacle matinal, qui représentait pour elle la voix fantastique et consolatrice de la réalité, venue la protéger d'elle-même. Dès que Marie ouvrait la bouche, la tension que Katherine et Ida Baker faisaient régner dans la maison se dissipait. Avait-elle jamais possédé un ange gardien aussi fidèle ? Marie protégeait subtilement le travail de Katherine. Si celle-ci écrivait, personne ne pouvait franchir la porte d'entrée. D'une voix chuchotante, elle dirigeait tout le monde vers la porte de la cuisine, « ... parce qu'il est très irritant, pour Madame, d'entendre parler pendant qu'elle travaille ».

Pendant ces quelques mois d'automne et du début de l'hiver, Katherine Mansfield resta le plus longtemps possible dans le jardin, parmi les palmiers, les mimosas et les magnolias aux boutons veinés de rose ; ou bien sur la terrasse, étendue sur une chaise longue, face à la mer. Elle regardait le palmier. Il était d'une couleur surprenante : parfois il semblait de bronze, parfois vert et or, de l'or chaud et tranquille des tigres ; et le soir, la lune le faisait d'argent. Mais son arbre préféré était le citronnier ; venaient ensuite le poirier sauvage et le poivrier... Quant aux fleurs, les illustrations d'une revue de botanique l'impressionnèrent vivement, la plongeant instantanément dans l'excitation, comme si un orchestre s'était mis tout à coup à jouer : « J'ai lu la description d'un magnolia rose qui pousse en Afrique et qui peut mesurer jusqu'à cinquante mètres de haut — ses fleurs sont d'un rose de coquillage, au bout de tiges argentées ; il n'a pas de feuilles, ce qui le fait ressembler à un grand vol de flamants roses. Il y avait une illustration. Bogey, je me suis *vraiment* à moitié évanouie, et j'ai dû m'étendre. » Un jour elle observait la feuille d'un citronnier. Tandis qu'elle la contemplait distraitement, elle prit tout à coup conscience de l'extraordinaire « liberté » de son dessin — de la vie de chaque courbe, de chaque ramification, de chaque signe —, et elle ne lui apparut plus comme quelque chose d'extérieur à elle, mais comme une partie d'elle-même. Peut-être pouvait-elle tendre la main et transformer sa propre existence en un vert feuillage, telle Daphné quand l'effleurèrent les mains douces d'Apollon.

Alors qu'elle était étendue sur une chaise longue, elle vit un gros lézard qui filait sous les feuilles : un parfait crocodile miniature. Il s'approcha en glissant et avala une fourmi. « Si tu avais vu ses petites mâchoires, écrivit-elle à son mari, les vibrations de sa langue, le frémissement du pouls juste au-dessous de l'épaule — et ses yeux. » De ses yeux de petit crocodile il écoutait ; puis, comme il ne trouvait plus de fourmis, il se raidit sur ses pattes de devant et, voyant qu'elle l'observait, il lui fit délibérément un clin d'œil et s'éclipsa. Quelques jours plus tard, deux lézards grimpèrent le long du palmier : l'un d'eux tomba, dégringolant du haut de la terrasse (ce fut, pour lui, l'équivalent d'une chute de deux mille mètres) ; et l'autre, perché sur un tronçon de palme, se pencha pour le regarder. Puis le premier reprit ses esprits et remonta sur l'arbre comme si de rien n'était. Pendant ce temps les criquets faisaient vibrer leurs petits tambourins; les abeilles voletaient comme pour déguster à l'avance leur joie future, avant de s'enfouir dans la tiédeur des giroflées et des roses épanouies. Les papillons s'élançaient dans l'air, se laissaient capturer par le vent et se balançaient, ballottés et un peu chancelants; ils feignaient d'avoir peur; se retenant à une feuille le plus longtemps possible puis prenant une longue inspiration de papillon, ils s'élevaient en voltigeant, tout frémissants de plaisir. Le vent effleurait les branches des arbres, répandant de toute part des jets lumineux de musique : des cadences légères, d'imperceptibles trilles échappaient aux fleurs. La forme de chacune d'elles ressemblait à un son. Dans la vallée, deux maçons italiens chantaient, et leurs voix s'éparpillaient dans la lumière. « Je suis certaine, écrivit Katherine, que les murs retiendront éternellement ce chant, et que chaque fois qu'il fera beau l'on sentira en posant là sa main, dans cette courbe ou cet arc, une chaleur, une faible vibration. » En proie à une joie douloureuse, à une névrose anxieuse, elle voulait tout cueillir, tout absorber, et sentir les ultimes vibrations du monde créé résonner dans son âme, qui les amplifiait et les dramatisait. À la fin, n'en pouvant plus de sons, elle se recueillait dans le cercle fermé de son moi.

Puis vinrent l'hiver et la pluie. En février 1921, Katherine Mansfield tomba gravement malade, et au début du mois de mai elle se rendit en Suisse, d'abord à Baugy, puis à Sierre et, à la fin de juin, elle monta à plus de mille six cents mètres, à Montana, que les médecins lui avaient recommandée pour ses poumons. Elle y demeura jusqu'en janvier 1922; son mari la rejoignit, et ils habitèrent ensemble au milieu d'une pinède, comme sur une île déserte, cependant qu'Ida Baker travaillait dans une clinique. Lorsque Katherine arriva à Baugy, le cœur tout plein de sa France élisabéthaine, nourrie des *escalopes aux tomates* *, des *choux-fleurs* * et des discours de Marie, la Suisse lui déplut. Tout y était d'une propreté repoussante : son lit couleur de lis avait une blancheur de mort, et ses draps étaient bordés si serrés qu'il fallait s'insinuer entre eux comme un couteau dans une huître ; le gros bouquet de lilas blanc, frais et bouclé, de son salon sortait tout juste de la blanchisserie. Chaque marguerite, sur la pelouse, arborait une frange empesée, et même les fientes des oiseaux étaient immaculées. Les moineaux, les grives, les merles qui voletaient dans ces parages étaient de bons gros oiseaux tout germaniques, rescapés de la rôtissoire. Et puis les aliments n'avaient pas de nerfs, ils ne résistaient pas au couteau qui les découpait, n'éveillaient pas cette curiosité qui vous donne envie de devenir intime ; ils restaient là à attendre. Les biftecks eux-mêmes étaient humbles, et quant à la purée, on était tenté de l'appeler « ma tante ». Mais en montant à Montana, dans son île déserte au milieu des sapins, elle se réconcilia avec la Suisse. Tout était parfait.

Le matin, si la douleur lui interdisait de descendre l'escalier, Ida Baker lui montait un baquet d'eau chaude et la baignait, la savonnait et l'essuyait comme le faisait sa grand-mère vingt ans auparavant. Elle écrivait le matin et l'après-midi ; après le déjeuner, elle faisait une petite promenade à une allure d'escargot, ou bien le cocher l'emmenait le long des sentiers bas de la montagne. Après dîner, elle jouait au *cribbage* avec Middleton Murry ; elle lisait *Emma* et *Le parc de Mansfield* de Jane Austen, tandis que son mari raccommodait des chaussettes, se servant d'un citron en guise d'œuf à repriser. Tel un scaphandrier explorant les profondeurs sous-marines, elle « s'immergea » dans la *Recherche*, et passa deux semaines à en discuter avec son mari qui écrivait un essai sur Proust. Elle ne parvenait pas à aimer Joyce, ne pouvant lui pardonner la sensation qu'elle éprouvait en le lisant — une sensation de linoléum humide et de seaux vidés, et d'horreurs plus abominables encore qui devaient habiter les profondeurs de son esprit. Souvent, le soir, elle s'attardait sur le balcon, presque désincarnée, assise sur le seuil de sa propre personne, tandis que montait la marée obscure des nuées. Elle aimait cette paix immobile et cette impression que d'une minute à l'autre la pluie pouvait se mettre à tomber. Lorsque la lune sereine se levait et que les étoiles scintillaient, elle contemplait à ses pieds la vallée noyée dans les nuages, et c'était comme si elle s'était penchée à la fenêtre de l'arche de Noé emportée par les flots du déluge. Qui en réchapperait ? Et elle, serait-elle sauvée ? Viendrait-elle jamais, la colombe porteuse du rameau d'olivier ? Cette lune naissante, cette lune pâle et froide, c'était l'atmosphère qui convenait le mieux à l'être cristallin, flottant, lunaire, qui séjournait en elle.

Recluse dans son chalet au milieu des sapins, elle observait le passage des saisons. Un soir, le doux été soyeux effleura d'un baiser les géraniums puis s'en alla, agitant sa belle main. Ce fut l'automne, la plus enchanteresse des saisons. L'étrange métamorphose chimique de la terre, qui donne naissance aux champignons, répandait dans l'atmosphère une surabondance de vie — une élasticité, un scintillement, une lumière d'or vert ; l'air ne sentait plus les fleurs, mais les baies sauvages. Des jeunes filles vinrent à sa porte vendre des poires et des prunes bleutées. L'on vida les ruches. Un écureuil se montra, grimpa à toute allure le long des troncs, s'empara d'une pomme de pin et s'assit à la fourche d'une branche, tenant le fruit comme une banane. En octobre, tout devint bleu, le ciel, les montagnes, de ce bleu translucide que l'on voit d'ordinaire au début du printemps. Et des nuages de toute sorte apparurent, des ailes, des nuages blancs moelleux, des îlots dorés et presque compacts, de hautes montagnes cotonneuses. Le vent qui planait entre les arbres avait une voix différente. Il lui semblait apercevoir la terre depuis un navire : elle s'imaginait qu'elle arrivait dans un port et se demandait avec un peu de frayeur et beaucoup d'impatience si elle pourrait débarquer. Le chat Wingley arriva d'Angleterre, et il fallut lui confectionner des *snow-boots* ; enfin, ce fut le règne du « candide hiver, du terrible silence de ses gelées sereines, de la neige compacte et crissante, de la rosée givrée sur les arbres, du ciel d'un violet pâle, des panaches de fumée montant des cheminées et des nuages de vapeur qui s'échappaient des portes à peine entrebâillées, des visages frais et rouges sous la morsure du froid ». Le vent soufflait et gémissait, n'apportant que des souvenirs — des souvenirs qu'elle ne pouvait s'empêcher d'évoquer avec douleur. Quand le froid fut à son comble, elle comprit qu'elle haïssait la neige, la glace, les bourrasques : la neige, ce faux-semblant de mystère qui semblait répéter, tandis qu'elle tombait en tourbillonnant : « Vous irez plus mal avant d'aller mieux. » Comme elle se languissait de son cher Midi ! Comme elle soupirait après les palmiers, les oliviers et les magnolias de Menton !

Elle rêvait du rivage de la mer, des vagues presque violettes, surmontées de hautes crêtes d'écume. Son temps était désormais consommé : il lui fallait partir une fois de plus.

Cette période de deux ans fut le sommet de son existence. Elle était arrivée d'Ospedaletti avec l'impression d'être morte : ses rêves d'amour empreints de romanesque, son aspiration à une vie enfantine, la construction de Heron, tout s'était effondré ; et elle se sentait comme un arbre transplanté qui ne sait s'il va se dessécher ou prendre racine. Forte de son courage insouciant, Katherine Mansfield posa le pied dans le pays de la mort et en fit le pays de la vie. Elle n'inventa plus aucun Heron, aucun royaume d'utopie, proche ou lointain. Heron était là, dans la réalité présente de tous les jours, dans les petits voyages sur les routes de la Côte d'Azur, dans les conversations avec Marie, dans le vert doré des palmiers, le regard des lézards, la lumière vague de la lune hivernale, et dans son amour même pour Middleton Murry, un amour plus fort que le désenchantement. Avec enthousiasme, générosité et un total don de soi, sans réserve ni parti pris, elle accepta la vie : et elle, si névrosée, agressive, hystérique, trouva au fond d'elle-même cette tranquille capacité d'acceptation. Elle aurait pu l'accueillir avec circonspection, à la façon de tant d'autres qui s'arrêtent « aux portes de la ville » et contemplent de loin la vie comme une chose perdue — depuis toujours et à jamais. Malgré ses poumons malades, Katherine Mansfield, elle, franchit les portes de la cité ; elle en parcourut les rues, en traversa les places, prit possession de la demeure qu'on lui avait destinée.

Chaque matin, elle s'imprégnait de la beauté du monde, de la lumière vibrante, du murmure cadencé de la mer, du grincement des bateaux ancrés dans la rade, du ronflement de la tondeuse sur la pelouse, des senteurs de l'herbe fauchée et du seringa, du sifflotement impudent d'un merle. Elle allait se promener dans l'allée, observant les femmes qui lavaient du linge dans de grands baquets où l'eau scintillait, puis le battaient et le faisaient sécher sur les orangers — si belles lorsqu'elles levaient les bras dans le soleil pour essorer les étoffes ruisselantes. Elle savait que ces femmes mourraient un jour et elle acceptait cette mort (« après avoir vécu, elles mourront, et cela n'aura pas d'importance. Ce sera bien ainsi, elles n'auront pas de regrets »). Elle accueillait la douleur, se laissait submerger par elle, faisait d'elle une partie de sa propre existence : parce que ainsi, pleinement acceptée, elle se métamorphosait, devenait joie et amour. Elle pensait à Tchekhov. Elle avait confondu leurs deux destinées : il avait souffert du même mal, erré comme elle d'hôtel en hôtel, écrit des nouvelles dont elle était jalouse, et en était venu, lui aussi, à aimer la vie, après être sorti du cauchemar de la mort. Elle aurait aimé lui parler, tard le soir, dans une chambre un peu sombre. Elle pensait que peut-être, après sa mort, elle connaîtrait le paradis réservé aux phtisiques. Alors elle rencontrerait Tchekhov. « Il descendra par les allées de son jardin, bordées d'arbres fruitiers, au milieu de parterres de tulipes épanouies. Son chien sera assis au milieu de l'allée, haletant et souriant doucement, comme font les chiens qui ont longtemps couru. »

Il est des êtres dont la maladie est le propre ou qui, plutôt, appartiennent à la maladie. Katherine Mansfield n'était pas de ceux-là : elle était née pour mener une existence active et ardente, et la maladie lui fut imposée. Comme elle l'écrivit de Suisse à un jeune ami : « Je suis phtisique, mais la phtisie ne m'appartient pas ; ce n'est qu'un affreux chien errant qui, depuis quatre ans, s'obstine à me suivre ; et moi, j'essaie de le perdre dans ces montagnes. » Elle vécut exilée « dans la terre obscure » de la maladie : elle en cueillit toutes les richesses, les palpitations, les souffrances, les vibrations, les dépressions, les hystéries, les cauchemars, les sueurs mortelles ; mais au lieu de l'éloigner du monde, la maladie rendit sa présence plus intense. Il y avait dans son âme autant de force, de confiance, d'ardeur créatrice, que chez dix hommes réunis — et avec cela toujours prête, jamais tentée de dire non. Elle aimait à sentir autour d'elle des êtres sans chaînes ni liens. Lorsqu'elle revit Lawrence, après des années de séparation, elle écrivit, retrouvant en lui sa propre image : « Il m'a été très précieux. Il avait son exubérance d'autrefois, il a ri, s'est lancé dans toute sorte de descriptions, il nous a offert des images, il a évoqué avec un joyeux enthousiasme un avenir dans lequel nous deviendrions des "vagabonds"... Nous nous sommes occupés à des choses comme les noix, les primevères, les feux dans les bois. Oh, il y a quelque chose de si attirant en lui, son ardeur, son amour passionné de la vie. »

Elle aurait voulu croire en Dieu, ou aux dieux : découvrir dans son cœur une petite voix de grillon pour louer quelqu'un ou rendre grâces à quelqu'un. Mais Dieu n'existait pas : ni Dieu, ni Ciel, ni secours extraterrestre ; les dieux n'étaient que des statues de marbre au nez brisé, et le centre vers lequel elle aurait voulu que s'élèvent les louanges et les grâces demeurait vide. Alors, que faire de l'élan qu'elle sentait en elle, de son désir de franchir le seuil de cet autre monde, invisible et omniprésent ? Que faire de son besoin d'adoration ? Sans l'avoir voulu et sans peut-être s'en être rendu compte, Katherine Mansfield cultiva en elle-même une sorte de mysticisme sans Dieu, une pratique religieuse destinée à la conduire *là-bas*. Elle écoutait, en proie à l'étrange impression qu'il existait, en dehors d'elle, un double de son moi qui ne faisait qu'attendre. Elle préférait les lieux intermédiaires comme les escaliers, car elle pouvait rester indéfiniment assise sur les marches, à écouter le bruit des pas au-dessus d'elle, à contempler les jeux de l'ombre et de la lumière, attentive à la porte qui bat, regardant, dans une sorte de clair-obscur, ceux qui montaient. Et là, sur ces marches éternelles, elle se laissait envahir par ce que Tourgueniev a appelé « la sensation du parfait silence : sensation dont la beauté tient à ce que l'on observe en silence, et presque inconsciemment, le vaste flot de vie qui palpite en nous et autour de nous ».

Elle préférait les moments dans lesquels tout se tait, quand seul le mouvement des vagues, lente succession d'ascensions et de chutes, vient troubler la quiétude de la terre, absorbée dans la contemplation de sa propre beauté. Alors elle s'imaginait que la sphère du monde était éclose comme une fleur au soleil et elle percevait, masquée par de légers bruits, sa profonde immobilité, son calme profond : une soumission si bienheureuse que même les créatures humaines en étaient touchées et se mouvaient avec confiance et légèreté. Elle aimait les natures mortes, la beauté d'une théière bleu pâle flanquée de deux tasses blanches ; une pomme rouge dans un panier d'oranges ajoutait son feu à leurs flammes, tandis que dans la bibliothèque les livres déployaient une gamme de couleurs ascendante ou descendante, où les notes de rose et de lilas allaient se répétant pour ensuite rester seules à résonner sans fin. Quand les hommes s'éloignaient, les choses s'animaient, comme si elles se sentaient enfin rassurées : les rideaux bleus se gonflaient au moindre souffle d'une brise venue de nulle part ; les assiettes, dans le vaisselier, brillaient d'un éclat changeant que l'on eût dit mouillé ; les pavots du papier peint avaient des pétales soyeux et poisseux ; la pendule du salon carillonnait sans fin ; l'or des palmiers imitait celui des tigres, les feuilles du citronnier dessinaient même des doigts. Dans ces instants de quiétude, Katherine Mansfield attendait quelque chose de surnaturel, qui devait immanquablement se produire. L'attente était longue, très longue ; puis c'étaient des lueurs, des pressentiments, des signes — l'aloès, le poirier —, grâce auxquels *l'autre vie* transmigrait dans la nôtre, et la nôtre en elle. Derrière les apparences du monde présent chargé d'imperfections transparaissait « le monde réel qui ne change pas ». Quelque mystérieux interprète se saisissait des instruments naguère muets ou désaccordés ; il commençait à les accorder ; et elle enfin, seule dans la salle déserte dont toutes les lumières brûlaient, ou bien en plein air dans la nature vibrante d'échos, écoutait cette musique qu'elle avait si longtemps désiré entendre.

VII

Au cours de ces deux années, Katherine Mansfield composa la majeure partie de ses récits. À la fin de son séjour à Ospedaletti, en proie à la fureur créatrice, elle avait écrit l'un de ses chefs-d'œuvre, *L'homme sans tempérament*. Au milieu des palmiers et des citronniers de Menton, elle écrivit *Jeune fille* et *Les filles de feu le colonel, L'étranger, Miss Brill* et *La leçon de chant*. Enfin, au chalet des Sapins, accélérant encore son rythme, elle composa *Sur la baie* et *La garden-party, Mariage à la mode, Son premier bal, Une famille idéale, La maison des poupées, Une tasse de thé* et le début du *Nid de colombes*. Si Heron était mort, la littérature — la feuille blanche et vierge, la plume, l'encre inépuisable — était devenue son unique Heron : un temps hors du temps, tout à la fois présent, passé et futur. Même si la phtisie ne lui appartenait pas, elle avait compris que sa maladie créait un climat propice à l'écriture : elle lui faisait sentir intensément combien toutes choses s'enfuient trop tôt, et rendait les êtres riches, importants et désirés : tel un enfant malade exilé dans sa chambre, tandis que les sons, le tumulte, les lumières pénètrent par sa porte et ses fenêtres, elle trouvait merveilleux tout ce qui se passait *là-bas*. Même ses aimables promenades sur la Côte d'Azur, Monte-Carlo, La Turbie, les Schiff, les Picasso étaient une dissipation. Mieux valait le chalet de montagne enseveli sous la neige; c'est qu'il lui fallait vivre seule, dans l'attente de ses Grâces particulières, d'une jalousie et d'une timidité extrêmes. « Tout artiste, nota-t-elle dans son journal, se coupe une oreille et la cloue à la porte, afin que les autres viennent crier dedans. »

Jeune fille déjà, elle avait compris qu'en littérature le génie consiste dans l'acceptation d'une discipline à laquelle on s'astreint à jamais. Elle avait vécu et aimé. Parfois, dans sa jeunesse, elle s'était gaspillée dans des expériences indignes d'elle : elle avait mis en scène avec passion sa propre tragédie, son amour non partagé. Mais la véritable passion dont elle brûla sa vie durant fut l'écriture : « Pour tout ce qui n'est pas mon travail, je vis au jour le jour, j'adopte une ligne de moindre résistance, écrivait-elle déjà en septembre 1911. Les autres artistes connaissent-ils cette nécessité impérieuse, cette soif jamais étanchée, ce désir jamais assouvi, jamais apaisé ? » Elle n'était heureuse que la plume à la main : voir l'encre couler sur la feuille de papier était, pour elle, comme sentir le sang couler dans ses veines. Quelqu'un lui avait assigné une tâche, et elle devait s'en acquitter jusqu'au bout — sans anxiété, sans hâte, en lui conférant toute la beauté possible. C'est ainsi qu'écrire devint une religion, cependant que la maladie l'emprisonnait toujours davantage. « Serai-je capable d'exprimer un jour tout mon amour pour mon travail — mon désir de devenir un meilleur écrivain, le vœu fervent d'un travail plus consciencieux ? de dire la passion que j'éprouve ? Elle me tient lieu de religion, car elle est ma religion; elle remplace la compagnie des autres, car elle me crée des compagnons, et la vie même, parce qu'elle est la vie. Je suis tentée de m'agenouiller devant mon travail, de me prosterner, de rester trop longtemps en extase devant l'idée de la création. » Mais il y avait en elle trop de richesse pour qu'elle se laissât enfermer dans la prison qu'elle avait bâtie de ses propres mains. « Je ne désire pas écrire. Je désire vivre », proclamait-elle ; et elle se laissait aller à parler avec Lawrence de noix, de primevères, de feux dans les bois et de capricieux vagabondages.

Elle avait toujours éprouvé un vif sentiment de culpabilité. Elle était incapable de s'abandonner au destin qui semblait le sien, comme le font quelques bienheureux : pour vaincre ce sentiment il lui fallait se fabriquer des obstacles, s'inventer des difficultés, pour ensuite surmonter ces obstacles, triompher de ces difficultés ; et l'écriture devint pour elle l'unique moyen de se libérer de son obscur malaise, en s'imposant des tâches toujours plus ardues. Lorsqu'elle n'était pas à sa table de travail, elle s'accusait de gaspiller son temps. Même à Montana, alors qu'elle composait nouvelle après nouvelle avec une inépuisable fécondité, elle continuait de s'accuser comme la plus tenace des calvinistes : « Je me dissipe, je reste dans le vague, je ne suis pas *positive* et surtout, plus que tout, je ne travaille pas comme je le devrais — je perds mon temps... Ce cri d'autrefois — le premier et le dernier : "Pourquoi donc traînes-tu ainsi ?" Ah ! certes, pourquoi ? Mon plus profond désir, c'est d'être écrivain, d'avoir fait "une œuvre". Et le travail est là, mes histoires m'attendent, *se lassent*, se flétrissent, se fanent, parce que je ne viens pas assez vite. Or je perçois, je *reconnais* leur présence, et je reste assise à la fenêtre, à jouer avec une pelote de laine. » Plus jeune, elle croyait qu'en littérature on pouvait tout connaître, excepté une sorte de centre mystérieux. Maintenant qu'elle avait peut-être atteint sa maturité, elle pensait le contraire : l'inconnu était bien plus vaste que le connu, et devant elle, tandis qu'elle se tenait, oisive ou inspirée, à sa table de travail, s'étendait « le territoire inexploré de la prose », ce pays si rude à affronter, où il lui faudrait faire ses propres découvertes.

Elle écrivait des nouvelles à partir de tout ce qui lui arrivait, utilisant ses moindres expériences : son voyage en France pour retrouver Carco, une jeune fille aperçue devant le casino de Monte-Carlo, une vieille demoiselle dans le jardin public de Menton, un séjour dans un hôtel de San Remo, les propos d'une domestique. Tout ce qui vibrait, s'agitait, mourait autour d'elle prenait entre ses mains la forme d'un récit. Elle évoquait ses morts : l'élégance languissante de sa mère, sa grand-mère avec son tricot de laine rose, son oncle marchant à grands pas sur la pelouse ; et puis les lieux — la maison de campagne où ils étaient venus s'installer, le bungalow sur la baie, les flaques d'eau entre les rochers où l'on distinguait de très frêles arborescences roses, des anémones de velours et des algues orangées, ou enfin la souricière sur la fenêtre de la buanderie. Pourtant *Félicité, La garden-party* et *Le nid de colombes* ne révèlent pas la température exacte de son existence : sa maladie, sa fureur, sa tragédie, sa possessivité, sa haine, son hystérie, son goût du théâtre et du spectaculaire — la « personne » dont elle n'était que l'hôte ne devait s'exprimer que dans les pages de son journal et ses lettres à son mari ou à ses amis. Avec quelle fermeté, quel stoïcisme, quelle volonté de fer elle empêcha cette « personne » de transparaître dans ses récits ! Ou bien elle n'en laissa filtrer qu'une ombre, un lointain écho, tel un pâle rayon de soleil au travers d'épais nuages. Rien ne devait ternir les limpides miroirs derrière lesquels se cachait la figure lointaine qu'elle découvrit en elle lorsqu'elle composa *Prélude*.

Au cours de ces dernières années, elle avait l'esprit tout plein de récits, comme une ruche bruissante d'abeilles ; ils bourdonnaient là, sur le seuil, attendant d'être couchés sur le papier ; et à peine en avait-elle fait entrer un, d'un signe de la main, qu'un autre apparaissait qui jusque-là était resté dans l'ombre, à l'écart, en attendant son heure. Elle écrivait ces récits d'un seul jet, en quelques heures, comme hallucinée. Quand cela lui était possible elle s'efforçait, suivant l'exemple de Kafka, de les composer sans jamais s'interrompre, de la première à la dernière ligne : neuf heures d'affilée, ou douze, ou quinze — vingt-cinq pages par jour ; et vite, toujours plus vite, de peur que l'inspiration ne l'abandonnât ou que la mort ne l'emportât avant qu'elle eût posté son récit. À la fin, lorsqu'elle avait passé toute une journée assise à son bureau ou allongée sur un petit divan et qu'autour d'elle les premières lueurs de l'aube filtraient à travers les persiennes, sa calligraphie se muait en hiéroglyphes à peine lisibles. Elle était happée, possédée par l'atmosphère et les personnages, engloutie par eux comme Jonas par sa baleine. Elle ne restait pas à contempler le spectacle : elle *était* le spectacle. Elle attendait pendant des heures sur le quai d'Oakland : elle était un bateau sur le point d'entrer au port, une mouette en liberté, un portier d'hôtel qui sifflait entre ses dents, une jeune fille à la fenêtre de la villa Martin, une pomme dans la boutique d'un fruitier, un canard blanc aux yeux ronds, qui nageait dans l'étang bordé de fleurs jaunes.

Lorsqu'elle écrivait, ces hallucinations, ce délire qui la possédaient si totalement se dissipaient : il n'en reste pas trace sur le papier; si nous ne le savions par ses lettres, jamais nous n'imaginerions qu'elle a été quelques heures durant un navire, une mouette, la pluie, une pomme, un canard. Ce que nous admirons, c'est la sûreté, la fermeté du dessin, l'inflexible paroi de cristal qui nous tient à distance aussi bien d'elle que de la matière narrative. Ce délire et ce détachement, cette possession et cette distance concentrées dans une même minute, cette ardeur devenue froideur devaient l'épuiser. Écrire l'excitait, la plongeait dans une grande fébrilité, lui causait de terribles douleurs de la boîte crânienne, l'exténuait; et pourtant elle ne pouvait s'arrêter. Une fois qu'elle avait fini, elle était heureuse. L'histoire était là, nouvelle et complète. Souvent, elle en perdait le sommeil : elle ne pouvait se détacher de ce qu'elle avait écrit; et il lui fallut un mois pour se remettre de la rédaction de *Sur la baie*, oublier le bruit de la mer, le geste de Beryl penchée à sa fenêtre, la langueur de Linda, la voix de Stanley, les jeux des enfants dans la buanderie — tout ce qui l'avait hallucinée pendant le mois de septembre 1921.

Avec une admirable fermeté, elle empêcha que des idées, des sentiments, des passions, des préventions ne viennent troubler la perfection et la précision de son esprit profond. Tout ce qui existe occupait, dans l'économie des choses, la place et la fonction qui lui revenaient. Elle écoutait la vie joyeuse, cette animation de pas rapides et légers, de voix qui se répondent, de rires, de petites brises qui jouent à se poursuivre de tous côtés, de taches de lumière changeantes — et les hommes pareils à des oiseaux multicolores venus se poser dans notre jardin pour un après-midi, avant de poursuivre leur voyage. Mais la vie ainsi pleine d'allégresse est fragile et précaire. Il est des moments où l'amitié pourrait se changer en amour; où, si « quelque chose » ou « quelqu'un » nous venait des vastes royaumes de la nature, un bonheur total nous submergerait. Rien de tout cela ne se produit jamais : l'amitié ne se change pas en amour, ce « quelque chose » ou ce « quelqu'un » ne se manifeste pas, l'aloès ne nous emporte pas avec lui, le bonheur se fait angoisse, la joie précède la douleur et la séparation éternelle. Toutes choses doivent finir : les jours se fanent, s'enfuient, disparaissent, périssent. Les moments de l'existence sont à peine éclos, ils ont à peine fleuri dans la lumière qu'ils ont déjà sombré dans le gouffre du passé — comme la boucle de Jenny qui, dans *Shandy*, devient grise tandis qu'elle l'enroule autour de son doigt.

Dans trois de ses derniers récits, Katherine Mansfield nous a peut-être donné son ultime sentiment sur l'existence — l'une des rares vérités générales que son esprit si net pouvait supporter. Vers le milieu de *Sur la baie*, la petite Kézia déclare à sa grand-mère, sur un ton décidé, mais d'une voix pleine de frayeur : « Grand-mère... il ne faut pas que *toi* tu meures... tu ne dois pas mourir. Tu ne peux pas me laisser. Tu ne peux pas ne pas être là... Promets-moi que tu ne feras jamais ça, grand-mère... Promets-le-moi. Dis *jamais*... dis *jamais*... dis *jamais*... dis *jamais*. » Dans *La garden-party*, la mort du jeune voisin jette une ombre sur la fête à laquelle la famille Sheridan se préparait depuis le matin, dans l'azur embué d'une légère brume dorée. Dans *Son premier bal*, le vieux danseur gros et chauve décrit à la jeune Leila, venue de la campagne, la tristesse de sa vieillesse future : « Vous resterez à regarder les autres, dans votre belle robe de velours noir. Vos bras si jolis seront devenus courts et gras ; vous battrez la mesure avec un éventail bien différent, un éventail de velours noir... Et votre cœur vous fera mal, très mal... parce que personne désormais ne voudra plus vous embrasser. »

Dans les trois nouvelles, la menace de la mort et du temps est finalement éludée. Très vite, Kézia et sa grand-mère se mettent à rire dans les bras l'une de l'autre, oubliant ce « jamais ». Malgré les scrupules et les remords de Laura, la mort du voisin ne parvient pas à interrompre la party ; et à peine un nouveau motif musical résonne-t-il dans la salle que Leila oublie les paroles du gros danseur âgé ; le bal de la vie reprend son cours, et les lumières, les toilettes, les visages rosés, les fauteuils de velours, tout se change en une superbe roue tourbillonnante. Rien ne peut troubler la fluidité, la musique, l'égoïsme, la dureté, la force mystérieuse de l'existence. Certes celle-ci est fragile devant la mort, mais d'autre part elle est assez robuste et tenace pour l'oublier, la réabsorber, en faire sa propre substance. Quand Laura voit le jeune homme mort allongé sur son lit — la tête enfouie dans l'oreiller, les yeux clos, calme et lointain comme s'il dormait —, elle n'éprouve ni douleur ni angoisse. Il paraît heureux. « Tout est bien, disait ce visage endormi. Il devait en aller ainsi. Je suis satisfait. » La mort, que nous devinons enclose au cœur de nos jours, ne nie pas la vie : elle la bénit, l'absout, lui pardonne, en même temps qu'elle en élargit le champ à l'infini.

« J'ai toujours considéré avec un juste mélange de respect et d'antipathie ces esprits aigus qui ne sont pas sensibles aux apparences, écrivait Katherine

Mansfield dans un récit de jeunesse. À quoi pouvons-nous croire, sinon à l'apparence ? J'ai presque toujours constaté que c'était la seule chose qui méritât d'être goûtée. Et si un jour un enfant innocent pose sa tête sur mes genoux en implorant la vérité, je lui raconterai l'histoire de ma première — et unique — bonne d'enfants qui, connaissant mon aversion pour la confiture de groseilles, mit une couche d'abricots sur le dessus du pot. » Combien de fois Katherine Mansfield a-t-elle voulu ne représenter que les apparences légères et mouvantes, les surfaces iridescentes, l'absence de profondeur et d'intimité, une futilité sans égale ? Alors, la vie se réduit à une feuille transparente de papier vélin, tendue sur un premier plan vertigineux, cependant que tout arrière-plan semble anéanti. Dans le plus beau, peut-être, de ses récits, *Le nid de colombes*, elle évoque les journées de deux riches Anglaises sur cette Côte d'Azur qu'elle avait visitée dans la moelleuse automobile de sa cousine. Certains pourraient dire que leur existence était inutile. Mais pourquoi une existence inutile et toute en apparence, répondrait Katherine Mansfield, serait-elle moins précieuse qu'une vie utile et profonde ? Quelle délicieuse ironie, quel scintillement de joie, quel pétillement de fantaisie l'on retrouve autour de Mrs. Fawcett, veuve depuis quelque temps, de sa fille Milly et de leur dame de compagnie, qui ont le courage d'inviter un homme à déjeuner, « un lion vivant, un vrai lion qui fleurait légèrement l'eau de Cologne et laissait le coin de son mouchoir sortir, candide, de son gousset, comme un flocon de neige ». Que d'aimables jeux sur les discours de la mère, sur ses chapeaux, sur la timidité de sa fille, sur la domestique qui prépare dans la salle à manger des *tombeaux* * de fleurs, sur la catholique Miss Anderson, sur la cuisinière qui achète du gorgonzola, sur les vibrations du gong, sur la pompeuse banalité de Mr. Prodger et ses ongles qui resplendissent comme des diamants, sur l'effervescence que l'arrivée d'un homme suscite dans ce nid de colombes !

Quand Katherine Mansfield commençait un récit, elle faisait surgir du vide ses personnages, ses salons, ses arbres, tout comme la Nouvelle-Zélande émergeait chaque matin, ruisselante de gouttelettes scintillantes, des flots bleu sombre de la mer. Ils semblent découpés dans le vide, et même lorsqu'ils se dressent devant nos yeux, c'est comme s'ils appartenaient encore intimement au vide, qui s'insinue entre ces figures et parfois les glace. La substance de sa représentation est un tissu éthéré, exténué, élimé, que le moindre vent peut réduire en lambeaux ; une étoffe à ce point exsangue, gracile, évanescente, qu'elle se confond presque avec la couleur de l'air. Rien, peut-être, n'avait jamais été tenté d'aussi impalpable : l'on croirait que la réalité a été brûlée sur un bûcher et qu'il n'en reste que les cendres.

Katherine Mansfield avait appris de Tolstoï et de Tchekhov à abolir la figure du narrateur, ce narrateur qui chez Balzac, Proust et Conrad est si présent et envahissant, et semble parfois ne voir dans la réalité qu'une illusion créée seulement pour qu'il puisse déployer ses gestes de grand mime, sa capacité de recréation et de décomposition, sa voix de ténor, son intelligence de penseur. Poussant à l'extrême la tension de ses maîtres, elle fit de ce narrateur un simple médiateur, un mince *trait d'union* * entre le lecteur et la réalité évoquée. Mais son renoncement fut plus complet encore : outre le narrateur, elle a aboli toutes les données narratives. Elle ne nous dit jamais quel visage, quelle physionomie, quel caractère, quel âge ont ses personnages, quels vêtements ils portent, ce qu'ils font, et quels rapports ils entretiennent les uns avec les autres ; elle ne nous décrit ni leurs demeures ni leur passé, pas plus qu'elle ne définit le temps et le lieu de l'action. Toute la richesse d'instruments et de regards grâce à laquelle les narrateurs possédaient le monde est ici anéantie, et la réalité émerge seule sous nos yeux. Nul signe écrit ne s'interpose entre la mer, les nuages, les palmiers, les jardins publics, les dialogues, les gestes des personnages — et le regard de celui qui, devenu transparent comme ces récits, se prépare à les lire une fois de plus.

La porte d'entrée de ces petites constructions était souvent modeste et fortuite : un détail mineur ou futile auquel nul autre écrivain n'eût attaché d'importance. Katherine Mansfield suggérait par là que son récit aurait pu commencer à n'importe quel autre moment : un peu plus tôt, un peu plus tard, à notre gré ; elle éveillait ainsi en nous une sensation de labilité, d'imprécision — alors qu'en fait peu de débuts sont à ce point dominés par la fatalité. Aussitôt après, elle pénétrait dans le cœur du récit : nous suivons des gestes et des paroles qui se succèdent dans l'ordre sur le papier, et ce n'est qu'à la fin que nous découvrons qu'elle a éludé la donnée principale (ou l'une des données principales) de la narration. Elle fondait son art sur un emploi extrêmement avisé de la réticence : une situation n'est dévoilée que progressivement, grâce à un usage moléculaire du *suspense* fondé sur de petites astuces de roman policier ; ou bien c'est nous qui devons mettre en lumière — et transcrire en les amplifiant dans notre esprit — les motifs narratifs demeurés implicites. Par ce recours à la réticence, elle évitait toute analyse intellectuelle de la psychologie des personnages : nous avons seulement connaissance de leurs gestes, des paroles qu'ils prononcent, et c'est d'après cela que nous devons comprendre — sans jamais les juger, car ces existences échappent à tout jugement — les passions qui s'agitent en eux. Lorsqu'elle se trouvait devant un point de psychologie ardu ou extrême, elle remplaçait la parole ou le geste par la métaphore et le symbole (l'aloès, le poirier) : métaphores et symboles silencieux, muette psychologie objective, que nous ne pourrons jamais transcrire en d'autres langues.

Dans ses récits plus amples, Katherine Mansfield reconstituait la texture de nos journées — le soleil qui se lève et décline, la marée qui monte et reflue —, parvenant à prendre dans les mailles très serrées de ses filets deux, trois ou cinq journées. Mais le plus souvent elle n'en choisissait qu'une miette infinitésimale, isolant un instant dans la continuité, une goutte dans le flux vaste et lent, et la transformait en une gemme transparente. Mais il est une chose qui ne change pas : aussi bien dans les nouvelles de cinq pages que dans celles qui en comptent soixante, elle parvenait à toucher du doigt l'essence même du temps : nous nous mouvons dans le temps, nous traversons le temps, nous voyons le temps s'avancer comme un fleuve qui peu à peu creuse son lit. Quand vient le soir, nous savons que quelque chose de précieux s'est produit au cours d'une journée : une femme a contemplé des soucis aux yeux d'or, une fillette a parlé de la mort avec sa grand-mère, une troupe d'enfants a joué à être un âne, une brebis et une abeille, une jeune fille a rêvé du grand amour. Tout a-t-il donc été gardé et préservé à jamais ? Tandis que le récit se clôt et que les derniers mots en sont tracés sur le papier, voici qu'une main inconnue, qui se cache derrière celle de Katherine Mansfield, efface sur l'ardoise du temps tous ces faits qui se sont produits. Il n'y a plus rien, ni soucis, ni enfants, ni jeune fille ; et d'un même geste, cette main efface aussi le temps qui jusque-là avait régné sur nous : le vide s'est rouvert sur les figures issues du vide.

Dans sa discrétion pleine d'ironie, Katherine Mansfield chercha à nous faire croire qu'elle ne représentait que des premiers plans. Sur cette superficie, pas une parole, pas un signe ne sont superflus, nous ne pouvons négliger le moindre détail : si nous effacions ou oubliions un seul élément, toute la frêle structure serait précipitée dans le néant. Bien que ces petits éléments se nouent et s'entrecroisent comme les mailles d'un tricot rose, nous n'en distinguons jamais les points d'intersection car l'auteur les a dissous dans la continuité indéfinie du tissu ; les couleurs en sont pâles et ténues : des touches extrêmement nettes, si menues qu'on les aperçoit à peine et qu'elles sont effacées par le tourbillon léger et infatigable des touches suivantes. Lorsque nous avons fini de lire, le premier plan émerge d'une zone d'ombre qui s'étend on ne sait jusqu'où : vers le haut, vers le bas, dans toutes les directions ; c'est tantôt un pressentiment extraterrestre, tantôt un vague écho de ricanements infernaux. Le peu qui nous est dit sombre dans l'indicible, et de toute part l'on perçoit de mystérieux bruissements, l'on discerne des halos, l'on distingue des échos. Comme dans les nouvelles de Tchekhov la clôture du récit n'est qu'apparente : l'existence commence bien avant le début de chaque histoire et se poursuit après sa fin.

Ainsi, si réduite que soit la dimension de la nouvelle, nous n'avons jamais l'impression d'étouffer ou d'être à l'étroit : dans chacun de ces petits cristaux, c'est la complexité même de l'existence entière qui se réfléchit de toute part.

VIII

Au cours du long séjour de Katherine Mansfield à Montana, sa santé s'améliora légèrement : la tuberculose cessa de progresser et, au début, elle semblait satisfaite, sereine, attentive seulement au rythme narratif qui coulait sans fin en elle. Son mari aurait souhaité demeurer au chalet des Sapins, ou bien acheter une maison. Pourquoi, alors, ne resta-t-elle pas plus longtemps ? Pourquoi cessa-t-elle de se pencher aux fenêtres de l'arche, tandis qu'au-dessus d'elle montait la marée des nuées ? Pourquoi ne continua-t-elle point à contempler ce ciel translucide, cette lune pâle et froide, en attendant que vienne pour elle la colombe porteuse du rameau d'olivier ? Quand l'hiver se montra, environné de neiges, elle espéra qu'elle était sauvée : caressant un rêve déraisonnable, elle crut que ce ne seraient pas les médecins, mais ses récits qui guériraient ses poumons malades. « Plus tôt mes livres seront écrits, plus tôt je retrouverai la santé, et mes désirs pourront se réaliser. » C'est pourquoi elle considérait sa captivité forcée à Montana comme un don de Dieu ; et peut-être travailla-t-elle jusqu'à l'épuisement pour tenter de guérir grâce au secours des mots. Elle semblait avoir une certitude : elle ne serait sauvée que si elle s'était montrée reconnaissante envers ses souffrances, puisque la douleur était le moyen que quelqu'un lui avait offert « pour qu'elle accomplît son devoir sur terre ». Elle acceptait sa condition de malade parce que seule l'angoisse pouvait donner naissance à « cette fleur, le salut », comme l'appelait Shakespeare.

Mais Montana — après Bandol, Londres, Ospedaletti ou Menton — ne fut qu'une courte halte sur le chemin qui devait la mener si loin dans sa recherche de l'absolu. Sur la même page de son journal, elle évoqua son désir d'infini : « Cet instant n'est pas illimité, pas plus qu'aucune autre chose. Oh pourquoi — pourquoi donc n'y a-t-il rien d'illimité ? Pourquoi suis-je bouleversée, chaque jour de ma vie, par la proximité, le caractère inéluctable de la mort ? » Elle qui avait naguère accepté sa condition de malade se rebellait désormais : elle refusait la situation flottante, ouatée, irresponsable des malades, qui dépendent des autres comme elle-même dépendait de son mari et d'Ida Baker. Elle ne pouvait se satisfaire de moyens termes : un poumon sauvé, plus de toux. Elle voulait guérir tout à fait : vivre dramatiquement et furieusement comme les êtres sains ; courir des risques, commettre des erreurs, changer d'avis, avoir tort, s'abandonner, se montrer, courir, grimper, « et bondir, et rire ». Les *autres* peut-être pouvaient rester sur des lits d'hôpital, parce qu'ils traversaient « de longues périodes d'indifférence, pendant lesquelles ils pouvaient même être malades », mais elle, elle était trop pleine d'ardeur et d'amour. Tchekhov, disait-on, avait accepté sa maladie ; mais Tchekhov avait vécu des mois épouvantables, désespéré, dévoré par son mal. Puis il était mort. Elle, elle refusait de mourir. Ainsi, violemment, aveuglément, rêvant de devenir « une fille du soleil », Katherine Mansfield se précipita dans la mort : parce que son désir de santé n'était que le premier aspect que revêtit, dans son esprit, un désir de destruction toujours plus profond.

La littérature, qui l'avait fait exister au cours des deux années précédentes, ne lui suffit plus, et elle commença à se révolter contre cette tyrannique maîtresse de ses journées. Elle l'identifia à la maladie, au salut obtenu grâce à la maladie et dans la maladie ; elle la perçut comme une condition intermédiaire entre la vie et la mort — et peut-être n'est-elle pas autre chose. La littérature était la voix lointaine de Linda Burnell, la pâleur de la lune sur les montagnes, au crépuscule ; or il lui fallait l'ardeur et la violence du soleil, comme à une héroïne de Lawrence. Qu'avaient révélé d'elle ses nouvelles ? En écrivant, elle avait fait taire ses souffrances, ses aspirations, sa soif d'absolu. Une trop grande part d'elle-même restait absente de *La garden-party* ; et elle eût voulu maintenant écrire quelque chose où elle eût mis toute la « puissance », toute la « force » qui demeuraient inexprimées dans les replis de son âme.

Des amis anglais lui avaient parlé du traitement qu'Ivan Manoukhine, un médecin russe installé à Paris, prescrivait aux tuberculeux : des cures de rayons X dirigés sur la rate, qui devaient provoquer un total renouvellement du sang, comme sous l'effet, mais concentré, du rayonnement solaire. En décembre 1921, elle ne pensait qu'à cela : elle caressait l'espoir d'être miraculeusement sauvée, et tandis que son moi apparent écrivait des nouvelles à Montana, son « moi essentiel » était déjà à Paris, dans la salle d'attente de ce médecin russe inconnu. La nuit elle rêvait que la cure était terminée, qu'elle marchait, courait, bondissait sans la moindre inquiétude, que personne ne savait qu'elle avait été malade, qu'on ne la faisait plus asseoir dans les magasins où elle allait faire ses emplettes. Elle n'y tint plus : le 30 janvier 1922 elle prit le train pour Paris, accompagnée d'Ida Baker, tandis que Middleton Murry restait au chalet des Sapins, rivé à son rêve de bonheur perdu ou — comme l'assurent des biographes pleins de malignité — à ses chers sports d'hiver. Au moment de partir, il sembla à Katherine que son bonheur auprès de son mari « avait atteint son zénith » ; et sur la ligne de Sierre, elle se demanda si elle voyait pour la dernière fois les arbustes couverts de neige, les arbres dépouillés, les hautes montagnes. À Paris elle rencontra Manoukhine, qui lui promit une guérison « totale et absolue » en quelques mois. Elle voulut le croire et demanda à son mari de le croire, investissant dans cette cure tout le désir d'impossible qui a constamment halluciné cette femme par ailleurs si lucide. « Je crois — je crois aveuglément, écrivait-elle en mars. En somme la maladie est une chose si mystérieuse que je ne vois pas pourquoi je ne guérirais pas tout aussi mystérieusement. » Elle voyait s'ouvrir devant elle un avenir sans verres de lait ni bouillottes chaudes. Elle commença à échafauder des projets : elle envisageait de passer l'été en Allemagne, en Italie ou en Autriche, et en automne de revoir la Nouvelle-Zélande.

Quand son mari la rejoignit, ils vécurent quatre mois au Victoria Palace Hôtel comme des ermites dans leurs grottes, au bout d'un long corridor sombre. Ils travaillaient, jouaient aux échecs, buvaient du thé dans des bols d'un bleu gorge-de-pigeon. Elle songea à louer un appartement sous les toits de Paris, meublé avec une fantaisie digne des

Mille et une nuits, où elle aurait pu écrire ses nouvelles comme une abeille dans son miel, mais finalement elle resta à l'hôtel. Confinée dans la chambre n° 134, elle lisait *Antoine et Cléopâtre* de Shakespeare, les *Fables* de La Fontaine — qui devait être « un homme adorable », une sorte de Fabre ; et surtout les *Conversations de Goethe avec Eckermann.* « Ces deux hommes vivent, et avec eux l'on est transporté. Et même la légère absurdité d'Eckermann, et son penchant à la sentimentalité je n'aurais pas voulu qu'ils n'y fussent point ! Délicieusement humain. On sourit, mais on ne peut s'empêcher de sourire toujours avec attendrissement. » Lorsqu'elle voyait dans un journal une photo de Lénine, elle éprouvait un choc, comme si elle avait aperçu « une tête pareille à la fois à un horrible serpent et à une gigantesque punaise ». Parfois, quand elle flânait dans les rues, les délires qu'elle avait connus quatre ans plus tôt la reprenaient : les gens criaient, s'appelaient, se bousculaient avec des regards mauvais et des manières grossières ; et les yeux des femmes étaient comme des pierres fausses — durs, stupides et corrompus. La vie d'hôtel la fatiguait : elle avait l'impression d'y avoir passé des années et des années, d'avoir mangé des centaines d'ailes de poulet, de s'être fait monter dans sa chambre des milliers de tasses de café à moitié froid.

Quoique la cure de Manoukhine la laissât prostrée, elle n'avait pas perdu son art de saisir les couleurs et les bruits du printemps — le troisième printemps qu'elle passait à Paris, le dernier qu'elle passerait sur cette terre. Le temps était bleu tendre et or, doux et languissant : si doux que de son hôtel elle entendait la voix des passants à l'air libre ; et toutes les fenêtres de la maison d'en face étaient grandes ouvertes, si bien qu'à l'une elle apercevait une fille cousant près de sa mère, à l'autre un Japonais, à une autre encore un jeune couple qui avait coutume de fermer vivement les croisées et de tirer les rideaux aux moments les plus inattendus. Elle trouvait à tous les visages une sorte de beauté fugitive : un regard timide, le regard de quelqu'un qui se penche vers un nouveau-né, aussi bien chez le chauffeur de taxi gras et bavard qui la conduisait chez Manoukhine que chez le pêcheur qui lançait sa ligne depuis le pont de l'Alma, ou la demoiselle des Postes, toute parfumée à la violette. De nouveau, des femmes vendaient dans les rues les *violettes de Parme* * ; et pour la dernière fois elle confia à Dorothy Brett son amour pour les fleurs — les primevères, avec leurs frêles tiges rosées, les jacinthes blanches, pâles ou bleu sombre, qui lui rappelaient un mois d'avril en Cornouailles avec Lawrence, les cinéraires rose pâle (« ma mère les adorait ») et d'autres, bleu tendre, qui lui remettaient en mémoire un salon blanc baigné dans une lumière tamisée, de grands coussins, une table ornée de photographies d'enfants dans des cadres d'argent, et quelqu'un qui jouait du Chopin. Elle avait envie de s'acheter un chapeau : léger, lumineux, croustillant, printanier, fraîchement ondulé, après les coiffures sombres et pesantes de l'hiver. « Je le voudrais à l'instant même, écrivait-elle à Dorothy Brett. Si j'en avais un, je le porterais même au lit. Mais le coiffeur revient moins cher. Il est venu hier donner un coup de fer à mes cheveux. Maintenant ils sont tout ondulés. »

Le matin, pendant quelques brefs instants, elle était heureuse. Son cœur se calmait, elle respirait profondément, souriait même — une fois encore, la marée des ténèbres était montée, l'avait submergée, l'emportant avec elle ; et une fois encore elle avait reflué, la rejetant là où elle l'avait trouvée, entourée du même papier peint et sous le regard de la même fenêtre — encore indemne. Début mars, elle projeta d'écrire un petit roman. Elle voulait qu'il se termine sur un mariage mirobolant, avec des demoiselles d'honneur en robes de *tulle** rose, des cocardes sur la tête des chevaux, et tous les domestiques en vêtements de fête, ensemble sur le même banc. « *Et le chapeau de la cuisinière* * *!* En somme tout sera délicieusement beau, si j'y parviens... gai, mais empreint du sentiment que "la beauté s'enfuit et passe, bien qu'elle soit chose rare, si rare"... » Mais peut-être ce petit roman ne fut-il jamais commencé : l'heure n'était plus aux toilettes de *tulle** rose ou au chapeau de la cuisinière. Elle n'avait plus confiance dans le traitement de Manoukhine et ne pouvait plus croire que quelque chose dût changer. Elle avait quitté le navire et la mer l'emportait, la rejetant sans cesse d'une rive à l'autre. Dans le secret de son cœur, elle était désespérée. Elle avait lancé les dés sur la table, espérant que quelqu'un lui répondrait et que quelque instrument — dans la salle brillamment éclairée — se mettrait à jouer. Personne n'avait répondu.

En juin 1922 elle renonça au traitement de Manoukhine, et ses mouvements devinrent toujours plus inquiets, plus anxieux, fébriles et frénétiques. Elle retourna en Suisse, d'abord à Randogne-sur-Sierre, puis à Sierre, dans un grand hôtel sombre et presque désert. Le souvenir de son dernier printemps à Paris, des cinéraires, des jacinthes et de la beauté fugitive de tous les visages était loin désormais. Elle se sentait vulnérable et sans défense, en même temps qu'elle éprouvait l'effrayante impression que le ciel s'appesantissait. Elle remarquait en elle un triste sentiment d'indifférence : « Ni chaud ni froid : *tiède*, comme disent les Psaumes. Il vaut mieux être mort que de se sentir ainsi. » Elle éprouvait la honte que ressentirait un cadavre resté sans sépulture. Le monde ne lui procurait plus de joie : les personnes et les choses lui semblaient un compromis on ne peut plus plat et mécanique, et si elle s'était sentie bien, elle se serait enfuie en Afrique ou en Inde — là où l'on s'échappe en de semblables instants pour « se changer le cœur (on ne peut changer de cœur en public) ». Comme toujours dans ses moments d'angoisse, elle pensait à Tchekhov mort à quarante-trois ans, cependant qu'elle allait en avoir trente-quatre. Lui aussi avait passé une partie de son existence à la recherche de la santé ; et ses dernières années — sans espoir, ni paix, ni consolation — avaient été terribles, tout comme les jours qu'elle passait, elle, dans l'hôtel désert de Sierre : « Il ne faut pas beaucoup d'imagination pour se le représenter sur son lit de mort, songeant : Je n'ai jamais eu de chance. Quelque chose n'a pas du tout fonctionné. » Elle non plus n'avait pas eu de chance.

Ses lettres devinrent sèches et expéditives, comme celles d'une personne très occupée qui n'a pas de temps à perdre en bavardages. Lorsqu'elle pensait à son mari, elle sentait ruisseler dans son cœur « une source profonde, douce, tendre », faite d'amour pour lui et de nostalgie de sa présence. Mais dans cet amour — ou du moins, cette ombre d'amour qui avait survécu au désenchantement d'Ospedaletti — il n'y avait plus rien de réel. « Qu'as-tu de lui, à présent ? Qu'est-ce qui vous rapproche ? écrivait-elle dans son journal. Il parle avec toi — quelquefois —, puis s'en va. Il pense à toi avec tendresse. Il rêve d'une vie différente, *un jour*, quand le miracle se sera produit. Tu as pour lui l'importance d'un rêve, et non plus celle d'une réalité vivante. Car vous ne formez pas un être unique. Qu'avez-vous en commun? Presque rien. » Et c'est ainsi qu'elle le quitta brusquement ; leurs existences se séparèrent alors, même si des lettres s'envolaient encore de Sierre à Randogne, puis de Londres à Selsfield et de Paris à Londres. Quelquefois elle se consolait avec de vides et vaines paroles, comme lorsqu'elle répétait que la vie est « merveilleuse » — cette vie qui devait lui paraître un sinistre cauchemar.

Une sensation plus pénible encore vint l'assaillir : elle avait l'impression d'avoir perdu « tout pouvoir d'écrire ». Elle ne cessait d'accumuler dans son journal de nouveaux fragments de récits, sans parvenir à en terminer aucun ; or si elle songeait au passé, il lui semblait qu'alors elle écrivait continuellement. Des sottises, certes, mais qu'importe ? « Il vaut mieux écrire des sottises, écrire n'importe quoi, plutôt que de ne rien écrire. » Cette impuissance réveillait toutes ses « terreurs anciennes » : la peur de ne jamais plus pouvoir raconter, l'angoisse d'être privée à jamais de la consolation que lui apportait le surgissement, le jaillissement imprévu des images sous sa plume. Mais avait-elle raison ? À Sierre justement, alors qu'elle se désespérait ainsi, elle continua *Le nid de colombes*, commença un autre récit léger sur un sujet français : *Father and the Girls* [Papa et les jeunes filles], et coucha sur les pages de son journal de délicieux débuts. « Par une belle matinée de printemps, une de ces matinées sans tache où l'on sent que les femmes de chambre du ciel ont été joyeusement actives toute la nuit... » Elle n'avait jamais été aussi exquise d'excentricité, d'absurdité et d'ironie, elle n'avait jamais rendu avec tant de fidélité les apparences de la vie — cette couche de confiture d'abricots que sa bonne d'enfant avait disposée sur la gelée de groseilles. Tel est le vrai courage d'un artiste : alors qu'il a la mort au cœur, il ne va pas confier au monde d'ultimes messages, des vérités définitives, mais brode — d'une main que la mort dote d'une sorte d'alacrité supérieure — des futilités, de légers riens. C'est ce qu'avait fait Tourgueniev : alors qu'il était près de mourir, il se livra à une démonstration de cancan, levant les jambes et les allongeant comme une danseuse, sautillant sur la pointe légère de ses pieds, les pouces glissés dans les entournures de son gilet, un sourire haletant sur les lèvres, afin de montrer à la famille Tolstoï — Tolstoï était dans un coin, scandalisé — les dernières nouveautés de Paris.

« Si je pensais devoir bientôt mourir, écrivait Katherine Mansfield le 2 août à son vieil ami Kotelianski, je te demanderais de venir me voir à une date précise. J'aurais horreur de mourir sans avoir eu avec toi une longue conversation à bâtons rompus. » Mais la pensée qui occupait son esprit, à Sierre, était celle de la mort, comme si désormais, après avoir échoué en tout, après avoir vainement attendu son salut de la littérature, de la souffrance et des médecins, il ne lui restait plus que cette ultime ressource. Elle nota dans son journal que sa peur de mourir avait disparu, remplacée par une « sorte d'insensibilité ». Elle commença à faire sa cour à la mort : son désir de rester sans personne dans l'hôtel désert de Randogne, son « extase » de la solitude, sa volonté de ne plus parler à quiconque étaient autant d'étapes sur le chemin qui la conduisait vers l'Érèbe. Si elle voulait véritablement disparaître, il lui fallait aussi détruire de ses propres mains le passé heureux. C'est pourquoi désormais, lorsqu'elle pensait au temps de la villa Isola Bella à Menton, elle ne revoyait plus le mur si tiède de la maison, les jeux des lézards et des papillons, elle n'entendait plus ses conversations matinales avec Marie ni la voix des maçons emprisonnée dans la pierre. Elle ne songeait plus : « Comme c'était tendre, comme c'était doux, et chaud, et simple, et précieux ! » Seuls lui revenaient en mémoire le vide, le silence, l'angoisse d'une perpétuelle incompréhension, tout ce qui l'avait séparée de son mari. « Étions-nous vrais, vivants, pleins de désirs ? Non, nous ne l'étions point. Nous étions une chose inexistante, qu'éclairaient des lueurs de ce qui aurait dû être. »

Quand la pensée de la mort s'empara d'elle plus brutalement, elle rédigea deux testaments. Elle léguait à Ida Baker ses vêtements et sa montre en or, à son père sa bible et un petit cochon de cuivre jaune, à Kotelianski sa canne de promenade toute sculptée et à Richard Murry sa bague ornée d'une perle, qu'il offrirait à son épouse le jour venu. Dès qu'elle aurait disparu, son mari était chargé d'envoyer un livre, en guise de souvenir, à tous les amis qui lui restaient. Tous les écrits, lettres, manuscrits et papiers divers qu'elle laissait derrière elle — des bribes de récits, de journaux, et des centaines de lettres d'amour, ainsi que les centaines de lettres qu'elle avait adressées à ses amis, des poèmes, des notes de lecture qu'elle avait écrites pour payer ses hôtels et le loyer de ses appartements — étaient confiés à Middleton Murry, qui était chargé de les déchirer et de les brûler. « Tu connais mon amour de l'ordre. N'hésite pas à donner un bon coup de balai, Bogey, et laisse tout bien net, veux-tu ? » Dans son second testament elle ajoutait : « Il comprendra que je désire laisser le moins de traces possible de mon lieu de campement. » C'était le 14 août 1922. Trois jours plus tard elle partit pour Londres et, comme chaque fois qu'elle préparait un voyage, il lui sembla qu'elle se préparait à disparaître. Une fois sur place, elle consulta le docteur Sorapure — « le meilleur homme du monde » après Tchekhov —, elle revit son père et ses sœurs, Anne Rice, Lady Ottoline Morrel, les Schiff et Richard Murry ; elle assista aux conférences d'un mathématicien et philosophe russe, Piotr Ouspenski, disciple de Georges Gurdjieff, et causa longuement avec Orage et Kotelianski. Le 2 octobre elle était de nouveau à Paris, au Sélect Hôtel, celui où elle avait habité lorsque tonnait la Grosse Bertha. Elle avait presque fini d'inspecter son « lieu de campement ».

Dans les derniers jours de l'automne, tandis qu'elle observait les jeux des enfants au jardin du Luxembourg ou regardait les feuilles tomber des arbres avec un léger murmure, ou bien encore repensait à Nietzsche, né un jour après elle, elle ne cessait de retourner dans son esprit les pensées qui la torturaient depuis près d'un an. Elle pressentait que la véritable cause de sa maladie n'était pas les poumons, comme le lui répétaient les médecins, mais une raison spirituelle, qu'elle parvenait seulement alors à distinguer : toute son existence n'avait été qu'une longue erreur ; au lieu de vivre une vie pleine et continue, elle n'avait connu que des instants — instants heureux ou terrifiants, lorsqu'il lui semblait qu'elle glissait *de l'autre côté* : loin d'être sincère, elle n'était qu'« une comédienne » qui transformait tout en théâtre, même son désir d'amour et de mort ; au lieu de découvrir en elle ce « moi objectif » qui nous permet d'écrire comme si une autre main nous guidait, elle continuait à habiter le « moi personnel » et restait prisonnière des impressions, des sensations, des sentiments, des désirs superficiels. Des élans contraires s'affrontaient en elle ; tantôt elle voulait exalter sa propre vie instinctive, comme Lawrence le lui avait enseigné : apprendre à travailler de ses mains, à cultiver, planter, ramasser des feuilles mortes, allumer des feux, soigner ses animaux — retrouvant de la sorte cet équilibre entre le corps et l'esprit que l'Occident avait perdu. Tantôt, au contraire, elle entendait que sa volonté dominât son esprit, transformant son intelligence, son imagination et son corps souffrant en serviteurs dévoués et obéissants.

Le 14 octobre 1922, elle fêta ses trente-quatre ans et se livra dans son journal à une tentative de bilan : « Depuis que je suis à Paris, je suis aussi malade qu'auparavant. Hier, j'ai cru que j'allais mourir... Mon cœur est si épuisé, il éprouve une telle fatigue, que tout ce que je puis faire, c'est aller jusqu'au taxi, et du taxi à la maison. Je me lève à midi, je me remets au lit à cinq heures et demie... Puis-je marcher ? Non, je me traîne. Puis-je faire quelque chose de mes mains ou de mon corps ? Absolument rien. Je suis une malade qui dépend entièrement des autres. Qu'est-ce donc que ma vie ? C'est l'existence d'un parasite... Mon esprit est presque mort. La source de ma vie s'est à ce point tarie qu'elle est pratiquement asséchée. » Puis, dans l'un de ses revirements soudains, dramatiques, emplis d'une espèce d'ivresse qui continue à nous surprendre, elle décrivit son rêve : « Je veux mener une vie pleine, adulte, vivante, active, au contact de ce que j'aime — la terre et ses merveilles, la mer, le soleil. Au contact de tout ce que nous entendons lorsque nous parlons du monde extérieur. Je veux y pénétrer, en être une part, y vivre, apprendre ce qu'il enseigne ; perdre tout ce qui, en moi, est superficiel et acquis, devenir un être humain conscient et sincère. Je veux comprendre les autres en me comprenant moi-même. Je veux réaliser tout ce que je suis capable de devenir, pour être... (et ici j'ai cessé d'écrire, j'ai attendu, attendu encore, mais inutilement — il est une seule expression pour dire cela) *une fille du soleil*... Mais la vie, la vie chaude, ardente, vivante — m'y enraciner — apprendre, désirer, savoir, sentir, agir. Voilà ce que je veux. Rien de moins. » Sa décision était enfin prise. Pour devenir une « fille du soleil », elle entrerait à l'Institut pour le développement harmonieux de l'homme que Georges Gurdjieff — le « Grand Lama du Tibet » — venait d'ouvrir près de Fontainebleau. Ces accents triomphants ne doivent pas nous tromper ; lorsqu'elle décida d'entrer à l'Institut, Katherine Mansfield n'avait pas non plus confiance en Gurdjieff : elle était désespérée et misait tout son être, tout son passé, son présent, son avenir « en allant de l'avant, hardiment et sans aide », en bravant tous les risques, sur une carte inconnue, la seule qui lui restât.

Le 17 octobre, elle entra à l'Institut de Gurdjieff et eut l'impression de revivre l'aventure de Gulliver. Elle aussi avait fait naufrage, après une furieuse tempête, et avait échoué à Brobdingnag, au milieu d'une race d'hommes inconnus, qui durent lui sembler beaucoup plus grands qu'elle et parlaient une langue différente, se nourrissaient différemment, écoutaient une musique différente. Les hôtes qui peuplaient l'ancien château de Mme de Maintenon étaient russes pour la plupart et venaient de Tiflis, de Constantinople ou de Berlin. On attendait la femme de Tchekhov ; et la présence d'Alfred Richard Orage, qui avait édité les premiers récits de Katherine Mansfield, rappela à celle-ci le temps de sa jeunesse. Les habitants de Brobdingnag travaillaient en plein air : ils coupaient du bois dans la forêt, s'occupaient des vaches, des chèvres, des chevaux, des mules, des porcs « mystiques » et des lapins « cosmiques » que leur maître avait achetés pour leur faire découvrir les joies de l'existence animale. Ils construisirent un bain turc et une salle de danse où les membres de la petite communauté réglaient leurs gestes sur les lois régissant les mouvements secrets des astres. Ils transformèrent un hangar pour aéroplanes de combat en une sorte de couvent de derviches : le sol fut recouvert de soixante-trois tapis de Boukhara et du Béloutchistan, l'on disposa des tambours orientaux tout autour de la pièce ; une fontaine illuminée versait une eau parfumée, et des banderoles portant des maximes de sagesse étaient suspendues aux murs, cependant qu'à l'entrée, sur une petite éminence, une alcôve richement ornée de tapisseries cramoisies attendait le corps robuste de Georges Gurdjieff.

Au début, Katherine Mansfield habita une chambre somptueuse ; puis le caprice souverain de Gurdjieff la transféra dans un étroit réduit, pauvre et glacé, l'un de ces antres sordides où dorment les personnages de Dostoïevski et de Kafka. Tandis qu'un hiver glacial s'abattait sur les bois de Fontainebleau, elle se pelotonna dans sa mince fourrure, demandant en russe, aux hôtes du château, du papier pour allumer le feu, du bois et des allumettes ; jusqu'au moment où un autre caprice la rendit aux fastes de sa précédente chambre. Elle avait appris la première leçon de l'Institut : il fallait se détacher de tout, vivre comme une fugitive toujours sous la tente, accepter le désordre, la pauvreté, la saleté et les mauvaises odeurs comme les effluves mêmes du paradis. Le matin, elle se levait de bonne heure et se lavait à l'eau glacée, puis déjeunait de gorgonzola et de marmelade de coings. Toute la journée elle menait cette vie physique et laborieuse que, les derniers temps, elle avait désirée — elle soignait les brebis, les porcs « mystiques » aux longues soies dorées, les lapins « cosmiques », les oies si pleines d'intelligence, les chèvres et les poules ; elle travaillait à la cuisine à peler des carottes ou éplucher des oignons, jusqu'à s'abîmer les mains, ou « observait » simplement le travail des autres ; elle regardait le menuisier raboter et fabriquer des roues, songeant que bientôt elle aussi travaillerait le bois. Elle cousait des costumes de théâtre, lavait le linge, tissait des tapis avec de longues tiges de blé ; et, tout en écoutant de la musique, elle apprenait une libre arithmétique mentale où deux fois deux faisaient un, trois fois trois douze, quatre fois quatre treize, cinq fois cinq vingt-huit. À midi elle se nourrissait de haricots blancs et d'oignons, de vermicelle au beurre et au sucre, de veau enveloppé dans des feuilles de laitue et cuit dans la crème. Elle se couchait à dix heures bien que Gurdjieff variât souvent les horaires afin que nulle de ses victimes ne trouvât jamais de repos dans l'habitude : alors les habitants de Brobdingnag dansaient jusqu'à l'aube des « danses assyriennes », ou construisaient fébrilement le bain turc ou le hangar-couvent.

Lorsqu'elle vit pour la première fois Gurdjieff, chauve, avec ses grandes moustaches et son air louche et dominateur, il lui fit l'effet d'« un marchand de tapis de Tottenham Court Road », puis elle s'habitua à dépendre de lui comme de l'astre terrifiant et ténébreux qui régnait sur chaque instant de son existence. Il était omniprésent : aux cuisines il leur montrait comment préparer le *koumis* ou la soupe aux choux, à l'étable comment traire les vaches et les chèvres ; dans l'atelier du menuisier il leur apprenait à raboter ; il traçait les plans des bains turcs, dessinait et coupait les vêtements, réparait les tapis, construisait des murs, éteignait des incendies, composait de la musique, dirigeait les danses. Il savait tout, comprenait tout, faisait les choses au moment précis où il fallait les faire. Ce grand mystificateur, ce sinistre goujat, ce mystagogue plein de dérision devait se divertir à la vue de cette petite Néo-Zélandaise tremblante de froid, recroquevillée dans sa pauvre fourrure, pleine de zèle et de dévouement ; et il prépara une mise en scène spécialement conçue pour elle. Il avait fait construire dans l'étable une galerie au-dessus des vaches ; un peintre de Brobdingnag recouvrit les murs et le plafond de fresques bariolées, d'inspiration orientale : des fleurs, des oiseaux, des papillons, des arbres aux branches chargées d'animaux, et même un hippopotame, ainsi qu'un éléphant qui avait le visage d'Orage ; il peignit sur le plafond l'« ennéagramme » de Gurdjieff, et quelqu'un y installa deux divans recouverts de tapis persans. Et Katherine dut rester là, étendue au-dessus des vaches ; d'abord seulement le jour, puis aussi la nuit : le « rayonnement du magnétisme animal », les chaudes exhalaisons des vaches, du fumier et du foin étaient censés donner une force nouvelle à ses poumons malades. Un jour, sortant de sa réserve, Gurdjieff lui-même monta dans la galerie, parmi les fleurs orientales, les hippopotames et les éléphants, et lui dit qu'il avait acheté un singe, qu'il lui faudrait dresser à soigner les vaches. Puis, dans son anglais de marchand de tapis, il ajouta : « Maintenant vous aurez deux docteurs à qui obéir. Le docteur Étable et le docteur Lait-à-peine-trait. Ne pas penser, ne pas écrire : repos, repos. Vivre à nouveau dans votre corps. »

Quand elle n'épluchait pas d'oignons, ne pelait pas de carottes, ne portait pas d'herbe aux lapins « cosmiques », n'assistait pas aux danses « assyriennes », ne respirait pas l'haleine des vaches, Katherine Mansfield causait avec son vieil ami Orage. « Sommes-nous morts, lui demanda-t-elle, ou bien notre amour pour la littérature n'était-il qu'une affectation, qui s'est détachée de nous tel un masque ? » En tant qu'écrivain elle se sentait à bout de ressource : sa source s'était tarie, la vie ne lui avait pas apporté de flots nouveaux. Parfois, la vieille passion de narrer se rallumait en elle : les heures passées à écouter et regarder les vaches lui donnèrent l'idée d'un long récit. Elle commença une histoire ; pendant quelques heures, elle éprouva un frisson délicieux en reprenant sa plume. Mais le lendemain, elle dit d'un ton allègre, et avec une grimace ironique, qu'elle avait tout déchiré. Rien n'était encore prêt : son heure n'avait pas sonné. Au cours d'une conversation avec Orage, elle lui raconta que la future Katherine Mansfield — l'écrivain inconnu qui prendrait la place de l'appareil photographique « passif » qu'elle avait été jusque-là — présenterait le bien comme « une malicieuse finesse, une aventure romanesque, une fascination, une joie », et le mal comme l'ennui et la platitude. Un autre témoin (probablement peu digne de foi) raconte au contraire qu'un « sourire sardonique » qui passait dans ses yeux donnait à penser que très vite elle ferait un jeu, comme Swift, de ce monde absurde dans lequel la tempête l'avait jetée. Mais que nous importent ces discours, peut-être destinés à tuer le temps ? ces programmes qui ne furent jamais réalisés ? ces tristes condamnations de son ancien moi ? La seule Katherine Mansfield que nous connaissions a pris congé de nous dans le scintillement des *tombeaux** de fleurs — pensées noires, naïves petites fleurs jaunes et bleues, superbes orchidées — que Marie préparait pour les invités auxquels elle servait ses agneaux rôtis.

Une légende entoure les derniers mois de Katherine Mansfield. Son visage, heureux et rayonnant d'« une beauté inexprimable », resplendissait comme si « elle avait été sur le mont Sinaï », répètent à l'envi Middleton Murry, Orage et Ida Baker. Avait-elle donc atteint cette « vie solaire » à laquelle elle aspirait ? La nuée d'angoisse, de terreur et de désespoir qui l'avait enveloppée les mois précédents s'était-elle complètement dissipée ? Le « Grand Lama du Tibet » l'avait-il sauvée ? Sous leurs menues grâces et leur babillage enfantin, les lettres des derniers mois parlent un autre langage ; Katherine Mansfield y semble une petite fille étonnée et effrayée, hagarde et balbutiante. Elle prenait tout au sérieux, même le régime alimentaire que lui imposait Gurdjieff : avec une ingénuité qui nous serre le cœur, elle croyait à tout, y compris à l'effet bénéfique de l'haleine des vaches, ou à la danse indienne qui durait sept minutes et lui apprit « plus de choses sur la vie de la femme que n'importe quel livre ou poème ». À l'occasion de Noël, Gurdjieff prépara un grand festin : celui qui trouverait une pièce de monnaie cachée dans sa part de gâteau, comme dans une scène fameuse de Chaplin, se verrait offrir un petit veau nouveau-né — « un vrai petit ange », disait Katherine Mansfield, et elle ajoute, comme une fillette qui bat des mains en minaudant : « Je voudrais qu'il soit à moi. » Elle, si précise, si spirituelle, si cruelle, avait perdu ce « filet de familiarité désinvolte et d'ironie » qu'évoque Chestov, cette capacité de rire d'elle-même et des autres dans laquelle, jusqu'à ses derniers jours, elle avait vu son salut. Elle avait été droguée, vidée, détruite par le souverain de Brobdingnag : naufragée sur une plage inconnue, elle avait échoué dans un camp de concentration et croyait que les flots l'avaient portée jusqu'au paradis.

Cette vie ne dura pas longtemps. Le soir du 9 janvier 1923, quand son mari vint lui rendre visite à l'Institut, elle fut saisie d'une quinte de toux au moment où elle entrait dans sa chambre. Un épais flot de sang sortit de sa bouche et sembla l'étouffer. Son mari l'allongea sur son lit et courut appeler un médecin. En l'espace de quelques minutes, Katherine Mansfield était morte, « les yeux agrandis par la terreur ». Quelque temps auparavant, comme le vent soufflait, Ida Baker, qui travaillait dans une ferme normande, avait été réveillée par la voix de Katherine qui l'appelait dans la nuit ; au matin du 10 janvier, elle reçut un télégramme de Fontainebleau et prit le train. Quand elle la vit étendue dans son cercueil, le bois lui parut si froid, si nu et si dépouillé, qu'elle le couvrit d'un châle espagnol noir brodé de couleurs vives que Katherine avait acheté dans sa jeunesse.

Tout était fini. Cette créature si délicate et si légère, si dure et si avide, si passionnée, si implacable, ce papillon maladroit qui avait soumis ses ailes à l'épreuve du vent, cette lointaine figurine chinoise peinte sur le fond d'une tasse à thé venait de disparaître.

ÉPILOGUE

L'art du portrait

Jamais je n'ai envié un artiste autant que le peintre qui peint sur le vif le portrait d'une femme, d'un homme ou d'un groupe d'enfants silencieux. Si merveilleux que soient une nature morte, une composition religieuse ou le jeu des couleurs pures, il me semble que le portrait exprime pour ainsi dire l'essence de la peinture. Voici un homme qui parfois se défend, se masque, entretient sur lui-même des idées illusoires — et devant lui un autre homme, infiniment tendre et cruel, qui poursuit la vérité sans le savoir. Bien souvent, il n'a jamais parlé avec le roi, la duchesse, le bourgeois ou le mendiant dont il fait le portrait. Mais grâce à quelques questions judicieuses, en observant ce qui se cache derrière cette prunelle verte, ou ce qu'expriment cette lèvre pendante, ce nez arrogant, la teinte terreuse et si désespérée de ce visage, voici que de la violence impétueuse ou de la méticuleuse précision de ses couleurs jouant des lumières et des ombres, il fait vivre un être humain, *cet* être humain, unique et sans équivalent parmi des millions de personnes qui semblent pareilles à lui.

La condition du portraitiste historique et littéraire est beaucoup moins enviable. Certes la passion de connaître un individu qui inspire Plutarque et Sainte-Beuve n'est pas moins ardente que celle qui anime Titien, Van Dyck, Gainsborough, fra Galgario ou Goya. Comme les grands peintres qui n'ignorent pas une ride de leur modèle, Plutarque et Sainte-Beuve connaissent toutes les traditions historiques, les souvenirs laissés par les contemporains, les lettres, les journaux intimes, les observations et les commentaires inspirés par celui qu'ils entendent représenter. Avec quelle ardeur ils s'efforcent de reconstruire les derniers moments qu'Antoine et Cléopâtre passèrent à Alexandrie, quand dans la nuit on entendit les sons harmonieux et les cris d'une troupe de bacchantes qui s'éloignait (c'est alors que Dionysos les abandonna) ! Ou les prières de Saint-Cyran et de mère Angélique dans la vieille abbaye de Port-Royal ! Mais, à la différence des peintres, ils n'ont pas sous les yeux le modèle vivant, qui se révèle dans un soudain mouvement des yeux. Ils travaillent de seconde main, sans accorder une pleine confiance aux témoignages indirects.

Aussi le portraitiste littéraire s'efforce-t-il de consacrer à la réalité lointaine et lacunaire de son modèle une attention toujours présente, toute sa délicatesse et sa souplesse psychologique, un instinct de policier sur les traces d'un criminel ; et sa main devient tout à la fois nerveuse à l'extrême et privée de nerfs, afin de suivre chaque mouvement de cette âme. Si le peintre use de toutes les couleurs de sa palette, il emploie, lui, les instruments de la psychologie de chaque époque. Il n'en néglige pas un seul : les psychologies platonicienne, aristotélicienne ou stoïque, celles des âges classiques ou romantiques, ou encore les suggestions de la psychologie analytique. Il observe les livres, les structures et le style des livres, pour les transformer en touches de couleur. Mais ce n'est pas un spécialiste, ni de la psychologie ni du style. Sa tâche est de tracer le portrait d'un *personnage*, non de construire une science. Aussi use-t-il des instruments psychologiques et stylistiques avec prudence et légèreté, une sorte d'indifférence ironique, comme si le surmoi, le complexe d'Œdipe, une triade d'adjectifs ou un récit à la première personne n'étaient que les couleurs — une ténébreuse couleur pourpre, un vert strident — de son portrait.

Le portraitiste littéraire fait très rarement poser son personnage. Il le laisse se déplacer dans une pièce, ou sur le fond indéterminé de la nature — et devient beaucoup plus mobile que lui, se déplaçant, le saisissant sous tous les angles, le surprenant dans un moment d'abandon, passant des laques à la légère touche de l'aquarelle, ou au burin, au clair-obscur. Il sait bien que peindre Montaigne, Pascal, Kafka ou Proust n'a rien de commun avec l'exercice quotidien du dessin où l'on se peint soi-même ou son voisin. Nous sommes, nous, un fouillis de fragments psychologiques ; alors que la psychologie d'un grand écrivain est un cosmos unitaire et compact, où tous les sentiments, les impulsions, les fantaisies, les yeux, le nez, les marques du visage sont en relation les uns avec les autres, si bien que chaque couleur résonne dans les autres couleurs. Parmi les témoignages infinis dont il dispose, lui qui ne travaille qu'avec des détails cherche le détail exact : Manzoni qui marche à pas lents parmi les buissons de sa villa de Brusuglio, précipitant les araignées dans les filets d'autres araignées — cette touche infime, réchappée des oublis de l'Histoire, qui peut lui révéler l'essence ineffable d'une personne.

Souvent, il se trompe : mais s'il a trouvé le détail juste, alors tous les autres détails se ressemblent autour de lui. « Peu à peu, on sent naître la ressemblance, disait Sainte-Beuve ; et au jour, au moment où l'on a saisi le tic familier, le sourire révélateur, le pli indéfinissable, la ride intime et douloureuse qui se cache vainement sous les cheveux déjà grisonnants, à cet instant, l'analyse disparaît sous la création, le portrait parle et vit. » À partir de ce moment, le portraitiste a l'impression de *voir*. Là, à une distance infinie, au fond de l'Histoire, dans un repli du ve siècle avant Jésus-Christ ou du XVIIIe ou du XXe siècle de notre ère, quelqu'un bondit à la lumière, vit et bouge, et il n'est aucun de ses gestes qui ne lui appartienne. Dans le royaume de Babylone, Alexandre le Grand se meurt et salue en silence, d'un faible mouvement de la tête et d'un signe des yeux ses soldats qui veulent le revoir pour la dernière fois ; dans un salon de Paris, La Rochefoucauld converse tristement et tendrement avec Mme de La Fayette ; et Kafka arpente les rues de Prague d'un pas léger, légèrement courbé, les mains croisées sur les épaules, oscillant comme si des rafales de vent l'entraînaient tantôt d'un côté, tantôt de l'autre de la rue.

Si les peintres de cour et les portraitistes bourgeois changent continuellement de lieu et de modèle, un jour à Paris, un autre à Amsterdam, Haarlem ou Londres, les portraitistes littéraires eux aussi multiplient leurs personnages. Ils n'ont pas de maison : ils fuient perpétuellement, eux-mêmes ou quelque chose ; ils voyagent vers l'ailleurs ; et à mesure qu'ils changent de demeure, ils changent de style, de couleur, de physionomie. Comme le disait leur prince, Sainte-Beuve, tous ont quelque chose du voyageur, du vagabond, du Juif errant, de l'acteur « qui change chaque soir de costume, de visage, de rôle» Mais Sainte-Beuve ajoutait : « L'esprit doit être chez lui surtout quand il est *hors* de chez lui. Toujours d'un autre côté, toujours ailleurs, telle est ma devise. » « Si je devais me juger moi-même, je dirais : Sainte-Beuve ne trace pas un portrait sans s'y mirer; sous le prétexte de dépeindre les autres, c'est toujours un profil de lui-même qu'il nous décrit. » Étrange condition : vivre toujours dans l'ailleurs, jamais chez soi; et multiplier les ailleurs parce que, dans ce jeu de métamorphoses successives, l'on découvre une demeure, qui n'a peut-être jamais existé. En tout cela, comme derrière l'apparente bonhomie souriante de Sainte-Beuve, il y a une extase et une horreur de l'autre : un désir d'expansion et d'absence de limites, que quelque force obscure maintient miraculeusement en équilibre.

*

Vient le moment, tout à la fois tragique et bénéfique, où le portraitiste doit abandonner son travail. Il a peint un portrait, parfois avec succès, parfois sans comprendre; et puis? Devant lui demeure l'étendue inexplorée de la littérature. Ainsi, il doit abandonner ses rapides coups de pinceau, ses descriptions vraies et imaginaires des sentiments, ses feints portraits de la vérité. Au cours de son enquête, à force de descendre de plus en plus intimement dans les abîmes d'un écrivain, d'écouter certaines confessions secrètes, d'interpréter les pages de quelque journal, il s'est aperçu qu'il avait atteint une région profonde et désolée. Il croit parfois que personne n'a jamais vu ce lieu; et il lui semble que les sentiments, les frustrations et les complexes, les douleurs, les espoirs, qu'il avait vus flotter librement à la surface, se déposent et se concentrent en une masse fine et très dense, comme l'histoire intérieure de la Terre se cristallise dans un diamant. À ce moment précis, il a l'impression que, lentement et soudainement, la psychologie de l'écrivain se transforme en livre.

Si devant ses yeux se dresse le mystère d'un livre, que peut-il faire ? Les grands écrivains, qui sont les seuls vrais critiques, ont tenté de créer, de leurs mots, un parfait *équivalent* d'une œuvre d'art. Je voudrais rappeler un seul exemple. Entre 1908 et 1909, au moment même où la *Recherche* naissait en lui, Marcel Proust nous proposa les deux formes possibles de cette critique littéraire : *la recréation vivante* * et la *claire analyse* *. D'une part il écrivit des *pastiches* * de *L'affaire Lemoine*, parodiant Flaubert et Balzac, Saint-Simon et Sainte-Beuve. Il avait toujours possédé une oreille extrêmement fine, s'agissant de saisir la musique d'un texte : il avait toujours été un ventriloque démoniaque, capable d'imiter les gestes et la voix des personnages du grand monde parisien. Cette fois, il accorda son « métronome intérieur » au rythme de chaque artiste : il saisit les traits essentiels de chaque style ; et il les condensa, unissant la précision scientifique et l'esprit grotesque, comme si la parodie était la clé la plus précise pour accéder à l'essence de la réalité. Comme les Parisiens de 1908, nous rions nous aussi, aujourd'hui, amusés et presque terrifiés par cet effrayant démontage de l'œuvre d'art ; mais nous ne voyons pas que, parfois, Proust a fait beaucoup plus qu'une parodie. Il a créé une *autre* œuvre d'art, une autre page de Flaubert, belle comme les plus belles pages de *L'éducation sentimentale.*

Quelques mois plus tard, pour montrer que la véritable critique littéraire, la *claire analyse* *, était l'aspect extérieur de la *recréation vivante* *, Proust écrivit des essais critiques sur Balzac, Baudelaire, Nerval et Flaubert, compris dans le *Contre Sainte-Beuve*. Il dit, par exemple : « Dans le style de Flaubert [...] toutes les parties de la réalité sont transformées en une même substance, aux vastes surfaces, au scintillement monotone. Aucune trace d'impureté. Les surfaces sont devenues réfléchissantes. Toutes choses s'y reflètent, mais par réflexion, sans en altérer la substance homogène. Tout ce qui était divers a été transformé et absorbé. » Ces quelques lignes sont un admirable équivalent objectif du monde de Flaubert. Elles contiennent l'essentiel de ce qui peut être dit de lui : le noyau d'où rayonne toute critique passée et à venir.

Dans le meilleur des cas, le critique littéraire possède un millionième du talent de Proust ; et il devra renoncer à rivaliser avec ces exemples fulgurants de *recréation vivante* * et de *claire analyse* *. Il ne peut compter que sur la constance, la patience, la durée quasi maniaque de son attention ; pas un instant il ne peut perdre de vue le livre qu'il étudie, lit, relit et relit et relit encore, en espérant qu'il se lassera de défendre son secret. Si les dieux le protègent, et plus particulièrement le petit Hermès enfant qui est son dieu personnel, lui aussi peut parvenir peut-être à construire son équivalent de l'œuvre littéraire. Tout d'abord, il se représente le texte comme une immense machine, composée de milliers de boulons et de vis presque invisibles. Il décompose cette machine imaginaire ; il subdivise chaque élément, chaque phrase ou image, jusqu'au moment où il a l'illusion d'avoir devant lui, disposés bien en ordre sur la table de mécanicien de la littérature, tous les éléments premiers du texte.

Il travaille dans le noir, à l'aveuglette, à tâtons, éclairé seulement par une petite lampe portative. Dans cette obscurité, les idées brillantes, les formules rapides et flatteuses ne lui servent à rien. Tout ici est si petit, si délicat, si fragile. Avec sa petite lampe portative, il recherche la signification de chaque élément, les rapports qui s'établissent entre les éléments, les associations, les combinaisons et les correspondances, les transformations et les condensations des matériaux placés devant lui. Comme ses mains doivent être lentes, précises et délicates ! Il est si facile de se tromper : il suffit qu'il interprète mal une métaphore ou perçoive une relation erronée, pour que la compréhension du texte lui échappe à jamais. Certes, il porte dans sa mémoire tous les livres qu'il a lus ; et quel secours il trouve parfois dans les lointaines associations, les analogies entre des livres qui ne se sont jamais rencontrés, les courts-circuits imprévus entre les images littéraires et figuratives les plus éloignées ! Il n'est pas de méthode critique ou scientifique à laquelle il n'ait recours — tout comme il n'était pas de témoignage ou de couleur auxquels le portraitiste n'ait pas recours, devant son modèle. Même la plus infime des intuitions herméneutiques peut contenir une étincelle de lumière. Mais il n'oublie pas que la critique littéraire est, en premier lieu, une question d'oreille. Il faut saisir, comme le disait Proust, l'« air de la chanson » ; et ne jamais oublier la perception tactile, le plus subtil des sens, qui nous permet de saisir et d'employer chaque fois le terme juste.

Ainsi, après avoir longuement séjourné devant sa table de mécanicien, l'interprète se convainc de deux choses, que beaucoup avant lui avaient peut-être comprises. Toute œuvre littéraire véritable constitue un cosmos : un système atomique extrêmement minutieux, ou un immense système solaire dans lequel toutes les pages, les images, les personnages, le style, l'architecture, la ponctuation, les espaces blancs, les intentions déclarées ou secrètes, les allusions et les lapsus sont unis selon une loi d'airain. Dans un tel livre, tout ce qui est écrit signifie. Ni le hasard ni l'arbitraire, ces divinités qui rendent notre existence si absurde et si capricieuse, n'osent se glisser dans la structure impénétrable d'un grand livre.

La seconde vérité est plus inquiétante. Derrière le texte que tous lisent, et qui nous enchante de ses séductions aériennes, vit un texte caché. Le retour de certaines images, le jeu de certaines métaphores, certaines correspondances architecturales nous font découvrir ce second livre qui se trouve sous le premier, et que tous lisent, en réalité, alors qu'ils croient glisser béatement sur la surface. Là se dissimulent les mythes que toute œuvre d'art porte en elle, même si elle ne semble parler que de l'existence d'aujourd'hui, mars 1991, dans une petite ville provinciale de l'Italie du Nord ; et de là rayonne cette indéfinissable charge symbolique qui imprègne plus ou moins intensément tous les éléments d'un livre, jusqu'à la robe bleue d'une jeune fille ou au bouquet de narcisses abandonné sur la table d'un salon.

S'il a une oreille attentive, l'interprète parvient à révéler ce livre caché, à ramener à la lumière la masse implicite enclose dans le texte et à faire parler l'immense richesse du non-dit. C'est un travail de précision : de mathématicien ou de géomètre plus que d'écrivain. Un jeu continuel d'équivalences, qui doit s'accomplir sans aucun caprice impressionniste. Ce qui s'est concentré se dilate; ce qui est fermé s'ouvre; et tandis qu'il fait parler le livre caché, l'interprète a la sensation que le texte veut se révéler, à travers sa voix et celle de tous les autres lecteurs qui l'interpréteront d'une façon tout à fait différente de la sienne. Il est une autre impression, plus confuse. Une fois éclairé ce qui était caché, le livre vient-il vraiment *à la lumière* ? Ses ténèbres resplendissent-elles vraiment à la surface ? Ou bien la véritable lumière — si intense qu'elle oblige à baisser les yeux — continue-t-elle à se concentrer là-bas, où n'atteindront jamais les yeux d'aucun lecteur ?

*

L'interprète est devant sa table, avec les éléments du livre dont il croit désormais connaître la signification et les relations. Il pourrait se limiter à énumérer et à décrire toutes les unités mineures et minimes, ou les disposer, comme certains l'ont fait, selon des figures géométriques, avec des flèches, des contre-flèches, des schémas d'assemblage, des chiffres petits et gros. Mais il ne peut s'empêcher de recomposer ce qu'il avait décomposé et de réunir ce qu'il avait séparé. Il aime raconter ; il pense qu'il n'est pas de plaisir plus grand que de raconter des histoires ; il considère que, comme les musulmans l'imaginent, Dieu n'a créé le monde que pour qu'une plume retrace les prodiges de sa création. Aussi tente-t-il de raconter le livre caché qui vit au cœur du livre apparent : il utilise parfois les mots mêmes de l'écrivain, les mêle aux siens, évoque d'autres mots de textes analogues, s'efforce de mettre en relation le livre caché avec le livre apparent. En écrivant ses *pastiches* *, Proust avait assigné aux écrivains la tâche de la *recréation vivante* * des livres. Maintenant, l'interprète tente à son tour sa *recréation vivante* *, bien que celle-ci ne naisse pas de la spontanéité du génie, mais du *collage* *, de la patience et de l'effort.

L'interprète est convaincu d'une chose. L'œuvre issue des douleurs du génie créateur est souvent austère, tragique et dépouillée : obscure et presque incompréhensible. Mais l'interprétation ne peut se soustraire à l'obligation de plaire et de divertir notre intelligence. Parce qu'elle est l'œuvre du goût qui suit la trace du génie, parce qu'elle incarne le désir et la joie de « comprendre », elle doit procurer quelques menues joies à ses lecteurs, rares ou nombreux. Mais à aucun prix, sous peine de perdre sa raison de vivre, la critique littéraire ne peut être ennuyeuse. Cette activité de second ordre, cet art appliqué, ce miroir qui reflète sur ses facettes plus souvent opaques que lumineuses quelque chose de bien plus grand, quel sens a-t-elle si elle ne scintille pas, si elle n'est pas fluide, si elle ne cherche pas à charmer, si elle ne joue pas passionnément ? Telle une esclave des *Mille et une nuits*, elle doit s'envelopper de voiles et d'images persuasives. Elle ne le fait pas pour elle-même, mais pour nous mettre sur la voie du charme infiniment plus compliqué, plus riche et plus terrible, qui vit en toute œuvre d'art.

Je ne prétends pas affirmer que ce soit là *l'unique voie* de la critique littéraire. Il y a bien d'autres voies, également bonnes : car les livres demandent à être envisagés et compris selon des modalités infiniment diverses par le regard des hommes. Ce n'est là qu'une des voies possibles. Et je ne voudrais pas non plus paraître célébrer la critique littéraire. L'interprète n'est pas un professionnel du mystère, ni un mystique, ni un mystagogue, ni même peut-être un véritable écrivain. Il n'est qu'un assembleur, qui dispose des pièces de mosaïques ou de marqueterie d'un autre ; ou l'un de ces vieux réparateurs de parapluies que l'on rencontre encore dans la chère et accueillante vieille ville de Rome et qui, à l'abri d'un porche — dehors la pluie ruisselle, ou le vent souffle, ou la chaleur de mai promet déjà un été torride —, assemblent les armatures, réparent étoffe et manche, afin que d'autres puissent se promener munis d'un léger rempart contre les orages du monde.

DU MÊME AUTEUR

Aux Éditions Gallimard

KAFKA (L'Arpenteur et Folio, *n° 2303*).

ALEXANDRE LE GRAND, en collaboration avec Francesco Sisti (L'Arpenteur).

HISTOIRE QUI FUT HEUREUSE, PUIS DOULOUREUSE ET FUNESTE (Folio, *n° 2519*). Prix Médicis étranger 1991.

GOETHE (L'Arpenteur).

LA COLOMBE POIGNARDÉE. Proust et la « Recherche » (Folio, *n° 3131*).

LA LUMIÈRE DE LA NUIT. Les grands mythes dans l'histoire du monde (L'Arpenteur et Folio, *n° 3439*). Prix Méditerranée Étranger 1999.

PORTRAITS DE FEMMES (L'Arpenteur et Folio, *n° 3849*).

Voir aussi Kafka, LETTRES À SES PARENTS précédé d'*Une année dans la vie de Franz Kafka par Pietro Citati* (Arcades, *n° 18*).

Chez d'autres éditeurs

LE PRINTEMPS DE CHOSROÈS (*Le Seuil*).

BRÈVE VIE DE KATHERINE MANSFIELD (*Quai Voltaire*).

TOLSTOÏ (*Denoël*).

LA VOIX DE SCHÉHÉRAZADE (*Fata Morgana*)

COLLECTION FOLIO

Dernières parutions

3593. Bruno Tessarech	*Les grandes personnes*
3594. Jacques Tournier	*Le dernier des Mozart.*
3595. Roger Wallet	*Portraits d'automne.*
3596. Collectif	*Le Nouveau Testament.*
3597. Raphaël Confiant	*L'archet du colonel.*
3598. Remo Forlani	*Émile à l'Hôtel.*
3599. Chris Offutt	*Le fleuve et l'enfant.*
3600. Marc Petit	*Le Troisième Faust.*
3601. Roland Topor	*Portrait en pied de Suzanne.*
3602. Roger Vailland	*La fête.*
3603. Roger Vailland	*La truite.*
3604 Julian Barnes	*England, England.*
3605 Rabah Belamri	*Regard blessé.*
3606 François Bizot	*Le portail.*
3607 Olivier Bleys	*Pastel.*
3608 Larry Brown	*Père et fils.*
3609 Albert Camus	*Réflexions sur la peine capitale.*
3610 Jean-Marie Colombani	*Les infortunes de la République.*
3611 Maurice G. Dantec	*Le théâtre des opérations.*
3612 Michael Frayn	*Tête baissée.*
3613 Adrian C. Louis	*Colères sioux.*
3614 Dominique Noguez	*Les Martagons.*
3615 Jérôme Tonnerre	*Le petit Voisin.*
3616 Victor Hugo	*L'Homme qui rit.*
3617 Frédéric Boyer	*Une fée.*
3618 Aragon	*Le collaborateur* et autres nouvelles.
3619. Tonino Benacquista	*La boîte noire* et autres nouvelles.
3620. Ruth Rendell	*L'Arbousier.*
3621. Truman Capote	*Cercueils sur mesure.*
3622. Francis Scott Fitzgerald	*La Sorcière rousse,* précédé de *La coupe de cristal taillé.*
3623. Jean Giono	*Arcadie...Arcadie...,* précédé de *La pierre.*

3624.	Henry James	*Daisy Miller.*
3625.	Franz Kafka	*Lettre au père.*
3626.	Joseph Kessel	*Makhno et sa juive.*
3627.	Lao She	*Histoire de ma vie.*
3628.	Ian McEwan	*Psychopolis* et autres nouvelles.
3629.	Yukio Mishima	*Dojoji* et autres nouvelles.
3630.	Philip Roth	*L'habit ne fait pas le moine,* précédé de *Défenseur de la foi.*
3631.	Leonardo Sciascia	*Mort de l'Inquisiteur.*
3632.	Didier Daeninckx	*Leurre de vérité* et autres nouvelles.
3633.	Muriel Barbery	*Une gourmandise.*
3634.	Alessandro Baricco	*Novecento : pianiste.*
3635.	Philippe Beaussant	*Le Roi-Soleil se lève aussi.*
3636.	Bernard Comment	*Le colloque des bustes.*
3637.	Régine Detambel	*Graveurs d'enfance.*
3638.	Alain Finkielkraut	*Une voix vient de l'autre rive.*
3639.	Patrice Lemire	*Pas de charentaises pour Eddy Cochran.*
3640.	Harry Mulisch	*La découverte du ciel.*
3641.	Boualem Sansal	*L'enfant fou de l'arbre creux.*
3642.	J.B. Pontalis	*Fenêtres.*
3643.	Abdourahman A. Waberi	*Balbala.*
3644.	Alexandre Dumas	*Le Collier de la reine.*
3645.	Victor Hugo	*Notre-Dame de Paris.*
3646.	Hector Bianciotti	*Comme la trace de l'oiseau dans l'air.*
3647.	Henri Bosco	*Un rameau de la nuit.*
3648.	Tracy Chevalier	*La jeune fille à la perle.*
3649.	Rich Cohen	*Yiddish Connection.*
3650.	Yves Courrière	*Jacques Prévert.*
3651.	Joël Egloff	*Les Ensoleillés.*
3652.	René Frégni	*On ne s'endort jamais seul.*
3653.	Jérôme Garcin	*Barbara, claire de nuit.*
3654.	Jacques Lacarrière	*La légende d'Alexandre.*
3655.	Susan Minot	*Crépuscule.*
3656.	Erik Orsenna	*Portrait d'un homme heureux.*
3657.	Manuel Rivas	*Le crayon du charpentier.*
3658.	Diderot	*Les Deux Amis de Bourbonne.*
3659.	Stendhal	*Lucien Leuwen.*

3660. Alessandro Baricco	*Constellations.*
3661. Pierre Charras	*Comédien.*
3662. François Nourissier	*Un petit bourgeois.*
3663. Gérard de Cortanze	*Hemingway à Cuba.*
3664. Gérard de Cortanze	*J. M. G. Le Clézio.*
3665. Laurence Cossé	*Le Mobilier national.*
3666. Olivier Frébourg	*Maupassant, le clandestin.*
3667. J.M.G. Le Clézio	*Cœur brûle* et autres romances.
3668. Jean Meckert	*Les coups.*
3669. Marie Nimier	*La Nouvelle Pornographie.*
3670. Isaac B. Singer	*Ombres sur l'Hudson.*
3671. Guy Goffette	*Elle, par bonheur, et toujours nue.*
3672. Victor Hugo	*Théâtre en liberté.*
3673. Pascale Lismonde	*Les arts à l'école. Le Plan de Jack Lang et Catherine Tasca.*
3674. Collectif	*« Il y aura une fois ». Une anthologie du Surréalisme.*
3675. Antoine Audouard	*Adieu, mon unique.*
3676. Jeanne Benameur	*Les Demeurées.*
3677. Patrick Chamoiseau	*Écrire en pays dominé.*
3678. Erri De Luca	*Trois chevaux.*
3679. Timothy Findley	*Pilgrim.*
3680. Christian Garcin	*Le vol du pigeon voyageur.*
3681. William Golding	*Trilogie maritime. 1. Rites de passage.*
3682. William Golding	*Trilogie maritime, 2. Coup de semonce.*
3683. William Golding	*Trilogie maritime, 3 La cuirasse de feu.*
3684. Jean-Noël Pancrazi	*Renée Camps.*
3686. Jean-Jacques Schuhl	*Ingrid Caven*
3687. *Positif,* revue de cinéma	*Alain Resnais.*
3688. Collectif	*L'amour du cinéma. 50 ans de la revue* Positif.
3689. Alexandre Dumas	*Pauline.*
3690. Le Tasse	*Jérusalem libérée.*
3691. Roberto Calasso	*La ruine de Kasch.*
3692. Karen Blixen	*L'éternelle histoire.*
3693. Julio Cortázar	*L'homme à l'affût.*

3694. Roald Dahl — *L'invité.*
3695. Jack Kerouac — *Le vagabond américain en voie de disparition.*
3696. Lao-tseu — *Tao-tö king.*
3697. Pierre Magnan — *L'arbre.*
3698. Marquis de Sade — *Ernestine. Nouvelle suédoise.*
3699. Michel Tournier — *Lieux dits.*
3700. Paul Verlaine — *Chansons pour elle* et autres poèmes érotiques.
3701. Collectif — *«Ma chère maman...»*
3702. Junichirô Tanizaki — *Journal d'un vieux fou.*
3703. Théophile Gautier — *Le capitaine Fracassse.*
3704. Alfred Jarry — *Ubu roi.*
3705. Guy de Maupassant — *Mont-Oriol.*
3706. Voltaire — *Micromégas. L'Ingénu.*
3707. Émile Zola — *Nana.*
3708. Émile Zola — *Le Ventre de Paris.*
3709. Pierre Assouline — *Double vie.*
3710. Alessandro Baricco — *Océan mer.*
3711. Jonathan Coe — *Les Nains de la Mort.*
3712. Annie Ernaux — *Se perdre.*
3713. Marie Ferranti — *La fuite aux Agriates.*
3714. Norman Mailer — *Le Combat du siècle.*
3715. Michel Mohrt — *Tombeau de La Rouërie.*
3716. Pierre Pelot — *Avant la fin du ciel.*
3718. Zoé Valdès — *Le pied de mon père.*
3719. Jules Verne — *Le beau Danube jaune.*
3720. Pierre Moinot — *Le matin vient et aussi la nuit.*
3721. Emmanuel Moses — *Valse noire.*
3722. Maupassant — *Les Sœurs Rondoli* et autres nouvelles.
3723. Martin Amis — *Money, money.*
3724. Gérard de Cortanze — *Une chambre à Turin*
3725. Catherine Cusset — *La haine de la famille*
3726. Pierre Drachline — *Une enfance à perpétuité.*
3727. Jean-Paul Kauffmann — *La Lutte avec l'Ange.*
3728. Ian McEwan — *Amsterdam.*
3729. Patrick Poivre d'Arvor — *L'Irrésolu.*
3730. Jorge Semprun — *Le mort qu'il faut.*
3731. Gilbert Sinoué — *Des jours et des nuits.*
3732. Olivier Todd — *André Malraux. Une vie*

3733. Christophe de Ponfilly	*Massoud l'Afghan.*
3734. Thomas Gunzig	*Mort d'un parfait bilingue.*
3735. Émile Zola	*Paris.*
3736. Félicien Marceau	*Capri petite île.*
3737. Jérôme Garcin	*C'était tous les jours tempête.*
3738. Pascale Kramer	*Les Vivants.*
3739. Jacques Lacarrière	*Au cœur des mythologies.*
3740. Camille Laurens	*Dans ces bras-là.*
3741. Camille Laurens	*Index.*
3742. Hugo Marsan	*Place du Bonheur.*
3743. Joseph Conrad	*Jeunesse.*
3744. Nathalie Rheims	*Lettre d'une amoureuse morte.*
3745. Bernard Schlink	*Amours en fuite.*
3746. Lao She	*La cage entrebâillée.*
3747. Philippe Sollers	*La Divine Comédie.*
3748. François Nourissier	*Le musée de l'Homme.*
3749. Norman Spinrad	*Les miroirs de l'esprit.*
3750. Collodi	*Les Aventures de Pinocchio.*
3751. Joanne Harris	*Vin de bohème.*
3752. Kenzaburô Ôé	*Gibier d'élevage.*
3753. Rudyard Kipling	*La marque de la Bête.*
3754. Michel Déon	*Une affiche bleue et blanche.*
3755. Hervé Guibert	*La chair fraîche.*
3756. Philippe Sollers	*Liberté du XVIIIème*
3757. Guillaume Apollinaire	*Les Exploits d'un jeune don Juan.*
3758. William Faulkner	*Une rose pour Emily* et autres nouvelles.
3759. Romain Gary	*Une page d'histoire.*
3760. Mario Vargas Llosa	*Les chiots.*
3761. Philippe Delerm	*Le Portique.*
3762. Anita Desai	*Le jeûne et le festin.*
3763. Gilles Leroy	*Soleil noir.*
3764. Antonia Logue	*Double cœur.*
3765. Yukio Mishima	*La musique.*
3766. Patrick Modiano	*La Petite Bijou.*
3767. Pascal Quignard	*La leçon de musique.*
3768. Jean-Marie Rouart	*Une jeunesse à l'ombre de la lumière.*
3769. Jean Rouaud	*La désincarnation.*
3770. Anne Wiazemsky	*Aux quatre coins du monde.*

3771. Lajos Zilahy	*Le siècle écarlate. Les Dukay (tome III).*
3772. Patrick McGrath	*Spider.*
3773. Henry James	*Le Banc de la désolation.*
3774. Katherine Mansfield	*La Garden-Party* et autres nouvelles.
3775. Denis Diderot	*Supplément au Voyage de Bougainville.*
3776. Pierre Hebey	*Les passions modérées.*
3777. Ian McEwan	*L'Innocent.*
3778. Thomas Sanchez	*Le Jour des Abeilles.*
3779. Federico Zeri	*J'avoue m'être trompé. Fragments d'une autobiographie.*
3780. François Nourissier	*Bratislava.*
3781. François Nourissier	*Roman volé.*
3782. Simone de Saint-Exupéry	*Cinq enfants dans un parc.*
3783. Richard Wright	*Une faim d'égalité.*
3784. Philippe Claudel	*J'abandonne.*
3785. Collectif	*«Leurs yeux se rencontrèrent...». Les plus belles premières rencontres de la littérature.*
3786. Serge Brussolo	*Trajets et itinéraires de l'oubli.*
3787. James M. Cain	*Faux en écritures.*
3788. Albert Camus	*Jonas ou l'artiste au travail* suivi de *La pierre qui pousse.*
3789. Witold Gombrovicz	*Le festin chez la comtesse Fritouille* et autres nouvelles.
3790. Ernest Hemingway	*L'étrange contrée.*
3791. E. T. A Hoffmann	*Le Vase d'or.*
3792. J. M. G. Le Clézio	*Peuple du ciel* suivi de *Les bergers.*
3793. Michel de Montaigne	*De la vanité.*
3794 Luigi Pirandello	*Première nuit et autres nouvelles.*
3795. Laure Adler	*À ce soir.*
3796. Martin Amis	*Réussir.*
3797. Martin Amis	*Poupées crevées.*
3798. Pierre Autin-Grenier	*Je ne suis pas un héros.*
3799. Marie Darrieussecq	*Bref séjour chez les vivants.*

3800. Benoît Duteurtre	*Tout doit disparaître.*
3801. Carl Friedman	*Mon père couleur de nuit.*
3802. Witold Gombrowicz	*Souvenirs de Pologne.*
3803. Michel Mohrt	*Les Nomades.*
3804. Louis Nucéra	*Les Contes du Lapin Agile.*
3805. Shan Sa	*La joueuse de go.*
3806. Philippe Sollers	*Éloge de l'infini.*
3807. Paule Constant	*Un monde à l'usage des Demoiselles.*
3808. Honoré de Balzac	*Un début dans la vie.*
3809. Christian Bobin	*Ressusciter.*
3810. Christian Bobin	*La lumière du monde.*
3811. Pierre Bordage	*L'Évangile du Serpent.*
3812. Raphaël Confiant	*Brin d'amour.*
3813. Guy Goffette	*Un été autour du cou.*
3814. Mary Gordon	*La petite mort.*
3815. Angela Huth	*Folle passion.*
3816. Régis Jauffret	*Promenade.*
3817. Jean d'Ormesson	*Voyez comme on danse.*
3818. Marina Picasso	*Grand-père.*
3819. Alix de Saint-André	*Papa est au Panthéon.*
3820. Urs Widmer	*L'homme que ma mère a aimé.*
3821. George Eliot	*Le Moulin sur la Floss.*
3822. Jérôme Garcin	*Perspectives cavalières.*
3823. Frédéric Beigbeder	*Dernier inventaire avant liquidation.*
3824. Hector Bianciotti	*Une passion en toutes Lettres.*
3825. Maxim Biller	*24 heures dans la vie de Mordechaï Wind.*
3826. Philippe Delerm	*La cinquième saison.*
3827. Hervé Guibert	*Le mausolée des amants.*
3828. Jhumpa Lahiri	*L'interprète des maladies.*
3829. Albert Memmi	*Portrait d'un Juif.*
3830. Arto Paasilinna	*La douce empoisonneuse.*
3831. Pierre Pelot	*Ceux qui parlent au bord de la pierre (Sous le vent du monde, V).*
3832. W.G Sebald	*Les Émigrants.*
3833. W.G Sebald	*Les Anneaux de Saturne.*
3834. Junichirô Tanizaki	*La clef.*

Composition Bussière
et impression Bussière Camedan Imprimeries
à Saint-Amand (Cher), le 3 juin 2003.
Dépôt légal : juin 2003.
1er dépôt légal dans la collection : avril 2003.
Numéro d'imprimeur : 032725/1.
ISBN 2-07-042821-4./Imprimé en France.

125349